KB167305

길 위에서 2

On the Road

ON THE ROAD:
The Original Scroll
by Jack Kerouac

With Introductions by Howard Cunnell, Joshua Kupetz,
George Mouratidis and Penny Vlagopoulos

Introductions

세계문학전집 227

길 위에서 2

On the Road

잭 케루악

해제 : 하워드 커넬, 페니 블라고풀로스,
조지 무라티디스, 조슈아 쿠페츠
이만식 옮김

민음사

차례

1권 차례

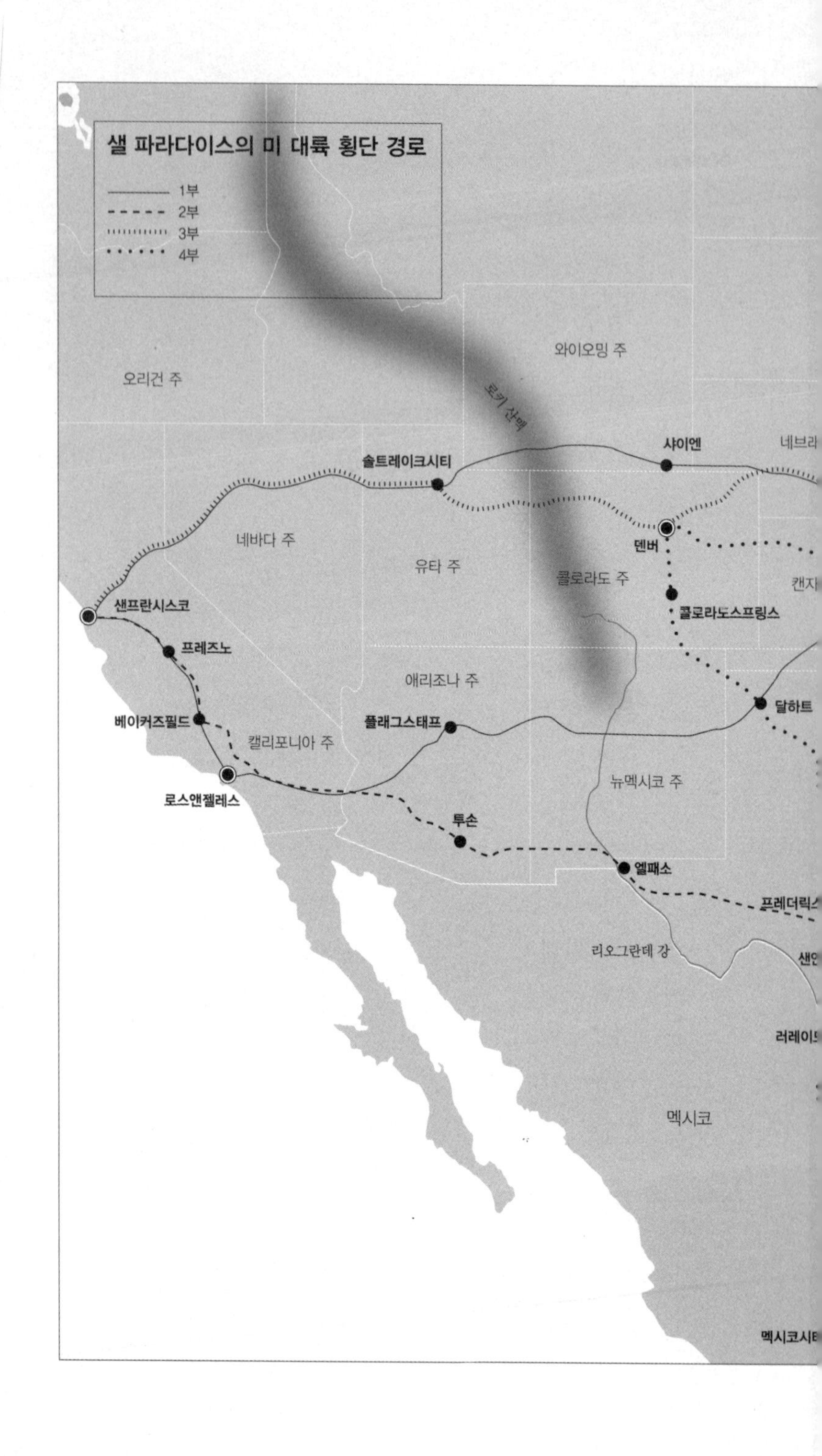
샐 파라다이스의 미 대륙 횡단 경로
1부
2부
3부
4부
와이오밍 주
오리건 주
로키 산맥
솔트레이크시티
샤이엔
네바다 주
덴버
유타 주
콜로라도 주
샌프란시스코
콜로라도스프링스
프레즈노
애리조나 주
달하트
베이커즈필드
플래그스태프
캘리포니아 주
로스앤젤레스
뉴멕시코 주
투손
엘패소
리오그란데 강
멕시코

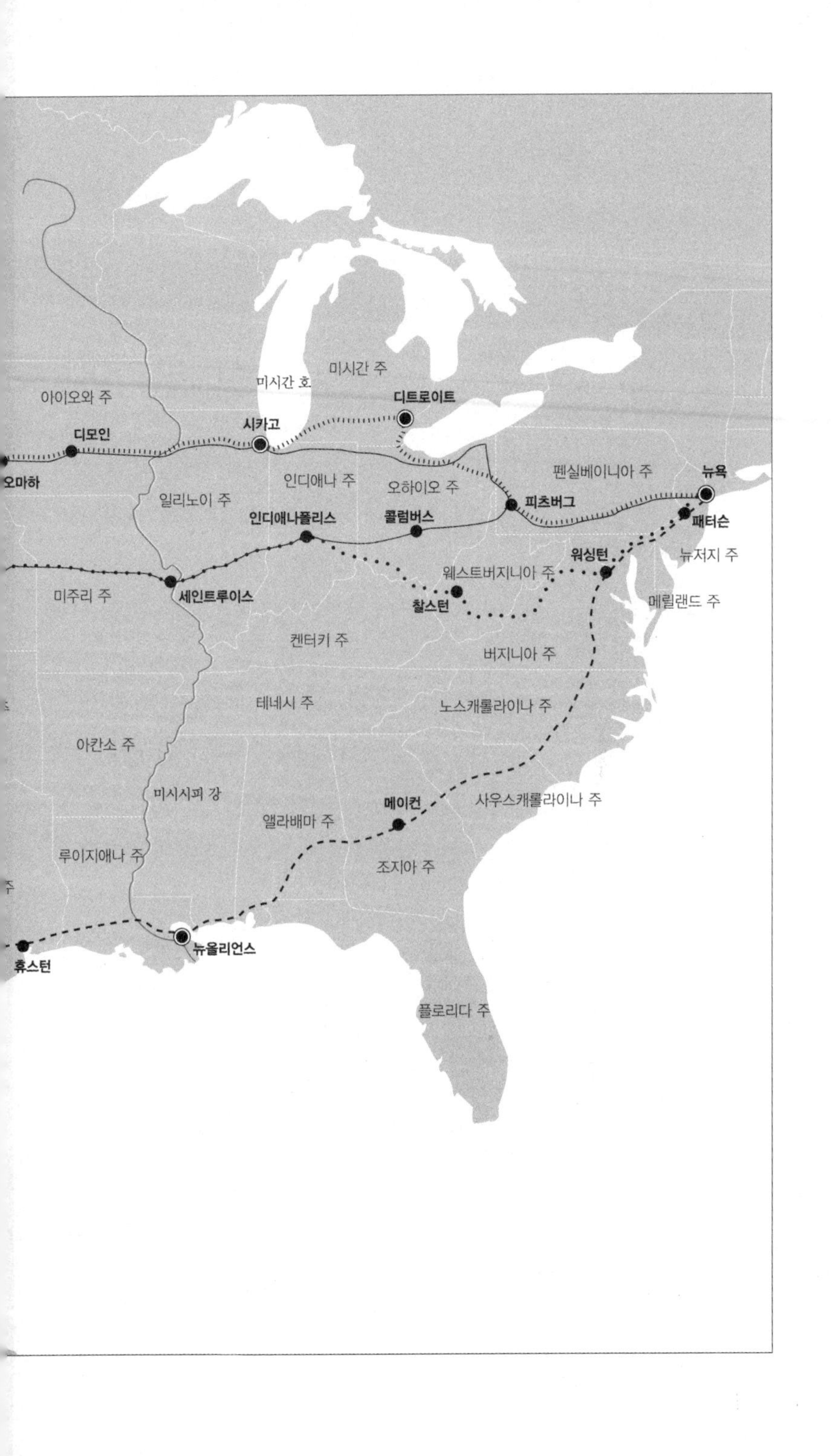
미시간 주
미시간 호
아이오와 주
디트로이트
시카고
디모인
오마하
인디애나 주
오하이오 주
펜실베이니아 주
뉴욕
일리노이 주
피츠버그
인디애나폴리스
콜럼버스
패터슨
워싱턴
뉴저지 주
웨스트버지니아 주
미주리 주
세인트루이스
찰스턴
메릴랜드 주
켄터키 주
버지니아 주
테네시 주
노스캐롤라이나 주
아칸소 주
미시시피 강
메이컨
사우스캐롤라이나 주
앨라배마 주
루이지애나 주
조지아 주
뉴올리언스
휴스턴
플로리다 주

3부

1

1949년 봄, 나는 재향군인 연금 장학금 수표에서 절약한 몇 달러를 갖고 정착할 생각으로 덴버에 갔다. 나는 미국 한가운데 있는 족장이었다. 혼자였다. 아무도 없었다. — 베이브 롤린스, 레이 롤린스, 팀 그레이, 베티 그레이, 롤랑 메이저, 딘 모리아티, 카를로 막스, 에드 던컬, 로이 존슨, 토미 스나크, 아무도 없었다. 커티스 가와 래리머 가 주변을 배회하다 1947년도에 거의 고용될 뻔했던 청과물 도매시장에서 잠시 일했는데, 내 평생 가장 힘든 일자리였다. 어떨 때는 일본인들과 내가 함께 한 번 잡아당기면 6밀리미터씩 올라가는 수동 잭으로 유개화차를 철로에서 30미터 아래로 이동시켜야 했다. 또 수박 상자를 냉동 열차의 얼음 바닥에서 작열하는 태양 속으로 재채기를 하며 질질 끌고 나왔다. 하느님과 별에 묻고 싶었다. 왜 이런 일을 해야 하는지?

어스름 속에서 산보를 했다. 왠지 내가 슬프고 붉은 대지

표면의 얼룩같이 느껴졌다. 1930년대 경제 공황 시절 딘 모리아티가 아버지와 함께 살았던 윈저 호텔을 지나가며, 예전처럼 내 마음의 슬픈 우화 속 양철공을 찾아 온갖 곳을 두리번거렸다. 몬태나 주 같은 곳에서는 자기 아버지를 닮은 사람을 발견할 때가 있는가 하면, 이제 있을 리 없는 곳에서 친구 아버지를 찾을 때도 있다.

라일락 향기가 나는 저녁, 온갖 근육이 쑤셨지만 덴버의 유색인 구역에 있는 27번가와 웰튼 거리의 불빛 사이를 걸으면서 내가 흑인이었으면 좋겠다고 생각했다. 백인 세상이 주는 것은 아무리 최상이라도 충분한 희열도 아니고, 충분한 삶도, 즐거움도, 활력도, 어둠도, 음악도, 충분한 밤도 되지 못한다고 느껴졌다. 한 남자가 맵고 뜨거운 붉은 칠리를 종이봉투에 담아서 파는 가건물에서 음식을 사서 어둡고 신비로운 거리를 어슬렁거리며 먹었다. 덴버의 멕시코인이거나 차라리 불쌍하게 일만 하는 일본인이어도 좋으니 어쨌거나 지금 이렇게 처량하고 꿈도 아무것도 없는 '백인'만 아니라면 좋겠다는 생각이 들었다. 지금까지의 인생에서 나는 계속 백인으로서의 야망을 가지고 왔다. 그래서 샌와킨 계곡에서 테리같이 멋진 여자를 버린 것이다. 멕시코인과 흑인 가정의 어두운 현관을 지나갔는데, 부드러운 목소리가 들리고 이따금씩 신비롭고 육감적인 여자들의 가무잡잡한 무릎과 장미 나무 뒤로 남자들의 검은 얼굴이 보였다. 꼬마 아이들이 오래된 흔들의자에 현자처럼 앉아 있었다. 유색인 여자들의 무리가 지나갔다. 젊은 녀석 하나가 엄마같이 나이 든 사람들에게서 떨어지며 내게 빠르게 다가왔다. "안녕, 조!" 내가 조가 아니라는 사실을 알자 얼굴을 붉히며 뛰어 돌아갔다. 조가 되고 싶었다. 하지만 나는 그저 나였다. 이 구슬픈 보랏빛 어둠, 이 견딜 수 없이 달콤한 밤에 어슬렁거리며, 행복하고 진실된 마음으로 희열에 찬 미국의 흑인들과 자신의 세상을 바꿀 수 있기를 바랐다. 빈곤한 동네는 딘과 메릴루를 떠올리게 만들었다. 그들은 어린 시절부터 이런 거리에 익숙할 것이다. 못 견디게 두 사람이 보고 싶었다.

23번가와 웰튼 가의 교차로 아래로 가자, 가스탱크를 밝게 비추는 조명 불빛 아래에서 소프트볼 시합이 벌어지고 있었다. 흥분한 관중들은 플레이 하나하나에 환호했다. 백인, 유색인, 멕시코인, 순수 인디언 등 온갖 인종의 기묘한 젊은 히어로들이 필드에서 가슴이 터질 듯한 진지함으로 경기에 임했다. 유니폼을 입었다 뿐이지 동네 야구 선수에 불과하지만 말이다. 나는 한 번도 밤에 불빛 아래 가족들과 여자 친구들과 동네 꼬마들 앞에서 운동선수로서 이런 식으로 능력을 발휘해 본 적이 없다. 항상 대학, 일류, 냉정한 얼굴뿐이었지, 이처럼 소년답고 인간적인 기쁨은 없었다. 하지만 이제 너무 늦었다. 근처에 매일 밤 경기를 관람하러 오는 듯한 흑인 노인이 앉아 있었다. 그의 옆에는 늙은 백인 부랑자, 멕시코 가족, 여자애들 몇 명, 소년들 몇 명이 있었다. 그곳에는 인간들이 전부 모여 있었다. 오, 그날 밤 등불의 구슬픔이여! 어린 투수는 딘처럼 보였다. 관람석의 예쁜 금발은 메릴루 같았다. 덴버의 밤, 나는 죽은 듯이 있었다.

덴버까지 와서, 덴버까지 와서,
나는 그저 죽은 듯이 있었네

거리 건너편에서 흑인 가족이 현관 계단에 앉아 얘기하고 나무 사이로 별이 빛나는 밤하늘을 올려다보고 온화한 날씨 속에서 쉬면서 이따금씩 경기를 관람했다. 그동안 거리에는 많은 차들이 지나갔고, 신호등이 붉은색으로 바뀌면 길모퉁이에 섰다. 흥분이 감돌고 실망이나 '백인의 슬픔' 같은 건 모르는 기쁜 인생이 약동하는 파도처럼 공기를 가득 채웠다. 늙은 흑인 남자가 코트 주머니에서 캔 맥주를 꺼내 뚜껑을 땄다. 늙은 백인 남자는 부러운 듯 캔에 눈길을 주더니 자신에게도 캔 맥주를 살 돈이 있는지 주머니를 뒤졌다. 그런데 나는 죽은 듯이 있다! 나는 그곳에서 떠났다.

알고 지내던 부자 여인을 만나러 갔다. 아침에 그녀는 실크 스타킹에서 100달러짜리 지폐를 꺼내더니 말했다. "넌 계속 샌프란시스코에 가겠다는 이야기만 하는데, 사정이 그렇다면 이걸 갖고 가서 즐겨 봐." 나의 고민은 전부 해결되었다. 샌프란시스코까지 11달러의 연료비로 여행 안내소의 차를 얻어 타고 대륙을 가로질렀다.

두 녀석이 차를 운전했는데, 자신들을 포주라고 말했다. 다른 두 녀석은 나 같은 승객이었다. 우리는 빽빽하게 끼여 앉아 목적지에만 마음을 기울였다. 베르수드 고개를 넘어 대고원 지대, 태버내시, 트러블섬, 크렘링으로 내려갔고, 스팀보트 스프링스까지 래빗 이어스 고개를 내려간 다음 빠져나갔다. 80킬로미터는 먼지 날리는 우회로였고 그다음은 크레그, 그리고 그레이트아메리카 사막이었다. 콜로라도와 유타의 경계선을 넘어갈 때, 사막 위 하늘에 태양 빛을 받은 거대한 황금 구름의 모습을 한 신이 나타나서 나를 손가락질하며 이렇게 말하는 듯했다. "이곳을 지나 계속 가라. 그대는 천국으로 가는 길 위에 있나니." 아아, 하지만 나는 네바다 사막의 코카콜라 판매점 근처에 있는 오래되고 낡은 포장마차와 당구대에 더 관심이 갔다. 빈번하게 뒤덮는 사막의 바람 속에서 '방울뱀 빌이 이곳에 살았다.'라든가 '째진 입 애니가 여러 해 동안 경찰을 피해 몸을 숨겼다.'라는 표지판이 비바람을 견디며 아직도 펄럭이는 판잣집들이 있었다. 그래, 가자! 솔트레이크시티에서 포주들이 여자들을 점검하고 계속 운전했다. 모르는 사이 한밤중에 만을 따라 펼쳐진 우화의 도시, 샌프란시스코를 다시 한 번 보았다. 나는 바로 딘에게 달려갔다. 그는 아담한 집 한 채를 갖고 있었다. 그가 무슨 생각을 하는지, 이제 무슨 일이 일어날 것인지 나는 궁금해서 견딜 수 없었다. 물러설 길은 없었다. 다리는 전부 무너졌다. 뭐가 어떻게 되든 신경 쓰지 않았다. 새벽 2시, 그의 집 문을 두드렸다.

2

딘이 알몸으로 문을 열었다. 문을 두드린 게 대통령이라도 상관하지 않았을 것이다. 딘은 무슨 일이든 있는 그대로 받아들였다. “샐!” 몹시 놀라며 말했다. “설마 네가 올 줄은 몰랐는데. 결국 나에게 왔군.”

“그래.” 내가 말했다. “모든 게 뒤죽박죽이야. 너는 어때?”

“별로 안 좋아, 별로. 어쨌든 얘기할 게 너무 많아. 샐, 드디어 우리가 대화해야 하는 때가 왔어.” 그 말에 동의하며 안으로 들어갔다. 나의 도착은 어쩐지 눈같이 흰 양털로 만든 집에 들어온 사악하고 이상한 천사 같았다. 딘과 내가 아래층 부엌에서 흥분해서 얘기를 시작하려는데 위층에서 흐느낌 소리가 터져 나왔다. 내가 무슨 말을 하든 딘은 모두 몸을 열광적으로 전율하며 “그래!” 하고 속삭이듯 대답했다. 커밀은 이제 무슨 일이 벌어질지 알았다. 확실히 딘이 몇 달 동안 조용한 듯했다. 그러나 이제 천사가 도착했고 딘은 다시 미칠 것이다.

“그녀에게 무슨 일 있어?” 내가 속삭였다.

그가 말했다. “상태가 점점 나빠져. 울고 화를 내면서 슬림 갤러드도 못 만나게 해. 늦을 때마다 화를 내고, 집에 있으면 또 나랑 제대로 얘기도 안 하면서 나더러 짐승이라고 해.” 딘이 커밀을 달래려 뛰어 올라갔다. 커밀이 고함치는 소리가 들렸다. “당신은 거짓말쟁이야, 거짓말쟁이, 거짓말쟁이!” 그러는 동안 나는 그들의 멋진 집을 살펴보았다. 공동 주택 사이에 서 있는 비뚜름하고 허름한 목조 2층 단독 주택인데, 러시안 힐 꼭대기에 있어 만의 경치가 보였다. 방은 총 네 개였는데 2층에 세 개가 있고 아래층에 커다란 부엌 같은 것이 하나 있었다. 부엌문은 빨랫줄이 걸린, 잔디 깔린 안뜰로 통했다. 부엌 뒤 창고에 있는 딘의 낡은 신발에는 허드슨이 브래저스 강에 처박혔던 밤에 묻은 텍사스의 진흙이 여전히 2.5센티미터 두께로 덮여 있었다. 물론 허드슨은 없었다. 딘은 더 이상 할부금을 낼 수 없었다. 이제 차는 한 대도 없었다. 실수로 두 번째 아기가 태어나려는 참이었다. 커밀이 흐느끼는 소리를 듣고 있자니 끔찍했다. 우리는 참을 수 없어서 맥주를 사러 나갔다가 다시 부엌으로 돌아왔다. 커밀은 이윽고 잠들거나 멍하니 어둠을 응시하며 밤을 보냈다. 왜 저렇게 이상해졌는지 나로서는 알 수 없었다. 하지만 아마 결국 딘이 저렇게 만든 것이라는 생각은 들었다.

지난번에 내가 샌프란시스코를 떠난 뒤, 딘은 다시 메릴루에게 미쳐서 여러 달 동안 디비사데로에 있는 그녀의 아파트에 빈번하게 출입했다. 메릴루는 매일 밤 다른 선원을 끌어들였다. 딘은 그녀의 침대가 보이는 우편물 투입구를 통해 안을 엿보았다. 그러자 메릴루가 아침마다 남자 다리 사이에서 대자로 자고 있는 모습이 보였다. 딘은 메릴루의 뒤를 밟고 다녔다. 딘은 메릴루가 매춘부라는 결정적인 증거를 찾았다. 그녀를 사랑했기에, 그녀 때문에 끙끙거렸다. 결정적으로 그는, 정말 실수로, 업계에서 '배드 그린'이라고 불리는 — 가공하지 않아서 녹색 그대로인 마리화나 — 를 손에 넣어 지나치게 많이 피워 버리고 말았다.

그가 말했다. "첫날에는 말이야. 몸이 나무판자처럼 뻣뻣해서 침대에 누웠는데 움직일 수도 없고 말 한마디도 할 수 없었어. 그저 눈을 크게 뜨고 똑바로 위를 바라봤지. 머릿속에서 웅웅거리는 소리가 들렸고, 온갖 종류의 멋진 총천연색 환각이 보였고, 기분이 무척 좋았어. 두 번째 날에는 모든 게 다 가왔어. 내가 전에 했거나 알았거나 읽었거나 들었거나 추측했던 모든 것들이 내게로 되돌아와서, 전혀 새로운 논리적 방식으로 마음속에서 저절로 다시 정리됐어. 놀랍기도 하고 좋기도 하고, 이대로 계속 이런 상태가 이어지는 게 아닐까 걱정도 됐지만 아무 생각도 할 수 없어서 그냥 계속 '그래, 그래, 그래, 그래.'라고만 말했어. 큰 소리는 아니었어. 아주 조용하게 그냥 '그래.'라고 했어. 마리화나 환각은 사흘째 이어졌는데, 그때가 되자 전부를 깨닫고 내 인생을 확실히 알게 되었어. 내가 메릴루를 사랑했다는 사실을 알았고, 아버지가 어디 있든지 아버지를 발견해서 구해야 한다는 걸 알았고, 네가 내 친구라는 것을 알았고, 카를로가 얼마나 위대한지 알았어. 온갖 곳의 온갖 사람에 관한 수많은 것을 알게 됐어. 사흘째, 분명히 눈을 뜨고 있는데 악몽이 끔찍하게 계속됐어. 엄청 기분도 나쁘고 무섭고 생생해서 몸을 구부리고 무릎을 양손으로 안고 '오, 오, 오, 아, 오…….' 하고 신음만 했어. 이웃 사람들이 내 소리를 듣고 의사를 불렀어. 커밀은 아기를 데리고 자기 가족을 만나러 가서 없었어. 이웃들이 나를 보고 걱정했지. 와 보니 내가 양팔을 영원의 저편에까지 뻗고서 침대에 쓰러져 있었으니까. 샐, 나는 그 마리화나를 들고 메릴루에게 달려갔어. 그 멍청한 작은 머리에서도 똑같은 일이 벌어진 거 알아? 같은 환각이 나타나고, 같은 논리가 움직이고, 온갖 확신이 들고, 악몽과 고통으로 이어지는 하나의 고통스러운 덩어리 속에 있는 진실의 광경 말이야. 악! 그런 다음 내가 그녀를 너무 사랑한 나머지 죽이고 싶어 한다는 사실을 알았지. 집으로 달려가 벽에다 머리를 쿵쿵 박았어. 에드 던컬에게 달려갔지. 녀석은 갤러티아와 샌프란시스코에 돌아와 있었어. 에드에게 우리가 아는 사람 중 총을 가진 놈이 없냐고 물어보고, 그 녀석에게 가서 총을 얻어 메릴루에게 달려갔지. 우편물 투입구로 들여다보니 어떤 남자와 잠들어 있었어. 물러나서 망설여야 했지. 한 시간 뒤 되돌아와 억지로 밀고 들어갔더니 메릴루 혼자였어. 그녀에게 총을 주고 나를 죽이라고 말했지. 메릴루는 아주 오랫동안 손에 총을 들고 있었어. 메릴루에게 달콤한 죽음의 계약을 요구했어. 그녀는 원하지 않았어. 나는 우리 둘 중 하나가 죽어야 한다고 말했지. 그녀는 아니라고 말했어. 내가 머리를 쿵쿵 벽에다 박았지. 아, 정말 난 제정신이 아니었어. 그녀가 말해 줄 거야. 나를 말로 설득해서 빠져나왔다고."

"그러고 나선?"

"그게 여러 달 전이야. 네가 떠난 뒤지. 메릴루는 결국 중고

차 판매상과 결혼했어. 그 멍청한 새끼가 나를 발견하면 죽이겠다고 다짐했대. 그렇게 되면 나는 정당방위로 녀석을 죽여야 할 거야. 그렇게 되면 형무소행이지. 왜냐하면, 지금 또 무슨 형벌이라도 내려지면 나는 평생 형무소 신세거든. 그렇게 되면 다 끝이야. 손도 이렇게 돼 버렸어." 내게 자기 손을 보여 줬다. 흥분해서 그때까지 깨닫지 못했는데, 손에도 무슨 사고를 당한 듯했다. "2월 26일 저녁 6시에 메릴루의 이마를 때렸어. 정확하게는 6시 10분이었어. 한 시간 이십 분 내에 직통 급행 화물열차를 타야 했던 기억이 나거든. 마지막으로 만나서 모든 걸 정리하려고 했어. 들어 봐. 엄지가 그녀의 이마를 스쳤는데, 그녀는 작은 상처도 생기지 않고 깔깔 웃을 정도였는데, 내 엄지가 부러져서 손등으로 축 처져 버린 거야. 끔찍한 의사가 뼈를 맞추고, 여기저기 세 개나 깁스를 했는데, 딱딱한 벤치에 앉아 기다리는 시간까지 합치면 총 스물세 시간이 걸렸어. 마지막 깁스에는 엄지 끝을 관통하는 수축 핀이 들어 있었어. 그런데 4월에 깁스를 풀어 보니 핀이 뼈를 감염시켜서 만성 골수염으로 진행된 거야. 수술에 실패했고 또 한 달 동안 깁스를 하고, 결국 끝부분을 잘라 내야 했어."

붕대를 풀고 보여 줬는데, 손톱 아래의 살이 1센티미터쯤 없었다.

"사태가 점점 악화됐지. 커밀과 에이미를 먹여 살려야 하니까, 파이어스톤에서 거푸집 인부로 될 수 있는 한 빨리 일을 시작했어. 재생 타이어 고무를 굳히고 나중에는 족히 70킬로그램은 나가는 큰 타이어를 바닥에서 차 꼭대기에까지 끌어올리는 작업인데, 한쪽 손밖에 못 쓰는데 다친 쪽에도 계속 탕탕 부딪히는 바람에 또 부러지고, 또 치료하고, 또 감염이 되어서, 또 부어올랐어. 그래서 지금은 커밀이 일하는 동안 내가 아기를 돌보고 있어. 알겠어? 신경과민으로 3A등급을 받은 재즈광 모리아티가, 아픈 엉덩이를 끌고 아내에게 매일 엄지에 페니실린 주사를 맞고, 알레르기 때문에 두드러기까지 났어. 한 달에 육천 단위 플레밍 즙을 복용해야 되는데 그 즙 때문에 생긴 알레르기 때문에 이달에는 네 시간에 한 알씩 알약을 복용해야 하고, 엄지의 고통을 완화하기 위해 코데인 시럽을 복용해야 해. 염증이 생긴 담낭 때문에 다리에 수술을 받아야 돼. 이를 치료하기 위해 다음 주 월요일 아침 6시에 일어나야 돼. 진료받기 위해 일주일에 두 번 발 전문의에게 가야 돼. 매일 밤 진해 시럽을 복용해야 돼. 몇 년 전에 받은 수술 때문에 약해진 콧등 바로 아래가 주저앉아서, 코를 깨끗이 하기 위해 계속해서 거센 콧바람을 내며 코를 풀어야 돼. 마구 휘두르던 팔의 엄지를 잃었어. 뉴멕시코 주 소년원 역사에 남을 위대한 70야드 패스를 했던 팔인데 말이야. 게다가 이렇게 여러 가지 노력을 하고 있는데, 전혀 기분이 나아지지 않고, 홀가분해지지도, 행복해지지도 않아. 햇빛 속에서 사랑스러운 꼬마 아이들이 노는 걸 보아도 아무 생각 안 들어. 널 만나니까 너무 반가워, 샐. 넌 정말 좋은 녀석이야. 나는 알아, 안다고. 만사가 다 잘될 거라는 걸 말이야. 내일 내 딸도 만나 봐. 정말 귀엽고 미인이야. 지금은 혼자서 삼십 초 동안 서 있을 수도 있어. 몸무게는 10킬로그램이고, 키는 74센티미터야. 계산해 보니까, 31.25퍼센트 영국인, 27.5퍼센트 아일랜드인, 25퍼센트 독일인, 8.75퍼센트 네델란드인, 7.5퍼센트 스코틀랜드인이야. 그리고 100퍼센트 귀여워." 녀석은 내가 책을 끝낸 걸 다정하게 축하해 줬다. 출판사도 정해진 참이었다. "우리는 이제 인생을 알아. 둘 다 조금씩 늙어 가며 점점 여러 가지를 알게 되는 거야. 네 인생에 관해 말한 걸 나는 잘 이해해. 항상 네 기분을 생각해 왔거든. 너도 이제 슬슬 진짜 멋진 여자를 만날 때가 되었어. 일단 그 여자를 찾아서 키워서 네 마음을 살필 수 있게 만들어. 나도 꽤 열심히 내 여자들과 그러려고 했는데 말이야. 빌어먹을! 빌어먹을! 빌어먹을!" 그가 고함쳤다.

아침에 커밀은 짐들과 함께 우리 둘을 내쫓았다. 예전에는 덴버 로이였던 레이 존슨에게 전화를 걸어 맥주 한잔하러 오라고 하고, 딘은 아기를 보살피고 설거지를 하고 뒷마당에서 빨래를 했지만 마음이 다른 데 가 있어 적당히 해치우고 말아 버렸다. 존슨은 레미 봉쾨르를 찾으러 차를 몰고 우리를 밀 시티에 데려다 주는 데 동의했다. 의사 사무실에서 퇴근해 집에 들어온 커밀은 지친 여자의 슬픈 표정으로 우리 얼굴을 쳐다보았다. 이 불쌍한 여인에게 나는 내가 그녀의 가정생활에 비열한 의도가 없음을 보여 주려고 노력하며 최대한 따듯하게 대했지만, 그녀는 그게 사기이며, 아마도 딘에게서 배운 것이라는 점을 알았고, 잠깐 미소만 지었을 뿐이다. 아침에는 끔찍한 광경이 펼쳐졌다. 그녀가 침대에 쓰러져 울먹였다. 나는 갑자기 화장실에 가고 싶어졌는데 그러려면 그녀의 방을 통과해야만 했다. "딘, 딘." 내가 외쳤다. "제일 가까운 술집이 어디야?"

"술집?" 아래층 부엌 싱크대에서 손을 씻던 딘이 놀라서 말했다. 내가 술을 마시고 싶어 한다고 생각했던 것이다. 내 사정을 말하자 그는 말했다. "괜찮아. 항상 저러는데, 뭐." 하지만 나는 도저히 그럴 수 없었다. 술집을 찾아 밖으로 나갔다. 언덕을 오르내리며 러시안 힐 근처의 네 블록을 걸었지만 빨래방, 세탁소, 소다수 판매점, 미장원밖에 발견하지 못했다. 비뚜름한 작은 집으로 돌아왔다. 희미하게 미소 지으며 살짝 지나가 욕실에서 문을 잠그는 순간 그들이 서로 고함쳤다. 몇 분 뒤 커밀이 딘의 물건을 거실 바닥에 던지며 짐을 싸라고 소리쳤다. 놀랍게도 소파 위에는 갤러티아 던컬의 전신 유화가 있었다. 이 여자들이 여러 달 동안 남자들의 광기에 관해 수다를 떨며 외로운 시간을 여자로서 함께 보냈다는 사실을 갑자기 깨달았다. 딘이 미친 사람처럼 낄낄대며 웃는 소리가 집 안에 퍼지고, 아기가 우는 소리도 함께 들렸다. 그다음에 내가 기억하는 것은, 녀석이 그루초 막스처럼 집 안을 휘적휘적 돌아다닌 것, 부러진 엄지에 감은 거대한 흰 붕대를 부표처럼 높이 걸고서 광기의 파도 속에서 미동도 하지 않은 것이다. 양말과 더러운 속내의가 삐져나온 딘의 처량하고 거대하며 찌그러진 트렁크가 다시 한 번 등장했다. 딘은 몸을 구부리고 손에 잡히는 것을 죄다 집어넣었다. 그런 다음 미국에서 가장 낡아 빠진 여행 가방을 들고 왔다. 가죽처럼 보이지만 사실은 종이이고, 일종의 이음매가 달려 있었다. 꼭대기에서 아래로 크게 찢어진 것을 딘이 끈으로 묶었다. 그런 다음 끈으로 죄는 선원용 원통형 더플백을 붙잡더니 그 속에 물건들을 던져 넣었다. 나는 내 가방을 갖고 와서 짐을 쌌다. 침대에 쓰러진 커밀이 "거짓말쟁이! 거짓말쟁이! 거짓말쟁이!"라고 말하는 사이 우리는 집에서 뛰쳐나와 가장 가까운 케이블카까지 버둥거리며 길을 내려갔다. 남자 둘과 짐 무더기 속에 엄청나게 큰 붕대를 감은 엄지가 공중에 삐죽 솟아 있었다.

그 엄지는 딘이 진화의 최종 단계에 들어갔다는 것을 알리는 상징이 되었다. 예전처럼 어떤 것에도 신경을 쓰지 않는 것에 더해, 이제는 또 원칙적으로 모든 것에 신경을 쓰게 되었다. 말하자면 딘에게는 둘 다 마찬가지였던 셈이고, 세상에 속해 있지만 할 수 있는 건 아무것도 없다는 뜻이다. 딘은 길 한복판에서 나를 불러 세웠다.

"이봐, 알고 있어, 네가 엄청 지긋지긋해 한다는 거 말이야. 동네에 도착했나 싶었는데 그날 바로 쫓겨나다니, 대체 내가 무슨 짓을 했기에 이러나 싶겠지. 이렇게 변변찮은 짐들을 싸 짊어지고 말이야. 히히히! 하지만 나를 바라봐. 세발, 샐, 나를 좀 잘 봐."

나는 그를 보았다. 티셔츠를 입고 찢어진 바지를 배에 걸치고 너덜너덜한 신발을 신고 있다. 수염도 깎지 않고 머리는 부스스한 산발이고 눈에는 핏발이 섰고 붕대를 감은 거대한 엄지는 심장 높이에서 공중에 떠 있었다.(그러는 수밖에 없었다.) 그리고 얼굴은 지금까지 본 적 없는 기묘한 웃음을 띠고 있었다. 녀석은 비틀거리며 원을 그리듯 빙글빙글 돌고, 주위를 둘러보았다.

"내 눈알이 뭘 보는 거지? 아아, 파란 하늘. 롱펠로*!" 딘이 몸을 흔들며 눈을 깜빡였다. 그리고 눈을 비볐다. "유리창도 있네. 유리창을 탐색해 본 적 있어? 유리창 얘기를 해 보자. 정말 이상한 유리창을 본 적 있는데, 그 녀석은 나한테 인상을

* 1807~1882. 19세기 후반의 미국 시인인 헨리 워즈워스 롱펠로.

쓰고 있었어. 블라인드가 내려진 창이 나한테 윙크한 적도 있어." 그는 선원용 더플백에서 유진 수의 『파리의 신비』를 꺼내, 티셔츠 앞자락을 가다듬고 길모퉁이에서 현학적 분위기를 풍기며 읽기 시작했다. "봐, 샐, 앞으로 뭐든지 함께 탐색해 보자고……." 한순간 방금 말한 것도 곧 잊어버리고 멍하니 주변을 둘러봤다. 오길 잘했다. 이제 그에게는 내가 필요했다.

"커밀이 왜 우릴 쫓아낸 거지? 앞으로 어떻게 거야?"

"에?" 그가 말했다. "에? 에?" 우리는 어디로 가서 뭘 할지 궁리했다. 결정은 내게 달렸다는 사실을 깨달았다. 불쌍하고 딱한 딘. 악마도 저것보다 심하게 전락한 적은 없으리라. 머리는 이상해지고, 엄지는 곪고, 셀 수 없이 미국을 가로지르는 고아 같은 불안정한 인생에서 낡고 찌그러진 여행 가방 무더기에 둘러싸인 길 잃은 새. "걸어서 뉴욕에 가자." 그가 말했다. "그러면서 가는 길에 보이는 모든 것을 곰곰이 생각해 보는 거야. 멋진데." 나는 돈을 꺼내 세어 보고 그에게 보여 줬다.

"이만큼 있어." 내가 말했다. "83달러와 잔돈인데, 나와 같이 갈 거면 뉴욕에 가자. 그런 다음 이탈리아에 가자고."

"이탈리아?" 그가 말했다. 표정이 밝아졌다. "이탈리아, 좋지. 어떻게 가지, 샐?"

나는 잠시 생각해 봤다. "돈을 벌지, 뭐. 출판사에서 1000달러가 들어올 거야. 가서 로마나 파리나 모든 곳의 미친 여자들을 탐색해 보자. 노천카페에 앉아 보고, 매음굴에서 사는 거야. 이탈리아에 가자고."

"그래, 좋아." 딘이 말했다. 내가 진심이라는 걸 깨닫고 처음으로 곁눈질하며 나를 바라봤다. 전에는 내가 딘이라는 성가

신 존재에게 결코 약속 같은 걸 하지 않았기 때문이었다. 내기하기 전 마지막으로 승산을 점치는 남자의 눈빛이었다. 승리감과 거만함이 있고 악마적인 시선으로, 오랫동안 내 눈에서 눈길을 돌리지 않았다. 나는 그를 마주 보며 얼굴을 붉혔다.

"뭐가 문제야?" 곤란해져서 물었다. 딘은 대답하지 않고 계속 경계하는 거만한 곁눈질로 나를 바라봤다.

나는 지금까지 딘이 했던 일을 전부 기억해 내고, 이렇게까지 의심스럽게 바라보는 이유가 과거의 무슨 일 때문인지 생각했다. 결연하고 단호하게 다시 한 번 반복했다. "나와 함께 뉴욕에 가자. 돈은 있으니까." 그를 바라보았다. 당황과 눈물로 내 눈이 흐려졌다. 그는 여전히 나를 응시했다. 그의 눈은 텅 비었고 나를 꿰뚫어 보고 있었다. 우리 우정은 아마 가장 중요한 지점에 다다랐고, 딘은 지금 처음으로 내가 몇 시간 동안 그에 대해, 그의 고민에 대해 생각했다는 것을 알고, 그런 사태를 자신의 엄청나게 복잡하고 고뇌에 찬 정신의 카테고리 어디에 두어야 할지 망설이고 있었다. 우리 둘 사이에서 뭔가가 딸칵 소리를 냈다. 내 안에서는, 나보다 다섯 살 어린, 최근 몇 년 동안 벌어진 사건 속에서 나와 운명적으로 얽히게 된 남자를 걱정하는 기분이 한꺼번에 솟아났지만, 딘의 안에서 뭐가 일어났을지는 그 후의 행동으로밖에 알 수 없었다. 딘은 무척 기뻐하며 아무 걱정 없다고 말했다. "아까 그 눈빛은 뭐야?" 내가 물었다. 그 말에 그는 괴로운 듯 눈살을 찌푸렸다. 딘이 눈살을 찌푸리는 건 아주 드문 일이었다. 우리는 둘 다 당황했고 뭔가 불안했다. 샌프란시스코의 아름답고 화창한 날 언덕 꼭대기에 서 있는 우리의 그림자가 인도를 가로질러 떨어졌다. 커밀의 옆집 공동 주택에서 그리스인 남녀 열한 명이 줄지어 나와 화창한 보도 위에 일렬로 서더니, 다른 한 사람이 좁은 길 건너로 뒷걸음질해서 카메라 너머로 그들에게 미소 지었다. 우리는 입을 딱 벌리고 딸들 중 하나를 위한 결혼식을 올리는 이 고대인들을 바라봤다. 태양 아래 미소 짓는 일을 끊임없이 계속해 온 가무잡잡한 피부의 그들에게, 이것은 분명 천 번째 행사일 것이다. 그들은 잘 차려입었고, 어딘가 이국적이었다. 그것만으로도 우리는 사이프러스에 있는 기분이 들었다. 반짝이는 공기 속에서 갈매기가 머리 위로 날아갔다.

"자." 딘이 무척 수줍고 달콤한 목소리로 말했다. "갈까?"

"그래." 내가 말했다. "이탈리아로 가자." 그리고 가방을 들었다. 딘은 괜찮은 손으로 트렁크를, 나머지는 내가 들고 비틀거리며 케이블카 정류장으로 갔다. 잠시 후 케이블카의 흔들리는 단에서 보도 쪽으로 비틀거리며 언덕을 내려갔다. 우리는 서부의 밤을 걷는, 망해 버린 두 영웅이었다.

3

우선 언덕 아래 마켓 가 술집에 가서 모든 것을 결정했다. — 죽을 때까지 친구로 함께 지내자는 것이었다. 딘은 무척 조용했고, 마음이 다른 데 가 있는 듯 자기 아버지를 연상시키는 술집의 늙은 부랑자들을 바라보았다. "분명 덴버에 있을 거야. 이번에는 반드시 찾아내야지. 주 정부 교도소에 있을지도 모르고, 아니면 다시 래리머 가 주변에 와 있을지도 모르지만, 찾아내야 해. 동의하지?"

물론 동의했다. 지금까지 해 보지 않은 일, 너무 시시해 보여서 하지 않았던 일들을 전부 다 할 작정이었다. 떠나기 전에 샌프란시스코에서 이틀간 재미를 보기로 하고, 여행 안내소에서 연료를 분담하고 얻어 탈 수 있는 차를 찾아 될 수 있는 한 돈을 절약하기로 합의했다. 딘은 여전히 메릴루를 사랑하지만 이제 포기하겠다고 말했다. 뉴욕에서 더 좋은 일이 생길 거라고 하자 딘은 동의했다.

딘은 스포츠 셔츠와 가는 세로 줄무늬가 있는 정장을 입고 그레이하운드 버스 사물함에 10센트를 넣고 우리의 짐을 보관했다. 샌프란시스코에서 이틀간 놀러 다니는 동안 우리의 운전사가 될 로이 존슨을 만나러 갔다. 로이는 전화로 그렇게 하는 데 동의했다. 그는 곧 마켓 가와 3번가의 길모퉁이에 도착해 우리를 태웠다. 그는 지금 샌프란시스코에 살고 있는데, 상점 점원으로 일하며 도로시라는 예쁘고 작은 금발 여자와 결혼했다. 딘은 그녀의 코가 아주 길다고 했는데 — 무슨 이유인지 이상하게 그 말에 집착했다. — 그녀의 코는 전혀 그다지 길지 않았다. 로이 존슨은 검은 피부에 야위고 잘생긴 녀석으로 선이 날카로운 얼굴에 옆머리를 뒤로 빗어 넘겼다. 태도가 극단적일 정도로 성실하고 항상 미소를 지었다. 로이가 운전사 노릇을 한다는 것 때문에 그의 아내인 도로시와 티격태격한 모양이었다. 한 집안의 가장이라는 입장은 지키기로 결의했지만 (그들은 작은 방에 살고 있었다.) 우리와의 약속도 지켜야만 했기에 결과적으로 그 정신적 딜레마는 괴로운 침묵이라는 형태로 나타났다. 딘과 나를 태우고 밤낮으로 샌프란시스코를 돌아다니는 동안 그는 한마디도 하지 않았다. 빨간 신호를 무시한 채 지나치고, 한쪽 바퀴로만 급하게 커브를 틀었는데, 그것만이 우리에게 부탁받은 일이 어떤 것인지를 잘 말해 주었다. 로이는 새 아내의 요구와 옛 덴버 당구장 패거리 두목의 요구 사이에 끼어 있었다. 딘은 기분이 좋았고 물론 로이의 난폭한 운전에도 불안해하지 않았다. 우리는 로이에게 상관하지 않고 뒷좌석에서 수다를 떨었다.

이어서 레미 봉쾨르를 찾으러 밀시티에 갔다. 그 낡은 배 '애

드머럴 프리비'가 이제 만에 없다는 사실을 알고 다소 놀랐다. 물론 협곡 오두막집의 끝에서 두 번째 칸막이 방에도 이제 레미는 없었다. 그 대신 아름다운 흑인 여자가 문을 열었다. 딘과 나는 그녀에게 많은 얘기를 했다. 로이 존슨은 유진 수의 『파리의 신비』를 읽으며 차에서 기다렸다. 밀시티를 마지막으로 바라보면서, 여기서 있었던 옛날 일들을 들추려고 노력하는 짓이 무의미하다는 걸 알았다. 대신 갤러티아 던컬을 찾아 가서 재워 줄 수 있는지 알아보기로 했다. 에드는 또 그녀를 버리고 덴버에 가 버렸는데, 그녀에게로 다시 올 계획이 없는 것은 아니었다. 미션 거리 북쪽에 있는 방 네 개짜리 아파트의 동양풍 카펫 위에서, 그녀는 운세를 보는 카드 한 벌을 펼쳐 놓고 책상다리를 하고 앉아 있었다. 야무진 여자다. 에드 던컬이 그곳에 사는 동안 싫증이 나고 무기력해져서 참지 못해 집을 나갔다는 것이 슬플 정도로 와 닿았다.

"돌아올 거야." 갤러티아가 말했다. "그 녀석은 내가 없으면 아무것도 못해." 그녀는 딘과 로이 존슨에게 화가 치미는 듯한 눈길을 보냈다. "이번엔 토미 스나크였어. 그가 오기 전에는 아주 행복하게 일을 하고 같이 외출을 해서 멋진 시간을 보냈어. 딘, 너라면 알겠지? 그런데 둘이 한참 동안 욕실에 앉아 있는 거야. 에드는 욕조 속에, 스나크는 의자에 앉아서 쉴 새 없이 얘기를 했지. 시시하기 그지없는 말들이지만."

딘이 낄낄대며 웃었다. 여러 해 동안 그 패거리의 중심이 된 예언자는 딘이었는데, 이제 모두 그의 테크닉을 배워 간 것이다. 턱수염을 기른 토미 스나크는 그 크고 슬프고 파란 눈을 빛내며 샌프란시스코로 에드 던컬을 찾아왔다. 사실은(진짜고 거짓말이 아니다.) 덴버에서 사고를 당해 새끼손가락을 절단하고 꽤 많은 금액의 돈을 받은 것이다. 전혀 아무 이유도 없이 두 사람은 갤러티아에게서 벗어나 스나크의 이모가 산다는 메인 주 포틀랜드에 가기로 했다. 그리고 지금은 덴버에 있거나, 이미 거길 지나 포틀랜드에 있을 것이었다.

"토미의 돈이 떨어지면 에드는 돌아올 거야." 갤러티아가 카드 패를 보며 말했다. "바보 같으니. 옛날이나 지금이나 아무것도 몰라. 내가 사랑한다는 것만 알면 되는데."

긴 머리를 바닥까지 늘어뜨리고 운세 카드를 만지작거리며 카펫 위에 앉아 있는 갤러티아는, 햇빛을 받으며 카메라 앞에 서 있던 그리스인의 딸과 똑같았다. 나는 그녀가 점점 좋아졌다. 그날 밤 모두 함께 재즈를 들으러 나가기로 했는데, 딘은 근처에 사는 키 180센티미터의 금발 여자 메리를 데리고 가기로 했다.

그날 밤 갤러티아와 딘과 나는 메리를 데리러 갔다. 그녀는 지하 아파트에 살고 있었고 어린 딸과 낡은 차를 갖고 있었는데, 차가 전혀 움직이지 않아서 여자들이 시동을 거는 동안 딘과 내가 차를 밀어 줘야 했다. 갤러티아의 집에 모두 모였다. 메리, 그녀의 딸, 갤러티아, 로이 존슨, 그의 아내 도로시 등. 가구와 물건이 너무 많이 모두 뚱한 표정이라서, 나는 구석에 서서 샌프란시스코 문제에 대해서는 중립을 지키기로 결심했는데, 딘은 방 한가운데에서 풍선처럼 부푼 엄지를 가슴팍까지 올리고 쿡쿡 웃고 있었다. "큰일이야." 그가 말했다. "어차피 모두 손가락을 잃게 될 거야. 하하하."

"딘, 왜 그렇게 바보같이 행동해?" 갤러티아가 말했다. "네가 떠났다고 커밀이 전화했어. 넌 자기한테 딸이 있다는 것도 모르는 거야?"

"이 녀석이 떠난 게 아니야, 그녀가 쫓아낸 거라고!" 중립적 입장을 깨고 내가 말했다. 모두 나를 차갑게 바라보았다. 딘이 싱글거렸다. "게다가 저 손가락으로 뭘 어떻게 하라는 거야?" 내가 덧붙였다. 또 모두 나를 바라보았다. 특히 도로시 존슨이 기분 나쁘다는 듯 나를 노려보았다. 참으로 도덕적인 재판 그 자체였고, 그 한가운데에 죄인 딘이 있는 셈이었다. 나는 창밖 미션 거리의 소란한 밤거리를 바라봤다. 가서 샌프란시스코의 위대한 재즈를 듣고 싶었다. 당연하다. 이 밤은 여기 와서 겨우 두 번째 맞는 밤인 것이다.

"난 메릴루가 너를 떠난 게 정말 현명한 선택이었다고 생각해, 딘." 갤러티아가 말했다. "너는 몇 년 동안 계속 누구에게도 책임감을 갖지 않았어. 끔찍한 짓만 하고 다니고, 정말 할 말이 없을 정도야."

그게 요점이었다. 둘러앉은 사람들은 경멸과 증오의 눈빛으로 딘을 바라보고, 딘은 카펫 한가운데에 앉아 낄낄거렸다. 그저 낄낄거리기만 했다. 그리고 춤을 추기 시작했다. 붕대는 여기저기 더러워지고 조금씩 풀리기까지 했다. 나는 문득 깨달았다. 딘은 엄청난 죄의 연쇄로 인해 바보, 천치, 친구들의 성자가 되었다는 것을.

"넌 말야, 너 자신과 너의 시시한 재미밖에 생각하지 않아. 네가 생각하는 건 그저 네 다리 사이에서 덜렁거리는 그거랑, 사람들에게서 얼마나 많은 돈과 재미를 얻어 낼 수 있는가 하는 것뿐이야. 그리고 필요 없어지면 휙 버리고 말지. 그게 다가 아니야. 넌 바보야. 인생을 진지하게 생각하고 버젓한 것으로 만들려고 노력하는 사람이 있다는 것도 몰라. 모두 너처럼 바보짓만 하고 다니는 건 아니라고."

그게 바로 딘이다, '성스러운 바보.'

"커밀이 오늘 밤에 펑펑 울었다고 해서 네가 돌아오기를 원하는 거라고는 생각하지 마. 다시는 네 얼굴도 보고 싶지 않다고 했어. 이번이야말로 마지막이라고 했다고. 그런데 넌 뭐야, 여기서 낄낄대고 있잖아. 정말 남 생각은 전혀 할 줄 모르는 사람이야."

그건 사실이 아니다. 내가 더 잘 알고, 설명하라면 해 줄 수도 있다. 하지만 그래 봤자 의미가 있을 것 같지 않았다. 다가가서 딘의 어깨에 팔을 두르고 이렇게 말하고 싶었다. 자, 너희들, 한 가지 중요한 것을 기억해, 이 녀석도 나름대로 고민이 있다고. 그리고 하나 더, 이 녀석은 불평 한마디 없이 자신을 바쳐서 너희들을 즐겁게 해 주고 있어. 그래도 안 된다고 한다면 총살 집행대에나 보내 버려. 그러고 싶은 듯하니…….

그러나 갤러티아 던컬만은 딘을 겁내지 않고 침착하게 앉아 있었다. 얼굴을 내밀고 모든 사람들 앞에서 녀석의 이야기를 했다. 옛날 덴버에서 딘은 모두를 어둠 속에 여자애들과 함께 앉히고 얘기하고 얘기하고 또 얘기했는데, 최면술을 거는 듯한 기묘한 목소리에서 느껴지는 설득력과 이야기의 내용에 여자들은 모두 점령당했다고 말이다. 딘이 열대여섯 살 때의 일이었다. 하지만 지금 그의 제자들은 결혼했고 그 부인들은 녀석이 제창한 섹스와 생활을 들먹이며 카펫 위에서 딘을 몰아세우고 있다. 나는 말없이 귀를 기울였다.

"이제 샐이랑 동부로 가는 거지?" 갤러티아가 말했다. "그래서 대체 뭘 하려는 건데? 네가 가 버리면 커밀은 집에 들어앉아 아기를 돌봐야 해. 어떻게 일자리를 유지할 수 있겠어? 하지만 다시는 너를 보고 싶지 않다고 하고, 나도 그녀에게 더 이상 뭐라고 하지 않을 거야. 어디서 에드를 만나면 나한테 돌아가라고 말해 줘. 아니면 죽여 버린다고."

매우 노골적이었다. 이렇게 슬픈 밤은 처음이었다. 마치 처량한 꿈속에서 이교도 신자들과 함께 있는 기분이었다. 이윽고 모두들 완전히 침묵했다. 옛날이었다면 여기서 딘이 다른 이야기를 꺼냈을 텐데 그도 말없이, 너덜너덜한 옷차림으로, 비참한 바보같이 사람들 앞에 우두커니 서 있었다. 전구 바로 아래에서, 마르고 미친 얼굴은 땀에 젖어 혈관이 도드라져 보였다. "그래, 그래, 그래."라고 말하며, 당장 그의 안에 굉장한 계시가 찾아올 듯해서, 나는 이제 곧 뭔가 터지리라 확신했지만, 다른 이들은 그것이 찾아오는 것을 두려워하고 무서워했다. 그는 '비트' 그 자체였다. — 비트적인 것의 뿌리이자 영혼이었다. 그가 알려고 했던 건 무엇이었던가? 딘은 알려고 한 그것을 나에게 말해 주려고 전력을 다했고, 그래서 다른 이들은 나를, 그의 곁에 있는 나를 부러워했지만, 그런 이들도 옛날에는 나처럼 딘을 지키고 딘의 모든 것을 흡수하려고 했었다. 모두 나를 바라봤다. 이 멋진 밤 서부 해안에서 나는 대체 뭘 하는 거지? 그런 생각이 들었지만 곧 떨쳐 버렸다.

"우리는 이탈리아로 갈 거야." 내가 말했고, 그 이상 상관하지 않기로 했다. 그러자 묘하게 모성적인 만족감 같은 것이 주위에 퍼졌고, 여자들은 사랑스러운 말썽꾸러기를 바라보듯이 딘을 보았다. 구슬픈 엄지손가락과 계시를 지닌 딘도 그것을 알아채고, 시계 소리가 들릴 정도로 고요한 와중에 말없이 방을 나가, 우리가 '시간'에 대해 결정할 때까지 복도에서 기다렸다. 흡사 인도에 서 있는 유령을 감지하는 것 같았다. 나는 창밖을 내다봤다. 딘이 문간에 홀로 서서 거리를 가만히 바라보고 있었다. 씁쓸함, 비난, 충고, 슬픔 등 모든 게 그의 뒤에 붙어 있었지만, 그의 앞에는 순수하게 존재한다는 것의 희열에 찬 기쁨이 있었다.

"자, 갤러티아, 메리, 재즈 술집에 가서 다 잊어버리자. 딘 같은 것도 언젠가는 죽을 거야. 그러면 아무 말도 못 하게 돼."

"빨리 죽었으면 좋겠어." 갤러티아가 말했는데, 그것은 방 안에 있는 모든 사람들의 마음을 거의 대변한 셈이었다.

"잘 알았어." 내가 말했다. "하지만 지금은 살아 있고, 딘이 다음에 무슨 짓을 할지 너희들도 궁금하잖아. 딘에게는 우리가 알고 싶어서 안달하는 비밀이 있고, 그래서 녀석의 머리가 쪼개질 판이니까. 하지만 녀석이 미쳐 버린다 해도 걱정할 것 없어. 너희들 잘못이 아니라 신의 잘못이니까 말이야."

그들이 반박했고, 내가 딘을 제대로 모른다고 말했다. 딘은 사상 최악의 악당이며 언젠가 나도 그것을 깨닫고 후회하게 될 거라고 했다. 모두 발끈하며 반대하는 것을 듣는 것이 재미있었다. 로이 존슨이 여자들의 변호에 나서서, 자기는 딘을 누구보다 잘 안다, 그는 요컨대 아주 재미있고 즐거운 사기꾼이다, 라고 말했다. 나는 밖에 나가서 딘과 그에 대한 이야기를 했다.

"괜찮아, 샐, 걱정하지 마. 모든 게 완벽해. 좋아." 그러면서 배를 쓱쓱 문지르며 입맛을 다셨다.

4

여자들이 내려왔고 우리는 밖에 나가 다시 한 번 거리로 차를 밀며 거창한 밤을 시작했다. "자! 가자!" 딘이 소리쳤고, 우리는 뒷좌석에 뛰어올라 덜컹거리며 폴섬 거리의 작은 할렘을 향했다.

따듯한 광란의 밤 속으로 뛰어들자 요란한 테너 색소폰 연주자가 길 건너까지 들리도록 "이 — 야! 이 — 야! 이 — 야!" 하며 불어 젖히는 소리와 박자에 맞춰 박수를 치는 소리, 사람들이 "가자, 가자, 가자!" 하고 외치는 소리가 들렸다. 딘은 벌써부터 "불어, 친구, 불어!"라고 외치며 엄지를 공중에 치켜든 채 길 건너로 질주하고 있었다. 주말용 정장을 입은 흑인 남자들이 맨 앞자리에서 야단법석을 떨었다. 바닥에 톱밥이 깔린 요란한 술집에서는 작은 무대에서 중절모를 쓴 녀석들이 사람들의 머리 위로 악기를 마구 불어 댔다. 반쯤 맛이 간 여자들이 목욕 가운을 입고 어슬렁거리고, 골목길에서는 술병 떨어지는 소리가 났다. 술집 안쪽의 물이 철벅거리는 화장실 너머 어두운 복도에서는 수십 명의 남녀가 벽에 기대 와인과 위스키를 섞은 폭탄주를 마시며 별을 보고 침을 뱉었다. 중절모를 쓴 테너 연주자는 멋지고 만족스러운 즉흥연주를 계속 들려주면서 "이 — 야!"에서 더 나아가 "이 — 데 — 리 — 야!" 하며 오르내리는 리프*를 불고, 상처투성이 드럼의 끊이지 않는 소리에 맞춰 가끔씩 폭발했는데, 드럼을 두드리는 목이 굵고 야수 같은 흑인은 다른 건 아무것도 신경 쓰지 않고 오직 쾅, 우르르, 쿵쾅쿵쾅 하며 두드려 대기만 했다. 음악이 꿈틀대고 테너 연주자는 흥분했으며 모두 그것을 알았다. 딘이 군중 속에서 머리를 움켜쥐었는데 주위 사람 모두 미쳐 있었다. 모두 소리 높여 외치며 열광적인 눈으로 테너 연주자에게 계속할 것을 재촉했다. 그는 웅크리고 있던 몸을 펴더니 다시 색소폰을 갖고 내려와서 열광하는 군중 위에 광란의 외침을 고리처럼 묶어 냈다. 180센티미터 키에 깡마른 흑인 여자가 색소폰 끄트머리에 자신의 몸을 비벼 대자 그는 "에! 에! 에!" 하면서 그녀를 찔러 댔다.

모두 몸을 흔들어 대며 아우성쳤다. 갤러티아와 메리는 맥주를 손에 든 채 의자 위에 올라서서 흔들고 뛰었다. 흑인 무리가 거리에서 비틀거리며 들어오다 서로에게 걸려 넘어졌다. "계속해!" 크고 거친 목소리의 남자가 아우성쳤고 저 멀리 새크라멘토에까지 들릴 정도로 큰 신음 소리를 뱉어 냈다. 아 — 하아! "후!" 딘이 말했다. 가슴과 배를 문질러 대는 그의

* 두 소절이나 네 소절의 짧은 악절을 반복하는 재즈 연주법.

얼굴에서 땀방울이 튀었다. 우르르, 쾅, 닥, 드러머가 드럼 소리를 지하실을 향해 내려보냈다가 살인적인 스틱으로 다시 2층까지 올려보냈다. 드르륵 우르르 쾅! 크고 뚱뚱한 남자가 무대에서 뛰는 바람에 바닥이 삐걱거렸다. "야!" 피아노 연주자는 날개를 편 독수리처럼 손가락을 펴고 건반을 두드려 댔다. 위대한 테너 연주자가 또 하나의 폭발 — 모든 목재, 구멍, 통통! 하고 울리는 현까지 피아노를 전율시키는 중국풍 화음을 위해 숨을 골랐다. 테너 연주자가 무대에서 뛰어내리더니 군중 속에 서서 불어 젖혔다. 중절모가 눈을 덮어서 누군가 뒤로 고쳐 씌워 줬다. 테너 연주자는 몸을 젖히고 발을 구르면서 귀를 찌르는 소리를 불어 대고, 숨을 들이쉬고 색소폰을 들고서 높고 넓은 소리를 공중에다 불었다. 딘은 그 바로 앞에서 색소폰 끄트머리에 얼굴을 갖다 대고 손뼉을 치며 테너 연주자의 키 위에서 땀을 쏟아 냈는데, 그것을 알아차린 연주자가 색소폰을 입에 문 채로 길게 떨리는 듯한 미친 웃음소리를 내자, 주위 모든 사람들도 폭소를 터뜨리고 몸을 흔들어 대고 또 흔들어 댔다. 그리고 드디어 마무리에 들어간 테너 연주자가 몸을 굽히고 높은 시(C)음을 길게 불기 시작하자, 주위 모든 것들이 점점 무너져 내리고, 비명 소리가 퍼지고, 나는 가장 가까운 경찰서에서 경찰들이 밀어닥칠 듯한 기분이 들었다. 딘은 몽환 상태였다. 테너 연주자의 눈이 딘에게 꽂혔다. 그의 눈앞에 있는 것은 자기가 알고 있는 것만으로 만족하지 못하고 좀 더, 좀 더 많은 것을 알고 싶어서 몸부림치는 미친놈이었고, 이제 거의 결투에 가까운 것이 시작되었다. 색소폰을 힘껏 불어 젖히고, 프레이즈는 벌써 사라지고 단지 비명과 절규에 가까운 소리가 되어 "부!", "빕!" 그리고 "에에에에!" 그리고 귀를 거스르는 소리와 옆으로 울려 퍼지는 색소폰 소리가 들렸다. 테너 연주자는 모든 것을, 위로, 아래로, 옆으로, 거꾸로, 수평으로, 삼십 도로, 사십 도로 시험해 본 끝에, 드디어 누군가의 팔 안에 쓰러졌고, 모두 서로 밀쳐 대며 울부짖었다. "그래! 좋아! 그거야!" 딘은 손수건으로 얼굴을 닦았다.

그런 다음 테너 연주자가 무대 위로 올라가 느린 비트를 요청하고, 사람들의 머리 너머 열린 문을 구슬프게 바라보며 「클로스 유어 아이스」라는 곡을 부르기 시작했다. 순식간에 조용해졌다. 테너 연주자는 부드럽게 무두질한 스웨이드로 만든 누더기 같은 양복저고리, 자줏빛 셔츠, 찢어진 신발, 다리지 않은 최신 유행의 바지를 입었지만 전혀 신경 쓰지 않았다. 흑인판 해슬 같았다. 큰 갈색 눈에는 슬픔과 걱정이 담겨 있고, 느릿하게 노래하면서 생각에 잠긴 듯 종종 침묵을 두었다. 하지만 세컨드 코러스에 들어가자 갑자기 흥분하여 마이크를 잡고는 무대에서 뛰어 내려와 몸을 숙였다. 노래하려는 듯 신발 끝에 닿을 듯한 자세에서 몸을 일으켜 한 번 숨을 쉬었는데, 너무 힘을 주는 바람에 균형이 흐트러져 겨우 자세를 바로잡고 다음에 이어지는 길고 느린 음을 불었다. "음 — 악, 연 — 주!" 마이크는 아래쪽으로 잡고 얼굴을 천장 쪽으로 향하도록 몸을 뒤로 기울였다. 앞뒤로 좌우로 몸을 흔들었다. 그런 다음 갑자기 몸을 앞으로 끌어당겨 얼굴이 마이크에 부딪힐 뻔했다. "춤 — 을 위해 꿈같이 — 만 — 들어." 바깥 거리를 바라보고, 경멸하듯이 입술을 삐죽이며 빌리 할러데이스러운 냉소를 띠었다. "우리가 사랑하는 동안." 옆으로 비틀거렸다. "사 — 랑의

휴—일." 이 세상이 역겹고 지겹나는 듯 머리를 가로저었다. "이제 전부." 이제 전부 뭐? 모두 기다렸다. 그가 신음했다. "괜찮아." 피아노가 화음을 맞췄다. "그러니 그대, 그대의 예쁘고 작은 눈—을 감—아요." 그의 입이 떨렸고, 그가 딘과 나를 바라봤는데, 그 눈은, 어이, 이 슬픈 갈색 세상에서 우리 대체 뭐 하는 거야? 라고 말하는 듯했다. 그리고 노래 끝날 때가 되자 정성 들여 한참 동안 뜸을 들였다. 온 세상의 가르시아에게 편지를 열두 번은 보낼 수 있을 정도였다.* 그게 누구에게 무슨 소용이 있을까? 우리는 여기 인간의 지독한 거리에서 초라한 비트 생활 그 자체의 진수를 맛보고 있기에 그는 이것을 읊조리고 노래했다. "감아—봐요." 그리고 천장을 향해, 별을 향해, 바깥으로 소리를 질렀다. "누우—우—우—운을." 무대에서 비틀비틀 내려와 생각에 잠겼다. 그는 한 무리의 사내들과 함께 구석에 앉았는데, 그 누구도 안중에 없이 아래를 보고 흐느껴 울고 있었다. 그는 정말 최고였다.

딘과 나는 그에게 말을 걸기 위해 다가갔다. 그리고 밖에 나가 차를 타자고 초대했다. 차 속에서 그가 갑자기 외쳤다. "그래! 흥분하는 건 기분 좋은 일이지! 어디로 가는데?" 딘이 미친놈처럼 낄낄거리며 의자에서 길길이 날뛰었다. "나중에! 나중에 말이야!" 테너 연주자가 말했다. "내 친구 차로 제임스 누크까지 데려가 달라고 해야겠어. 노래를 해야 하거든. 노래를 해야 먹고살지. 두 주 동안 「그대의 눈을 감아요」를 불렀어. 딴 노래는 부르고 싶지 않아. 자네들은 뭘 할 건가?" 이틀 안에

---

* 앨버트 허버드의 에세이 『가르시아 장군에게 보내는 편지』에 비유한 것.

뉴욕에 갈 예정이라고 얘기했다. "좋군, 난 가 본 적 없지만 정말 대단한 도시라고들 하더군. 하지만 난 지금 여기에 별로 불만이 없어. 결혼도 했고 말이야."

"오, 그래요?" 표정이 밝아지며 딘이 말했다. "그 여자는 지금 어디 있죠?"

"무슨 뜻이야?" 곁눈질로 딘을 보며 테너 연주자가 말했다. "결혼했다고 말했잖아?"

"그래요, 그래." 딘이 말했다. "그냥 물어본 거예요. 그 여자한테는 친구나 자매 없어요? 그냥 즐거운 시간을 가져 보려고, 그러고 싶어서요."

"그래, 즐거운 건 중요해. 인생은 너무 슬퍼서 즐길 수 없으니까 말이야." 테너 연주자가 눈을 내리깔고 거리를 보며 말했다. "제길!" 그가 말했다. "돈이 없지만 오늘 밤은 이제 그런 데 신경 안 써."

우리는 다시 가게로 돌아왔다. 여자들은 딘과 내가 너무 설치고 다니는 것에 넌더리를 내고 제임슨 누크까지 걸어갔다. 차가 움직이지 않아서였다. 술집에서는 끔찍한 광경이 벌어지고 있었다. 하와이언 셔츠를 입은 비트족 백인 게이가 들어와서 덩치 큰 드럼 연주자에게 자기도 낄 수 있는지 물어봤다. 뮤지션들은 의심스러운 표정으로 바라봤다. "불 줄 알아?" 그가 우물쭈물 그렇다고 말했다. 서로 바라보더니 말했다. "그래, 아무렴, 제기랄!" 게이가 드럼 앞에 앉자 다들 재즈 비트의 곡을 연주하기 시작했다. 그 녀석은 부드럽고 바보 같은 비밥으로 스네어 드럼을 브러시로 쓸었는데, 목을 흔드는 모습은 흡사 라이히가 말한 자기만족의 엑스터시 그 자체였다. 거기서 읽어 낼 수 있는 것은 마리화나를 너무 많이 피웠고 부드러운 음식밖에 먹지 못하는, 쿨한 기분으로 바보 같은 짓만 하고 있다는 것이었다. 하지만 그는 신경 쓰지 않았다. 기쁜 듯이 허공을 올려다보며 미소 짓고, 부드럽지만 비밥 느낌이 나는 비트를 두드리며, 다른 모두가 그를 무시한 채 크고 견고하고 거친 블루스 음악을 연주하는 와중에, 쿡쿡대고 웃는 듯한, 잔물결 같은 소리를 뒤에서 내고 있었다. 덩치 큰 자라목의 흑인 드러머가 자신의 차례를 기다리며 앉아 있었다. "저 녀석 도대체 뭐 하는 거야?" 그가 말했다. "음악을 해! 뭐 하는 거야! 망할 자식 같으니!" 그는 넌더리가 난다는 듯 딴 데를 쳐다봤다.

테너 연주자의 아들이 등장했다. 커다란 캐딜락을 끌고 온 그는 단정한 옷차림의 키가 작은 흑인이었다. 우리는 그 차에 다 함께 올라탔다. 그는 운전대 위에 몸을 구부리고는 한 번도 멈추지 않고 샌프란시스코를 가로질렀다. 시속 114킬로미터로 신호를 무시하고 통과해 버렸는데 아무도 눈치 채지 못했다. 실로 대단했다. 딘은 반한 듯했다. "이 녀석 굉장한데! 앉은 채로 꼼짝도 하지 않고 운전을 하고 있어. 분명히 저렇게 밤새도록 얘기할 수 있을 거야. 정말 편하게 말이야. 와, 대단해, 대단해, 나도 정말 이럴 수 있다면 좋겠어. 좋아, 좋아, 절대 멈추지 마, 달려, 달려! 좋았어!" 녀석은 모퉁이를 빙 돌아 제임슨 누크 바로 앞에 붙여서 주차했다. 택시 한 대가 멈췄다. 깡마르고 쇠약한 작은 흑인 목사가 택시 운전사에게 1달러를 던지고 밖으로 나와 "불어!"라고 외치며 클럽 안으로 뛰어 들어갔다. 그는 1층 술집으로 들어가며 "불어…… 불어, 불어!" 하고 소리치면서 넘어질 듯 비틀거리며 2층으로 올라가, 거의 바닥에 머리를 처박을 듯한 자세로 문을 쾅 열고 어떻게 넘어져도 괜찮도록 양손을 앞으로 내밀고 재즈 세션 방으로 들어가, 그 시절 제임슨 누크에서 웨이터로 일하던 램프셰이드 바로 앞에서 쓰러졌다. 음악이 쾅쾅 울리는 가운데 열린 문 쪽에 서서 "나를 위해 불어, 친구, 불어!" 하고 외쳤다. 그가 말한 상대는 알토 색소폰을 든 키 작은 흑인이었는데, 딘의 말에 의하면, 분명히 톰 스나크처럼 할머니랑 살고 있을 것이고 낮에는 자고 밤에는 연주를 하고 몇 백 번이나 코러스를 불다가 겨우 마음대로 연주를 할 수 있게 된 녀석이라고 했는데, 과연 지금은 마음껏 연주를 하는 듯했다.

"카를로 막스랑 똑같아!" 딘이 주위의 열광을 잠재울 듯한 비명을 질렀다.

정말 그랬다. 테이프로 감은 알토 색소폰을 든 그 작은 아이는 구슬처럼 빛나는 눈을 갖고 있었다. 작은 발은 구부러졌고, 다리는 껑충했다. 뛰어다니고 색소폰을 휘두르고 다리를 쉴 새 없이 움직이고, 눈은 관중들(사방 9미터 정도의 천장이 낮은 방 안 열두 개의 테이블에서 웃고 떠들고 있었다.)에게 고정시키고 절대 부는 것을 멈추지 않았다. 그의 연주는 아주 단순했는데, 코러스에 새롭게 간단한 변형을 주는 것을 좋아했다. "타 — 텁 — 타더 — 라라 — . 타 — 텁 — 타더 — 라라."를 반복하며 색소폰에 키스를 하고 미소를 짓고는, "타 — 텁 — 에에 — 다 — 데 — 데라 — 럽! 타 — 텁 — 에에 — 다 — 데 — 데라 — 럽!"으로 바뀌었다. 그러자 그와 듣고 있던 다른 사람들도 웃음을 터뜨리고, 무릎을 쳤다. 톤은 종소리처럼 맑고 높고 순수했으며, 두 자 거리에서 우리 얼굴에다 대고 바로 불어 젖혔다. 딘은 그 바로 앞에 서서 모든 세상사를 잊고 고개를 숙이고 손을 모아 박수를 치고 발뒤꿈치를 들고 뛰었는데, 쉴 새 없이 쏟아지는 땀이 목을 죄는 칼라 안으로 흘러내려 발밑에 웅덩이를 만들었다. 갤러티어와 메리도 거기 있었는데 그걸 깨닫는 데 오 분이 걸렸다. 후, 샌프란시스코의 밤이다. 여기서 대륙이 끝나고 의심도 끝난다. 지루함과 의혹과 허튼 짓들이여, 굿바이다. 램프셰이드가 맥주 접시를 들고 고함치며 돌아다녔다. 그는 모든 일에 리듬을 탔다. 박자에 맞춰 웨이트리스에게 외쳐 댔다. "헤이, 베이비, 베이비, 길 좀 비키지, 길 좀 비키지, 램프셰이드가 가잖니." 맥주를 높이 쳐들고 그녀 옆을 빠져나가서, 요란스럽게 회전문을 통과해 부엌으로 들어가 요리사들과 춤추다가 땀을 흘리며 다시 나왔다. 색소폰 연주자는 구석 테이블에 꼼짝 않고 앉아 있는데, 눈앞의 음료에는 손을 대지 않고 동양인 같은 눈으로 허공을 응시하며 양손을 바닥에 닿을 정도로 축 늘어뜨리고 혀를 쑥 내민 것처럼 발을 벌리고, 피로함과 실신한 듯한 슬픔과 자기만의 생각 속에 몸을 푹 담그고 있었다. 이 남자는 매일 밤 스스로를 녹아웃시키고, 다른 이들의 손으로 그것을 멈추는 것이다. 주위 모든 것이 그 남자를 구름처럼 휘감았다. 저 작은 할머니의 알토 색소폰, 저 작은 카를로 막스는 마법의 알토 색소폰을 갖고 폴짝폴짝 뛰며 원숭이 춤을 추고 200곡의 블루스 코러스를 열광적으로 불어 젖히면서, 에너지가 다할 징조나 그만둘 모습을 전혀 보이지 않았다. 방 전체가 몸서리를 쳤다.

한 시간 뒤, 딘이 로이 존슨에게 차를 태워 달라고 술집에서 전화를 하는 동안 나는 4번가와 폴섬 거리의 모퉁이에서 샌프란시스코 알토 색소폰 연주자인 에드 푸르니에와 함께 기다리고 있었다. 별일 없이 그저 얘기하고 있는데 갑자기 아주 이상하고 미친 광경을 보았다. 딘이었다. 로이 존슨에게 술집 주소를 알려 주려고 잠깐 전화를 들고 기다리라고 말하고는 뛰어나온 것이다. 흰 셔츠를 걷어붙인 주정뱅이들이 화내는 것도 아랑곳 않고 전속력으로 술집을 빠져나와 길 가운데로 와서 전봇대의 표지판을 살펴보았다. 그루초 막스처럼 땅을 향해 낮게 몸을 웅크리고, 놀라울 정도로 빠르게 발을 움직여 술집 밖으로 나와서, 유령처럼 풍선 같은 엄지를 밤하늘에 추켜들고, 도로 한가운데에 멈춰 표지판을 찾아 주위를 올려다보았다. 어두워서 잘 보이지 않기에 도로 중앙에서 몇 십 번이나 빙글빙글 돌고, 엄지를 추켜든 채로 미친 듯이 안달난 듯이 침묵했다. 부스스한 머리의 남자가 풍선 같은 엄지를 마치 하늘을 나는 거위처럼 높이 추켜들고 어둠 속에서 빙글빙글 돌면서, 또 한쪽 손은 바지 주머니에 푹 찔러 넣고 있다. 에드 푸르니에가 말했다. "나는 어디서든지 좋은 연주를 하려고 해. 사람들이 좋아하지 않으면 의미가 없으니까. 그나저나 네 친구는 미친 것 같아, 저걸 봐." 우리는 함께 바라보았다. 주위가 한참 조용한데 딘은 표지판을 확인하자 다시 술집으로 달려가서, 밖으로 나오는 사람들의 발밑을 말 그대로 미끄러지며 실로 빠르게 안으로 들어갔다. 모두 멍하니 있다가 놀라서 다시 발밑을 확인했다. 잠시 후 로이 존슨이 등장했는데, 마찬가지로 놀라운 스피드였다. 딘이 미끄러지듯 거리로 나와 차에 올라탔는데 소리 하나 내지 않았다. 이렇게 우리는 다시 떠났다.

"로이, 이 일로 아내와 문제가 아주 심각하단 것은 알지만,

우리는 정확히 삼 분이라는 믿을 수 없는 시간 내에 46번가와 져리 거리로 가야 해. 안 그러면 다 허탕이야. 응! 그래! (콜록콜록.) 섈과 난 아침에 뉴욕으로 떠나니까, 이게 재미를 보는 우리의 진짜 마지막 밤이거든. 너도 이해할 거라고 생각해."

그랬다. 로이는 이해했다. 빨간 신호를 모두 무시하고 통과하면서 우리의 어리석음을 따라 서둘렀다. 집에 자러 간 것은 새벽 때였다. 딘과 나는 마지막에는 월터라는 흑인과 함께 어울렸는데, 그는 술집에서 술을 몇 잔 주문해 주르륵 늘어놓고는 "와인 폭탄주야!"라고 말했다. 포트와인 한 잔, 위스키 한 잔과 포트와인 한 잔의 순서였다. "맛없는 위스키에 멋지고 달콤한 재킷을 입히는 거야!" 하고 외쳤다.

그는 또 맥주 한잔하자며 우리를 자기 집으로 초대했다. 그는 하워드 거리 뒤의 아파트에 살고 있었다. 우리가 들어갔을 때 그의 아내는 잠들어 있었다. 집 안의 유일한 조명은 그녀의 침대 위에 있는 전구였다. 의자 위에 올라가 나사를 돌려서 전구를 빼내자 그녀가 미소를 지으며 바라보았다. 딘은 작업을 하면서 속눈썹을 파르르 움직여 보였다. 월터보다 열다섯 살 정도 나이가 많고, 세상에서 제일 멋진 여자였다. 연장 코드를 그녀의 침대 맞은편에 꽂을 때도 계속 미소 짓고 있었다. 지금까지 어디에 있었는지, 지금 몇 시인지 월터에게 묻지도 않았다. 끌어온 코드를 겨우 부엌에 설치하고 우리는 소박한 식탁에 둘러앉아 맥주를 마시고 여러 가지 이야기를 했다. 날이 샜다. 정리하기로 하고 연장 코드를 침실에 가져다 놓고 전구를 원래 있던 곳에 끼웠다. 월터의 아내는 우리가 바보 같은 이야기를 끈질기게 계속하는 중에도 계속 웃고 있었다. 결국 한 번도 입을 열지 않았다.

새벽 거리로 나오자 딘이 말했다. "너도 봤지. 저게 진짜 여자야. 달려들지도 않고, 불평도 하지 않고. 잔소리도 하지 않지. 자기 남편이 밤 몇 시에 누굴 데리고 들어와도 상관 안 해. 부엌에서 언제까지 떠들고 맥주를 마셔도 말이야. 그게 바로 남자야. 여긴 저 남자의 성이야." 그는 아파트를 가리켰다. 우리는 비틀거리며 떠났다. 대단한 밤이 끝났다. 경찰차가 의심스러운 듯 우리를 몇 블록 따라왔다. 3번가의 빵집에서 신선한 도넛을 사서 황폐한 잿빛 길바닥에서 먹었다. 키가 크고 안경을 쓰고 잘 차려입은 남자가 트럭 운전사 모자를 쓴 흑인과 함께 비틀거리며 거리를 내려왔다. 이상한 한 쌍이었다. 대형 트럭이 지나가자 흑인 남자가 흥분해서 그것을 가리키며 뭐라고 떠들었다. 키가 큰 백인 남자는 어깨 너머로 주위를 흘긋거리며 돈을 셌다. "저건 올드 불 리랑 똑같군!" 딘이 낄낄거렸다. "돈을 세고 걱정만 하지. 저 옆의 녀석이 하고 싶은 건 트럭이니 뭐니 자기가 아는 걸 말하는 것뿐인데." 우리는 한참 동안 그들의 뒤를 쫓았다.

새벽녘의 재즈 아메리카에서는, 이렇게 녹초가 된 얼굴 몇몇이 공중에 떠도는 성스러운 꽃이 되었다.

우리는 잘 곳을 찾아야 했다. 갤러티아 던컬의 집은 논외다. 딘은 3번가의 호텔 방에서 아버지와 함께 사는 어니스트 버크라는 철도 제동수를 알고 있었다. 예전에는 그들과 사이좋게 지냈는데 최근에는 그렇지만도 않았다. 내가 바닥에서라도 잘 수 있게 허락해 달라고 부탁하기로 했다. 꽤 긴장이 되었다. 아침에 식당에서 전화했다. 노인이 미심쩍은 투로 전화를 받았다. 아들 얘기를 들이 나를 알고 있나고 했다. 놀랍게도 로비까지 내려와 우리를 들여 주었다. 쓸쓸하고 낡은 샌프란시스코 호텔이었다. 2층에 올라가자 노인은 친절하게도 침대를 통째로 내 주었다. "어쨌든 일어날 시간이라서 말이야." 하고는 커피를 뽑으러 좁은 부엌으로 갔다. 철도 일을 하던 시절의 얘기를 하기 시작했다. 그를 보자 내 아버지 생각이 났다. 계속 깬 채로 얘기를 들었다. 딘은 듣지 않고 이를 닦고 부산스럽게 돌아다니며 "그래요, 맞아요."라고만 말했다. 결국에는 우리 모두 잤다. 오전 중에 어니스트가 웨스턴 디비전 조업에서 돌아와서 딘과 내가 일어나 비킨 침대를 차지했다. 늙은 버크 씨는 중년 애인과의 데이트를 위해 몸단장을 했다. 녹색 트위드 양복을 입고, 마찬가지로 녹색 트위드 모자를 쓰고, 옷깃의 단춧구멍에 꽃 한 송이를 꽂았다.

"낭만적인 늙은 샌프란시스코 제동수도, 슬픈 삶이지만 나름대로 열심히 살고 있어." 화장실에서 딘에게 말했다. "우리를 재워 주다니, 정말 친절해."

"그래, 그래." 딘이 제대로 듣지도 않으면서 말했다. 여행 안내소로 차를 구하러 갔다. 나는 짐을 찾으러 갤러티아 던컬의 집으로 서둘러 갔다. 그녀는 운세 카드를 마주하고 바닥에 앉아 있었다.

"그럼 잘 있어, 갤러티아. 모든 게 잘되기 바라."

"에드가 돌아오면 매일 밤 제임슨 누크에 데리고 가서 그의 광기를 채워 줘야겠어. 그러면 잘될까, 샐? 어떻게 해야 할지 모르겠어."

"카드는 어떻게 나왔어?"

“스페이드 에이스가 그에게서 멀리 떨어져 있어. 하트는 언제나 그를 둘러싸고 있고, 하트의 퀸은 결코 가지 않아. 여기 스페이드 잭 보여? 이게 딘이야. 언제나 주변에 있지.”

“글쎄, 한 시간만 있으면 나는 뉴욕으로 갈 건데.”

“언젠가 딘도 여행을 떠나서 돌아오지 않게 되겠지.”

샤워를 하고, 면도를 하고, 작별 인사를 하고 가방을 들고 아래층으로 내려와 샌프란시스코에만 있는 소형 합승 택시를 불러 세웠다. 정해진 노선을 다니는 택시인데, 어디서 타고 어디까지 가든지 요금은 거의 비슷하게 15센트 정도다. 버스처럼 다른 승객들과 끼어 타지만 자가용처럼 얘기하고 농담을 주고받는다. 마지막 날, 샌프란시스코의 미션 거리는 도로 공사와 뛰노는 아이들과 일터에서 집으로 돌아가는 시끌벅적한 흑인들과 먼지와 흥분으로 가득해서, 실로 미국에서 가장 활발한 도시답게 거리의 파동이 윙윙대며 신음 소리를 냈다. 머리 위에는 파랗게 맑은 하늘이 있고, 안개 낀 바다는 기쁘게도 밤이 되면 항상 몰려와서 더 많은 음식과 더 강한 흥분을 향한 갈증을 느끼게 했다. 떠나기 싫었다. 예순 시간 남짓 머물렀다. 미친 딘과 함께 바쁘게 돌아다니기만 하고 제대로 보지도 못했다. 우리는 오후에 새크라멘토를 향해, 동쪽을 향해 다시 출발했다.

5

차 주인은 키가 크고 마른 게이였는데 캔자스의 집에 가는 길이라고 했다. 선글라스를 쓰고 무척 조심스럽게 운전했다. 차는 딘이 명명하기를 '호모 플리머스*'였다. 가속 성능도 없고 파워가 전혀 없었다. "나약한 차야!" 딘이 내 귀에다 대고 속삭였다. 다른 승객 두 명은 부부로, 아무 데나 들러서 하룻밤을 보내고 싶어 하는 전형적인 얼치기 관광객이었다. 첫 번째로 멈추는 곳은 새크라멘토일 듯한데, 그런 데라면 덴버까지의 여행은 아직 시작도 하지 않은 거나 마찬가지다. 딘과 나는 뒷좌석에 따로 앉아 모두 그들에게 맡겨놓고 잡담에 열중했다. "봐, 어젯밤 알토 색소폰 불던 남자는 그것을 쥐고 있었어. 그리고 꽉 쥐고는 놓지 않았어. 그렇게 오랫동안 쥐고 있는 사람은 처음 봤어." 나는 '그것'이 뭐냐고 물었다. "음." 딘이 웃었

* 플리머스는 미국제 자동차의 상표명.

다. "그렇게 물으면 할 말이 없잖아. 으흠! 우선, 그 녀석이 있고, 다른 사람들도 있어. 알겠지? 사람들 마음에 있는 것을 파악하는 건 그에게 달렸어. 퍼스트 코러스를 시작하고, 점점 자기 연주를 더하지. 그러면 듣고 있는 사람은 와와 떠들면서 흥분하고, 그러면 거기서 운명에 맡기고 올라가는 거야. 운명에 걸맞도록 불어 젖히는 거지. 그러면 갑자기 코러스 한가운데에서 그게 나타나는 거야. 모두 올려다보고 알게 되지. 귀를 기울여. 그리고 그것을 잡고 놓지 않는 거야. 시간이 멈추고, 아무것도 없는 공간을, 사람들의 피와 살로, 자기 아랫배에 힘을 주고, 여러 가지 연주를 기억하고, 옛날에 불었던 조금 특이한 소리로 가득 채워 가는 거야. 불면서 다리를 건너고, 다시 되돌아오고, 그러면서 감정을 무한히 움직이며 영혼을 찾아 순간의 음색을 파헤치면, 서서히 모두 다 알게 되는 거야. 중요한 것은 음이 아니라, 그거란 말이야……." 딘은 더는 말하지 못했다. 땀으로 흠뻑 젖어 있었다.

그런 다음 내가 얘기하기 시작했다. 그렇게 많이 떠든 적은 태어나서 처음이었다. 나는 어린 시절 차에 타면 곧잘 상상하던 것을 이야기했다. 손에 큰 낫을 들고 나무와 전봇대를 모두 베고, 창밖에 나타나는 언덕도 모두 조각냈다는 얘기였다. "그래! 그래!" 딘이 외쳤다. "나도 그랬어. 낫은 좀 다르지만 말이야. 이유를 말해 줘? 너무 넓은 서부를 차로 지나가느라 내 낫이 너무 길어져 버렸거든. 멀리 있는 산에까지 닿아서, 그 꼭대기를 자르고 또 그 건너편에 있는 산까지 닿을 수 있고 동시에 도로를 따라 서 있는 전봇대도 하나하나 잘라 버릴 수 있는 낫이야. 그렇지. 어이, 왠지 여러 가지 이야기를 하고 싶어졌어. 드디어 나에게도 그것이 나타났나 봐. 아버지랑 내가 래리머 가 출신의 극빈 부랑자와 불황 시대 한복판에서 네브래스카를 돌며 파리채를 팔고 다니던 얘기를 하지. 어떻게 만들었냐면 말이야, 보통 평범한 낡은 방충망이랑 철사 조각을 사서, 그걸 이중으로 놓고 굽힌 다음에 파랗고 빨간 작은 천으로 가장자리를 꿰매는 거야. 전부 싸구려 잡화점에서 몇 센트만 주면 살 수 있는 것들이야. 그런 파리채를 몇 천 개나 만들어서, 늙은 부랑자의 고물 차에다 싣고 네브래스카 농가를 하나하나 찾아다니며 하나에 5센트를 받고 팔았어. 대부분 적선하는 셈치고 우리 두 명의 부랑자와 한 어린아이에게, 우리 하늘의 애플파이들에게 5센트씩 줬어. 아버지는 그때 항상 '할렐루야, 나는 부랑자, 다시 부랑자라네.'라고 노래 불렀지.* 그래서, 들어 봐, 이 주 내내 더위 속에서 열심히 돌아다니며 그 변변찮고 끔찍한 파리채를 파는데, 두 사람이 판매 대금 분배로 길가에서 대판 싸움을 벌인 거야. 그리고 곧 있어 화해하고는 와인을 사 와서 마시기 시작했어. 내가 옆에서 몸을 웅크리고 우는 것도 아랑곳 않고, 닷새 동안 밤낮없이 마셔 댔지. 겨우 술판이 끝났을 때는 1센트도 남기지 않고 다 써 버려서 원래의 출발점인 래리머 가로 돌아와야 했어. 아버지가 체포되는 일도 생겨서 그때 나는, 우리 아빠예요, 엄마가 없으니까 석방해 줘요, 하면서 법정에서 판사에서 울며 매달렸지. 샐, 여덟 살짜리 몸으로 그 법률가들 앞에서 꽤 그럴듯한 연설을 했단 말이

---

* 1905년 미국에 생긴 급진적 노동조합인 세계산업노동조합(IWW)은 노동자와 부랑자를 조합으로 끌어들이기 위해 조 힐 등을 중심으로 개사곡들을 다수 만들었다. 「하늘의 애플파이」와 「할렐루야, 나는 부랑자」도 그런 노래이다.

야……." 우리는 흥이 났다. 동쪽으로 가고 있다. 흥분했다.

"나도 얘기 좀 할게." 내가 말했다. "그 이야기에 한마디 덧붙여 보지. 아까 내 생각의 결론이기도 하고 말이야. 어릴 때 아버지 차 뒷좌석에 누워 있을 때였는데, 또 다른 꿈을 꾸었어. 내가 백마를 타고 속속 나타나는 장해물을 훌쩍 넘어서 달려가는 거야. 전봇대를 스치고, 집이 있으면 빙글 돌아가고, 그러기 힘들 때면 뛰어넘으면서 언덕을 달려 올라갔어. 차로 가득한 광장이 갑자기 나타났는데 실로 멋들어지게 피했지……."

"그래! 그래! 그래!" 딘이 희열에 넘쳐 숨을 쉬었다. "나와의 차이점은, 나는 혼자서 직접 뛰었다는 거야. 말없이 말이야. 너는 동부 아이였으니 말을 꿈꿨겠지. 물론 그런 걸 저급한 문학적 발상이라고 하진 않겠어. 그건 너나 나나 잘 알고 있는 거니까 말이야. 그런 게 아니라, 내 경우에는 아마 더 요란한 정신분열이었던 거 같은데, 실제로 찻길을 달렸어. 엄청난 속력으로 때로는 145킬로미터로 말이야. 숲과 울타리와 농가를 넘어서, 때로는 언덕까지 재빨리 달려갔다가 돌아오면서, 조금도 거리를 잃지 않았지……."

이런 얘기를 하며 둘 다 땀을 흘렸다. 앞좌석에 누가 있는지 잊은 지 오래였는데, 그들은 뒷좌석에서 무슨 일이 일어나는지 슬슬 신경이 쓰이기 시작했다. 한번은 운전사가 말했다. "제발 부탁인데, 그렇게 뒤에서 흔들지 좀 마." 확실히 우리는 그랬다. 평생 영혼 속에 숨어 있던 자유분방하고 천사 같은, 셀 수 없는 온갖 세목의 텅 빈 황홀경의 끝까지 얘기하고 살아가는 흥분된 마지막 기쁨의 리듬과 '그것'에 맞춰, 딘과 나는 같이 몸을 흔들어 댔고, 차도 흔들렸다.

"봐, 이봐! 이봐, 이봐!" 딘이 신음했다. "이건 시작도 아니야. 이제 드디어 함께 동쪽으로 가고 있잖아. 처음으로 함께 동부로 가는 거야, 샐. 생각해 봐. 같이 덴버를 흠뻑 맛보는 거야. 사람들이 뭘 하는지 잘 살펴보자고. 뭐, 우리에게는 아무래도 상관없는 것들이지만. 무엇보다 우리는 '그것'이 무엇인지도 알고, 시간이 어떤 것인지도, 모든 일이 지극히 순조롭다는 것도 알고 있으니까." 그런 다음 딘이 속삭였다. 내 소매를 붙잡고 땀을 흘리며 말했다. "앞좌석에 있는 게 어떤 놈들인지 알아? 걱정하기를 엄청 좋아하는 사람들이야. 거리를 계산하고, 오늘 밤은 어디서 잘지 고민하고, 기름값이랑 날씨, 목적지까지 어떻게 갈지를 생각하지. 그런 생각을 하지 않아도 어차피 도착할 건데 말이야. 정말 고민하고 싶어 안달이 난 놈들이야. 뭐가 급한 것인지 제대로 된 판단도 못하고, 순진하리만큼 불안과 불만으로 가득해. 저들의 영혼 말이야. 만인이 인정하는 고민거리를 발견할 때까지 절대 편해지지 못해. 그리고 찾아내면 그다음에는 또 그에 맞춘 표정을 지어 보이지. 불안하다는 얼굴 말이야. 그런데 또 그게 계속 붙어 다니니까, 알고 있으면서 또 그것 때문에 고민하게 되는 거야. 들어 봐, 들어 봐! '글쎄요, 지금요.'" 딘이 흉내를 내기 시작했다. "'잘 모르겠지만, 저 주유소에서는 기름을 넣지 않는 게 좋겠어요. 최근에 《전국 페트로피우스 휘발유 뉴스》를 읽었는데, 이런 종류의 기름에는 옥탄 점액이 아주 많이 들어 있대요. 언젠가 누가 말해 줬는데, 반쯤 공인된 고주파 거시기까지 들어 있대요. 잘 모르겠지만, 어쨌든 나는 지금 그럴 기분이 아니라서…….' 어때, 무슨 뜻인지 알겠지?" 그는 이해를 구하며 내 옆구리를 격렬하게 찔러 댔다. 나는 최선을 다해 열심히 생각했다. 윙, 쾅, 요컨대 뒷좌석에서는 모두 그래! 그래! 그래! 였고, 앞좌석 사람들은 공포의 땀을 흘리며 여행 안내소에서 우리를 태운 것을 후회했다. 이건 그저 시작일 뿐인데.

새크라멘트에서 게이 차 주인은 호텔에 방을 잡고 딘과 내게 한잔하러 오라고 초대했다. 그동안 부부는 친척 집에 갔다. 딘은 책에서 읽은, 게이에게 돈을 얻어 내는 방법을 호텔 방에서 죄다 시도했다. 미친 짓이었다. 게이는 우리같이 젊은 남자들을 좋아하기 때문에 같이 오게 돼서 기쁘다고 말했다. 믿을지 모르겠지만 자기는 여자를 싫어한다, 최근에 샌프란시스코에서 헤어진 상대와 사귀었을 때도 자기가 남자 역할이고 상대가 여자 역할이었다고 단호히 말했다. 딘은 사업적인 질문을 해 대면서 진지하게 고개를 끄덕였다. 그는 무엇보다 딘이 그런 방면에 관심이 있는지를 알고 싶어 했다. 딘은 어릴 때 매춘은 해 본 적 있다고 말을 꺼내 놓고, 돈이 얼마나 있는지를 물었다. 나는 욕실에 있었다. 게이는 무척 불쾌한 듯이 딘의 진의를 의심하며, 돈 이야기는 하지 않고 덴버까지 태워다 주겠다는 모호한 약속을 했다. 그는 계속 돈을 세고 지갑을 점검했다. 딘은 두 손을 들고 포기했다. "이봐, 이상한 걱정은 하지 마. 저쪽에서 은밀히 원하는 게 있으면 빨리 내보이는 게 좋아. 그러면 안달을 낼 테니까." 하지만 딘은 플리머스의 주인을 함락시켜 어떤 항의도 받지 않고 운전대를 잡았고, 드디어 우리의 여행이 시작되었다.

우리는 새벽에 새크라멘토를 떠났고, 낮에는 네바다 사막을 가로질렀으며, 거의 날 듯한 기세로 시에라 산맥을 빠져나왔는데, 뒷좌석에서 게이와 부부 관광객은 부들부들 떨며 서로 얼싸안고 있었다. 이제 앞에 있는 우리가 주도권을 잡은 것이다. 딘은 다시 행복해졌다. 운전대를 잡고 길을 달리는 것이 그가 제일 원하는 것이었다. 그는 올드 불 리의 운전이 얼마나 형편없었는지 얘기하며 시범을 보였다. "저렇게 큰 트럭이 불쑥 나타나도 불은 좀처럼 알아채지 못했어. 눈이 안 보이는 거야, 그 녀석은. 눈이 안 보여." 그러면서 눈을 요란하게 비볐다. "그래서 내가 말했지. '조심해, 불, 트럭이야.' 그러면 그가 말했지. '응? 뭐라고 말했어, 딘?' '트럭! 트럭!' 그리고 트럭을 박아 버리기 직전이 돼서야……." 딘은 우리 쪽으로 오는 트럭을 향해 플리머스의 머리를 홱 들이댔다가, 순간 바로 앞에서 흔들 하고 공중으로 튀어 올랐는데, 트럭 운전사의 얼굴이 우리 눈앞에서 창백해지고, 뒷좌석 사람들은 공포로 숨이 막히더니, 마지막 순간에 겨우 비켜났다. "이렇게 말이야. 봤지. 정확하게 이랬어. 정말 심했지." 나는 전혀 두렵지 않았다. 딘을 알기 때문이다. 뒷좌석 사람들은 절규했다. 사실은 무서워서 불평 한마디 하지 못했다. 불평을 하면 어떤 일을 당할지 모른다고 생각했다. 이런 식으로 사막 한가운데를 가로지르며, 딘은 이렇게 운전하면 안 돼, 아버지는 그 고물차를 이렇게 운전했지, 위대한 드라이버는 커브를 이렇게 꺾어, 나쁜 드라이버는 너무 멀리 떨어진 데서 커브를 트니까 엉덩이가 이렇게 크게 흔들리는 거야, 하며 여러 가지 시범을 보였다. 덥고 화창한 오후였다. 리노, 배틀 마운튼, 엘코, 네바다의 도로를 따라 마을들이 하나씩 총알같이 지나갔다. 어스름 무렵에는 솔트레이크의 평원에 있었다. 거의 160킬로미터 거리에서 솔트레이크시티의 불빛이 작게 반짝였는데, 평원의 신기루 때문에 대지의 굴곡이 위아래 두 개로 보였다. 하나는 뚜렷하고 하나는 희미했다. 나는 딘에게 우리가 사람들 눈에 보이지 않는 것으로 묶여 있다고 하면서 그 증거로 전봇대의 긴 전선을 가리켰다. 그것은 죽죽 뻗어서 160킬로미터 앞 소금 호수의 굴곡 너머에서 사라졌다. 이제 완전히 더러워진 딘의 너덜너덜한 붕대가 공중에 떠올라 흔들거리자 그의 얼굴이 밝아졌다. "그래, 신이야, 그래, 그래!" 그리고 갑자기 차를 멈추고 쓰러졌다. 옆을 보자 그는 구석에 몸을 웅크리고 잠이 들어 있었다. 다치지 않은 쪽 손에다 얼굴을 얹고 있었고, 붕대를 감은 손은 자연히 공중에 걸쳐 있었다.

뒷좌석 사람들이 안도의 한숨을 쉬었다. 그들이 반란을 속삭이는 소리가 들렸다. "더 이상 운전하게 놔둘 수는 없어요. 그는 분명히 미쳤어요. 정신병원에서 나왔나 봐요."

나는 딘을 변호하기 위해 뒤돌아보고 말했다. "미치지 않았어요. 멀쩡해요. 운전은 걱정하지 마세요. 세상에서 최고 가는 솜씨니까."

"정말 견딜 수 없어요." 여자가 화를 누르며 신경질적으로 속삭였다. 나는 뒷좌석에 앉아 사막에 어둠이 깔리는 모습을 즐기면서 불쌍한 아기 천사 딘이 다시 깨어나기를 기다렸다. 솔트레이크시티의 정돈된 불빛 패턴이 언덕 아래로 보였다. 딘이 여러 해 전에 이름도 없이 쭈글쭈글한 몸으로 태어난 이 유령 같은 세상의 이 땅을 향해, 딘이 눈을 떴다.

"샐, 샐, 봐, 이곳이 내가 태어났던 곳이야. 굉장하지 않아! 사람은 변해, 매년 밥을 먹고, 밥을 먹을 때마다 변하지. 와!

펑징해!" 딘이 너무 흥분한 바람에 나까지 눈물이 났다. 이런 일이 어디까지 계속되는 걸까? 관광객 커플이 덴버까지 남은 길은 자기들이 운전하겠다고 나섰다. 좋아요. 우리는 신경 쓰지 않고 뒷좌석에 앉아 얘기를 했다. 하지만 아침이 되자 그들이 지쳐 버리는 바람에 콜로라도 동부의 사막에 있는 크레이그부터는 딘이 운전대를 잡았다. 거의 하룻밤 걸려 조심스럽게 기어가듯이 유타 주의 스트로베리 패스를 넘었기에, 시간을 꽤 많이 허비했다. 사람들은 잠이 들었다. 딘은 160킬로미터 앞에 세계의 지붕이 솟아오른 거대한 벽 같은 베르수드 패스, 구름에 둘러싸인 엄청난 지브롤터 관문을 향해 저돌적으로 달렸다. 그는 그 베르수드 패스도 벌레처럼 다루었다. 터헤치피 패스 때같이, 시동을 끄고 모두를 지나치면서, 산맥이 보이는 리드미컬한 전진을 멈추지 않고 나아가, 크고 뜨거운 덴버의 평야를 내려다볼 수 있는 곳까지 한 번에 다시 내려왔다. 딘은 고향에 돌아왔다.

사람들은 바보같이 안도한 얼굴로 우리를 27번가와 페더럴 거리의 교차로에 내려 주었다. 우리의 찌그러진 여행 가방이 다시 인도 위에 쌓였다. 아직 갈 길이 멀다. 하지만 문제되지 않았다. 길은 삶이니까.

6

덴버에서 처리해야 할 일들이 몇 개 있었다. 1947년 때와는 사정이 많이 달랐다. 바로 여행 안내소에서 다시 차를 구하거나, 며칠 머물러 놀면서 딘의 아버지를 찾아도 됐다.

둘 다 흥분했고 꽤 더러웠다. 식당 화장실에서 소변을 보고 있는데 손을 씻으러 온 딘을 가로막은 셈이 되어 도중에 끊고 다른 변기로 옮겨서 다시 볼일을 보았다. 그리고 딘에게 말했다. “굉장한 재주 같지 않아?”

세면대에서 손을 씻으며 그가 대답했다. “그래. 멋진 재주지만 신장에 아주 안 좋아. 이제 나이도 먹었고 자꾸 그러면 늙을수록 점점 심해져서 신장병을 얻어서 공원에나 앉아 있는 신세가 될 걸.”

이 말에는 화가 났다. “누가 늙었다고? 너랑 별로 다르지 않을 텐데!”

“그 얘기가 아니야!”

"이것 봐." 내가 말했다. "넌 툭하면 내 나이를 갖고 시비를 거는데, 나는 아까 그 게이 같은 늙은이가 아니야. 내 신장 문제를 네가 걱정할 필요는 없어." 자리로 돌아와서 웨이트레스가 뜨거운 로스트비프 샌드위치를 갖고 왔을 때 — 보통 때 같으면 딘이 늑대처럼 달려들어 삼켜 버렸을 것인데 — 나는 다시 한 번 화를 삭일 겸 말했다. "다시는 그런 말 듣고 싶지 않아." 그러자 갑자기 딘의 눈에 눈물이 그렁그렁해지더니 김이 피어오르는 음식에 손도 대지 않고 일어나서 식당을 나가 버렸다. 이대로 영원히 어딘가로 가 버리는 걸까 싶었다. 그래도 상관없었다. 그만큼 화가 났던 것이다. 한순간 발끈해서 딘에게 퍼부은 것이다. 그러나 손도 대지 않은 음식을 바라보는 사이 최근 몇 년 간 맛본 어떤 슬픔보다도 훨씬 슬픈 기분이 들기 시작했다. 그런 말을 하지 말았어야 했는데……. 먹는 걸 그렇게 좋아하던 녀석이……. 이렇게 음식을 남겨 두고 나가는 일은 지금까지 없었는데……. 에라, 모르겠다. 어쨌든 딘에게 효과는 있었을 것이다.

딘은 정확히 오 분 동안 식당 밖에 서 있었다. 그러고는 자리에 돌아와서 앉았다. "밖에서 뭐 했어?" 내가 말했다. "주먹을 불끈 쥐었어? 나를 저주하면서 신장에 대한 새 농담이라도 생각했어?"

딘이 묵묵히 머리를 저었다. "아냐, 전혀 그렇지 않아. 알고 싶다면 말해도……."

"말해." 나는 음식에서 눈을 떼지 않고 말했다. 야수 같은 기분이 들었다.

"울었어." 딘이 말했다.

"지랄하네. 설마 네가 울었을라고."

"말이 심한데? 왜 그렇게 생각해?"

"넌 울 만큼 뻗어 본 적이 없잖아." 내가 말하는 한마디 한마디가 날카로운 칼 같았다. 자기 형제에 대해 남몰래 갖고 있던 반감이 고개를 들고, 불순한 심리 저 깊은 곳에서 나의 더럽고 못된 부분이 드러났다.

딘이 고개를 가로저었다. "정말로 울었어."

"거짓말하지 마, 그냥 발끈해서 나간 거잖아."

"믿어 줘, 샐. 부탁이야. 지금까지도 날 믿어 왔잖아." 그가 거짓말을 하고 있지 않다는 건 알았지만, 그런 진실에 흔들리고 싶지 않았다. 그를 올려다보는데 내장이 이상하게 비틀리고 꼬여 제정신이 아닌 것 같다는 생각이 들었다. 내가 틀렸다는 것을 알았다.

"미안해, 딘. 미안해. 지금까지 너에게 이런 적이 없었는데. 하지만 알아줘. 나는 이제 누구와도 친밀하게 지내지 않기로 했어. 그런 걸 어떻게 다뤄야 할지 모르겠어. 시시한 것처럼 대하면서, 어디에 어떻게 가져가야 하는지 모르겠어. 아까 일은 잊어 줘." 성스러운 사기꾼은 먹기 시작했다. "내 잘못이 아니야! 내 잘못이 아니라고!" 나는 말했다. "이런 엉망진창인 세상에서, 내 잘못은 하나도 없어. 알고 있지? 내 잘못이라고는 생각하고 싶지도 않고, 그럴 리도 없고, 그렇게 되지도 않을 거야야."

"알았어, 알았어. 하지만 부탁할게. 나는 믿어 줘."

"믿어, 믿고말고." 슬픈 오후의 이야기다. 그날 저녁, 딘과 함께 이주 노동자 집에 묵으러 갔을 때 말도 안 되게 복잡한 일이 일어났다.

그들은 이 주 전 내가 덴버에서 고독을 씹고 있을 때 이웃에 살던 이들이었다. 어머니는 청바지를 잘 입는 멋진 여자로, 겨울 산속에서 석탄 트럭을 운전하며 네 명의 자식을 부양했다. 그녀의 남편은 몇 년 전에 온 가족이 트레일러를 타고 미국 여행을 할 때 사라져 버렸다. 인디애나에서 트레일러로 달려 LA에 도착했을 때였다. 한참 동안 즐거운 시간을 보내고, 일요일 낮부터 네거리의 술집에서 마음껏 마시고, 밤에는 웃고 떠들며 기타를 치면서 즐긴 후에, 그 덩치 큰 시골뜨기 사내는 갑자기 어두운 들판으로 나가서 그대로 돌아오지 않았다. 아이들은 다들 훌륭했다. 가장 큰 애는 남자아이였는데, 그해 여름에는 산으로 캠프를 가서 집에 없었다. 둘째는 귀여운 열세 살짜리 여자아이로, 시를 쓰고 들판에서 꽃을 꺾고 크면 할리우드 배우가 되겠다는 꿈이 있었다. 이름은 재닛이었다. 그리고 꼬마들. 지미는 밤에 캠프파이어 주변에 앉아 제대로 구워지지도 않은 감자를 달라고 외치고, 루시는 지렁이와 뿔도마뱀, 딱정벌레 등, 기어다니는 건 전부 자기 애완동물로 만들고 이름을 붙이고 집도 마련해 주었다. 개도 네 마리 있었다. 작은 신흥 주택지에서 가난하지만 즐거운 삶을 보내고 있었는데, 남편이 도망 간 것과 마당이 쓰레기 천지라는 이유만으로 조금 거드름을 피우는 주위 사람들 사이에서 웃음거리가 되고 있었다. 밤이 되면 아래 평원으로 덴버의 불빛이 거대한 고리처럼 펼쳐졌다. 집들이 모여 있는 서쪽은 산에서 평원까지 작은 언덕들이 몇 개 있고, 아주 옛날 바다 같은 미시시피 강에서 부드러운 파도가 밀려와 섬처럼 깎아 낸 에번스와 파이크와 롱스라는 산 아래 둥글고 완벽한 발판을 이루고 있었다. 딘은 거기 도착해 그들을 만나자 당연히 엄청나게 기뻐했다. 특히 재닛에게 푹 빠졌다. 그 아이에게는 손대지 말라고 경고했지만 아마 그럴 필요는 없었던 것 같았다. 어머니가 남자에게 무척 친절한 사람이라 곧 딘을 마음에 들어 했기 때문이다. 다만 그녀나 딘이나 수줍음을 탔다. 딘을 보고 있으면 사라진 남편이 생각난다고 그녀는 말했다. "정말 닮았어. 그도 미친 사람이었거든. 정말로!"

결국 어질러진 거실에서 떠들썩하게 맥주를 마시게 되었다. 소리 높여 떠들며 저녁을 먹고, 론 레인저의 라디오 프로그램을 크게 틀었다. 복잡한 문제가 나비 떼처럼 일어났다. 그녀가 — 사람들은 프랭키라고 불렀다. — 차를 사겠다고 말을 꺼낸 것이다. 몇 년 동안 계속 사겠다고 말해 왔는데, 최근에 겨우 그럴 만한 돈이 모였다고 했다. 딘은 바로 차를 골라 가격을 흥정하는 역할을 맡겠다고 나섰다. 물론 자기가 쓰고 싶어서였다. 오후에 하교하는 여고생을 데리고 산으로 데려가곤 했던 옛날처럼 말이다. 딱하게도 순진한 프랭키는 반대할 줄을 몰랐다. 그러나 중고차 매장에 가서 외판원 앞에 서자 돈을 써버리는 것을 주저했다. 딘은 앨러미다 대로의 먼지바람 속에 앉아 자기 머리를 쥐어박았다. "100달러로 이렇게 좋은 걸 살 수 있는데 말이야!" 그리고 다시는 상대하지 않겠다고 맹세하며 당장에라도 차에 뛰어올라 타고 가 버릴 듯한 기세로 얼굴이 보랏빛이 될 때까지 저주의 말을 퍼부었다. "정말 이주 노동자들이란 족속은 바보들이야. 바보 천치라고. 항상 그랬지. 정말로 근사하게, 믿어지지 않을 정도로 바보들이야. 막상 뭔가를 할 때가 되면 몸이 뻣뻣하게 굳고 겁을 먹고 신경질적이 돼. 자기가 뭔가를 원한다는 기분이 무서운 거야. 그리고 또, 아버지, 아버지, 아버지 타령이지!"

밤이 되자 딘은 사촌 샘 브래디와 술집에서 만나기로 했다며 무척 흥분했다. 깨끗한 티셔츠를 입고 만면에 웃음을 띠었다. "잘 들어, 샐. 샘 이야기를 해 줄게. 내 사촌이거든."

"그것도 좋지만, 아버지는 찾아 봤어?"

"오늘 오후에 직스 뷔페에 가 봤어. 옛날에 아버지가 코가 비뚤어지도록 생맥주를 부어 대다 주인에게 쫓겨나서 비틀거리며 나간 곳이거든. 그런데 소용없었어. 윈저 바로 옆의 이발소에도 가 봤지. 거기도 없더군. 이발소 아저씨는 철노 노동자들이 모이는 식당이나 뉴잉글랜드 어딘가에서 보스턴 앤 메인 철도 일을 하고 있지 않을까 하더군. 일을 할 리가 없지! 할 리가 없어. 10센트만 있어도 말도 안 되는 이야기를 만들어 내는 인간들이니까. 아무튼, 들어 봐. 내 사촌 샘 브래디는 어릴 때 완전히 영웅이었어. 산에서 위스키를 밀조하고, 한번은 마당에서 자기 형과 두 시간 동안 심하게 주먹 싸움을 했어. 여자들이 비명을 지르고 무서워했지. 곧잘 같이 자기도 했어. 가족 친척 중에 나한테 따뜻하게 대해 준 유일한 사람이야. 오늘 밤 칠 년 만에 만나는 거야. 미주리에서 방금 돌아왔대."

"무슨 계획이라도 있어?"

"계획은 없어. 친척의 근황을 알고 싶은 것뿐이야. 나한테도 친척이 있다고. 그리고 무엇보다 말이야, 샐, 어릴 때 일 중에 내가 잊어버린 이야기를 듣고 싶어. 기억해 내고 싶거든. 정말로, 기억해 내고 싶어!" 이토록 기쁜 듯이 흥분한 딘은 본 적이 없었다. 술집에서 사촌을 기다리는 동안 그는 쉬지 않고 길거리의 젊은이들과 매춘부에게 말을 걸며 새로운 패거리와 현재 상태 등을 물어보았다. 메릴루에 대해서도 물었는데, 최근에 덴버에 돌아와 있기 때문이었다. "샐, 나는 어릴 때 싸구려 비프스튜가 먹고 싶어서 여기 신문 가판대에서 동전을 훔치고 다녔는데, 저기 서 있는 눈빛이 날카로운 아저씨는 사람을 죽이려는 생각밖에 머릿속에 없어서 말이야, 툭하면 끔찍한 싸움을 하고 항상 상처투성이였던 게 기억이 나. 하지만 그렇게 같은 장소에 서서 몇 년 동안 무료하게 지내다 보니 확실히 성격이 부드러워지고 반성도 해서인지 지금은 완전히 친절하고 누구에게나 다정하고 인내심 있는 사람이 되었어. 지금은 저 동네의 명물이지. 세상일이 다 그런 걸까?"

그리고 샘이 도착했다. 노동으로 울퉁불퉁해진 손을 지닌 빳빳한 곱슬머리의 서른다섯 살 남자였다. 딘이 덮치듯이 달려가서 그의 앞에 섰다. "아니야." 샘 브래디가 말했다. "이젠 술 안 마셔."

"봤어? 봤어?" 딘이 내 귀에다 대고 속삭였다. "이젠 술을 안 마신대. 동네에서 가장 센 위스키 술꾼이었는데 말이야. 지금은 종교를 가졌다고 전화로 말하더라. 그랬던 사람이 말이야. 인간은 변하는 거야. 내 영웅도 이상해져 버렸군." 샘 브래디는 미심쩍은 눈으로 자신의 젊은 사촌을 바라보았다. 낡아서 털털거리는 쿠페에 우리를 태우고 드라이브를 했는데, 딘에게는 바로 자기 입장을 밝혔다.

"이것 봐, 딘. 나는 이제 너를 믿지 않아. 그러니까 나한테 뭐라고 해도 소용없어. 오늘 온 것은 네가 서명해 줬으면 하는 서류가 있어서야. 가족들을 위해서 말이야. 우린 네 아버지 얘기는 이제 하지도 않아. 일절 관계하고 싶지 않다는 입장이야. 미안하지만, 너도 마찬가지고. 이제 더 이상은 말이야." 나는 딘을 보았다. 고개를 푹 숙이고 얼굴빛이 어두웠다.

"그래요, 알았어요." 그가 말했다. 사촌은 계속 주변을 드라이브하면서 아이스크림도 사 줬다. 그래도 딘은 옛날 일에 대해 계속 질문을 퍼붓고, 사촌은 하나하나 대답했고, 그 사이 딘은 흥분해서 또 땀투성이가 되었다. 아아, 누더기를 입은 그의 아버지는 그날 밤 대체 어디에 있었을까? 사촌은 앨러미다 대로와 패더럴 거리의 모퉁이, 쓸쓸한 축제의 불빛이 밝혀진 곳에 우리를 내려 주고 내일 오후 서류에 서명하기로 약속하고는 떠났다. 나는 딘에게, 세상에 자길 믿는 인간이 하나도 없다는 건 슬프다고 말했다.

"나는 널 믿는다는 걸 잊지 마. 어제 오후에는 심한 말을 해서 정말 미안했어."

"괜찮아, 됐어, 알아." 딘이 말했다. 우리는 함께 축제를 즐겼다. 회전목마, 대관람차, 팝콘, 룰렛 회전판, 대중 주점, 그리고 청바지를 입고 주변에서 배회하는 덴버의 젊은 아이들 수백 명이 있었다. 먼지가 땅 위의 모든 슬픈 음악을 데리고 별을 향해 올라갔다. 딘은 빛바래고 꽉 끼는 리바이스 청바지와 티셔츠를 입었는데, 갑자기 다시 진정한 덴버 사람이 된 듯해 보였다. 복면을 쓰고 턱수염을 기르고 비즈가 달린 재킷을 입고 오토바이를 탄 녀석들이 리바이스 청바지와 장밋빛 셔츠를 입은 예쁜 여자들과 텐트 뒤편 장막 주변에서 서성거렸다. 멕시코 여자들도 많이 있었다. 키가 90센티미터인, 놀랄 정도로 작은 난쟁이 여자가 있었는데 세상에서 가장 아름답고 다정한 얼굴로 친구들을 돌아보며 "고메즈한테 전화하고 이만 가자." 하고 말했다. 딘은 그 모습을 보고 발을 딱 멈췄다. 커다란 칼이 밤의 어둠에서 나와 그를 찔렀다. "야, 저 여자, 마음에 들어. 사랑해, 저 여자를……." 우리는 한참 동안 그녀를 따라다녔다. 그리고 이윽고 고속도로를 건너 모텔 입구에 들어가 전화를 걸자, 딘은 전화번호부를 뒤지는 척하면서 온통 정신을 놓고 그녀를 바라보았다. 나는 그 귀여운 인형 같은 여자의 친구에게 뭐라고 말을 걸어 보려 했지만 상대도 해 주지 않았다. 고메즈가 트럭을 털털거리며 도착해서 여자들을 데리고 가 버렸다. 딘은 길 위에 우뚝 선 채로 가슴을 부여잡았다. "아아, 난, 이제, 죽을 거야……."

"왜 말을 걸어 보지 않았어?"

"그럴 수 없었어, 그럴 수가……." 맥주를 사서 이주 노동자 프랭키의 집으로 가서 레코드를 듣기로 했다. 캔 맥주 봉지를 들고 히치하이크를 했다. 프랭키의 열세 살짜리 딸 재닛은 세상에서 가장 귀여운 여자아이였고, 서서히 끝내주는 여자로 자라고 있었다. 무엇보다 멋진 것은 말을 할 때 움직이는 길고 가는 손가락이었다. 클레오파트라의 나일 댄스 같았다. 딘은 방구석에 앉아 실눈을 뜨고 재닛을 바라보며 "그래, 그래, 그래." 하고 말했다. 재닛도 그것을 알아챈 듯 내 쪽을 보고 도움을 요청했다. 그 여름이 오기 전 몇 달 동안, 나는 책이며 그애가 관심을 보이는 것들에 관해 이야기를 하며 꽤 오랫동안 시간을 보냈었다.

7

그날 밤에는 아무 일도 일어나지 않았다. 우리는 잠을 잤다. 일이 벌어진 건 다음날이었다. 오후에 딘과 나는 덴버 중심가로 가서 이런저런 잡다한 일을 해치우고 여행 안내소에서 뉴욕으로 가는 차를 찾아보았다. 오후 늦게 프랭키의 집으로 돌아가려는 참에, 브로드웨이에서 딘이 갑자기 스포츠 용품점에 슬쩍 들어가더니 카운터에서 야구공을 집어 들고 나와 손바닥 위에서 팡팡 튕겨 올렸다. 아무도 눈치 채지 못했다. 이런 걸 눈치 채는 사람은 좀처럼 없다. 졸립고 더운 오후였다. 우리는 캐치볼을 하면서 걸었다. "내일은 꼭 여행 안내소에서 차를 구할 거야."

여자 친구에게서 받은 1리터짜리 큰 병에 든 올드 그랜드대디 버번이 있어서 우리는 프랭키네 집에서 그걸 마시기 시작했다. 뒤편 옥수수 밭 건너편에는 귀여운 여자애가 살았는데 딘은 여기 온 이후로 계속 그녀를 노리고 있었다. 귀찮은 일이 일어나려 했다. 딘이 그 아이 집 창문에 조약돌을 계속 던져 대서 아이가 겁을 먹은 것이다. 어질러진 거실에서 개와 흩어진 장난감과 슬픈 이야기와 함께 버번을 마시고 있는데, 딘이 뒤편 부엌문으로 슬렁슬렁 나가더니 옥수수 밭을 가로질러 조약돌을 던지며 휘파람을 불었다. 이따금 재닛이 상태를 엿보러 갔다 왔다. 갑자기 딘이 새파란 얼굴로 돌아왔다. "큰일 났어, 이봐. 그 애 엄마가 엽총을 들고 쫓아와. 그리고 고등학생 패거리들도 벌써 길에 모여 있어. 나를 해치우려는 것 같아."

"뭐? 어디에?"

"옥수수 밭 건너편이야." 딘은 술에 취해서 자포자기한 모습이었다. 함께 밖으로 나가 달빛 아래 옥수수 밭을 가로질렀다. 어두운 흙길에 사람들의 무리가 보였다.

"저기 온다!" 하는 소리가 들렸다.

"잠깐만요." 내가 말했다. "실례지만 무슨 문제죠?"

아이의 어머니는 큰 엽총을 팔에 끼고 사람들 뒤에 있었다. "저 망할 놈의 네 친구가 아까부터 계속 성가시게 해. 난 경찰을 부르거나 하진 않아. 한 번만 더 가까이 오면 쏴 버리겠어. 죽여 버린다고." 고등학생 패거리는 주먹을 쥐고 있었다. 나도 취했기에 실은 자포자기한 심정이었지만, 그래도 조금 사람들을 진정시켰다.

나는 말했다. "다시는 안 그럴 거예요. 제가 감시할게요. 동생이라서 제 말은 잘 들어요. 제발 총 좀 내려놓으세요. 이제 걱정 마세요."

"한 번만 더 그러면 재미없어!" 어둠을 가로질러 그녀가 단호하고 엄격하게 말했다. "남편이 오면 그쪽으로 보낼 거야."

“그러실 필요 없어요. 이세 너는 괴롭히지 않을 거예요. 아시겠어요? 이제 진정하세요. 다 괜찮아요.” 내 뒤에서 딘이 숨죽인 채 욕을 해 댔다. 여자애가 침실 창문으로 엿봤다. 나는 예전부터 알던 사람이라 조금은 믿어 주었는지 어떻게 정리가 되었다. 나는 딘의 팔을 잡고 달빛 비치는 옥수수 이랑을 건너 돌아왔다.

“아아, 아아!” 딘이 외쳤다. “오늘 밤은 취해 버릴 거야.” 프랭키와 아이들에게 돌아간 딘은 갑자기 신경질을 내며 재닛이 틀어 놓은 레코드를 무릎으로 부숴 버렸다. 컨트리 뮤직 음반이었다. 딘이 높게 평가하는 디지 길레스피*의 초기 음반으로, 맥스 웨스트가 드럼을 치는 「콩고 블루스」였다. 내가 전에 재닛에게 준 것이었다. 우는 재닛에게 그걸 가지고 가서 딘의 머리통에다 대고 부숴 버리라고 말했다. 재닛이 다가가서 그렇게 했다. 딘은 바보같이 입을 벌리고 모든 것을 납득했다. 모두 웃음을 터뜨렸다. 모든 게 다 좋았다. 그러자 어머니 프랭키가 밖에 나가 여관 술집에서 맥주를 마시자고 했다. “가자!” 딘이 외쳤다. “정말, 화요일에 봤던 그 차를 샀더라면 걸어갈 필요 없잖아.”

“그 차는 마음에 안 들었다고!” 프랭키가 소리쳤다. 꼬마들이 앵앵 울기 시작했다. 짙고 좀 먹은 듯한 영원이 갈색 거실에 무겁게 내려앉았다. 구슬픈 벽지, 핑크빛 전등, 흥분한 얼굴들. 겁을 먹은 꼬마 지미를 소파에 재우고 강아지로 몸을 받쳐 주었다. 프랭키가 술에 취해 택시를 불러서 다 같이 기다리고 있

* 1917~1993. 비밥의 전도사라 불리는 재즈 트럼펫 연주자.

는데 갑자기 여자 친구에게서 전화가 왔다. 그녀에게는 내 근성을 무척 싫어하는 중년의 사촌이 있었다. 그날 오후 일찍 나는 지금 멕시코시티에 있는 올드 불 리에게 편지를 써서, 딘과 나의 모험에 대해, 덴버의 근황을 알려 주었다. 이렇게 썼다. '여자 친구가 있는데, 위스키에다 돈에다 거창한 저녁까지 차려 줘.'

프라이드치킨으로 저녁을 먹은 후에 나는 바보같이 그 중년의 사촌에게 편지를 부쳐 달라며 건네줬다. 그는 뜯어서 읽어 보고는 바로 그녀에게 갖고 가서 내가 사기꾼이라는 사실을 보여 주었다. 그녀는 눈물을 흘리며 내게 전화해 다시는 나를 보고 싶지 않다고 말했다. 그런 다음 의기양양한 사촌이 전화를 받더니 나를 짐승 같은 놈이라고 욕하기 시작했다. 택시가 밖에서 빵빵거리고 꼬마들이 울고 개가 짖고 딘이 프랭키와 춤추는 와중에, 나는 전화통에다 대고 내가 생각해 낼 수 있는 온갖 욕설에다 새로운 욕설을 추가해 퍼부어 댔다. 취기 탓도 있어서 격분한 투로 전화통에 대고 모두에게 지옥에나 가 버리라고 말하고는 수화기를 쾅 내려놓고 술에 더 취하기 위해 나갔다.

서로 포개져 쓰러질 정도로 비틀대며 택시에서 내려 언덕 근처의 컨트리 뮤직 여관에 들어가서 맥주를 시켰다. 모든 게 엉망진창이었지만 손쓸 수도 없이 사태를 더 혼란하게 만든 건, 그 술집에 있던 잔뜩 흥분한 미친놈이 딘을 끌어안고 얼굴을 바짝 갖다 대고 뭐라고 신음했기 때문이었다. 딘은 또 땀투성이가 되어 미친 듯이 화를 내고, 참을 수 없는 혼란에 한 방 더 먹이려는 듯이, 다음 순간 밖으로 뛰어나가 주차장에서 차를 훔쳐 덴버의 중심가까지 총알같이 달려갔다가, 좀 더 좋고 번쩍거리는 차를 타고 돌아왔다. 내가 취한 머리를 들어 보자 술집에는 경찰이 와 있고 주차장에는 경찰차 헤드라이트가 번쩍거리고 사람들이 무리 지어 도둑맞은 차 이야기를 하고 있었다. "어떤 놈이 계속 차를 훔치고 다녀!" 경찰이 말했다. 딘은 그 뒤에서 귀를 기울이며 "그래, 그래." 하고 말하고 있었다. 경찰들은 조사를 한 후 떠났다. 딘은 술집에 돌아와서 예의 미친 남자와 끌어안고 몸을 흔들었는데, 그는 그날 막 결혼해서 신부를 어딘가에서 기다리게 해 놓고 엉망으로 취한 참이었다. "좋아, 좋아, 이 녀석은 세상에서 제일 멋진 남자야!" 딘이 외쳤다. "샐, 프랭키! 잠깐 나갔다 올게. 최고로 좋은 차를 가져올 거야. 다 함께 떠나자고. 토니(그 남자의 이름이었다.)도 같이 말이야. 산으로 드라이브를 가자." 그러고는 튀어 나갔다. 그와 동시에 경찰들이 몰려와 덴버 중심가에서 도둑맞은 차가 주차장에 있다고 말했다. 모두 모여 수색을 시작했다. 창문 밖으로 딘이 제일 가까이 있는 차에 뛰어들어 달려가는 모습이 보였지만 아무도 눈치 채지 못했다. 몇 분 후 그는 다른 차를, 번쩍번쩍한 신형 컨버터블을 타고 돌아왔다. "이번 거 예쁘지 않아?" 내 귀에 대고 속삭였다. "아까 건 너무 털털거렸어. 네거리에서 발견했지, 저 귀여운 놈이 농가 앞에 서 있는 걸 말이야. 덴버를 한 바퀴 돌고 왔어. 자, 다 함께 가자고." 이제까지 덴버에서의 생활에서 나온 씁쓸함과 광기가 그의 몸에서 칼처럼 분출되었다. 얼굴은 새빨갛고 땀에 젖어 험악했다.

"됐어. 훔친 차에 관계하고 싶지 않아."

"어이, 뭐야! 토니는 괜찮지? 응? 귀여운 토니?" 토니는 마르고 흑발에 성자 같은 눈을 하고 입으로는 계속 중얼거리는, 방황하는 영혼이었다. 딘에게 기대 끙끙거리며 신음했는데, 갑자기 몸이 안 좋아졌는지 직감적으로 딘을 무서워하게 된 것인지 양손을 들고 겁에 질린 얼굴을 꿈틀거리며 가 버렸다. 딘은 머리를 숙이고 땀을 흘렸다. 그는 밖으로 달려나가 차를 타고 사라졌다. 프랭키와 나는 주차장에 택시가 있는 걸 보고 집으로 가기로 했다. 택시는 한없이 어두운 앨러미다 대로를 달렸다. 몇 개월 전 여름, 나는 그곳을 정처 없이 몇 번이나 걸어 다니며 노래를 부르고, 중얼거리고, 별을 먹고, 뜨거운 콜타르 위에 내 마음의 엑기스를 한 방울씩 떨어뜨렸다. 훔친 컨버터블을 탄 딘이 갑자기 바로 뒤에 붙어서 클랙슨을 빵빵거리며 놀리듯이 비명을 질러 댔다. 택시 운전수의 얼굴이 창백해졌다.

"괜찮아요, 내 친구에요." 내가 말했다. 딘은 우리가 역겨워졌는지 갑자기 배기관으로 유령 같은 먼지를 앞에 뿜어 대며 시속 145킬로미터로 달려 나갔다. 그러고는 프랭키의 집 앞 도로에서 회전하더니 바로 앞에 차를 댔다. 그러더니 우리가 택시에서 나와 요금을 지불하는 사이 갑자기 다시 출발해 유턴해 시내로 돌아갔다. 우리는 어두운 마당에서 걱정스럽게 기다리고 있었는데 잠시 뒤 딘이 또 다른 차를 타고 돌아왔다. 찌그러진 쿠페였다. 먼지구름을 피우며 집 앞에 차를 세우더니 비틀거리며 나와서는 집 안으로 들어가 술에 취한 채 침대에 털썩 뻗어 버렸다. 우리는 도난 차량과 함께 현관 앞에 남겨진 신세가 되었다.

그를 깨워야 했다. 내가 시동을 걸어 차를 어디 먼 곳에 두고 올 수는 없었다. 그는 어기석거리며 침대에서 나와 팬티 하나만 걸치고 꼬마들이 창문에서 낄낄대는 와중에 나와 함께 차를 탔다. 차는 길이 막혀 있는 곳을 비집고 들어가 단단한 알팔파 밭이랑을 넘어 곧바로 앞으로 향하다 마침내 오래된 방앗간 근처 늙은 사시나무 아래에서 완전히 멈춰 버렸다. "더 이상 안 되겠어." 딘은 그렇게 말하고는 밖으로 나와 걷기 시작했다. 반 마일의 목화밭을 팬티 차림으로 걸었다. 집에 돌아오자마자 그는 자러 갔다. 모든 것이, 덴버의 모든 것이 다 엉망진창이었다. 내 여자 친구도, 차도, 아이들도, 불쌍한 프랭키도. 거실은 빈 맥주 캔으로 엉망이었지만 나는 자려고 노력했다. 귀뚜라미 때문에 잠시 동안 잘 수 없었다. 이 지역은 시부라 해도 와이오밍 주와 비슷하게, 별들이 로마 꽃불같이 커다랗고, 마치 선조의 숲을 잃고 북두칠성 속 공간을 전전하고 여행하며 다시 숲을 되찾으려는 달마대사처럼 고독했다. 그렇게 별들이 천천히 밤을 맴도는 동안, 실제로 아침 해가 뜰 시간보다 훨씬 먼저 커다란 붉은 빛이 서부 캔자스 쪽의 황량한 암갈색 대지 저 너머에 나타났고, 새들은 덴버에서 지저귀기 시작했다.

8

아침에 끔찍한 욕지기가 우리를 덮쳤다. 딘은 우선 어제 가져 온 차로 동부까지 갈 수 있을지 알아보기 위해 옥수수 밭으로 나갔다. 그러지 말라고 했지만 그는 듣지 않았다. 창백한 얼굴로 돌아와 말했다. “안 되겠어, 형사 차였어. 덴버의 모든 경찰서에 내 지문이 알려져 있어. 전에 차 500대를 훔쳤던 것 때문에 말이야. 난 그냥 차를 타고 싶은 것뿐인데! 도망가야 한다고! 지금 당장 가지 않으면 감옥행일 거야.”

“네 말이 맞아.” 내가 말했다. 될 수 있는 대로 잽싸게 손을 움직여 짐을 싸기 시작했다. 넥타이와 셔츠 자락을 휘날리며 귀엽고 작은 가족에게 재빨리 작별 인사를 하고, 아무도 우리를 알아보지 못할 안전한 길을 찾아 후다닥 떠났다. 귀여운 재닛은 우리가, 아니, 내가, 아니, 어쨌든 무언가가 나가는 것을 보며 울었다. 프랭키는 따뜻하게 우리를 배웅했다. 나는 그녀에게 키스하며 사과했다.

“딘은 정말 미친 녀석이야.” 그녀가 말했다. “도망 간 남편이 생각나. 정말 똑같아. 우리 미키가 저런 어른이 되지 않아야 할 텐데. 지금 다 저러고 있으니까.”

나는 애완용 딱정벌레를 손바닥에 올려놓은 꼬마 루시에게 작별 인사를 했다. 꼬마 지미는 자고 있었다. 이 모든 일을 몇 초 동안 해치우고, 기분 좋은 일요일 아침 일찍 한심한 여행 가방을 껴안고 비틀거리며 나왔다. 서둘러야 했다. 당장에라도 경찰차가 시골길 커브를 돌아 나타나 우리에게 다가올 것 같은 기분이었다.

“그 엽총을 든 여자 눈에 띄면 끝장이야.” 딘이 말했다. “택시를 부르는 게 좋겠어. 그러면 안전해.” 진화를 쓰려고 한 농가의 가족을 깨우려 했으나 개가 짖어서 가까이 갈 수도 없었다. 위험이 점점 다가왔다. 시골 사람들은 일찍 일어나니까 옥수수 밭의 비참한 쿠페는 곧 발견될 것이었다. 한 멋진 할머니가 전화를 쓰게 해 줘서 덴버 시내에서 택시를 불렀지만 오지 않았다. 다시 밖으로 나왔다. 하루를 일찍 시작한 차들이 조금씩 다니고 있었는데, 모든 차가 경찰차로 보였다. 그러다가 갑자기 경찰차가 다가오는 것을 발견하고, 이런 인생도 이젠 끝인가, 슬프고 끔찍한 감옥과 철창이라는 새로운 무대로 올라가는 것인가 하고 각오했다. 하지만 그 차는 우리가 부른 택시였다. 우리는 동쪽으로 향했다.

여행 안내소에 가자 생각지도 못한 일이 기다리고 있었다. 47년형 캐딜락 리무진을 시카고까지 운전해 줄 사람을 찾고 있다는 것이다. 차 주인은 멕시코에서 가족과 함께 운전해 왔는데, 지친 나머지 모두 기차로 갈아탔다고 했다. 그가 요구하는 것은 신분증, 그리고 차를 시카고까지 가져다 주는 것뿐이었다. 우리가 서류를 내밀자 그는 안심했다. 나는 걱정 말라고 말했다. "이 차 갖고는 미친 짓 하지 마." 하고 딘에게 말했다. 딘은 차를 보고 싶은 마음에 흥분해서 길길이 날뛰었다. 우리는 한 시간을 기다렸다. 교회 옆 잔디밭에 누웠는데, 그곳은 1947년에 리타 베튼코트를 집에 바래다 준 뒤 구걸하던 부랑자들과 잠시 시간을 보낸 곳이었다. 오후의 새들을 바라보는 사이 아까까지 공포에 떤 탓에 피곤해져서 잠이 들었다. 어디서 오르간 소리가 들렸다. 딘은 시내를 싸돌아다녔다. 식당 웨이트리스에게 접근해서 그날 오후 캐딜락으로 드라이브를 시켜 주겠다고 약속을 하고는, 그 소식을 알리려 나를 깨웠다. 나는 기분이 좀 나아졌다. 하지만 새로운 복잡한 사태가 기다리고 있었다.

캐딜락이 도착하자 딘은 기름을 넣고 오겠다며 바로 타고 나가 버렸다. 여행 안내소 사람이 나를 보고 말했다. "언제 돌아올까? 다른 손님들은 다 준비됐어." 동부 예수회 학교에서 온 아일랜드 청년 둘이 벤치에 가방을 올려놓고 기다리고 있었다.

"기름 넣으러 간 거니까 곧 돌아오겠죠." 길모퉁이로 가자 딘이 시동을 켠 채로 웨이트리스를 기다리고 있는 것이 보였다. 그녀는 자기 호텔 방에서 옷을 갈아입고 있었다. 그 모습은 내가 서 있는 곳에서도 잘 보였다. 거울 앞에서 화장을 고치고 실크 스타킹을 고쳐 신는 것이 그대로 보였다. 할 수 있다면 둘을 따라가고 싶었다. 그녀가 달려 나와 캐딜락에 올라탔다. 나는 슬렁슬렁 돌아와 여행 안내소 사람과 손님에게 괜찮다고 말했다. 문 앞에 서 있는데, 캐딜락이 차체를 번쩍이며 클리블랜드 플레이스를 가로지르는 것과 티셔츠 차림의 딘이 기쁜 듯이 팔을 휘저으며 여자에게 말을 거는 것, 운전대 위에 몸을 웅크린 그의 옆으로 여자가 쓸쓸하고도 자부심 넘치는 표정으로 앉아 있는 것이 보였다. 둘은 벌건 대낮에 주차장에 들어가더니, 가장 안쪽 벽돌담 앞에 주차하고(딘이 옛날에 일하던 주차장이었다.) 딘의 말을 빌리자면, 눈 깜짝할 사이 그녀를 해치웠다. 뿐만 아니라 금요일에 급료를 받으면 바로 버스를 타고 동부로 와서 뉴욕 렉싱턴에 있는 이언 매카서의 아파트에서 만나자고 약속까지 했다. 여자는 가겠다고 대답했다. 이름은 베벌리였다. 삼십 분 후, 딘은 차를 달려 호텔에 그녀를 내려 주고, 키스를 하고, 작별 인사를 하고, 약속을 나누고, 다시 달려서 여행 안내소에 우리를 태우러 돌아왔다.

"이런, 늦었군!" 브로드웨이 샘 여행 안내소 주인이 말했다. "캐딜락을 타고 도망간 줄 알았어."

"잘 감시할 테니까 걱정 마세요." 내가 말했다. 딘이 명백하게 발광하는 것을 보고 모두 그를 미쳤다고 생각할 것 같아서였다. 딘은 사무적인 태도로 예수회 청년들이 짐을 싣는 것을 도왔다. 그리고 둘이 채 자리에 앉기도 전에, 내가 작별 인사 삼아 덴버를 향해 손을 채 흔들기도 전에, 차를 출발시켰다. 커다란 모터가 거대한 새처럼 경쾌한 동력을 발휘하며 부릉부릉 울렸다. 덴버를 나와 3킬로미터도 채 가기 전에 시속 160킬로미터 넘게 밟아 대는 바람에 속도계가 고장났다.

"흠, 속도계가 없으니 얼마나 빨리 달리는지도 모르겠네. 일단 시카고까지 가서 시간을 보고 계산하면 알겠지." 시속 110도

안 되는 것 같았지만 그릴리로 이어지는 쭉 뻗은 고속도로에서 다른 차들은 전부 죽은 파리처럼 우리에게 뒤처졌다. "북동쪽으로 가는 건 말이야, 샐, 스털링에 있는 에드 월의 목장에 꼭 들리고 싶어서야. 한번 꼭 만나야 하고, 목장도 구경해야지. 이 차는 무척 빠르니까 시간을 염려할 필요는 없어. 차 주인이 탄 기차보다 먼저 시카고에 도착할 걸." 좋아, 나는 찬성했다. 비가 내리기 시작했지만 딘은 속도를 떨어뜨리지 않았다. 아름답고 큰 구형 리무진이었다. 색은 검고, 차체는 크고 길게 뻗었고, 화이트월 타이어에 방탄 유리창까지 갖춰져 있었다. 성 보나벤투라 대학의 예수회 청년들은 즐거운 듯이 뒤에 앉아 있었는데, 그저 달리는 것이 기쁠 뿐이고 얼마만큼 빠르게 달리는지는 모르는 듯했다. 딘에게 말을 걸려고도 했지만 딘은 일절 대답하지 않고 티셔츠를 벗어 상반신이 알몸이 된 채 운전했다. "아아, 베벌리는 정말 귀여워. 달콤하고 끝내주지. 뉴욕에서 만나기로 했어. 커밀에게서 이혼 서류가 도착하면 바로 결혼할 거야. 모든 일이 잘 풀리고 있어. 샐, 가자. 가자고!" 덴버에서 점점 멀어질수록 기분이 좋아져서 마구 달렸다. 어두워질 무렵 교차로에서 고속도로를 벗어나 흙길로 내려왔다. 우울한 동부 콜로라도 평원이 나왔는데, 그 끝인 코요테 노웨어* 한복판에 에드 월의 목장이 있는 것이다. 하지만 아직 비가 오고 있어서 진흙탕 길이 미끄러웠고, 딘은 110으로 속도를 낮췄다. 좀 더 낮추지 않으면 미끄러질 거라고 말해도 "걱정할 필요 없어, 나를 잘 알잖아?"라고만 했다.

* 케루악이 만든 조어. '코요테도 없을 듯한 황야'라는 뜻.

"이번에는 아니야. 너무 빨리 가고 있어." 하고 내가 말했다. 그래도 그는 미끄러운 진흙탕을 쌩쌩 달리면서, 내가 그렇게 말한 것과 동시에 길이 왼쪽으로 급히 꺾이자, 운전대를 꽉 잡고 커브를 틀려고 하다가, 큰 차체가 질척거리는 땅 위를 미끄러지며 양옆으로 크게 흔들렸다.

"조심해!" 딘은 울부짖으면서 꿈쩍 않고 한순간 아름다운 천사와 격투하다가, 결국 뒤꽁무니를 도랑에 처박고 앞부분은 도로에 걸친 채 차를 멈췄다. 거대한 침묵이 모든 것 위로 내려왔다. 휭 하는 바람 소리가 들렸다. 대평원의 한가운데였다. 400미터 앞에 농가가 있었다. 나는 화를 참을 수 없어서 딘에게 욕을 퍼부었다. 그는 말없이 코트를 입고 도움을 청하러 농가로 향했다.

"형제예요?" 뒷좌석의 청년들이 물었다. "차를 운전하면 악마가 되죠? 얘기를 들어 보니 여자가 많은 거 같던데."

"저놈은 미쳤어." 나는 말했다. "그리고, 형제 맞아." 딘은 농부와 함께 트랙터를 타고 다가왔다. 둘이서 체인을 감고, 농부가 도랑에서 끌어냈다. 차는 갈색으로 진흙 범벅이 되었고, 범퍼는 이미 망가진 후였다. 농부는 5달러를 달라고 했다. 그의 딸들이 빗속에서 우리를 보고 있었다. 제일 예쁘고 수줍음을 타는 딸이 들판 건너편에 숨어서 바라보고 있었는데, 그도 그럴 것이 딘과 내가 지금까지 본 적 없는 절대적인 미소녀였다. 나이는 열여섯 살 정도로 얼굴은 야생 장미 같은 색에 눈은 무척 파랗고, 머릿결도 매우 사랑스러웠으며, 야생 영양 같은 기품과 기민함이 있었다. 우리의 눈길을 받고 움찔했다. 서스캐처원에서 불어오는 큰 바람을 맞아 머리카락이 귀여운 얼굴을 가리면서 물결쳤다. 얼굴이 붉어졌다.

우리는 농부와 이야기를 마무리하고 초원의 천사를 다시 한 번 바라보고는 차를 출발시켰다. 이번에는 천천히 달렸지만 얼마 안 있어 어두워졌다. 딘은 에드 월의 목장이 바로 코앞이라고 말했다. "아까 그 여자애, 무서울 정도였어." 나는 말했다. "모든 걸 포기하고 몸을 맡기고 싶었어. 필요 없다고 하면 아무 말 없이 세상 끝에서 몸을 던질 정도야." 예수회 청년들이 키득키득 웃었다. 이들은 진부한 경구와 동부 대학생다운 화제는 많이 갖고 있었지만, 그 새 같은 머리 안에는 이야기에 반박을 하기 위해 채워 넣은 오류투성이의 토마스 아퀴나스 철학뿐이었다. 딘과 나는 그들을 전혀 상대하지 않았다. 진흙탕 평원을 가로지르며 딘이 카우보이 시절 이야기를 하고, 말을 타며 오전 시간을 보냈던 장소를 보여 주었다. 올타리 수리를 했다는 곳을 지나자 월의 소유지가 나왔다. 광대했다. 에드의 어버지인 월 노인이 어린 암소를 쫓아 방목 지역까지 따라가서 "저놈 잡아라, 망할 것, 빨리 잡아!" 하고 외쳤다고 딘은 말했다. "아저씨는 육 개월마다 차를 바꿨어. 어쩔 수 없지. 차 관리를 전혀 못 했거든. 풀려난 소가 도망가면 차로 쫓아가는데, 바로 앞에서 웅덩이에 빠지는 바람에 차에서 내려서 쫓아가야 했지. 번 돈은 동전 하나까지 계산해서 항아리에 넣었어. 미친 늙은이 목장주야. 모두 합숙하던 오두막 근처에 폐차들이 쌓여 있으니 나중에 보여 줄게. 나는 마지막 보호 관찰 때 여기로 왔어. 여기 있을 때 네가 봤던, 채드 킹에게 보낸 편지를 썼었지." 도로에서 벗어나 겨울용 목초 더미가 늘어선 구불구불한 오솔길을 달렸다. 슬퍼 보이는 하얀 얼굴의 소 한 무리가 갑자기 헤드라이트 앞에 몰려들었다. "저기 있다! 월의 소들이야! 빠져나갈 수 없겠는데. 내려서 어르는 수밖에 없어! 히히!" 하지만 그러지 않고 사이사이를 조금씩 빠져나갔다. 가끔 살짝 부딪혀서 소들이 음매거리며 몰려들 때는 차 문에 바닷물이 몰려오는 기분이었다. 건너편에 에드 월의 집의 불빛이 보였다. 외로운 불빛 주위에 수백 마일의 평원이 펼쳐져 있었다.

초원에 내려온 이 새카만 어둠은 동부 사람은 좀처럼 상상할 수 없는 것이다. 별도 없고, 달도 없고, 월 부인의 부엌 불빛을 제외하면 불빛도 하나 없다. 암흑이 된 정원 건너편에는 끝도 없는 세계가 펼쳐져 있는데, 새벽이 올 때까지는 그것을 볼 수도 없다. 문을 두드리고 어둠 속에서 에드 월의 이름을 불렀는데 그는 헛간에서 소젖을 짜고 있었다. 나는 어둠 속에서 쭈뼛거리며 잠깐 산책을 했는데, 6미터까지 가자 더 이상 앞으로 나아갈 수가 없었다. 코요테 울음소리가 들려오는 듯했다. 월은 아버지의 야생마 중 하나가 멀리서 우는 걸 거라고 했다. 에드 월은 우리와 비슷한 나이로, 키가 크고 팔다리가 길고 이가 날카롭고 과묵했다. 옛날에 그와 딘은 커티스 가 길모퉁이에 서서 여자들에게 휘파람을 불어 대곤 했다. 그러나 지금은 잘 사용하지 않는 듯한 어두운 갈색의 거실로 우리를 정중하게 안내하고, 주위를 더듬어 희미한 등불을 찾아 불을 켜고, 딘에게 이렇게 말했다. "엄지는 대체 왜 그래?"

"메릴루를 때렸더니 곪아서 끝부분을 잘라 냈어."

"왜 또 그랬어?" 예전부터 그의 형 노릇을 했다는 것을 알 수 있었다. 그는 고개를 저었다. 우유 들통이 아직 발치에 놓여 있었다. “넌 옛날부터 계속 머리가 이상한 구제불능 녀석이었어.”

그러는 사이 젊은 아내가 커다란 부엌에서 멋진 식사를 차려 주었다. 그녀는 복숭아 아이스크림을 내밀며 미안해했다. “그냥 크림이랑 복숭아를 같이 얼린 것뿐이에요.” 그러나 그것은 내가 태어나서 처음 먹어 본 진짜 아이스크림이었다. 음식은 처음에는 조금씩 나오다가 나중에는 아주 풍요로워졌다. 하나를 다 먹기도 전에 다음 음식이 등장했다. 균형 잡힌 몸매에 금발 여인이었는데, 넓은 땅에서 사는 여자들이 보통 그렇듯 조금 지루하다고 불평을 했다. 즐겨 듣는 라디오 프로그램을 하나하나 읊었다. 에드 월은 자기 양손을 바라보며 가만히 앉아 있었다. 딘은 게걸스럽게 음식들을 먹었다. 그는 내가 캐딜락 주인이고 엄청난 부자이며, 자기는 내 친구로 운전수 노릇을 하고 있다고 거짓말을 하고는, 나도 그에 동참시키려고 했다. 그러나 에드 월에게는 먹히지 않았다. 그는 헛간에서 가축들이 소리를 낼 때마다 목을 빼고 귀를 기울였다.

“아무튼, 둘 다 무사히 뉴욕에 갈 수 있길.” 내가 캐딜락 주인이라는 말을 믿기는커녕 딘이 훔쳤다고 확신한 것이다. 목장에는 한 시간 정도 있었다. 에드 월은 샘 브래디와 마찬가지로 딘을 전혀 신뢰하지 않았다. 그를 보는 눈빛에 경계심이 보였다. 옛날에는 추수를 끝내고 와이오밍에서 함께 손을 잡고 떠들며 비틀거리고 다녔을지도 모르지만, 지금은 이제 죽어 버린 옛날 이야기였다.

딘은 발작을 일으킨 것처럼 의자에서 벌떡 일어났다. “그래, 그래, 이제 슬슬 가야겠어. 내일 밤에는 시카고에 도착해야 하고, 더 이상 시간을 낭비할 순 없어." 대학생들은 월에게 정중하게 감사 인사를 했고, 우리는 다시 출발했다. 돌아보자 부엌 불빛이 밤바다 속에서 점점 작아지는 것이 보였다. 그리고 우리는 앞쪽으로 몸을 내밀었다.

9

우리는 곧바로 간선 고속도로로 돌아왔다. 그날 밤 네브래스카 주 전체가 눈앞에 펼쳐지는 것을 보았다. 화살 같은 길을, 잠든 거리를, 차 한 대 보이지 않는 길을 시속 177킬로미터로 계속 달리자, 유니언 퍼시픽 철도의 유선형 열차가 달빛을 받으며 우리 뒤로 사라져 갔다. 그날 밤은 전혀 무섭지 않았다. 시속 177킬로미터는 적법이었고, 이야기를 하면서, 네브래스카의 마을을 — 오갈라라, 고센버그, 커니, 그랜드아일랜드, 콜럼버스 — 꿈같은 속도로 스쳐 지나갔다. 멋진 차였다. 바다를 붙잡고 놔 주지 않는 배처럼 차가 길에 착 달라붙었다. 때때로 나타나는 커브는 기분 좋은 노래 같았다. "아아, 좋다, 정말 꿈의 배야." 딘은 한숨을 쉬었다. "이런 차가 우리에게 있다면 여러 일을 할 수 있을 텐데. 멕시코에서 파나마까지 쭉 이어지는 길이 있는 거 알아? 아마 미국 최남단까지 이어질걸. 키가 2미터가 넘는 인디언들이 숲에서 코카인을 마시는 곳이야. 그래!

너와 내가 발이야, 샐, 이런 차로 세계를 돌아다니는 거야. 길은 마지막에는 전부 이어지게 돼 있으니까. 그렇지 않은 길은 없어. 안 그래? 아아, 이걸 타고 내 사랑스러운 시카고에 가다니! 멋진데, 샐, 난 아직 시카고에 가 본 적이 없거든. 들러 본 적도 없어."

"거기에 이 캐딜락으로 갱단처럼 들어가는 거야!"

"그래! 그리고 여자! 샐, 여자를 마음껏 꼬드기자고. 결정했어, 엄청 빠르고 특별하게 달릴 거야. 밤새 이걸 타고 돌아다닐 생각이니까. 어때, 기대하라고. 이제부터 계속 밟을 거야."

"그런데, 얼마나 빠르게 가지?"

"음, 계속 이 속도로 가겠지. 어차피 알지도 못할 거야. 낮 동안 아이오와를 통과할 테니, 얼마 안 있어 일리노이를 만나게 될 거야." 청년 둘은 잠이 들었고 우리는 밤새 이야기를 했다.

놀라운 것은 딘이 아무리 미쳐 있다가도 다음 순간 갑자기 정신을 차리고 그의 원래 영혼으로 — 빠른 차, 목적지의 해안, 선로의 끝에 기다리는 여자로 가득 찬 — 아무 일도 없었다는 양 침착하고 분별 있게 돌아가는 것이었다. "덴버에 가면 항상 그래. 그 동네는 이제 안 되겠어. 딘은 한심하고 이상하고 괴상한 미친놈이지. 붕!" 나는 네브래스카의 그 길을 예전 1947년에 지나간 적이 있다고 말했다. 나도야, 하고 딘은 말했다. "로스앤젤레스 뉴에라 세탁소에서 일할 때야. 1944년이었는데, 나이를 속이고 다녔어. 자동차 경주를 보겠다는 마음 하나로 인디애나폴리스 스피드웨이로 갔어. 낮에는 히치하이크를 하고, 밤에는 훔친 차를 타서 시간을 벌었지. 실은 LA에 20달러를 주고 산 뷰익이 있었어. 내 첫 차지. 그런데 브레이크와 라이트 검사를 통과하지 못해서, 붙잡히지 않고 이 차를 쓰려면 다른 주에 가서 번호판을 다는 수밖에 없겠다 싶었어. 그래서 하는 수 없이 이쪽으로 왔었어. 코트 아래 번호판을 숨기고 딱 이 부근 어딘가에서 히치하이크를 했을 때였어. 내가 히치하이크하기엔 너무 어리다고 생각한 참견쟁이 보안관이 마을 번화가에서 내게로 다가왔어. 그리고 번호판을 보고는 방 두 개짜리 유치장에 나를 처넣었지. 거기에 먼저 와 있던 건 인색하고 불량하고 양로원에나 가야 할 듯한 노인이 있었는데, 자기 혼자 음식도 제대로 먹지 못했어. 보안관의 아내가 먹여 줬지. 하루 종일 입에서 침을 흘리며 앉아 있었어. 여러 가지 조사를 하는데, 아버지가 아들에게 낼 법한 퀴즈 같은 시시한 질문을 하다가 갑자기 벌컥 화를 내며 위협하다가 내 필적을 비교하다가 하는 식으로 심문하고, 그 사이에 나는 인생 최고의 명연설을 하고, 차를 훔치던 과거에 대해서는 거짓말을 한 것이다, 실은 이 근처 농장에서 일하는 아버지를 찾고 있었다, 하고 고백했더니 풀어 주었어. 물론 경주는 놓쳤지. 다음 해 가을에도 또 똑같은 짓을 하면서 인디애나의 사우스밴드에 노트르담 대학과 캘리포니아 대학의 풋볼 경기를 보러 갔지. 그때는 말썽이 없었어. 그런데 샐, 딱 티켓을 살 돈밖에 없고 여분의 돈은 1센트도 없어서, 갔다가 돌아오는 동안 아무것도 먹지 못하고 길거리에서 온갖 이상한 놈들에게 구걸을 하고 여자들에게 매달리고 했어. 풋볼을 보는 데 그렇게까지 고생을 한 건 미합중국에서 나뿐일 거야."

1944년 LA에서는 어땠는지 물어봤다. "애리조나에서 체포됐어. 거기 소년원은 내가 들어간 곳 중에서 최악이었어. 탈출하지 않고는 배길 수가 없어서 내 인생 최대의 탈주를 감행했지. 그래봐야 그냥 빤한 탈주지만 말이야. 숲에 들어가서 기어가다가 습지 속에 숨었어. 붙잡히면 고무호스로 맞거나, 작업장에 끌려가 노동을 하거나, 이른바 불의의 죽음이 기다리고 있을 거였거든. 산등성이를 따라 숲 속을 나아가는데 숲길에도 오솔길에도 도로에도 나가지 않았어. 소년원 옷을 입고 있었으니 플래그스태프 외곽의 주유소에 숨어 들어가서 셔츠와 바지를 훔쳤지. 이틀 후에 LA에 도착해서 그 주유소 점원의 옷을 입은 채 처음으로 본 주유소에 들어가서 바로 일자리를 얻었어. 방까지 얻어서 이름을 리 불리아이로 바꾸고 LA에서 멋진 일 년을 보냈어. 새 친구들도 생겼고 멋진 여자도 많았는데, 그 시즌이 끝난 건 어느 밤 할리우드 대로에서 다 함께 드라이브를 할 때였어. 친구에게 잠시 핸들을 잡으라고 하고 여자에게 키스를 하려 했지. 내가 운전하고 있었거든. 그런데 그가 내 말을 못 듣는 바람에 전봇대를 들이받았어. 시속 30킬로미터 정도였는데, 그 때문에 코가 부러졌지. 전에 본 적 있지? 여기 이쯤이 비뚤어졌었어. 그 뒤에 덴버에 갔고, 그해 봄에 소다수 판매점에서 메릴루를 만났어. 그때 그녀는 아직 열다섯 살이었는데, 청바지를 입고 누가 주워 가 주기를 기다리는 것처럼 서 있었지. 사흘 밤낮으로 에이스 호텔에서 이야기를 했어. 3층 남동쪽 구석방, 성스러운 추억의 방이지. 내 인생에서 가장 신성한 날들이었어. 그때는 정말 예뻤어. 젊었고. 아으, 아아! 하지만, 어, 뭐야. 밤중에 저게 뭐지? 어이, 늙은 부랑자 한 무리가 선로 가에 모닥불을 지피고 있어. 대체 뭐지?" 딘은 속도를 조금 줄였다. "저기 내 아버지도 있을지 몰라." 몇 명이 선로

가에서 모닥불을 앞에 두고 앉아 있었다. "물어봐야 하나, 말아야 하나. 어디 있어도 이상하지 않지만 말이야." 그대로 스쳐 지났다. 우리가 지나온, 혹은 이제부터 향할 광대한 밤 속 어딘가 나무 아래에서 그의 아버지가 술에 취해 뻗어 있을 거란 생각이 들었다. 턱에다 침을 흘리고, 바지에 오줌을 싸고, 귀에 끈적한 것을 묻히고, 코에는 상처 딱지가 앉았고, 머리카락에 피가 굳어 있고, 달빛을 받으며 쓰러져 있을 거란 것도.

나는 딘의 팔을 잡았다. "봐, 우리 지금 고향에 가는 거야." 뉴욕이 처음으로 그의 영구적인 고향이 될 것이었다. 딘이 기다릴 수 없다는 듯 가볍게 몸을 흔들었다.

"그래, 샐, 펜실베이니아에 들어가면 동부의 끝내주는 비밥이 들려올 거야. 디스크자키와 함께 말이야. 기대되는데, 가라, 사랑스런 배여! 가라!" 근사한 차가 바람 소리를 내고 평원을 두루마리처럼 펼쳐 가며 뜨거운 콜타르를 가로질렀다. 당당한 배였다. 눈을 뜨자 새벽이 부채같이 펼쳐졌다. 우리는 그 새벽 위로 곧바로 내던져지고 있었다. 여느 때처럼 딘의 냉정하고 완고한 얼굴이 딱히 있을 필요도 없는 계기판 위로 숙어져 있었다.

"무슨 생각을 하는 거야?"

"하하, 아하하, 당연하잖아. 여자야, 여자, 여자."

나는 잠이 들었는데, 깨어 보니 아이오와의 7월 어느 일요일 아침의 건조하고 뜨거운 공기 속에 있었고, 딘은 열심히 운전하면서 속도를 전혀 줄이지 않았다. 커브가 많은 아이오와의 옥수수 밭은 최소 130킬로미터로 지났고, 똑바른 길은 평소처럼 177킬로미터로 달리고, 양쪽 차선에 차가 있을 때만 어쩔 수 없이 보조를 맞춰 기어가듯이 96킬로미터로 나아갔다. 기회만 생기면 쏜살같이 앞으로 나서서 여섯 대쯤을 추월하며 뒤에 있는 차들을 먼지구름 속으로 보냈다. 신형 뷰익을 탄 한 미친 녀석이 이런 우리의 모습을 보고 경주하기로 결심했다. 딘이 차를 몇 대씩이나 추월하자 녀석은 갑작스레 튀어나와서 악을 쓰고 경적을 울려 대고 도전하려는 듯 미등을 번쩍였다. 우리는 큰 새처럼 그의 뒤를 쫓았다. "기다려 봐." 딘이 웃었다. "20킬로미터 정도는 저놈 약을 올려야겠어. 잘 봐." 그는 뷰익이 앞으로 가게 내버려 두더니 액셀을 밟아 난폭하게 따라붙었다. 미친 뷰익은 발광하며 시속 160킬로미터로 속도를 높였다. 순간 그가 어떤 놈인지 볼 수 있었다. 시카고의 비트족 같아 보였고, 함께 있는 여자는 어머니 정도 되는 나이였는데 아마 실제로 어머니인 것 같았다. 그녀가 불평을 했는지는 모르겠지만, 녀석은 경주를 멈추지 않았다. 검고 요란한 머리카락에 전형적인 시카고 이탈리아인으로 스포츠 셔츠를 입고 있었다. 녀석은 우리가 분명 시카고에 진출하려 하는 LA의 새로운 갱이자 미키 코헨*의 부하라고 생각했을 것이다. 무엇보다 리무진이 실제로 그런 분위기였고, 번호판이 캘리포니아 것이었기 때문이다. 어차피 길 위에서의 재미다. 녀석은 우리를 앞지르려고 커브에서 차들을 추월하다가, 트럭이 거대한 차체를 흔들며 나타났을 때 황급히 원래 차선으로 돌아갔다. 아이오와를 130킬로미터 정도 이렇게 달렸다. 경주는 무척 재미있어서 겁낼 틈도 없었다. 그러는 사이 미친 녀석은 포기하고 주유소

* 1950년대 LA 최대 범죄 조직의 두목.

에 차를 댔다. 아마 옆에 있던 어머니가 뭐라고 했겠지. 우리는 기분 좋게 손을 흔들며 요란하게 떠나갔다. 그리고 계속 폭주했다. 딘은 상반신을 벗어던지고, 나는 양발을 계기판 위에 올려놓고, 대학생들은 뒤에서 자고 있었다. 아침을 먹으려고 백발의 여자가 운영하는 식당에 들어갔더니 무척 큰 감자를 얹어 주었다. 조금 있자 근처 마을의 교회 종이 울렸고 다시 출발했다.

"딘, 낮에는 너무 빨리 달리지 마."

"걱정 마, 나도 알아." 나는 겁이 나기 시작했다. 딘은 차량 행렬을 공포의 천사처럼 따라붙었다. 차선을 넘어 추월하고, 끼어들 곳을 찾았다. 다른 차 범퍼 바로 뒤에까지 갔다가 액셀을 밟았다가 뗐다가 목을 빼면서 커브길을 살펴보고는, 큰 차가 코앞에 나타나고 반대 차선에 차들이 줄지어 있으면 털끝만큼의 차이로 원래 차선으로 돌아오는 식이었다. 나는 떨었다. 도저히 참을 수 없었다. 아이오와에는 네브래스카처럼 긴 직선 도로가 거의 없는데, 일단 그런 곳이 나오자 딘은 평소처럼 177킬로미터를 밟았고, 나는 1947년의 추억의 풍경이 휙휙 지나가는 것을 바라보았다. 이 직선 도로에서 에디와 나는 두 시간 동안 서성거렸었다. 그런 옛 추억이 담긴 도로가 떠올라 현기증이 나고, 마치 인생의 컵이 엎어져 모든 것이 뒤죽박죽이 된 기분이었다. 악몽의 하루에 눈이 쓰라렸다.

"안 되겠어, 딘. 난 뒷좌석으로 갈래. 이제 더는 못 보겠어."

"하하!" 딘이 소리 높여 웃었다. 좁은 다리 위에서도 차들을 추월하고 먼지를 날리며 달렸다. 나는 뒷좌석으로 넘어가 몸을 웅크리고 잠을 청했다. 대학생 중 한 사람이 재미있어 하며 앞좌석으로 갔다. 드디어 슬슬 사고가 날 것 같다는 엄청난 공포가 나를 사로잡았다. 나는 바닥에 누워 눈을 감고 자려고 노력했다. 선원이었을 때는 선체 아래로 밀려오는 파도와 그 아래 바닥 없는 깊이를 곧잘 생각했다. 지금은 50센티미터 정도 아래에 길이 있는 것이 확실히 느껴지고, 신음하는 대륙 위를 미친 속도로 달리고, 날아갈 듯이 엄청난 속도로 휙휙 소리를 내며 지나가는 것을 알 수 있었다. 눈을 감자 길이 내 몸 안을 오가는 것이 보였다. 눈을 뜨자 날아가듯이 지나가는 나무 그림자가 차 바닥을 진동시키는 것이 보였다. 도망칠 수가 없다. 될 대로 되란 기분이었다. 그래도 딘은 계속 달렸다. 잠도 자지 않고 시카고까지 갈 기세였다. 오후에 다시 그리운 디모인을 지났다. 여기서 차가 막혀 잠시 천천히 가야 해서 나는 다시 앞좌석으로 갔다. 이상하게도 한심한 사고가 일어났다. 가족을 동반한 뚱뚱한 흑인 남자가 운전하는 세단이 우리 앞에 있었는데, 뒤쪽 범퍼에 사막에서 관광객들에게 파는 캔버스 천 물통이 매달려 있었다. 남자가 갑자기 차를 멈추는 바람에, 뒷좌석의 대학생들과 떠들고 있던 딘은 알아차리지 못하고 시속 8킬로미터로 물통을 들이받았다. 물통이 종기처럼 터져서 물이 공중으로 뿜어 나왔다. 범퍼가 찌그러진 것 말고 다른 손상은 없었다. 딘과 나는 차에서 내려 남자와 이야기했다. 결국 주소를 교환하고 대화를 나눈 것뿐이었지만, 딘은 그동안 남자의 아내에게서 한시도 눈을 떼지 않았다. 아름다운 갈색 가슴이 느슨한 면 블라우스에서 흘러내릴 것 같았다. "그래, 그래." 우리는 시카고의 부자 주소를 건네고는 다시 출발했다.

디모인을 빠져나오려는 참에 경찰차가 사이렌을 울리며 쫓아와서 정지시켰다. "이건 또 뭐야?"

경찰이 밖으로 나왔다. "방금 사고 냈지?"

"사고요? 네거리에서 어떤 녀석 물통을 부순 게 다예요."

"도난 차량을 탄 놈들이 차를 박고 도망쳤다고 하던데." 흑인이 의심 많은 늙은 바보처럼 행동할 때가 있다는 것은 딘도 나도 들은 적 없었는데, 바로 딱 그 짝이었다. 우리는 놀라서 웃음을 터뜨렸다. 경찰서까지 같이 따라가는 신세가 되었다. 경찰이 시카고의 캐딜락 주인에게 전화를 걸어 우리를 운전수로 고용했는지를 확인하는 동안 잔디밭에서 한 시간을 기다렸다. 경찰관에 의하면 그 부자 남자는 이렇게 말했다고 한다. "네, 그건 내 차입니다. 하지만 그들이 무슨 짓을 했는지는 몰라요."

"여기 디모인에서 작은 사고를 일으켰어요."

"그건 들었습니다. 내가 말하고 싶은 건, 그 사람들이 예전에 무슨 짓을 했는지는 모른다는 겁니다."

사건이 해결되자 다시 달렸다. 아이오와 주의 뉴턴, 1947년 새벽에 산책을 했던 곳이다. 오후에는 잠들어 있는 듯한 그리운 대븐포트와 톱밥투성이가 되어 나른하게 누운 미시시피 강을 건넜다. 그리고 록아일랜드에서 몇 분 정체한 후에 붉게 빛나는 태양을 보고, 이윽고 미국 중부 일리노이의 마법 같은 나무와 녹색 식물들 사이로 부드럽게 흐르는 강의 사랑스러운 지류가 갑자기 보였다. 다시 부드럽고 달콤한 동부의 모습이 되었다. 거대하고 메마른 서부 횡단을 달성한 것이다. 딘은 같은 속도로 계속 달렸다. 반대쪽에서 커다란 트럭 트레일러가 다가왔는데, 운전수는 천천히 달리는 차가 얼마 만에 다리를 건널 수 있을지 면밀히 지켜보고, 마침 다 건넜을 때 다리에 도착하기로 계산하고 있었다. 다리에는 그 트럭은 물론 반대쪽에서 오는 어떤 차들도 끼어들 여지가 전혀 없었다. 트럭 뒤에서는 몇 대의 차가 얼굴을 내밀고 추월할 기회를 엿보았다. 천천히 나아가는 차 앞에서는 또 다른 차가 느릿느릿 나아가고 있었다. 도로는 혼잡했고, 모두 추월하고 싶어 폭발할 지경이었다. 그런 상황에서 딘은 전혀 망설임 없이 시속 177킬로미터로 다가갔다. 천천히 가는 차를 추월하고, 크게 왼쪽으로 꺾어서, 다리 왼쪽의 난간의 부딪힐 뻔하면서 속도를 줄이지 않고 마주 오는 트럭의 그림자를 향해 곧바로 질주하더니, 오른쪽으로 갑자기 핸들을 꺾고 트럭 왼쪽 앞바퀴를 스쳐 앞에 있는 차를 부딪칠 기세로 다시 추월하더니, 트럭 뒤에서 다른 차가 앞을 살피며 튀어나오려는 찰나 원래 차선으로 돌아갔다. 모든 것이 이 초 정도 되는 시간 동안 섬광처럼 벌어졌다. 먼지를 일으킨 것 말고 아무 일도 없었고, 각 방향에서 오는 차와 짐을 산더미같이 실은 트럭이 무섭게 5중 충돌을 하고 꿈꾸는 듯한 초원의 일리노이가 비극적인 피의 오후를 맞는 일은 없었다. 내 머릿속에 떠오른 것은 유명한 비밥 클라리넷 연주자가 최근 일리노이에서 충돌 사고로 죽었다는 것이었다. 분명 오늘 같은 날 일어난 사고일 것이다. 나는 다시 뒷좌석으로 갔다.

대학생들도 이번에는 뒷좌석에 계속 있었다. 딘은 밤이 되기 전에 시카고에 갈 기세였다. 노선과 교차하는 곳에서 두 부랑자를 태워 기름값으로 50센트를 뜯어냈다. 굄목 더미 앞에 앉아 그날의 마지막 와인을 마실 계획이던 그 두 사람은, 지금은 진흙 범벅이지만 고속으로 시카고를 향해 달리는 위풍당당한 캐딜락 리무진 안에 있었다. 앞에 앉은 둘은 틀림없이 딘의 옆에서 길에서 눈을 떼지 못하고 부랑자의 기도를 하고 있었을 것이다. "아아, 이렇게 빨리 시카고에 갈 수 있을 줄은 몰랐어." 둘은 말했다. 졸린 듯한 일리노이의 거리를 하나씩 통과했는데, 매일같이 시카고의 갱들이 이런 리무진으로 지나가는 것에 익숙한 마을 사람들 눈에 우리는 무척 신기하게 보였을 것이다. 모두 수염을 길렀고, 운전수는 웃통을 벗었고, 부랑자가 두 명 있고, 뒷좌석의 나는 손잡이를 꽉 붙잡고 머리를 쿠션에 바짝 붙인 채 오만한 시선으로 시골 풍경을 보고 있었으니 말이다. 마치 시카고의 이권을 획득하러 온 캘리포니아의 새로운 갱단이 달빛 아래 유타 형무소를 탈주한 이들과 합류한 모습이었다. 기름을 넣고 코카콜라를 마실 겸 마을의 작은 주유소에 멈추자 사람들은 밖으로 나와서 우리를 쳐다봤지만 말은 한마디도 걸지 않았다. 하지만 언젠가 꼭 필요해지리란 생각에 우리의 특징과 키 등을 머릿속에 기록했을 것이 분명하다. 딘은 티셔츠를 스카프처럼 목에 감은 채 주유기를 조작하는 여자에게 돈을 내러 가서, 언제나처럼 무뚝뚝하게 해치우고는 차로 돌아와 요란한 소리를 내며 출발시켰다. 이윽고 주위가 붉은색에서 자주색으로 바뀌고, 매혹적인 강이 마지막 반짝임을 발하자, 도로 건너 저 멀리에서 시카고의 연기가 보였다. 덴버에서 시카고까지, 에드 월의 목장을 경유해 도합 1900킬로미터를, 도랑에 빠진 두 시간과 목장에 있었던 세 시간과 아이오와 뉴턴에서 경찰에 붙들려 있던 두 시간을 제외하고 딱 열일곱 시간 만에, 평균 시속 113킬로미터로 대륙을 가로지른 것이다. 그것도 혼자서 운전하면서. 실로 미친 기록이었다.

10

위대한 시카고가 우리의 눈앞에서 붉게 타올랐다. 어느새 메디슨 거리에 있었는데, 드글거리는 부랑자들 중 몇 명은 보도의 갓돌에 다리를 올린 채 대자로 거리에 드러누워 있었고 그 외에도 수백 명이 술집의 문간과 골목길에서 밀려다녔다. "와! 와! 저기에서 딘 모리아티 노인을 잘 찾아봐. 어쩌면 올해에는 시카고에 있을지도 몰라." 우리는 부랑자들 사이를 빠져나와 시카고의 도심지로 갔다. 날카롭게 긁히는 소리를 내는 전차, 신문팔이 소년들, 옆을 스치고 지나가는 여자들, 공기 중에 떠도는 튀긴 음식과 맥주의 냄새, 깜빡이는 네온사인, "대도시야, 샐! 야호!" 우리가 첫 번째로 한 일은 어두운 곳에 캐딜락을 주차하고 밤을 위해 몸을 씻고 옷을 갖춰 입는 것이었다. YMCA 건너편 건물 사이에서 붉은색 벽돌의 골목길을 발견해, 언제든지 출발할 수 있도록 도로 쪽을 향해 캐딜락을 감춰 놓았다. 그리고 대학생들을 따라 그들의 방이 있는 YMCA까지 가서 한 시간 동안 시설을 사용하도록 허락받았다. 딘과 나는 면도와 샤워를 했다. 복도에서 지갑을 떨어뜨렸는데, 딘이 발견하고는 몰래 셔츠 속에 감추려다 우리 것이라는 사실을 깨닫고 실망했다. 그런 다음, 무사히 도착한 것이 기쁜 듯한 청년들에게 작별 인사를 하고 간이식당으로 식사를 하러 갔다. 오래된 분위기의 갈색 시카고는 길에 퉤퉤 침을 뱉으며 일을 하러 가는, 반은 동부적이고 반은 서부적인 기묘한 사람들이 있는 곳이었다. 딘은 배를 문지르며 간이식당에 서서 그것들을 모두 가만히 바라보았다. 기묘한 중년 흑인 여자에게 말을 건 모양이었는데, 그 여자는 간이식당에 들어와 돈이 없지만 빵은 있으니 버터를 달라고 말했다. 엉덩이를 흔들며 들어왔다가 거절하자 다시 엉덩이를 흔들며 나갔다. "와!" 딘이 말했다. "쫓아가자, 골목에 있는 캐딜락으로 데려가자고. 재미를 볼 거야." 하지만 그런 건 곧 잊어버리고 루프 지구를 훑은 뒤 스트립쇼를 구경하고 비밥을 들으러 노스 클라크 거리로 향했다. 멋진 밤이었다. "최고인데." 딘이 한 술집 앞에서 말했다. "거리가 살아 움직이고 있어. 중국인이 시카고를 활보하고 있고. 정말 괴상한 도시야. 와, 저 위 유리창에 있는 여자 좀 봐. 가운 사이로 큰 젖가슴을 내밀고 이쪽을 보고 있어. 눈이 엄청 크군. 후, 샐, 빨리 가자. 갈 수 있는 데까지 가 보자."

"어디 가는데?"

"몰라. 어쨌든 가자." 그때 젊은 비밥 뮤지션 패거리가 악기를 들고 차에서 내렸다. 바로 술집으로 들어가기에 우리도 쫓아갔다. 그들은 곧 자리를 잡더니 연주를 시작했다. 드디어 온 것이다! 리더는 마르고 눈을 내리깐 곱슬머리에 입가가 움푹 들어간 테너 연주자였다. 어깨가 가냘프고 느슨하게 걸친 스포츠 셔츠가 따뜻한 밤에 무척 시원해 보였고, 눈에는 방종한 기색이 드러났는데, 색소폰을 들고 이마를 찡그리며 앞쪽을 바라보더니, 쿨하고 복잡하게 불기 시작하고, 우아하게 발을 구르며 악상을 잡아내 머리를 낮게 숙여 다른 멤버들이 가까이 오지 못하게 했다. 그리고 "불어."라고 조용하게 말하고 다른 이들에게 솔로를 양보했다. 그리고 프레즈*가 등장했다. 주근깨투성이의 복서 같은 그 건장하고 핸섬한 금발은, 롱 드레이프의 상어 가죽 격자무늬 슈트로 몸을 감싸고, 컬러의 단추를 풀고, 넥타이도 날렵하고 느슨하게 풀어 젖혔다. 땀을 흘리며 색소폰을 들고 울부짖듯이 불었는데, 그 톤은 레스터 영 그 자체였다. "봐, 이 프레즈에게는 아직 뮤지션으로 먹고사는 것에 대한 기술적인 걱정거리가 있어. 그럴싸해 보이는 건 저 녀석뿐이군. 봤어? 실수할 때 불안해 보였잖아. 하지만 리더는 멋져. 불안해 말고 과감하게 불라고 했어. 사운드만을, 음악의 엄청난 활력만을 생각하라고 말이야. 예술가야. 복서인 젊은 프레즈를 확실히 가르치고 있어. 자, 다음은 뭘까!" 세 번째 색소폰은 알토였는데, 막 고등학교를 나온 열여덟 살의 멋지고 사색적인 젊은 찰리 파커 스타일의 흑인이었다. 입이 무척 크고 다른 멤버들보다 키가 크고 안정적이었다. 색소폰을 들고 조용히 마음을 담듯이 불기 시작해서, 버드** 풍의 프레이즈를,

---

* 미국의 재즈 테너 색소폰 연주자 레스터 영(1909~1959)의 별명.

** 찰리 파커의 별명.

그리고 건축적인 마일스 데이비스의 로직을 연주했다. 모두 위대한 비밥 개혁자들의 아이들이었다.

예전에 루이 암스트롱이 뉴올리언스의 진흙탕 속에서 아름다운 연주를 했었다. 그 전에는 미친 뮤지션들이 거리의 행사 퍼레이드에서 수자*의 행진곡을 래그타임** 음악으로 해체시켰다. 그리고 스윙, 로이 엘드리지***가 씩씩하고 남자답게, 파도치는 파워와 로직과 세심함으로 트럼펫에서 모든 것을 끄집어내 불었다. 눈을 반짝반짝 빛내며 귀여운 미소를 띠고, 그 음을 라디오로 내보내 재즈 세계를 뒤흔들었다. 그리고 찰리 파커의 등장. 캔자스시티에서 어머니와 오두막집에서 살던 꼬마는 둥글고 큰 산속에서 테이프로 둘둘 감은 알토 색소폰을 불었고, 비 오는 날에도 연습을 하며, 핫 립스 페이지****가 소속된 스윙 밴드 베이시와 베니 모턴 밴드를 보러 나갔다. 파커는 집을 떠나 할렘에 와서 미친 텔로니어스 멍크*****와 더 미친 길레스피를 만났다. 파커는 초기에는 흥이 오르면 연주하면서 빙글빙글 돌았다. 마찬가지로 캔자스시티에서 온 레스터 영보다 어렸다. 영은 우울한 얼굴의 천사 같은 바보였는데, 그에게는 재즈의 역사가 모두 담겨 있었다. 색소폰을 높이 치켜들고 입과 수평으로 놓으며 최고의 연주를 선보였다. 머리카락이 길고 게을러지자 색소폰은 한가운데 정도로 내려왔다. 그리고 마침

---

* 1854~1932. '행진곡의 왕'이라 불리는 미국의 작곡가.

** 1880년대 미국 미주리 주를 중심으로 유행한 음악으로, 재즈의 전신.

*** 1911~1989. '리틀 재즈'라 불리는 미국의 재즈 트럼펫 연주자.

**** 미국의 재즈 트럼펫 연주자 오란 페이지(1908~1954)의 별명.

***** 1917~1982. 미국의 재즈 피아니스트.

내 아래로 축 처져서, 지금은 생명의 길의 감촉을 느낄 수 없을 정도로 바닥이 두꺼운 신을 신고 있어서 색소폰은 가슴팍에 힘없이 들려 있고, 부는 곡도 쿨하고 단순한 탈출의 프레이즈다. 그리고 지금 여기에 있는 것은 미국 비밥의 밤의 아이들이었다.

더더욱 이상한 꽃들 — 흑인 알토 색소폰은 사람들의 머리를 내려다보며 당당하게 연주하고, 덴버의 커티스 거리에서 온 젊고 키가 크고 늘씬한 금발은 청바지에 징을 박은 벨트를 하고 마우스피스를 바라보며 다른 이들의 연주가 끝나기를 기다렸다. 그리고 끝나자 자기 연주를 시작했는데, 이 솔로는 대체 어디에서 들려오는 건지 주위를 두리번거려야 했다. 천사같이 미소를 머금은 입술이 물고 있는 마우스피스에서 나오는 것이 알토 색소폰의 부드럽고 달콤하고 동화 같은 솔로였기 때문이다. 미국처럼 고독하고 목이 찢어질 듯한 밤의 소리.

다른 이들은, 전체적인 음은 대체 어떻게 되었는가? 베이스 연주자는 야상적인 눈을 한 빳빳한 빨간 머리로, 흔들리듯이 베이스를 칠 때마다 베이스에 허리를 부딪치고 절정의 순간이 되면 입을 멍하니 벌렸다. "큰일이군, 저 녀석, 여자를 굴복시키는 법을 알아!" 슬퍼 보이는 드러머는 샌프란시스코 폴섬 거리의 백인 비트족처럼 완전히 넋이 나간 듯 허공을 바라보며 껌을 씹고 눈을 크게 뜨고 라이히적인 희열과 자기만족의 엑스터시에 고개를 흔들었다. 피아노는 크고 건장한 이탈리아 소년으로 손이 트럭 운전수처럼 두툼했다. 솔직하고 사려 깊은 기쁨에 잠겨 있었다. 연주는 한 시간 동안 이어졌다. 아무도 듣고 있지 않았다. 노스클라크 거리의 늙은 부랑자들이 술집에서 빈둥거렸고, 매춘부들은 무슨 일인지 시끄럽게 화를 내고 있었다. 수수께끼의 중국인들이 지나갔다. 스트립쇼의 소음이 섞여 들려왔다. 그래도 그들은 계속했다. 바깥 도로에 망령이 나타났다. — 염소수염을 기른 열여덟 살 소년으로, 트럼본 케이스를 들고 있었다. 구루병에 걸린 듯 말랐고 광기 어린 얼굴로, 그룹들과 함께 연주했던 모양이었다. 그들은 이 소년을 알고 있지만 얽히고 싶지 않아 보였다. 소년은 기어오듯이 술집에 들어와서, 주섬주섬 트럼본을 꺼내 입가로 가져갔다. 그러나 불지는 않았다. 아무도 쳐다보지 않았다. 그들은 연주를 끝내고 짐을 챙겨 다음 술집으로 향했다. 비쩍 마른 시카고 소년은 뛰어들고 싶어 했다. 선글라스를 꺼내 쓰더니 혼자 트럼본을 입술에다 대고 "부!" 하고 불었다. 그리고 그들을 쫓아 달려 나갔다. 소년이 연주를 하게 해 주진 않을 것이다. 가스탱크 뒤의 공터에서 축구를 하는 것과 마찬가지다. "톰 스나크와 우리의 알토 카를로 막스와 마찬가지지, 저 녀석들은 할머니랑 살 거야." 딘은 말했다. 우리도 그들을 쫓아 달려 나갔다. 도착한 곳은 아니타 오데이스 클럽이었다. 그들은 짐을 풀고 아침 9시까지 연주했다. 딘과 나는 그곳에서 맥주를 마셨다.

휴식 시간이 되어 우리는 밖으로 달려 나와 캐딜락에 올라타고 여자들을 건지려 시카고 여기저기를 돌아 다녔다. 모두 커다랗고 상처투성이의 예언자 같은 우리 차에 겁을 먹었다. 흥분한 딘은 후진하다가 소화전에 부딪히고는 미친 사람처럼 웃었다. 9시가 되자 차는 완전히 엉망진창이 되어서, 브레이크가 전혀 작동하지 않았고 범퍼는 찌그러졌고 연접봉은 덜덜 소리를 냈다. 빨간 신호에도 멈출 수가 없어서 차는 길 위에서 몇 번이나 심하게 삐걱거렸다. "아아!" 녀석들은 아직 니츠*에서 연주하고 있었다.

갑자기 딘이 무대 건너편 코너의 어두운 곳을 노려보면서 말했다. "샐, 신이 강림했어."

나는 보았다. 조지 시어링. 언제나처럼 눈먼 머리를 창백한 손에 기대고, 두 귀를 코끼리 귀처럼 활짝 열고, 미국의 소리에 귀를 기울이며, 영국의 여름밤처럼 호흡을 하고 있었다. 얼마 안 있어 모두 제발 연주를 해 달라고 졸랐고, 그는 응했다. 무수한 코러스를 경이로운 코드로 연주하자, 그것은 점점 위로 올라가 마지막에는 땀이 피아노 전체에 튀어서 모두 전율과 공포 속에서 귀를 기울였다. 그는 한 시간 후 사람들의 손을 빌려 무대를 내려갔다. 신 같은 시어링이 어두운 코너로 돌아오자 녀석들은 "저러고 난 뒤에는 아무것도 못 하겠어." 하고 말했다.

그러나 비쩍 마른 리더는 이마를 찡그렸다. "어쨌든 하자."

아직 무언가 더 나올 것이다. 언제나 더 나아갈 곳이, 조금 먼 곳이 있다. — 끝은 없다. 시어링의 탐험 뒤를 받아 그들은 새로운 프레이즈를 찾았다. 열심히 노력했다. 몸을 꼬고 비틀고 불어 젖혔다. 이따금 맑고 조화로운 외침으로 새로운 음색의 빛이 보였고, 그것은 언젠가 세상에 단 하나의 음색이 되어 인간의 영혼을 환희에 가득 차게 할 것 같았다. 그들은 찾았다가 다시 잃고 치고받아 다시 찾아냈다. 폭소했다. 신음 소리를 냈다. — 딘은 테이블에서 땀에 흠뻑 젖어 계속하라고 말했다.

---

* 아니타 오데이스 클럽. 니츠는 재즈 보컬 아니타 오데이의 애칭.

아침 9시가 되자 뮤지션들, 슬랙스를 입은 여자들, 바텐더들, 몸집이 작고 마르고 재능 없는 트럼본 연주자 등 모두가 비틀거리는 발걸음으로 클럽에서 시카고 대낮의 소음 속으로 나와, 다시금 광기의 비밥의 밤이 찾아올 때까지 잠을 자러 갔다.

딘과 나는 기진맥진해서 몸이 떨렸다. 캐딜락을 슬슬 주인에게 돌려줘야 했다. 주소를 찾아가니 레이크 쇼어 드라이브의 근사한 아파트로, 지하의 거대한 주차장을 기름투성이 흑인들이 지키고 있었다. 우리는 거기까지 가서 진흙투성이 덩어리를 침상에 넣었다. 정비사는 캐딜락이란 것을 알아보지 못했다. 우리는 서류를 건넸다. 그는 그것을 보고 머리를 긁적였다. 빨리 빠져나와야 했기에 그렇게 했다. 버스를 타고 도심지로 돌아오자 일단락되었다. 그 후 시카고의 그 부자는 차 상태에 대해 뭐라고 하지 않았다. 우리 주소는 알려 놓았으니 불평하려면 할 수도 있었을 텐데.

11

계속 움직여야 했다. 디트로이트까지 버스를 탔다. 가진 돈이 거의 바닥났다. 비참한 여행 가방을 질질 끌고 터미널을 걸었다. 딘의 엄지에 감긴 붕대는 이제 석탄처럼 새카매지고 거의 다 풀려 버렸다. 그 정도의 일을 겪었다면 누구나 다 마찬가지겠지만, 우리 둘 다 실로 불쌍한 몰골이었다. 완전히 지쳐서 버스가 굉음을 내며 미시간 주를 달리는 동안 딘은 세상 모르고 잤다. 나는 목둘레가 깊이 파인 코튼 블라우스를 입고 햇볕에 아름답게 탄 가슴을 내보이는 멋진 시골 여자와 대화를 나눴다. 재미없는 여자였다. 시골에서는 밤이 되면 현관 앞에서 팝콘을 만든다고 그녀는 말했다. 예전에는 이런 이야기에 가슴이 뛴 적도 있었지만, 그 얘기를 하는 그녀의 가슴이 전혀 뛰지 않았기 때문에, 마지못해 하는 거란 걸 알 수 있었을 뿐이었다. "그거 말고 다른 재미있는 건 없어?" 나는 그녀의 남자 친구와 섹스를 화제로 끄집어내려고 했다. 나를 보는 커다란 검은 눈동자에 아무리 하고 싶은 일이 있어도 하지 못하는 것에 대한, 집안 대대로 물려받은 허무함과 후회 같은 것이 떠올랐다. 그게 무엇이든지 간에, 그런 것은 있게 마련이라고 모두들 알고 있다. "인생에서 원하는 게 뭐야?" 그녀를 붙들고 대답을 얻고 싶었다. 무엇을 원하는지, 그녀는 아무 생각도 없었다. 일, 영화, 여름에 할머니 집에 간 것, 뉴욕의 록시 극장에 가고 싶다는 것, 어떤 옷을 입고 갈지 — 지난 부활절에 입은 게 좋을지 같은 것, 하얀 보닛에 장미를 달고, 장밋빛 펌프스와 라벤더 색 개버딘 코트 등에 대해 말했다. "일요일 오후에는 뭐 해?" 내가 물었다. 현관에 앉아 있다고, 남자아이들이 자전거를 타고 지나가다 잡담을 한다고 했다. 신문 일요일판 만화를 읽고, 해먹에 누워 있는다고. "더운 여름밤에는 뭐 해?" 현관에 앉아 있고, 차가 지나가는 것을 보고, 엄마와 함께 팝콘을 만든다고 했다. "아버지는 여름밤에 뭐 해?" 일하러 간다, 보일러 공장에서 밤새워 일한다고 했다. 평생 동안 한 여자와 그 여자가 이 세상에 내놓은 사람들을 먹여 살렸다. 감사나 존경도 받지 않고서. "남동생은 여름밤에 뭐 해?" 자전거를 타고 돌아다니고 음료수 판매점 앞에 죽치고 있다고 했다. "그 애가 꼭 하고 싶어 하는 게 뭘까? 우리가 원하는 것 말이야." 모르겠다며 그녀는 하품을 했다. 졸린 듯했다. 대답 못 해. 아무도 모를 거야. 앞으로도 모를 거야. 이걸로 끝. 그녀는 열여덟 살이고 몹시 사랑스러웠다. 그러나 이미 놓쳐 버렸다.

그리고 딘과 나는 메뚜기를 먹으며 목숨을 유지해 온 양, 더러운 누더기 차림으로 디트로이트에 도착해 비틀거리며 버스에서 내렸다. 스키드 로의 심야 영화관에서 하룻밤을 보내기로 했다. 공원은 너무 춥다. 예전에 해슬이 디트로이트의 이 거리에 온 적 있었는데, 그는 사격장과 심야 영화관과 주정뱅이들이 싸움을 하는 술집을 그 어두운 눈으로 몇 번이나 샅샅이 파헤쳤다. 그의 망령이 들러붙었다. 타임스 스퀘어에서 그를 발견하는 일은 이제 없을 것이다. 어쩌면 딘 모리아티 노인을 만날지도 모른다고 생각했다. 그러나 없었다. 각각 35센트를 내고 낡아 빠진 영화관에 들어가 2층 좌석에 앉았는데, 아침이 되자 아래로 쫓겨났다. 심야 영화를 보러 온 이들은 모두 구제불능들이었다. 앨라배마에서 소문을 듣고 자동차 공장에서 일하기 위해 올라온 기진맥진한 흑인, 나이 든 백인 부랑자, 한참을 방황한 끝에 술독에 빠진 머리 길고 젊은 비트족, 매춘부와 평범한 커플들과 할 일도 없고 갈 데도 없고 아무도 믿지 않는 주부. 디트로이트 전체를 털어 봐도 이만큼 핵심적인 인간쓰레기는 모을 수 없을 것이다. 영화는 「노래하는 카우보이」의 에디 딘과 용감한 백마 블루프가 나온 것과 조지 래프트와 시드니 그린스트리트와 피터 로레가 나온, 이스탄불을 무대로 한 것 두 편의 동시상영이었다. 그걸 밤새도록 여섯 번 보았다. 깨면서 보고, 자면서 듣고, 꿈을 꾸면서 느꼈기에, 아침이 되자 서부의 기묘한 잿빛 신화와 동양의 기괴하고 어두운 신화가 몸에 흠뻑 스며들어 있었다. 그 후의 행동은 모두 이 무시무시한 침투의 영향을 받은 잠재의식에 자동적으로 휘둘리게 되었다. 거대한 그린스트리트가 후후 웃는 것을 백 번이나 들었다. 피터 로레가 조금 기분 나쁘게 도발하는 것을 들었다. 조지 래프트와 함께 과대망상적인 두려움에 떨었다. 에디 딘과 함께 노래를 하며 말을 타고 소도둑을 향해 마구 총을 쏘았다. 사람들은 술병으로 술을 마시며 뒤를 돌아보고 뭐 할 일이 없는지, 얘기할 상대가 없는지, 어두운 영화관을 둘러보았다. 그들은 모두 죄지은 듯 조용했고 아무도 얘기하지 않았다. 잿빛 새벽이 영화관 유리창에 유령처럼 숨을 불어넣고 껴안을 무렵, 나는 좌석의 나무 팔걸이에 머리를 대고 잠들었다. 영화관 종업원 여섯 명이 각각 밤 동안의 쓰레기를 쓸어 담고, 내 코 높이까지 오는 거대한 쓰레기 산을 만들자, 거기에 코를 골며 쓰러졌다. 자칫하면 같이 쓰레기통으로 들어갈 지경이었다. 열 줄 뒤에서 그걸 보고 있던 딘이 나중에 알려 주었다. 담배꽁초, 술병, 성냥갑 등이 산처럼 쌓였다. 만약 거기 함께 쓸려 갔다면 두 번 다시 딘을 만나지 않았을 것이다. 어쩌면 그가 온 미국을 구석구석 돌아다니고 쓰레기통이라는 쓰레기통을 모두 들여다본 결과, 내 인생의, 그의 인생의, 관계자 및 무관계자의 인생의 쓰레기 안에서 태아처럼 몸을 웅크리고 있는 나를 발견할지도 모른다. 쓰레기 자궁 안에서 나는 대체 뭐라고 할까? "그냥 내버려 둬. 나는 여기 있는 게 행복해. 너는 1949년 8월 어느 날 밤 디트로이트에서 나를 버렸지. 대체 무슨 권리로 이 냄새 나는 통 속에서 조용히 자고 있는 나를 방해하러 온 거야?" 1942년, 나는 불만 없이 가장 불결한 드라마의 스타가 된 적 있었다. 그때 나는 선원이었고, 보스턴의 스콜라이 스퀘어에 있는 임페리얼 카페로 술을 마시러 갔다가 맥주 예순 잔을 마시고 화장실에서 변기통을 껴안고 잠들어 버렸다. 밤 동안 최소 백 명의 선원과 다른 일반 사람들이 와서 내 위에 기분 좋게 액체를 떨어뜨렸고, 나중에는 누군지 알아볼 수도 없을 정도로 축축하게 젖어 버렸다. 그래서 어쨌다는 건가? 이 인간 세계에서 무명으로 사는 게 저세상에서 유명해지는 것보다 낫다. 하지만 대체 저세상이란 뭔가? 이 지상은 뭔가? 모두 관념이 아닌가.

딘과 나는 횡설수설하면서 새벽에 이 공포스러운 구멍에서 빠져나와 여행 안내소로 차를 찾으러 갔다. 흑인 술집에서 오전을 보내고, 여자를 뒤쫓고, 주크박스에서 재즈를 듣고, 그리고 정신 나간 몰골로 시내버스를 갈아타고 겨우 8킬로미터를 가서, 뉴욕까지 한 사람당 4달러로 태워 주겠다는 남자의 집을 찾아갔다. 안경을 쓴 금발의 중년 남자로, 부인과 아이와 근사한 집을 갖고 있었다. 그가 준비하는 동안 우리는 정원에서 기다렸다. 면 행주치마를 입은 사랑스러운 그의 아내가 커피를 내줬지만 우리는 이야기하느라 바빴다. 딘은 지쳐서 제정신이 아니었기에 보는 것마다 흥분하고 탄성을 질렀다. 다시금 경건한 광란 상태에 빠지고 있었다. 땀을 뻘뻘 흘렸다. 새 크라이슬러를 타고 뉴욕으로 출발하려는 순간 그 딱한 남자는 자기가 태운 사람이 미친놈들이란 걸 깨달았지만, 그래도 크게 당황하지 않고, 브릭스 스타디움을 지나갈 즈음에는 우리에게 완전히 적응해서 내년의 디트로이트 타이거스 야구팀 이야기를 했다.

안개 낀 밤 톨레도를 가로질러 그대로 달려서 그리운 오하이오를 지났다. 나는 내가 마치 외판원이 된 것처럼 미국의 마을들을 왔다 갔다 한다는 것을 알았다. 너절한 여행, 불량품, 속임수 가득한 가방 안의 썩은 콩, 사 주지 않는 손님. 펜실베이니아까지 오자 남자는 피곤하다며 딘에게 뉴욕까지 남은 길을 계속 운전해 달라고 했다. 라디오에서 최신 비밥을 틀어 주는 심포니 시드 쇼가 흘러나오고, 이윽고 미국의 위대한 대도시로 들어갔다. 도착한 것은 이른 아침이었다. 타임스 스퀘어에서는 도로 공사가 한창이었다. 뉴욕은 쉬지 않는다. 길을 걸으며 나는 무심결에 해슬을 찾았다.

한 시간 후 롱아일랜드에 있는 이모의 새 집에 도착했다. 이모는 가족의 친구인 화가들과 어울리느라 바빠서, 샌프란시스코에서 온 우리는 가격에 관해 논란을 벌이는 그들 사이로 계단을 터덜터덜 올라가야 했다. "샐." 이모가 말했다. "이삼 일 정도는 딘도 여기 있어도 돼. 하지만 곧 나가야 돼. 내 말 알겠지?" 여행은 끝났다. 그날 밤 딘과 나는 가스탱크와 철교와 롱아일랜드의 안개등을 보며 산책했다. 나는 가로등 아래 서 있던 딘의 모습을 또렷하게 기억한다.

"아까 다른 가로등 아래를 지날 때, 좀 엉뚱한 이야기를 하려고 했어. 샐, 하지만 지금 또 다른 생각이 불쑥 떠올랐으니까, 다음 가로등에 가면 얘기할게. 됐지?" 물론 이견은 없었다. 여행하는 동안 이동에 익숙해졌기 때문에 롱아일랜드 끝까지 걸어가고 싶을 정도였지만, 앞에는 육지가 없고 대서양뿐이어서 더 이상 나아갈 수 없었다. 우리는 서로 손을 잡고 영원히 친구로 지내자고 약속했다.

그 후로 닷새도 지나지 않은 밤, 함께 뉴욕의 파티에 갔다가 아이네즈라는 여자를 만났다. 나는 그녀에게 꼭 보여 줄 친구가 있다고 말했고, 딘이 술에 취해 있었던 터라 그가 카우보이라고 덧붙였다. "어머, 나 카우보이를 한번 꼭 만나고 싶었어."

"딘?" 나는 소리 높여 불렀다. 파티에는 시인 안겔 루즈 가르시아, 월터 에번스, 베네수엘라의 시인 빅토르 비야누에바,

예전의 내 애인이었던 지미 존스, 카를로 막스, 진 덱스터, 그리고 셀 수 없이 많은 사람이 있었다. "이러 좀 와 봐." 딘은 수줍어하며 다가왔다. 한 시간 지나자 파티는 다 함께 여름의 마지막을 축복하자며 취기와 자극이 뒤섞인 상태가 되었는데, 그는 바닥에 무릎을 꿇고 아이네즈의 배에 뺨을 대고 이야기하면서, 여러 가지 약속을 하고 땀을 흘렸다. 그녀는, 가르시아의 말을 빌리자면 '드가 그림에서 막 튀어나온 듯한' 덩치 크고 매력적인 갈색 머리였고, 여러 모로 파리의 아름다운 요부 같았다. 며칠 후 둘은 샌프란시스코의 커밀과 장거리 전화로 이혼에 필요한 서류에 대해 상의를 끝냈다. 결혼하기로 한 것이다. 뿐만 아니라, 몇 달 후에는 커밀이 딘의 두 번째 아이를 낳았다. 그 해 초에 몇 번 함께 밤을 보낸 결과였다. 그리고 또 몇 달 뒤, 아이네즈가 아이를 낳았다. 서부 어딘가에 있는 사생아 하나를 포함해 딘은 네 명의 아이를 갖게 되었고, 돈 한 푼도 없이 예전보다 심한 말썽과 희열과 속도의 덩어리가 되었다. 이탈리아에 갈 계획은 틀어졌다.

4부

1

책을 팔아 돈이 좀 들어왔다. 그해의 임대료 나머지를 내서 이모를 안심시켰다. 뉴욕에 봄이 올 때면 항상 뉴저지에서 강을 넘어 불어오는 대지의 유혹을 참을 수 없었다. 나가야 했다. 그래서 나갔다. 나는 생애 처음으로 뉴욕에 있는 딘에게 작별 인사를 하고 그를 놔두고 가기로 했다. 그는 메디슨 거리와 40번가 사이에 있는 주차장에서 일했다. 예전처럼 너절한 신발과 티셔츠, 배에 걸친 바지를 입고 점심시간에 엄청나게 몰려드는 차들을 혼자서 정리하며 바쁘게 돌아다녔다.

보통 어스름할 때 그를 찾아가면 할 일이 없었다. 딘은 간이건물 안에서 표를 세고 배를 문지르고 있었다. 라디오는 항상 켜져 있었다. "이봐, 마티 글리크먼의 그 유명한 농구 중계 들어 본 적 있어? 코트 중앙—까지—바운드해서—페인트—제자리에 서서 양손—슛, 휙, 이 점. 정말 최고의 아나운서야. 그런 건 처음 들어 봤어." 딘은 이처럼 간단한 즐거움에 만족하게 되었다. 그는 온수도 나오지 않는 동부 80번가의 아파트에서 아이네즈와 함께 살았는데, 밤에 집에 오면 옷을 몽땅 벗고 엉덩이까지 내려오는 중국식 비단 재킷을 입고는 편안한 의자에 앉아 마리화나가 담긴 물파이프를 피웠다. 이런 것들과 더러운 카드 한 벌이 귀가의 즐거움이었다. "요새는 다이아몬드 2에 집중하고 있어. 그녀의 다른 손이 어디 있는지 알아? 모르겠지. 잘 들여다봐야 해." 그는 나에게 다이아몬드 2를 넘기려고 했는데, 거기 그려져 있는 것은 키 크고 울적한 남자와 무척 음란하고 슬퍼 보이는 매춘부가 침대에서 어떤 체위를 시도하는 그림이었다. "자, 나는 많이 썼어!" 부엌에서 요리를 하고 있던 아이네즈가 우리를 보고 심술궂게 웃었다. 그녀는 아무래도 상관없었다. "어때? 근사하지? 저게 아이네즈야. 봐, 문 사이로 고개를 들이밀고 살짝 웃지. 그래, 그녀와 얘기하니까 모든 일이 아주 좋게 해결됐어. 올 여름부터는 펜실베이니아에 있는 농장에서 살기로 했어. 뉴욕에 놀러 올 수 있도록 스테이션왜건을 사고, 멋지고 큰 집에 살고, 이삼 년 안에 아이들을 잔뜩 낳을 거야. 에헴! 흠흠! 후후!" 그는 의자에서 튀어 올라 윌리 잭슨의 레코드 「게이터 테일」을 틀었다. 레코드 앞에 서서 손바닥을 마주치며 몸을 흔들고 무릎을 아래위로 움직이며 리듬을 맞추었다. "와! 정말 멋진 놈이야! 처음 들었을 때는 이래서야 다음날 밤에는 죽겠다고 생각했는데, 아직 살아 있군."

대륙 반대편의 샌프란시스코에서 하던 일과 완전히 똑같은 짓이었다. 그때처럼 침대 밑으로 찌그러진 트렁크가 보이고, 언제라도 날아갈 준비를 하고 있었다. 아이네즈는 커밀에게 거듭 전화를 해서 길게 이야기했다. 자기 성기에 관한 얘기까지 한다고 딘은 말했다. 딘의 기이한 행동을 서로 편지로 써서 보냈다. 물론 딘은 매달 급료의 일부를 양육비로 커밀에게 보내야 했다. 그렇지 않으면 경범죄자 노역장에 육 개월 동안 갇히게 될 것이었다. 그는 부족한 돈을 메우기 위해 일급 기술자가 되어 주차장에서 표를 빼냈다. 나는 딘이 한 부자 남자에게 아주 유창하게 메리 크리스마스라고 말하며 20달러짜리 대신 5달러짜리 지폐를 거슬러 주는 장면을 놓치지 않고 봤다. 우리는 나가서 그 돈으로 비밥 술집인 버드랜드에 갔다. 무대에 서 있는 레스터 영의 커다란 눈에 영원이 보였다.

어느 날 밤 새벽 3시에 우리는 47번가와 메디슨 거리 길모퉁이에서 얘기했다. "아아, 샐, 사실은 네가 안 갔으면 좋겠어. 뉴욕에 친구도 없이 혼자 있는 건 처음이잖아." 그는 말했다. "뉴욕은 나에게 거쳐 가는 곳이야. 샌프란시스코가 고향이지. 여기 오고 나서 꽤 시간이 지났는데 여자라고는 아이네즈뿐이잖아. 뉴욕은 나에게 그런 곳이야! 젠장! 하지만 저 끔찍한 대륙을 또 가로지른다는 건 생각만 해도 좀 그래. 샐, 한동안 제대로 얘기도 못 했네." 우리는 뉴욕에서 곧잘 많은 친구들과 술에 전 파티를 광란적으로 돌아다녔다. 그런 것은 딘에게 왠지 맞지 않는 듯했다. 인기척 없는 밤의 메디슨 거리에 을씨년스럽게 내리는 안개비 속에서 웅크리고 있는 것이 훨씬 딘다웠다. "아이네즈는 나를 사랑한대. 뭐든 내 마음대로 해도 되고 그런 건 전혀 신경 쓰지 않는다고 말이야. 그런데, 봐, 나이를 먹다 보니 문제가 늘어나고 있어. 언젠가 너와 나는 새벽녘에 거리에서 비틀대면서 쓰레기 깡통이나 들여다보게 될 거야."

"결국 늙은 부랑자가 된다는 거야?"

"왜 아니겠어. 우리가 원한다면 얼마든지 그렇게 될 수 있어. 그런 것도 나쁘진 않지. 정치가나 부자 같은 다른 사람들이 뭘 바라든 상관하지 않고 계속 살아가는 거야. 아무도 방해하지 않고, 자신의 길을 나아가는 거지." 나는 동의했다. 그는 가장 단순 명쾌한 방식으로 도(道)에 다다르려 했다. "이봐, 너의 길은 뭐야? 성인의 길, 광인의 길, 무지개의 길, 거피*의 길, 어떤 길이라도 될 수 있어. 어떤 짓을 하든 누구에게든 어디든지 갈 수 있는 길이 있지. 그럼 어디서 어떻게 할래?" 우리는 빗속에서 서로 고개를 끄덕였다. "젠장, 우리는 남자야. 그걸 잊어서는 안 돼. 날뛰지 않으면 남자가 아니야. 의사 말을 잘 들어. 솔직하게 말해서, 샐, 어디 있든 간에 내 트렁크는 침대 밑에서 언제든지 꺼낼 수 있게 돼 있어. 언제든지 나갈 수 있어. 언제 쫓겨나도 괜찮아. 나는 결심했어. 모든 것을 던져 버리기로 말이야. 내가 잘해 보려고 열심히 낑낑대는 걸 너도 봤지. 그런 게 대수가 아니라는 걸 너도 알 거야. 우리는 시간이 뭔지 알아. 어떻게 천천히 나아가는지, 걷는지, 탐색하는지, 옛날 흑인들처럼 즐기는 방식이지. 그것 말고 다른 재미가 어디 있어? 우리는 알아." 빗속에서 우리는 한숨을 쉬었다. 그날 밤 허드슨 계곡에는 온통 비가 퍼부었다. 바다처럼 넓은 강의 거대한 세계 부두는 푹 젖었고, 퍼킵시에 정박한 낡은 증기선도 푹 젖었고, 수원지인 오래된 스플리트 록 호수도 푹 젖었고, 반데르와커 산도 푹 젖었다.

* 송사릿과의 관상용 열대 담수어.

"그러니까, 나는 인생을 거스르지 않고 열심히 살았어." 딘은 말했다. "얼마 전 시애틀 감옥에 있는 노인네에게 편지를 썼어. 정말 몇 년 만에 편지를 받았다더군."

"그랬어?"

"그래, 그래. 샌프란시스코에 가게 되면 베이비를 보여 달라고 했어. babby라고, 비를 두 개나 쓰더라고. 나는 동부 40번가에서 한 달에 13달러짜리 온수도 안 나오는 싸구려 아파트를 발견했어. 노인네에게 돈을 보내 주면 아마 뉴욕에 와서 살 거야. 올 수 있다면 말이지만. 이야기는 별로 많이 안 했지만 나한테 여동생이 있어. 정말 작고 귀엽고 착한 애야. 그 애도 같이 오라고 해서 함께 살고 싶어."

"지금 어디에 있는데?"

"글쎄, 그걸 몰라. 노인네가 찾아본다고 했어. 별로 기대는 안 하지만."

"그래서 시애틀에 갔었대?"

"그런데 바로 감옥행이었던 거지."

"전에는 어디 있었는데?"

"텍사스, 텍사스였대. 넌 알겠지, 내 심경, 상태, 입장을 말야. 내가 얌전해진 것도 알 거야."

"그래, 그랬군."

딘은 뉴욕에 와서 점점 얌전해졌다. 이야기를 하고 싶어 했다. 차가운 빗속에서 얼어 죽을 지경이었다. 내가 출발하기 전에 우리는 이모 집에서 만나기로 했다.

다음 날인 일요일 오후, 그가 찾아왔다. 나는 텔레비전이 있어서, 텔레비전으로 야구 중계를 하나 틀고, 라디오로 또 하나

틀고, 게다가 채널을 계속 돌리면서 세 시합의 양상을 매 순간 다 쫓았다. "좋았어, 샘, 브루클린의 호지스가 이루에 있으니까, 필리스는 교체할 거야. 구원 투수가 등판하는 동안 자이언츠와 보스턴 경기로 돌리자고. 하지만 디마지오가 스리 볼이니 투수가 레진백을 쥐고 있는 것도 텔레비전으로 확인해야 해. 그리고 딴눈 팔고 있던 삼십 초 동안 주자 삼루 상태던 바비 톰슨이 어떻게 했는지 라디오로 체크해. 좋았어!"

오후 늦게 밖에 나가 롱아일랜드 조차장 옆 거무스름한 운동장에서 꼬마들과 야구를 했다. 농구도 했는데 우리가 너무 격렬하게 하자 어린 소년들은 "편하게 해요. 그렇게 죽기 살기로 할 거 없잖아요."라고 했다. 그들은 가볍게 뛰어다니며 우리를 간단하게 이겨 버렸다. 딘과 나는 땀에 푹 젖었다. 한번은 딘이 콘크리트 코트 바닥에 얼굴을 처박고 넘어졌다. 우리는 씩씩대면서 어떻게든 공을 뺏으려고 했지만 녀석들은 몸을 돌려 홱 빠져나갔다. 다른 녀석들은 안으로 파고들어 우리 머리 너머로 부드럽게 슛을 쐈다. 우리는 미친놈처럼 골대를 향해 점프했지만 어린 소년들은 땀이 나는 우리 손에서 간단하게 공을 빼앗아 드리블해 갔다. 마치 음악을 하고 싶은 열정으로 불타는 검은 배의 미친 테너 연주자가 미국 뒷골목에서 스탠 게츠*와 쿨 찰리**를 상대로 농구를 하는 것 같았다. 그들은 우리가 미쳤다고 생각했다. 딘과 나는 인도 양쪽에서 캐치볼을 하며 집으로 돌아왔다. 관목 숲 위로 다이빙하고 전봇대

---

* 1927~1991. 찰리 버드와 함께 미국에서 보사노바 재즈의 대유행을 이끈 재즈 테너 색소폰 연주자.

** 재즈 기타리스트 찰리 버드(1925~1999)의 별명.

를 겨우 피하는 등 아주 특별한 캐치볼이었다. 차가 옆으로 지나갈 때 내가 길을 따라 달리며 사라져 가는 차의 범퍼 바로 뒤로 딘에게 공을 휙 던져 줬다. 딘이 달려 나가 공을 받고 잔디 위로 굴렀고, 주차해 있는 빵집 트럭의 반대쪽에서 내 쪽으로 공을 홱 던졌다. 내가 두툼한 손으로 겨우 받아 되던지자, 딘은 몸을 돌려 뒤로 물러나 울타리에 등을 대고 쓰러졌다. 집에 돌아온 딘은 지갑을 꺼내 헛기침하며 워싱턴에서 속도위반 딱지를 받았을 때 빚졌던 15달러를 이모에게 건넸다. 이모는 무척 놀라며 기뻐했다. 우리는 근사한 저녁 식사를 했다. "있지, 딘." 이모가 말했다. "곧 태어날 새 아기를 잘 돌보렴. 그리고 이번 결혼은 계속 유지하길 바라. 부탁이야."

"그래, 그래요, 그래요."

"아기가 있으면 그렇게 여기저기 돌아다닐 수 없어. 저 불쌍한 작은 것들이 의지할 데가 없어지잖니. 살아갈 기회를 줘야지." 딘은 제 발을 보며 끄덕였다. 으스스할 정도로 붉은 황혼 속에서, 고가가 내려다보이는 다리 위에서 우리는 헤어졌다.

"내가 돌아왔을 때 뉴욕에 있었으면 해." 나는 말했다. "딘, 내가 바라는 건, 언젠가 각자 가정을 갖고 같은 동네에 살면서, 같이 나이를 먹어가는 것뿐이야."

"그래. 나도 그러길 기도해. 말썽도 많았고, 아까 이모가 알려 줬듯이 앞으로도 말썽이 있겠지만 말이야. 나는 아이 같은 건 원하지 않았어. 아이네즈가 원했지. 그래서 한바탕했어. 메릴루가 샌프란시스코 중고차 판매상과 결혼해서 곧 아이를 낳는다는 거 알아?"

"응. 모두 그렇게 되나 봐." 뒤집힌 허공의 호수에 이는 잔물결이야, 이렇게 말해야 했는지도 모른다. 세상의 밑바닥은 황금인데 세상은 뒤집혀 있었다. 그는 커밀이 여자애와 찍은 사진을 꺼냈다. 빛을 받은 밝은 길에 있는 아이 위로 남자의 그림자가 뻗어 있다. 슬픈 듯 기다란 두 다리. "이건 누구야?"

"에드 던컬이지, 누구겠어. 갤러티아에게 돌아와서 지금은 덴버로 갔어. 그들은 하루 종일 사진을 찍고 다녔지."

에드 던컬, 그의 동정심은 마치 성자와 같아서 사람들에게 알려지지 않는다. 딘은 다른 사진도 꺼냈다. 이런 사진을 언젠가 우리 아이들이 신기한 듯 바라보면서, 부모들이 아무 일 없이 평온하게 사진 안에 들어갈 만한 인생을 보내고, 아침에 일어나 자랑스럽게 인생의 보도를 걸어갔다고 생각하게 될까. 나는 생각했다. 우리의 진짜 인생이, 진짜 밤이, 그 지옥이, 무의미한 악몽의 길이 거친 광기와 방탕으로 가득했단 것은 꿈에도 생각하지 못할 것이다. 이 모든 것의 내면은 끝도 시작도 없이 공허하다. 무지가 갖가지 슬픔을 빚어낸다. "안녕, 안녕." 딘은 길게 뻗은 붉은 어스름 속을 걸어갔다. 기관차가 연기를 뿜으며 그의 위에서 흔들렸다. 그의 그림자가 그를 쫓아가며 그의 걸음을, 생각을, 존재를 흉내 냈다. 그는 뒤돌아서서 수줍은 듯이 손을 흔들었다. 제동수의 발차 신호를 보내고는 펄쩍펄쩍 뛰면서 뭐라고 외쳤지만 들리지 않았다. 원을 그리며 달리고 있었다. 그러면서 점점 구름다리의 콘크리트 모퉁이로 다가갔다. 마지막 신호를 보냈다. 나도 손을 흔들어 답했다. 갑자기 딘이 자신의 인생 쪽으로 방향을 휙 바꾸어 모습을 감추었다. 나는 나의 날들이 무미해진 것을 바라보았다. 이 앞에도 또 끔찍하게 긴 길이 있지만, 가지 않을 수 없었다.

2

다음 날 자정 이런 짧은 노래를 불렀다.

> 미줄라의 집,
> 트러키의 집,
> 오펄루서스의 집,
> 어디도 내 집은 아니네
> 오랜 메도라의 집,
> 운디드 니의 집,
> 오갈라라의 집,
> 어디도 내 집은 되지 못하네

워싱턴행 버스를 탔고 그곳에서 주변을 배회하며 잠시 시간을 죽였다. 길에서 벗어나 블루리지 산맥을 보고 셰넌도어 국립공원의 새소리를 듣고 스톤월 잭슨의 무덤을 방문했다. 어스름 무렵 카나와 강에 서서 가래침을 뱉고 웨스트버지니아 찰스턴 남부 시골의 밤길을 걸었다. 한밤중에는 켄터키의 애슐랜드에 갔는데 닫힌 영화관 간판 아래에 외로운 소녀가 있었다. 어둡고 신비로운 오하이오, 그리고 새벽에는 신시내티. 그다음 다시 인디애나 벌판이 나왔고 세인트루이스는 예전처럼 오후의 거대한 계곡 구름 속에 있었다. 진흙투성이의 자갈들과 몬태나의 통나무들, 부서진 증기선들, 오래된 표지판들. 강 옆에는 풀밭과 밧줄들이 있었다. 끝없는 시(詩)였다. 밤이 되자 미주리, 캔자스 들판, 캔자스 밤의 암소들이 무리 지어 있는 비밀스러운 광야, 모든 길이 바다로 통하는 크래커 상자 같은 마을들이 보였다. 새벽에는 애벌린을 지났다. 동부 캔자스의 초원은 서부 캔자스의 목장이 되고, 점점 경사지면서 서부의 밤 언덕으로 바뀌었다.

버스에서는 헨리 글라스와 함께였다. 인디애나의 테러호트에서 타서 내게 말을 걸었다. "아까도 말했지만, 내가 이 옷을 싫어하는 건 촌스러워서예요. 하지만 그게 다가 아니지." 그는 내게 서류를 보여 줬다. 테러호트 형무소에서 막 나온 참으로, 죄목은 신시내티에서 차를 훔쳐 판 것이었다. 그는 곱슬머리의 스무 살 소년이었다. "덴버에 가자마자 이 옷을 전당포에 팔고 청바지를 살 거예요. 형무소에서 내가 뭘 했는지 알아요? 성경책과 함께 독방에 들어가서 그걸 돌바닥에 깔고 앉았죠. 그러다 들켜서 간수가 성경책을 가져가 버리고 포켓 사이즈로 바꿔 줬어요. 그건 못 깔고 앉으니까 신약을 전부 읽었죠. 히히." 그는 사탕을 씹으면서 나를 쿡 찔렀다. 형무소에서 위장이 망가지는 바람에 다른 걸 못 먹고 항상 사탕만 먹는 것이었다. "성경책에는 정말 대단한 게 쓰여 있어요." 그는 '설교하다.'라는 게 무슨 뜻인지 설명해 주었다. "누구든지 곧 출소할 때가 다가오면 자기가 나갈 날을 이야기하고, 아직 더 그곳에 있어야 할 놈들한테 뭐라 뭐라 설교를 해요. 우리는 멱살을 잡고 말하죠. 나한테 설교하지 마! 나불대는 건 나쁜 일이에요. 듣고 있어요?"

"나는 설교하지 않아, 헨리."

"누구든 나한테 설교하면 난 코가 벌름하면서 열이 치솟아서 죽이고 싶어져요. 왜 계속 형무소에 있었는지 알아요? 열세 살 때 뚜껑이 열렸거든요. 한 녀석과 영화를 보러 갔는데, 그놈이 우리 엄마한테 더러운 소릴 하는 거예요. 알죠, 무슨 말일지. 그래서 잭나이프를 꺼내 그놈 모가지를 찔러 버렸어요. 사람들이 말리지 않았으면 죽였겠죠. 판사가 '친구한테 달려들었을 때 자기가 무슨 짓을 하는지 알고 있었습니까.'라고 물어서 이렇게 대답했죠. '네, 판사님. 알고 있었죠. 이 개자식을 죽여 버리겠다고 생각했어요. 지금도 그렇고요.' 그래서 집행 유예를 받지 못하고 곧장 소년원으로 보내졌죠. 독방에 앉아만 있어서 치질이 생겼어요. 형무소는 절대 갈 곳이 못 돼요. 최악이에요. 제길, 누구랑 얘기하는 게 너무 오랜만이라 이렇게 밤을 샐 수도 있을 거 같네요. 나왔을 때 기분이 얼마나 좋았는지 모를 거예요. 내가 탔을 때 당신은 계속 가만히 앉아 있던데, 테러호트에서부터 계속 말예요, 무슨 생각을 하고 있었어요?"

"그냥 앉아 있었어."

"난 노래를 불렀어요. 당신 옆에 앉은 건, 여자 옆에 앉으면 갑자기 머리가 돌아서 여자 옷 속에 손을 넣을까 봐 두려워서

예요. 참아야 하겠지만."

"또 잡히면 이번에는 평생 갇혀 있어야 할지도 몰라. 진정하고 마음 편하게 가져."

"그러려고 해요. 문제는, 코가 벌름거리기 시작하면 나도 내가 무슨 짓을 하는지 모르는 상태가 된다는 거예요."

헨리는 형과 형수와 함께 살기로 한 듯했다. 형 부부가 콜로라도에 일자리를 마련해 놓았다. 당국으로부터 버스표를 받고 가석방된 눈앞의 어린 소년은 옛날의 딘 같았다. 스스로 감당할 수 없을 만큼 피가 끓는다. 코가 벌름거린다. 그러면 낯선 것이든 익숙한 것이든, 어떤 성스러운 말도 그가 쇠창살 안에 들어갈 운명을 멈추지 못하는 것이다.

"샐, 우리 친구 해요. 덴버에서 내 코가 벌름거리지 않는지 감시해 줘요. 형네 집까지는 아마 안전하게 가겠지만요."

덴버에 도착해서 헨리의 팔을 끌고 래리머 가의 전당포에 형무소 죄수복을 팔러 갔다. 늙은 유태인은 옷을 제대로 보기도 전에 무엇인지 알아차렸다. "이런 건 필요 없어. 캐니언시티 놈들이 매일 가져다 주거든."

래리머 가에는 죄수복을 팔려는 전과자들이 넘쳤다. 헨리는 하는 수 없이 죄수복을 넣은 종이가방을 팔에 끼고 새 청바지와 스포츠 셔츠를 입고 돌아다녔다. 딘이 예전에 가던 클레남 술집에 가서 — 가는 도중 헨리는 죄수복을 쓰레기통에 버렸다. — 팀 그레이에게 전화했다. 저녁이었다.

"너야?" 팀 그레이가 낄낄댔다. "곧 갈게."

십 분쯤 있자 그가 스탠 셰퍼드를 데리고 성큼성큼 술집으로 들어왔다. 둘은 프랑스 여행에서 돌아온 참으로, 덴버 생활이 지겹다고 했다. 둘 다 헨리를 마음에 들어 해서 맥주를 사 줬다. 헨리는 형무소에서 모은 돈을 펑펑 써 댔다. 성스러운 길과 미친 가게가 가득한, 어두운 덴버의 밤과 재회했다. 거리의 술집이라는 술집은 다 돌아다녔다. 웨스트 콜팩스 가의 로드하우스 술집, 파이브 포인트의 흑인 술집 등을 한껏 즐겼다.

스탠 셰퍼드는 몇 년 동안이나 나를 만나기를 고대했고, 우리 둘은 처음으로 모험을 계획하게 되었다. "샐, 프랑스에서 돌아온 후로 계속 앞으로 어떻게 해야 좋을지 아무 생각이 없었어. 멕시코에 간다는 거 정말이야? 저기 말야, 나도 같이 가면 안 될까? 100달러 정도는 마련할 수 있고, 거기 가서 멕시코시티 컬리지에서 재향군인 연금 수속을 하면 돼."

그래, 좋아, 같이 가자. 스탠은 팔다리가 껑충하고 수줍음을 잘 타고 부스스한 머리의 덴버 출신으로, 사기꾼같이 빙글빙글 웃으며 게리 쿠퍼*처럼 태평스럽게 움직였다. "만세!" 그는 그렇게 외치고 양손 엄지를 벨트에 찔러 넣고 건들거리며 걸어갔다. 양옆으로 몸을 흔들기도 했는데 그것도 느릿느릿했다. 그는 할아버지와 말다툼을 했는데, 프랑스에 가는 것도, 이번에 멕시코에 가는 것도 반대했기 때문이었다. 그 바람에 스탠은 덴버 거리를 부랑자처럼 배회하고 다녔다. 그날 밤도 한바탕 마시고 콜팩스 가의 핫숍에서 코가 벌름거리기 시작한 헨리를 뜯어말리고, 휘청휘청 걸어가서 글레남 가에 있는 헨리의 호텔 방에서 잤다. "너무 늦어지면 집에 못 들어가. 할아버지가 싸움을 걸고 좀 있으면 엄마까지 덤벼들거든. 샐, 정말 하루 빨리

* 1901~1961. 용감하고 무뚝뚝하며 신중한 남성을 주로 연기한 미국 영화배우.

덴버를 떠나고 싶어. 미쳐 버릴 것 같아."

나는 팀 그레이네서 머물었는데, 나중에 베이브 롤린스가 아담하고 좋은 지하 방을 마련해 줘 일주일간 다 함께 거기서 파티를 했다. 헨리는 형의 집으로 모습을 감춘 이후로 보지 못해서 누가 그에게 '설교'를 했을지, 쇠창살 방으로 보내졌을지, 한밤중에 마음껏 날뛰고 다녔을지 알 수 없다.

팀 그레이, 스탠, 베이브와 나는 일주일 내내 근사한 덴버의 술집에서 오후를 보냈다. 슬랙스를 입은 웨이트리스들이 수줍은 듯 사랑스러운 눈길로 가게 안을 돌아다녔다. 닳고 닳은 웨이트리스가 아니라 손님들과 사랑에 빠져 격정적으로 연애를 벌이다 진땀을 빼고 다른 가게로 옮겨 온 웨이트리스들이었다. 우리는 매일 밤 파이브 포인트에서 재즈를 듣고, 정신 나간 흑인 술집에서 술을 마시고, 내 지하 방에서 아침 5시까지 이야기를 했다. 낮에는 대개 베이브네 뒤뜰에서 뒹굴었는데 카우보이와 인디언으로 나뉘어 놀고 있는 덴버의 꼬마들이 활짝 핀 벚나무에서 우리 위로 뛰어내리곤 했다. 정말 멋진 날들이었다. 아무런 꿈도 없었기에 내 앞으로 세계가 활짝 열려 있었다. 스탠과 나는 팀 그레이도 데려가기로 계획했지만, 팀은 덴버의 생활에 묶여 있었다.

드디어 멕시코에 갈 준비를 하고 있던 어느 날 밤, 갑자기 덴버 돌이 전화를 해서 말했다. "이봐, 샐, 누가 덴버로 오고 있는지 알아?" 짐작이 가지 않았다. "벌써 오고 있대. 바람결에 들었는데, 딘이 차를 사서 이곳으로 와서 합류하려 한대." 갑자기 딘의 환영이 보였다. 불타면서 몸서리치는 무서운 천사가 두근거리는 가슴으로 나를 향해 길을 가로질러 엄청난 속력으로 구름처럼 접근해서, 평원에 있는 '수의를 입은 여행자' 처럼 나를 쫓고, 나를 덮치려 한다. 미치고 앙상한 목적을 안고 눈을 번뜩거리는 그의 커다란 얼굴이 평원 위로 보였다. 그의 날개가 보였다. 그의 낡은 이륜마차 바퀴에서 수천 개의 불꽃이 튀는 것이 보였다. 길 위에 불길이 솟는 것이 보이고, 그것이 새로운 길이 되어 옥수수 밭을 넘고 도시를 뛰어넘고 다리를 부수고 강물을 말리면서 거침없이 다가왔다. 분노가 서부를 향하고 있는 것 같았다. 딘이 또 미쳐 버린 것이다. 저축한 돈을 전부 찾아 차를 사 버렸으니 두 아내 중 누구에게도 돈을 보낼 수 없을 것이다. 손 쓸 도리가 없다. 그가 지나간 길에는 시커멓게 탄 폐허의 연기가 피어오를 뿐이다. 그는 다시 서부로, 신음하는 끔찍한 대륙을 가로지르고 있고, 얼마 안 있어 도착한다. 딘을 맞을 준비를 서둘러야 했다. 차를 운전해서 나를 멕시코까지 데려가려는 것이었다.

"나도 데려가 줄까?" 스탠이 머뭇거리며 물었다.

"말해 볼게." 나는 진지하게 말했다. 앞으로 어떻게 될지 감도 오지 않았다. "딘은 어디서 자지? 뭘 먹고? 여자는 충분해?" 가르강튀아*의 도착이 임박한 듯했다. 그의 번뇌하는 몸체와 터질 듯한 희열에 맞게 덴버의 도랑 폭을 넓히고 법률을 간소화하는 등 만반의 준비를 해야 했다.

* 프랑스 작가 라블레의 작품에 나오는, 체력과 식욕, 지식욕이 왕성한 거인.

3

딘은 옛날 영화처럼 도착했다. 황금빛 눈부신 오후에 나는 베이브의 집에 있었는데, 이 집에 대해 한마디 해야겠다. 그녀의 어머니는 집을 떠나 유럽에 가 있었다. 감시를 위해 와 있는 이모는 채러티라고 했는데, 일흔다섯 살이지만 닭처럼 기운이 넘쳤다. 롤린스 가족은 서부 전역에 흩어져 있어서 그 이모는 대체로 이 집 저 집 끊임없이 옮겨 가며 사람들을 돌봐 주었다. 한때는 열 명도 넘는 아들이 있었는데, 지금은 모두 떠났고 모두 그녀를 버렸다. 나이를 먹었지만 우리 말과 행동에 하나하나 관심을 보였다. 우리가 거실에서 위스키를 마시기 시작하면 슬픈 듯이 고개를 저었다. "젊은 사람들, 그런 건 정원에 나가서 해." 2층에는 — 그해 여름 그 집은 일종의 하숙집이었다. — 베이브에게 푹 빠진 톰이라는 남자가 있었다. 버몬트의 부잣집 출신으로 고향에 번듯한 일자리도 있었는데, 베이브 가까이에 있고 싶어 했다. 저녁이면 거실에 앉아 신문 뒤로 얼굴을 새빨갛게 물들이고 우리가 하는 말에 귀를 기울이면서도 전혀 내색하지 않았다. 베이브가 뭐라고 말하면 얼굴이 더 빨개졌다. 우리가 억지로 신문을 치워 버리면 잴 수 없는 지루함과 괴로움이 섞인 표정으로 바라보았다. "응? 그래, 그런 거 아니겠어." 그가 하는 말이라곤 이 정도가 다였다.

채러티는 구석에 앉아 뜨개질을 하며 묘한 눈으로 우리를 쳐다보았다. 감시 역할을 다하고 있었으므로 아무도 욕지거리를 입에 담지 않았다. 베이브는 소파에서 쿡쿡 웃었다. 팀 그레이와 스탠과 나는 의자 주변에서 뒹굴었다. 불쌍한 톰은 고통으로 신음했다. 일어나 하품을 하고 "아, 하루가 또 끝났네. 잘 자요." 하고는 2층으로 사라졌다. 그는 베이브의 연인으로서 전혀 쓸모가 없었다. 베이브는 팀 그레이를 좋아했던 것이다. 하지만 그녀가 붙잡으려 해도 팀은 뱀장어처럼 꿈틀거리며 빠져나갔다. 그렇게 다들 빈둥거리던 화창한 오후가 저녁 시간으로 옮겨갈 무렵이었다. 딘이 집 앞에 고물 차를 대고, 조끼에 회중시계 줄을 늘어뜨린 트위드 정장 차림으로 튀어나왔다.

"어이! 어이!" 길에서 부르는 소리가 들렸다. 로이 존슨도 함께였는데, 그는 최근에 아내 도로시와 샌프란시스코에서 돌아와 다시 덴버에서 살고 있었다. 에드 던컬과 갤러리아 던컬, 그리고 톰 스나크도 모두 다시 덴버에 돌아와 있었다. 나는 현관으로 나갔다. "오, 내 친구." 딘이 큰 손을 내밀었다. "여긴 다 괜찮은 거 같네. 안녕, 안녕, 안녕." 사람들을 향해 말했다. "오, 팀 그레이, 스탠 셰퍼드, 반가워!" 우리는 채러티에게 그를 소개했다. "아, 안녕하세요. 처음 뵙겠습니다. 여기는 내 친구 로이 존슨이에요. 친절하게도 여기까지 같이 와 줬죠. 에취! 흠흠! 켁! 캑! 어, 요란한 대령님 아닙니까." 톰에게 손을 내밀었지만 톰은 가만히 노려보기만 했다. "그래, 그래. 그런데 샐, 어쩔 거야? 멕시코에는 언제 가지? 내일 오후? 좋아, 좋아. 그런데 십육 분만 시간을 좀 줘. 에드 던컬한테서 내 철도 시계를 찾아다 래리머 가 전당포가 문을 닫기 전에 저당 잡히려 하거든. 그리고 재빨리, 시간이 허락하는 대로 주변을 돌아다니면서 직스 뷔페나 그 주변 술집에 아버지가 있는지 찾아보고, 돌의 이발소에도 예약을 해야 돼. 이게 몇 년 동안 바꾸지 않은 내 방식이야. 콜록! 콜록! 정확히 6시네. 여기 있어. 빨리 돌아올 테니까. 그런 다음 로이 존슨 집까지 달려가서, 길레스피나 뭐 그런 비밥 레코드를 들으면서 한 시간 정도 쉬자고. 너와 팀과 스탠과 베이브도 오늘 밤 할 일이 있겠지만 일단 내 말부터 들어 줬으면 해. 갑자기 찾아와서 미안해. 정확히 사십오 분 전에 내가 타고 온 낡은 37년형 포드는, 저기, 저기 주차해 놓은 거 말야, 캔자스시티에 머물다가 사촌을 만났을 때 손에 넣은 거야. 샘 브래디 말고 좀 더 어린 애야……." 그리고 이 말을 전부 하면서 거실 구석 사람들에게 보이지 않는 곳에서 바쁘게 티셔츠로 갈아입고, 항상 갖고 다니는 찌그러진 트렁크에서 꺼낸 다른 바지에 회중시계를 옮겨 달았다.

"그럼 아이네즈는?" 내가 물었다. "뉴욕 집은 어떻게 하고?"

"이번 여행은 말야, 공식적으로는 멕시코에서 이혼 수속을 하기 위한 거야. 거기서 하는 게 제일 싸고 빠르거든. 녀석과 카밀이 동의했어. 이제 다 정리됐어. 모든 게 순조롭고 멋져. 이제 더 이상 걱정할 게 없어. 그렇지, 샐?"

그랬다. 나는 언제나 딘에게 맞출 준비가 되어 있었다. 다 함께 새로운 계획을 세우고 멋진 밤을 준비했다. 그리고 잊을 수 없는 밤이 되었다. 에드 던컬의 동생 집에서 파티가 벌어졌다. 다른 두 동생은 버스 운전수였는데, 눈앞에 펼쳐지는 광경들을 아연실색해 바라보았다. 식탁에는 맛있는 음식들이 놓였다. 케이크와 음료 등. 에드 던컬은 행복하고 좋아 보였다. "흠, 이제 갤러티아와 완전히 자리 잡은 거야?"

"그래." 던컬이 말했다. "그런 거 같아. 난 덴버 대학에 갈 거야. 로이도 같이."

"뭘 할 건데?"

"음, 사회학이나 뭐 그런 거. 있잖아, 딘은 갈수록 더 미쳐 가는 거 같지 않아?"

"맞아."

갤러티아 던컬도 있었는데, 누군가와 이야기를 하려고 했지만 모두 딘에게 정신이 팔려 있었다. 벽을 따라 놓인 부엌 의자에 줄줄이 앉은 셰퍼드와 팀과 베이브와 내 앞에 서서 뭐라 뭐라 떠들었다. 그 뒤를 에드 던컬이 걱정스러운 듯 맴돌았다. 동생들은 딱하게도 뒷전으로 밀려났다. "흠! 흠!" 딘은 말하며 셔츠를 잡아당기고 배를 문지르고 길길이 날뛰었다. "좋아, 음, 다시 모두 다 모였군. 세월이 각자 여러 가지 모습으로 흘러갔지만 말이야. 다들 별로 안 변한 게 신기해. 불변, 지속성이 있어. 그게 있다는 걸 이 트럼프로 증명해 볼까. 나는 이걸로 어떤 운세도 정확히 맞힐 수 있어." 예의 야한 그림이 그려진 트럼프였다. 도로시 존슨과 로이 존슨은 구석에 꼿꼿하게 앉아 있었다. 슬픈 파티였다. 그런데 딘이 갑자기 조용해지더니, 스탠과 나 사이의 부엌 의자에 앉아 꼬리가 늘어진 개 같은 표정으로 정면을 응시하며 누구에게도 눈길을 돌리지 않았다. 잠깐 모습을 감추고 더 많은 에너지를 충전하고 있었던 것이다. 만약 그를 건드렸다면 절벽의 조약돌 위에 놓인 바위처럼 몸을 흔들어 댔을 것이다. 무너지든가, 바위처럼 흔들어 대든가. 곧 그 바위는 폭발해서 꽃이 되었고, 사랑스러운 미소로 얼굴이 밝아지면서 잠에서 깨어난 듯 주위를 두리번거렸다. "아, 여기 지금 같이 있는 사람들은 모두 멋진 사람들뿐이야. 굉장하지 않아? 샐, 왜, 얼마 전에 내가 말한 대로야. 아아, 좋아, 멋져!" 딘이 일어나 방을 가로질러 손을 내밀며 버스 운전수 중 한 사람에게 다가갔다. "안녕하세요. 나는 딘 모리아티입니다. 음, 당신을 기억해요. 어때요, 잘 지내나요? 글쎄, 저 케이크 정말 맛있어 보이죠? 어, 먹어도 돼요? 나만? 왠지 비참한데?" 에드의 누이가 먹으라고 말했다. "오, 정말 기뻐요. 모두들 진짜 멋져. 케이크 하며 맛있어 보이는 것들이 가득해서 정말 즐겁고 흥분돼. 음, 오오, 좋아, 맛있어, 맛있어, 으흠, 콜록!" 그는 방 한가운데에 서서 몸을 흔들고 케이크를 먹으며 모두를 찬탄하듯이 바라보았다. 빙글 돌아 뒤쪽도 둘러보았다. 모든 것에, 눈에 들어오는 것들 전부에 감탄했다. 방 여기저기에서 사람들이 끼리끼리 모여 이야기를 하고 있는 곳에 가서 "그래! 그거야!" 하고 말했다. 벽에 걸린 한 장의 그림을 몸이 뻣뻣해져서 바라보았다. 가까이 가서 자세히 살펴보고 뒤로 물러나고 몸을 굽히고 뛰어오르며 온갖 높이와 각도로 살펴보려 하고, 티셔츠를 꽉 잡고서 외쳤다. "망할!" 그는 사람들이 자신에게서 어떤 인상을 받는지 모르는 듯했고 신경도 쓰지 않는 듯했다. 딘을 보는 사람들의 표정이 어머니나 아버지 같은 애정으로 빛나기 시작했다. 이윽고 그는 천사가 되었다. 내가 이미 예측한 바였는데, 모든 천사들처럼 그의 안에서도 아직 억누를 수 없는 분노가 부글부글 올라와서, 그날 밤 파티를 접고 다 함께 거대하고 시끄러운 패거리가 되어 윈저 호텔의 술집으로 옮겨 갔을 때는 미친 듯이, 악마같이, 아름다운 천사같이, 술에 취해 있었다.

기억해 주길. 윈저는 옛날 골드러시* 시기 덴버 최고의 호텔이었고 여러 가지 의미에서 흥미로운 명소지만 — 1층의 커다란 술집 벽에는 아직도 총알 흔적이 남아 있다. — 한때는 딘의 집이었다. 그는 위층 방 중 하나에서 아버지와 살았다. 그는 여행자가 아니었다. 아버지의 망령 같은 모습으로 술집에서 술을 마셨다. 와인, 맥주, 위스키를 물처럼 들이켰고, 얼굴은 딸기투성이에 새빨갰다. 울부짖고 투덜대고 서부 주정뱅이들이 여자들과 춤추고 피아노를 치려는 댄스 플로어로 비틀거리며 다가가 전과자들과 끌어안고 함께 고함을 질러 댔다. 한편, 우리는 두 개의 커다란 탁자에 둘러앉았다. 덴버 D. 돌, 도로시와 로이 존슨, 와이오밍 버펄로에서 온 도로시의 친구 여자, 스탠, 팀 그레이, 베이브, 나, 에드 던컬, 톰 스나크 등 모두 열세 명이었다. 돌은 무척 기분이 좋아서 땅콩이 나오는 기계를 내 앞에 놓고는 동전을 넣어 땅콩을 꺼내 먹었다. 그는 다 함께 엽서를 써서 뉴욕에 있는 카를로 막스에게 보내자고 했다. 모두 헛소리를 써 댔다. 바이올린 음악이 래리머 가의 밤에 울려 퍼졌다. "재미있지 않아?" 돌이 외쳤다. 딘과 나는 화장실 문을 주

* 1848년 캘리포니아에서 금광이 발견되면서 미국에 일었던 금광 붐.

먹으로 부숴 버리려고 했는데, 두께가 3센티미터나 돼서 내 가운뎃손가락이 부러졌다. 하지만 다음 날까지 전혀 깨닫지 못했다. 다들 지독하게 술에 취했다. 한때는 탁자 위에 맥주가 쉰 잔이나 놓였다. 뛰어다니며 한 모금씩 맛보았다. 캐니언시티의 전과자들이 휘청거리며 다가와 알아듣지 못할 소리를 지껄였다. 술집 출구 쪽에서는 왕년의 금광 투기꾼들이 똑딱거리는 낡은 시계 아래에서 지팡이에 기대앉아 꿈을 꾸고 있었다. 그들의 황금시대에는 이런 소란이 넘쳐났으리라. 모든 것이 빙빙 돌기 시작했다. 여기저기에서 다 파티를 하고 있었다. 다 함께 — 딘은 어딘가로 가 버리고 없었다. — 차를 타고 나가 성 같은 저택에서 하는 파티에 가서, 홀에 있는 거대한 탁자에 앉아 떠들어 댔다. 밖에는 수영장과 동굴 방도 있었다. 나는 마침내 세계의 큰 뱀이 일어나려 하는 성을 발견한 것이었다.

그런 뒤 딘과 나는 밤늦게 스탠 셰퍼드와 팀 그레이, 에드 던컬, 톰 스나크와 차 한 대에 탔다. 모든 것이 속속 우리 앞에 열렸다. 멕시코인 마을에 가고, 파이브포인트에 가서, 비틀거리며 돌아다녔다. 스탠 셰퍼드는 미칠 정도로 기뻐 날뛰었다. "개자식! 젠장할!" 하고 찢어질 듯한 소리로 외치며 자기 무릎을 마구 때렸다. 딘은 스탠을 마음에 들어 했다. 스탠이 하는 말을 반복하면서 맞장구를 치며 얼굴의 땀을 닦았다. "재밌겠는데, 샐, 이 정신 나간 스탠도 함께 멕시코에 가게 된다면 말이야! 그래!" 성스러운 덴버의 마지막 밤을 성대하고 요란하게 보냈다. 마지막으로는 촛불을 켜고 지하 방에서 와인을 마셨는데, 위층에서 채러티가 잠옷 바람으로 손전등을 들고 가만히 용태를 살피고 있었다. 어느새 흑인 남자 하나가 합류했는데 그는 자신을 고메즈라고 했다. 파이브포인트를 유유히 걸어 다니던 남자였다. 톰 스나크가 이렇게 말을 걸었다. "어이, 당신 이름 조니야?"

고메즈는 뒤로 물러나 우리 앞을 다시 지나가며 말했다. "지금 한 말 다시 한 번 해 봐."

"사람들이 조니라고 부르는 게 당신이냐고 물었어."

고메즈는 한층 유유하게 다시 말했다. "이러면 좀 더 그 사람 같아 보여? 조니가 되려고 노력해 봤는데, 잘 안 되네."

"됐어, 같이 가자!" 딘이 소리치자 고메즈가 차에 뛰어올라 탔다. 우리는 이웃에 폐를 끼치지 않으려고 지하 방에서 미친 듯이 속삭이며 이야기했다. 아침 9시쯤이 되자 거의 다 돌아가고, 딘과 셰퍼드만이 아직 넋을 놓고 이야기에 열중해 있었다. 사람들이 일어나 식사 준비를 시작할 무렵에도 지하에서는 "그래! 그래." 하는 기이한 소리가 들려왔다. 베이브가 거창한 아침식사를 만들었다. 슬슬 멕시코로 떠날 때가 다가왔다.

딘은 차를 타고 가까운 주유소에 가서 이것저것 정비를 했다. 37년형 포드 세단이었는데, 이음매가 부서진 오른쪽 문은 차체에 겨우 묶여 있었다. 오른쪽 앞좌석도 망가져서 앉으면 뒤로 누워 너덜너덜한 천장을 바라보아야 했다. "밍과 빌* 같지." 딘은 말했다. "기침하고 털털거리면서 멕시코까지 가자고. 며칠 걸릴 거야." 나는 지도를 보았다. 텍사스를 거쳐 러레이도의 국경선까지 1600킬로미터가 넘고, 거기서 멕시코까지는

* 1930년 개봉한 영화 제목이자 주인공들의 이름. 양녀의 순결을 지키기 위해 분투하는 선착장 여인숙의 여주인 밍이 여인숙에 기거하는 술고래 어부인 빌과 싸우면서 정이 들어 가는 내용.

1234킬로미터를 더 내려가야 겨우 갈라진 이스머스와 옥사칸 고지대 근처의 큰 도시에 다다른다. 상상도 할 수 없는 여행이었다. 최고로 두근거렸다. 이번은 동부가 아니라, 마법의 남쪽인 것이다. 미국 양대륙이 빳빳한 모습을 드러내며 아래쪽 티에라델푸에고까지 뻗어 있는 모습이, 우리가 그 세계의 곡선을 따라 날아가 다른 회귀선과 다른 세계에 들어가는 모습이 보였다. "어이, 이번엔 드디어 '그것'에 도착할 거야!" 딘이 자신만만하게 말했다. 내 팔을 툭 쳤다. "기대되지 않아? 후! 히!"

셰퍼드가 덴버에서의 마지막 일을 정리하기 위해 가엾은 할아버지네 집에 갔을 때, 할아버지는 집 문 앞에 서서 "스탠, 스탠, 스탠." 하고 그를 불렀다.

"왜 그래요, 할아버지?"

"가지 마라."

"벌써 정했어요. 가야 돼요. 왜 그런 말을 하세요?" 노인은 회색 머리에 커다란 아몬드 같은 눈을 하고, 목 피부가 미친 듯이 팽팽하게 당겨 있었다.

"스탠." 이 말밖에 하지 않았다. "가지 마라. 할아비를 울리지 마. 나를 또 혼자 두지 마." 보고 있자니 가슴이 아팠다.

"딘." 노인은 나를 향해 말했다. "우리 스탠을 데려가지 마. 난 이 아이가 어릴 때 곧잘 공원에 데려가서 백조에 대해 설명해 주곤 했어. 그 연못에 이 아이 여동생이 빠져 죽었지. 네가 내 꼬마를 데려가지 않았으면 해."

"안 돼요." 스탠은 말했다. "난 갈 거예요. 안녕." 붙잡은 손을 뿌리치려고 했다.

할아버지는 스탠의 팔을 붙잡았다. "스탠, 스탠, 스탠, 가지 마라, 가지 마, 가지 마."

우리는 고개를 숙이고 도망쳤다. 노인은 덴버의 뒷골목에 있는 작은 집 문 앞에 서 있었다. 문에는 발이 늘어뜨려져 있고 거실에는 가구가 가득 들어차 있었다. 안색이 백지장처럼 창백해져서는 계속 스탠을 부르고 있었다. 어딘가 마비된 듯 동작이 어색했는데, 문에서 떨어지려고도 하지 않고 우뚝 선 채로 "스탠."과 "가지 마."만 웅얼거리며 우리가 길모퉁이를 돌 때까지 불안한 듯 이쪽을 바라보았다.

"맙소사, 셰퍼드. 뭐라고 말해야 할지 모르겠어."

"신경 쓰지 마!" 스탠이 신음했다. "항상 저래."

우리는 은행에서 스탠의 어머니를 만났는데, 스탠을 위해 돈을 인출해 주었다. 아름다운 백발 여인으로, 여전히 젊어 보였다. 어머니와 아들은 은행 대리석 바닥에 서서 작은 소리로 대화했다. 스탠은 재킷을 비롯해 모두 리바이스로 통일해서 정말 멕시코로 가는 남자처럼 보였다. 덴버에서는 온건하게 생활했는데 이제는 불꽃같은 두목 딘과 함께 떠나는 것이다. 딘이 약속 시간에 맞춰 길모퉁이에서 훌쩍 나타났다. 셰퍼드 부인이 우리에게 커피를 사겠다고 말했다.

"우리 스탠을 잘 돌봐 줘." 그녀가 말했다. "그 나라에서는 무슨 일이 벌어질지 모르잖아."

"우리 모두 서로 잘 돌볼게요." 내가 말했다. 스탠과 어머니가 앞에서 천천히 걸어가고 나와 미치광이 딘이 그 뒤를 좇았다. 딘은 동부와 서부의 화장실 벽 낙서에 대해 이야기했다.

"완전히 달라. 동부에는 허풍과 진부한 농담과 뻔한 인용, 외설적인 문구와 그림들이 있어. 그런데 서부는 이름만 써 놓았어. 몬태나 블러프타운의 레드 오하라, 이런 식으로. 나머지는 날짜 정도야. 무척 진지하지. 말하자면 에드 던컬 같은 거야. 미시시피 강을 건너면 여러 가지가 다가오지만 고독도 거대해진다는 거지." 우리 앞에도 그런 고독한 남자가 있었다. 셰퍼드의 어머니는 멋진 어머니였고, 아들이 가는 걸 보기 싫어하면서도 보내야 한다고 생각했다. 나는 그가 할아버지에게서 도망치려 한다는 것을 알 수 있었다. 이렇게 셋이 모였다. 딘은 아버지를 찾고 있다. 내 아버지는 죽었고, 스탠은 늙은이에게서 도망치려 하고 있다. 셋이서 밤을 향해 떠난다. 17번가의 복잡한 사람들 사이에서 그는 어머니에게 키스하고, 어머니는 택시를 다고 손을 흔들었다. 안녕. 안녕.

우리는 베이브네 집에서 차를 찾고 그녀와 작별 인사를 했다. 팀이 도시 외곽의 자기 집까지 함께 타고 가기로 했다. 그날의 베이브는 아름다웠다. 머리는 길고 금발이며 스웨덴인 같았고, 주근깨가 햇볕에 빛났다. 마치 예전 어린 시절 같았다. 눈이 흐려졌다. 나중에 팀과 함께 우리와 합류할지도 몰랐다. — 하지만 그러지 않았다. 안녕. 안녕.

떠났다. 마을 외곽 평원에 있는 그의 집 정원에 팀을 내려주고, 나는 뒤돌아 평원 속에서 그의 모습이 점점 멀어지는 것을 바라보았다. 그 이상한 녀석은 이 분 동안 우리가 떠나는 것을 내내 지켜보았는데, 어떤 슬픈 생각을 하고 있었는지는 신만이 알 것이었다. 점점 작아지면서도 한 손을 빨랫줄에 얹고 꼼짝하지 않는 모습이 마치 선장 같았다. 팀 그레이를 좀 더 오래 보려고 몸을 뒤틀자, 이윽고 녀석의 모습이 사라져 텅 빈 공간이 서서히 커져 갔다. 그 공간의 동쪽은 캔자스였고,

아득히 멀리 더 나아가면 내 고향 아틀란티스였다.

털털거리는 고물 차의 주둥이를 남쪽으로 두고 콜로라도의 캐슬록으로 향하는데, 태양이 빨갛게 물들어 서쪽 산들의 암석이 마치 11월 황혼의 브루클린 맥주 공장처럼 보였다. 훨씬 위쪽에 있는 암석의 자줏빛 그늘에서 누군가가 바삐 걷고 있었는데, 우리에게는 보이지 않았다. 아마 내가 몇 년 전 산골짜기에 있을 때 그 존재를 느꼈던 백발 노인일 것이다. 사카테카스 족 남자. 하지만 그는 그저 바로 뒤에서 내 쪽으로 다가 오고 있었다. 덴버가 소금 도시처럼 멀어지며 거기서 피어오르는 연기가 흩어지고, 이윽고 사라져 보이지 않았다.

4

5월이었다. 농장과 관개 수로와 남자아이들의 수영 장소인 그늘진 계곡이 죽 이어지는 콜로라도의 온화한 오후에, 어쩌다 벌레 같은 게 나와서 스탠 셰퍼드를 물어뜯은 걸까? 그는 고장 난 문 밖으로 팔을 축 늘어뜨리고 달리는 차에 몸을 맡긴 채 즐겁게 담소 중이었는데, 갑자기 벌레가 날아와 팔에 긴 침을 쏘는 바람에 비명을 질렀다. 미국의 오후가 불러낸 벌레였다. 스탠은 팔을 홱 잡아당겨 찰싹 때리며 침을 뽑았지만, 몇 분 뒤 팔이 부풀어 오르며 아파 왔다. 딘과 나는 영문을 알 수 없었다. 일단 부기가 가라앉을지 지켜보기로 했다. 미지의 남쪽 땅을 향해 가려는데, 고향 땅, 어린 시절의 불쌍하고 사랑스러운 고향 땅에서 5킬로미터도 벗어나지 않은 때에 발열을 일으키는 이상하고 이국적인 벌레가 비밀의 부패물에서 날아와 우리 가슴에 공포를 불어넣을 줄이야. "대체 저건 뭐야?"

"이렇게 부풀어 오르게 만드는 벌레는 이 동네에서 얘기도 들어 본 적이 없어."

"망할!" 벌레 때문에 여행이 불온하고 저주받은 것처럼 느껴졌다. 우리는 계속 달렸다. 스탠의 팔 상태는 점점 심해졌다. 병원이 보여서 들어가 페니실린 주사를 맞았다. 캐슬록을 지나 어두워질 무렵에 콜로라도의 스프링스에 도착했다. 파이크스피크의 거대한 그림자가 오른쪽에 불쑥 나타났다. 푸에블로 고속도로를 마구 달렸다. "이 도로에서 수만 번 히치하이크를 했지." 딘이 말했다. "어느 날 밤은 이유도 없이 갑자기 무서워져서 바로 저기 저 철조망 뒤에 숨었어."

각자 자기 이야기를 하나씩 하기로 했다. 스탠이 첫 번째였다. "갈 길이 멀어." 딘이 서론을 늘어놓았다. "마음껏 즐겨. 아무리 사소한 거라도 마음속에 떠오른 건 전부 말해 봐. 그렇다 해도 다 얘기할 순 없을 테니까. 느긋하게 해, 느긋하게." 스탠이 이야기를 시작하려 하자 딘은 "느긋하게 해." 하고 또 주의를 줬다. 어둠 속을 달리면서 스탠의 이야기가 시작되었다. 프랑스에서의 경험부터 시작했지만 아무리 해도 진척되지 않아 처음부터 다시 하기로 하고, 덴버에서 보낸 유년 시절부터 얘기했다. 스탠과 딘은, 자전거를 타고 돌아다니던 시절에 자주 만났지, 하고 시기를 확인했다. "언제였는지 잊어버렸겠지만, 내가 알기론 아라파호 차고던가? 기억나? 길모퉁이에 있던 너한테 공을 튀겼는데, 네가 주먹으로 나한테 보내다 공이 하수구에 빠져 버렸지. 초등학교 때 일이야. 기억나?" 스탠은 긴장과 열기에 빠져 딘에게 뭐든 다 얘기하고 싶어졌다. 딘은 권위적이고 늙은 심판관이자 경청자, 승인자, 판정자였다. "그래, 그래, 계속해 봐." 월슨버그를 지나 갑자기 트리니다드를 통과했는데, 길 밖 어딘가에서는 채드 킹이 인류학자 몇 명과 캠프파이어 앞에서 옛날처럼 자기 이야기를 늘어놓고 있었고, 바로 그때 우리가 고속도로를 달려 멕시코를 향해 자기 이야기를 하고 있었다고는 꿈에도 생각하지 못했다. 아아, 구슬픈 미국의 밤! 이윽고 뉴멕시코에 들어와 레이튼의 둥근 돌산을 지나자 미칠 듯이 배가 고파져 식당에 멈춰 게걸스럽게 햄버거를 먹었다. 몇 개는 국경에서 먹으려고 냅킨에 싸 뒀다. "이제 텍사스 주를 수직으로 내려갈 거야, 샐." 딘이 말했다. "예전에 수평으로 가 본 적은 있었지. 둘 다 끝없이 길어. 몇 분 있으면 텍사스에 들어갈 텐데, 내일 이맘때쯤에도 여전히 벗어나지 못하고 있을 거야. 운전을 멈추지 않아도 말이야. 굉장한데."

우리는 계속 달렸다. 밤의 드넓은 평원 건너편에 첫 번째 텍사스 마을 달하트가 보였다. 1947년에 지나갔었는데, 지금은 80킬로미터 앞 대지의 어두운 바닥 위에서 반짝이고 있다. 달빛에 비추인 땅은 메스키트가 자라는 황무지였다. 지평선에 달이 떠 있었다. 그것은 둥글어지고 뚱뚱해지고, 커다래지고, 노래지고, 부드러워져 굴러가다가 이윽고 샛별에게 자리를 양보했고, 그러자 유리창에 이슬이 날려들었다. 우리는 계속 달렸다. 빈 과자 상자 같은 달하트 마을을 지나 애머릴로를 향해 갔고, 아침이 되어서는 불과 몇 년 전만 해도 물소 가죽 텐트 더미 주변으로 굽이치던, 바람 부는 팬핸들* 초원 사이에 도착했다. 지금은 주유소가 몇 개나 들어섰고, 1950년형 새 주크박스도 있어서 커다랗고 장식이 달린 돼지 코 같은 구멍에 10센

* 텍사스나 아이다호처럼 다른 주(州)를 향해 좁고 길게 뻗은 지역.

트를 넣으면 끔찍한 노래가 쾅쾅거리며 흘러나왔다. 애머릴로에서 칠드레스에 갈 때까지는 딘과 내가 지금까지 읽은 책의 내용을 계속 스탠에게 이야기했고, 그는 더욱 자세히 알고 싶어 했다. 칠드레스의 뜨거운 태양 아래 남쪽으로 똑바로 내려가기 위해 이름도 없는 길로 꺾고, 심연 같은 황무지를 가로질러 텍사스의 퍼두커, 거스리와 애벌린을 향해 속력을 높였다. 슬슬 딘이 자야 할 때라 스탠과 내가 앞좌석으로 옮겨 운전했다. 낡은 차는 햇볕에 달아올라 덜컹덜컹 소리를 내며 고투했다. 모래투성이 바람이 구름처럼 피어올라 지글거리는 공중에서 우리 쪽으로 불어왔다. 스탠은 속력을 높이면서 몬테카를로와 카뉴쉬르메르, 검은 얼굴의 사람들이 하얀 벽 사이를 배회하는 망통 근처의 푸른 해변 이야기를 했다.

텍사스는 흠잡을 데 없었다. 천천히 애벌린으로 파고들며 다 함께 눈을 부릅뜨고 보았다. "도시에서 몇천 킬로나 떨어진 이 동네에 사는 걸 생각할 수 있어? 흠, 흠, 저 철로 옆이 옛 마을의 중심지야. 소를 날라 온 뒤 보안관도 눈이 벌게지도록 술을 마시는 거야. 저기 좀 봐!" 딘은 W. C. 필즈처럼 입을 일그러뜨린 채 창밖에 대고 소리쳤다. 텍사스의 그 무엇도 그가 알 바 아니었다. 붉은 얼굴의 텍사스 사람들은 그에게 눈길도 주지 않고 타들어 가는 도로를 바삐 걸었다. 우리는 마을 남쪽 도로변에 차를 대고 식사했다. 우리가 콜먼과 브래디 — 텍사스 심장부, 메마른 냇가로 드문드문 보이는 집 외엔 오직 황폐한 잡목림, 80킬로미터의 비포장 우회로, 끝없는 열기뿐인 곳을 향해 다시 출발할 때, 황혼은 백만 킬로미터 떨어진 곳에 있는 듯했다. "늙은 배신자 멕시코는 한참 멀었어." 딘이 뒷좌석에서 졸린 듯 말했다. "그러니까 계속 달려. 새벽에는 멕시코 여인에게 키스하고 싶어. 이 늙어 빠진 포드도 부드럽게 말을 걸고 예뻐해 주면 꽤 잘 굴러가거든. 엉덩이 쪽이 떨어질락 말락하지만 그건 도착하고 나서 걱정하자." 그리고 잠들었다.

프레더릭스버그까지 운전하다 보니, 나는 또다시 오랜 기억의 지도 위를 가로지르고 있었다. 바로 이곳에서 1949년 눈 오는 아침에 메릴루와 손잡고 있었던 것이다. 메릴루는 지금 어디 있을까? "불어!" 딘이 꿈속에서 소리쳤다. 아마 샌프란시스코의 재즈나 앞으로 만날 멕시코의 맘보 꿈을 꾸고 있을 것이다. 스탠은 계속 떠들어 댔다. 전날 밤 딘이 불을 붙인 터라 멈출 기미가 보이지 않았다. 그의 이야기는 영국에서 히치하이크를 한 모험담으로 넘어갔는데, 런던에서 리버풀까지 긴 머리에 너덜너덜한 바지 차림으로 공허한 유럽의 음습함 속에서 자기를 태워 준 이상한 영국인 트럭 운전수와 함께 달렸다고 했다. 끊임없이 불어오는 오래된 텍사스의 미스트랄* 때문에 우리 눈은 새빨갛게 충혈되었다. 모두 확신을 가지고, 느릿하지만 착실하게 앞으로 나아가고 있음을 알 수 있었다. 차는 발악하듯 힘을 짜내 65킬로미터로 달리고 있었다. 프레더릭스버그에서 빠져나와 넓은 서부의 고원을 내려갔다. 나방이 앞 유리에 계속 부딪혔다. "점점 더운 곳으로 가고 있어. 사막의 금광과 테킬라의 땅이지. 텍사스에서도 이렇게 남쪽까지 와 본 건 처음이야." 딘이 눈을 둥그렇게 뜨고 말했다. "맙소사! 아버지는 겨울에 이런 곳까지 왔다는 건가? 정말 대단한 늙은 부랑자야."

* 원래는 프랑스 중부에서 지중해 북서안을 향해 부는 한랭 건조한 국지풍.

8킬로미터나 되는 긴 언덕 아래로 내려오자, 갑자기 열대의 열기가 우리를 감쌌다. 앞쪽에 샌안토니오의 불빛이 보였다. 옛날에는 여기 전부가 멕시코 영토였다는 느낌이 확실히 들었다. 도로변의 집도 다르고, 주유소는 황량하고, 가로등은 거의 없었다. 딘은 기쁜 듯이 운전대를 잡고 샌안토니오로 들어갔다. 들어간 마을은 멕시코의 낡은 남부 집들이 드문드문 서 있는 황무지로, 하나같이 지하실은 없고 현관에 낡아 빠진 흔들의자가 놓여 있는 집이었다. 그리스를 바르려고 수상쩍은 주유소에 차를 댔다. 계곡의 여름 벌레들로 시커메진 전구의 뜨거운 빛 아래 멕시코 사람들이 어슬렁거리며 음료 상자에 손을 넣어 맥주를 끄집어내고 점원에게 돈을 던져 댔다. 몇몇 가족들이 이를 따라했다. 그 주변에는 오두막집과 가지가 축 늘어진 나무가 많았고 코를 찌르는 계피 향이 진동했다. 광란적인 십 대 멕시코 여자아이들이 남자아이들과 함께 다가왔다. "호!" 딘이 외쳤다. "그래! 마냐나!" 음악이 여기저기에서 들려왔다. 모든 음악이. 스탠과 나는 맥주 몇 병으로 흥이 올랐다. 이미 거의 미국에서 벗어났지만 틀림없이 이곳은 미국 안이었고, 최고로 기묘한 장소의 한복판이었다. 개조한 차가 시끄러운 소리를 내며 지나갔다. 샌안토니오, 아하하!

"내 말 좀 들어 봐. 샌안토니오에서 몇 시간 빈둥거리는 것도 좋을 것 같아. 병원에서 스탠의 팔을 치료하는 동안 샐, 너와 나는 마을을 한 바퀴 돌면서 구경하자고. 길가의 집들 좀 봐. 방 안까지 그대로 보여서, 사랑스러운 여자들이 누워서 《트루 러브》 잡지를 보는 게 다 보여. 히히! 멋진데, 자, 가자!"

한동안 목적도 없이 차로 돌아다니다가 사람들에게 가까운 병원을 물었다. 도심지 근처에 있다고 해서 갔는데 그 주변은 모든 것이 말쑥하고 미국스러웠다. 고층 빌딩도 꽤 보이고, 네온사인을 단 가게와 약국도 많았는데, 교통 법규가 없는 듯 어둠 속에서 차가 갑자기 튀어나오곤 했다. 나는 병원 앞 차도에 주차하고 스탠과 함께 의사를 만나러 갔다. 딘은 차에 남아 옷을 갈아입었다. 병원 복도에는 불쌍한 멕시코 여자들이 가득했다. 주부, 환자, 아픈 아이를 데려온 사람들이었다. 슬픈 광경이었다. 불쌍한 테리가 생각났고, 뭘 하고 지내는지 궁금해졌다. 스탠은 한 시간을 꼬박 기다렸다. 의사가 테리의 팔을 진찰하더니 무언가에 감염되었다며 병명을 말했지만 정확한 이름을 기억할 생각은 없었다. 그는 페니실린 주사를 맞았다.

그동안 딘과 나는 멕시코 샌안토니오의 거리를 탐험하러 나갔다. 대기는 향기롭고 부드러웠다. 이렇게 부드러운 공기는 처음이었다. 어둡고 신비하고 붐볐다. 흥얼대는 어둠 속에서 갑자기 흰 두건을 쓴 여자들이 나타나곤 했다. 딘은 천천히 걷기만 하고 아무 말도 하지 않았다. "오, 너무 아름다워서 아무것도 못하겠어!" 그렇게 속삭였다. "천천히 걸으면서 구경하자고. 봐! 봐! 샌안토니오의 미친 당구장이야." 안으로 들어갔다. 열 명 정도 되는 남자가 세 당구대에서 당구를 치고 있었는데 모두 멕시코인이었다. 딘과 나는 콜라를 사고 주크박스에 5센트 동전을 몇 개 집어넣어 위노니 블루스 해리스와 라이오넬 햄프턴과 럭키 밀린더*를 틀고 펄쩍펄쩍 뛰었다. 그러면서 딘은 내

---

* 위노니 해리스(1915~1969), 라이오넬 햄프턴, 럭키 밀린더(1910~1966)는 1930년대 미국의 유명한 재즈 음악가들이다.

게 계속 보라고 재촉했다.

"곁눈질해서 잘 봐. 자기 아이 푸딩이 어쩌니 저쩌니 하는 위노니 노래를 들으면서, 네가 말하는 부드러운 공기를 맡으면서 말이야. 저 소년을 봐. 첫 번째 당구대에 있는 한쪽 다리를 절뚝거리는 소년 말이야. 모두의 웃음거리가 되고 있어. 음, 태어날 때부터 그랬겠지. 모두 무자비하지만 녀석을 무척 좋아해."

한쪽 다리를 절뚝거리는 소년은 난쟁이 같아 보였는데, 무척 크고 아름다운 얼굴을 갖고 있었다. 커다란 갈색 눈이 촉촉하게 반짝였다. "알겠어, 샐? 저 녀석은 샌안토니오의 멕시코인 톰 스나크야. 이 세상 어딜 가도 비슷한 사연이 있어. 봐, 사람들이 당구대로 저 애 엉덩이를 때리고 있잖아? 하하하! 웃고 있는 게 들리지? 알겠지, 녀석은 이기고 싶은 거야. 50센트를 걸었거든. 봐! 봐!" 우리는 그 천사 같은 소년이 쿠션 먼저 치기를 노리는 것을 지켜보았다. 빗나갔다. 다른 녀석들이 폭소했다. "자, 봐 봐." 그들은 소년의 멱살을 잡고 장난 삼아 흔들었다. 그는 비명을 지르며 밤 속으로 나갔지만, 뒤돌아보는 얼굴에 수줍고 귀여운 면이 엿보였다. "아아, 저 귀여운 꼬마에 대해 알고 싶어. 무슨 생각을 하는지, 어떤 여자랑 다니는지. 여기의 공기를 마시면 기분이 좋아져!" 우리는 신비롭고 어두컴컴한 골목을 몇 군데 더 돌아다녔다. 푸릇푸릇하고 거의 정글 같은 정원의 그늘에 수많은 집들이 숨어 있었다. 우리는 안에 있는 여자들, 현관에 있는 여자들, 남자와 함께 숲속에 있는 여자들을 힐끔거렸다. "샌안토니오가 이렇게 끝내주는지는 몰랐어! 벌써 이러면 멕시코는 어느 정도일까! 자, 가자! 가자!" 우리는 급히 병원으로 돌아갔다. 스탠은 준비가 끝났고 상태가 훨씬 좋아졌다고 했다. 우리는 그의 어깨에 팔을 두르고 밖에서 뭘 했는지 말해 줬다.

드디어 마법의 국경선까지 마지막 240킬로미터가 남았다. 차에 올라타 출발했다. 나는 너무 지쳐서 딜리와 엔시널을 지나 러레이도에 갈 때까지 잠들었다가, 새벽 2시 식당 앞에 주차할 때 깨어났다. "아." 딘이 한숨을 쉬었다. "텍사스의 끝, 미국의 끝이야. 이제 아무것도 없어." 끝내주게 더웠고 비 오듯 땀이 흘렀다. 밤이슬도 없고 바람 한 점 불지 않았다. 그저 수억 마리의 나방이 여기저기에 있는 전등에 부딪히고 근처 밤의 뜨거운 강 — 리오그란데 강, 시원한 로키 산맥의 작은 계곡에서 흘러내려와 세계적인 계곡을 몇 개나 지나고 그 열기를 미시시피의 진흙과 뒤섞어 커다란 멕시코 만으로 들어간다. — 에서 끈적한 악취가 풍겨 올 뿐이었다.

그날 아침, 러레이도는 불길한 마을이었다. 온갖 종류의 택시 운전수와 국경선의 쥐새끼들이 기회를 노리고 있었다. 기회는 그다지 많지 않았다. 너무 늦었다. 여기는 미국의 찌꺼기들이 모이는 바닥, 악당들이 잠복하는 곳, 갈 곳을 잃은 놈들이 몰래 다른 곳으로 끼어들기 위해 모이는 곳이다. 밀수품들이 걸쭉한 시럽처럼 대기 속에서 가만히 부화했다. 경찰들은 붉은 얼굴에 불쾌한 듯 땀을 흘렸지만 조금도 으쓱거리지는 않았다. 웨이트리스들은 더럽고 역겨웠다. 조금 더 가면 위풍당당하고 장대한 멕시코가 펼쳐져 있을 것이라 생각하니, 몇 십억 장의 토르티야가 밤하늘에 연기를 피워 올리는 냄새까지 나는 것 같았다. 우리는 멕시코가 정말로 어떤 곳인지 전혀 몰랐다. 다시금 해수면에 있었고, 과자도 제대로 삼키기 어려웠다. 일단 여행을 위해 남은 것은 냅킨에 싸 뒀다. 기분이 나빠졌고 슬퍼졌다. 그런데 강에 걸린 수상한 다리를 건너 우리의 차바퀴가 정식으로 멕시코 땅을 굴러가려 할 때, 실은 이것도 국경선 검문소의 차량 전용 도로였지만, 모든 것이 바뀌었다. 길 건너편에 멕시코가 펼쳐졌다. 넋을 잃고 바라보았다. 너무나 멕시코다워서 놀랐다. 새벽 3시인데도 밀짚모자와 흰 바지를 입은 남자들이 십여 명씩 모여 낡고 찌그러진 상점 앞에서 빈둥거리고 있었다.

"저 — 녀석들 — 좀 — 봐!" 딘이 속삭였다. "오오." 천천히 숨을 쉬었다. "기다려, 기다려." 멕시코인 관리들이 싱글거리며 나와서 짐을 꺼내 보라고 말했다. 그렇게 했다. 우리는 길 건너편에서 눈을 뗄 수 없었다. 빨리 저기로 달려가 신비한 스페인풍 거리 속에 모습을 감추고 싶었다. 그저 누에보라레도일 뿐이었지만 성스러운 라싸*로 보였다. "어이, 저놈들은 밤새도록 저러고 있나 봐." 딘이 속삭였다. 급히 서류를 갖췄다. 국경을 넘었으니 수돗물을 마시지 말라는 충고를 받았다. 멕시코인들은 우리의 짐을 경멸하듯 바라보았다. 전혀 관리 같지 않았다. 게으르고 부드러웠다. 딘은 그들을 물끄러미 바라보았다. 그러곤 나를 돌아보았다. "이게 이 나라 경찰이야? 믿을 수 없어!" 그는 눈을 비볐다. "꿈이겠지." 이어서 우리는 환전을 했다. 테이블에 거대한 페소 더미가 나타났고, 8페소가 미국 돈 1달러 정도라는 것을 들었다. 우리는 갖고 있는 돈을 거의 다 바꾸고 두꺼운 지폐 뭉치를 기쁜 듯이 주머니에 쑤셔 넣었다.

---

* 티벳의 수도이자 라마교의 성지.

5

그러고 나서 우리는 수줍은 듯 놀라며 멕시코를 향해 얼굴을 돌렸다. 밤 속에서 수십 명의 멕시코 남자들이 모자챙 밑으로 우리를 몰래 지켜보고 있었다. 건너편에는 음악이 있고 문에서 연기가 흘러나오는, 밤새 영업하는 식당들이 몇 군데 있었다. "와." 딘이 부드럽게 속삭였다.

"됐습니다!" 멕시코 관리가 싱글거렸다. "다 끝났습니다. 가도 됩니다. 멕시코에 온 걸 환영합니다. 좋은 시간 보내요. 돈도 조심하고, 운전도 조심하고. 개인적인 얘기지만, 난 레드라고 합니다. 다들 레드라고 부르죠. 무슨 일 있으면 레드를 찾으면 돼요. 맛있는 거 많이 먹어요. 걱정 말아요. 다 괜찮을 겁니다. 멕시코를 즐기는 건 어렵지 않아요."

"그래요!" 딘이 몸을 부르르 떨었다. 우리는 가벼운 발걸음으로 길을 건너 멕시코로 들어갔다. 차는 그대로 세워 놓고 셋이서 나란히 스페인풍 거리를 걸어 희미한 갈색 등불 불빛으로 향했다. 의자에 앉아 있는 노인들이 동양의 고물상이나 예언자처럼 보였다. 누구도 우리를 보지 않았지만 모두 우리의 움직임을 감지하고 있었다. 왼쪽으로 꺾어 연기가 피어오르는 식당으로 들어가자 1930년대 미국산 주크박스에서 남아메리카 초원 지대의 기타 소리가 흘러나왔다. 셔츠 소매를 걷어 올린 멕시코인 운전사들과 밀짚모자를 쓴 멕시코 비트족들이 등받이 없는 의자에 앉아 옥수수 빵, 콩, 타코와 뭔지 모를 것들로 이루어진 볼품없는 음식 한 접시를 게걸스럽게 먹고 있었다. 우리는 세르베사라는 이름의 찬 맥주 세 병을 주문했는데 한 병에 약 30센트, 즉 미국 돈으로 10센트였다. 6센트로 멕시코 담배도 샀다. 우리는 그 멋진 멕시코 돈을 물끄러미 바라보고, 갖고 놀고, 주위를 둘러보며 모두에게 미소 지었다. 미국은 우리 뒤에 있고, 딘과 내가 지금까지 인생에 대해, 길 위의 인생에 대해 배워 온 것들은 전부 그곳에 있었다. 지금 우리는 드디어 길의 끝에서 마법의 땅을 발견한 것이다. 그 마법이 이렇게 굉장한 것일 줄은 꿈에도 몰랐다. "이거 참, 여기 녀석들은 밤새도록 깨어 있군." 딘이 속삭였다. "생각해 봐, 우리 앞에 커다란 대륙이 펼쳐져 있어. 영화에서 봤던 그 시에라마드레 산맥이 있고, 정글이 쭉 펼쳐져 있고, 미국에 있는 것만큼 큰 사막 고원이 있고, 그대로 이어져서 과테말라로, 신만이 아는 땅으로 이어지는 거야. 후! 어떻게 할래? 뭘 할래? 자, 가자!" 가게를 나와 차로 돌아왔다. 우리는 리오그란데 다리의 뜨거운 불빛 건너편에 있는 미국을 마지막으로 쳐다보고는 돌아서서 그것들을 등지고 차를 출발시켰다.

조금 지나자 사막이 나타났다. 불빛 하나, 차 한 대 없이 80킬로미티의 평지가 이어졌다. 이윽고 멕시코 만 쪽에서 새벽이 다가왔고, 유령 같은 형상의 유카 선인장과 오르간파이프 선인장이 여기저기 보였다. "정말 야생적이야!" 나는 소리를 질렀다. 딘과 나는 완전히 잠이 달아났다. 러레이도에서는 반쯤 죽을 지경이었는데. 외국에 몇 번 가 본 적이 있는 스탠은 뒷좌석에서 조용히 자고 있었다. 딘과 내 앞에 멕시코가 고스란히 모습을 드러냈다.

"자, 샐, 우리는 모든 걸 버리고 새로운 미지의 국면을 향해 앞으로 가는 거야. 괴로운 일, 즐거운 일, 지금까지 여러 가지 일들이 있었지. 하지만 앞으로는 이렇게 하자! 다른 것들은 생각하지 말고 곧바로, 이렇게 얼굴을 내밀고, 진정한 의미에서, 다른 미국인이 해 온 것과는 다른 식으로 세계를 이해하는 거야. 전에도 미국인들은 여기 왔겠지? 멕시코 전쟁 때 말이야. 대포를 갖고 지나갔을 거야."

"이 길은 옛날에 미국 범법자들이 지났던 통로이기도 해." 나는 말했다. "그들은 국경을 넘어 몬테레이로 갔지. 그러니 저 잿빛으로 흐려지는 사막을 가만히 바라보면, 툼스톤* 사람의 망령이 혼자 고독하게 말을 달리며 미지의 땅으로 나아가는 게 보이는 듯한 기분이야. 게다가……."

"그게 세상이야." 딘이 말했다. "맙소사!" 운전대를 내려치며 소리 질렀다. "그게 세상이야! 길이 있는 한 계속해서 남미로 갈 수 있어. 정말 굉장해! 맙소사! 너무 굉장하다고!" 우리

---

* 멕시코 국경 가까이 있는 애리조나 주의 마을로, 1946년 개봉한 영화 「황야의 결투」의 무대가 되었다.

는 계속 달렸다. 새벽이 점차 펼쳐지며 사막의 흰 모래와 길에서 멀리 떨어진 곳에 점점이 서 있는 집들이 보였다. 딘은 속도를 줄이고 집들을 바라보았다. "정말 쓰러질 것 같은 집들이군. 이런 건 데스밸리에서밖에 못 보던 건데. 그보다 더 심한 것도 같아. 여기 사람들은 겉모습에는 신경 쓰지 않나 보군." 우리는 지도에 표시된 첫 마을인 사비나스 이달고가 나타나기를 간절히 기다렸다. "길은 미국과 별 다를 게 없어 보이는데." 딘이 소리 높여 말했다. "하나 특이한 게 있는 걸 지금 알았는데, 여기는 이정표가 전부 킬로미터로 쓰여 있고, 그게 다 멕시코시티까지의 거리야. 봐, 멕시코 전체에서 도시는 그거 하나뿐이야. 전부 그곳을 향하고 있는 거지." 그 대도시까지는 이제 767마일이었지만 킬로미터로 따지면 1000이 넘었다. "자, 가자!" 딘이 소리쳤다. 지칠 대로 지친 나는 잠시 동안 눈을 감고 딘이 손바닥으로 운전대를 때리며 "젠장할!"이나 "최고야!", "굉장한 곳이야!", "그래!"라고 외치는 걸 듣고 있었다. 사막을 지나 사비나스 이달고에 도착한 것은 아침 7시쯤이었다. 우리는 속도를 줄이고 구경을 했다. 뒷좌석에 있는 스탠을 깨우고 똑바로 앉아 가만히 관찰했다. 메인 스트리트는 진흙투성이에 구멍 천지였다. 양쪽으로 부서져 내린 더러운 어도비 벽돌집들이 늘어서 있고 짐을 실은 당나귀가 걷고 있었다. 맨발의 여자들이 어두운 문간에서 우리를 쳐다보았다. 수염을 기른 노인들이 우리를 가만히 쳐다보았다. 잘 차려입은 평범한 관광객이 아니라 턱수염을 기르고 지저분한 옷차림을 한 미국 남자 셋이 나타났으니 당연히 흥미로웠을 것이다. 우리는 모든 것을 호흡하면서 느릿느릿하게 메인 스트리트를 빠져나갔다. 한 무리의 여자들이 우리 앞에서 정면으로 걸어왔다. 덜컹거리며 그대로 지나치려는데 그중 한 명이 "너희들 어디 가?" 하고 물었다.

나는 놀라서 딘을 보았다. "방금 들었어?"

딘도 기겁해서 계속 천천히 운전하며 말했다. "그래, 들었어. 확실히 들었어. 큰일이군. 야, 뭘 해야 할지 모르겠어. 정말 흥분되고 기분이 너무 좋아. 이 아침의 세계 말이야. 천국에 온 것 같아. 아니, 천국이라 해도 이렇게 멋지지 않을 거야. 이렇지는 않을 거라고."

"그럼 돌아가서 태우자." 내가 말했다.

"그래." 말은 그렇게 하면서도 딘은 계속 앞으로 나갔다. 완전히 넋이 나가서 미국에서 했던 대로 할 수가 없었던 것이다. "저런 건 앞으로도 널렸을 거야!" 그가 말했다. 그러나 결국 유턴해서 다시 여자들에게로 갔다. 여자들은 일하러 밭에 가는 중이었는데 우리를 보고 미소 지었다. 딘은 불안한 눈으로 바라보았다. "안 되겠어." 소리 죽여 말했다. "아! 말이 안 될 정도로 너무 대단해. 여자잖아, 여자는 안 돼. 특히 지금의 내 상태로는 말이야, 샐. 여기까지 오면서 집들 안을 가만히 살펴봤어. 문간이 엉터리라서 안이 다 보였거든. 밀짚 침대하며, 작은 갈색 꼬마들이 자고 있는 것도, 조금 있다 깰 것처럼 보이는 것도, 잘 때는 텅 비어 있던 마음속에서 조금씩 생각이 움직이는 것도, 자아가 확립되는 것도, 엄마가 쇠 냄비로 아침을 만드는 것도 잘 보였어. 유리창 덧문도 꽤 멋져. 그리고 노인들도 멋지고, 할아버지들은 정말 당당하고 대단해서 그 무엇에도 움직이지 않지. 이곳에는 인간에 대한 불신이 없어. 그런 건 전혀 없다고. 모두 쿨하고, 모두 갈색 눈을 똑바로 들고 상대방을 봐. 쓸데없는 말은 하지 않고 그저 바라보기만 하지. 눈에는 인간의 품격이 있어. 부드럽고 눈에 띄지 않지만 확실히 존재해. 멕시코에 대해 여러 가지 헛소리들을 읽은 적 있지? 잠만 자는 미국인이나 멕시코인에 대한 바보 같은 이야기들 말이야. 하지만 여기 사람들은 솔직하고 친절하고 허풍을 늘어놓지 않아. 그래서 놀랐어." 생생한 길 위의 밤에 딘은 무언가를 배우며 세상을 바라볼 수 있게 되었다. 그는 운전대에 기대 양쪽을 살피며 천천히 운전했다. 사비나스 이달고를 벗어나 기름을 넣으려고 멈춰 섰다. 밀짚모자를 쓰고 수염을 기르고 동네 목장에서 일하는 남자들이 무리를 지어 구식 주유기 앞에 서서 농담을 주고받고 있었다. 밭에서는 노인이 긴 회초리로 당나귀를 부리며 터벅터벅 걸었다. 순전한 태곳적 인간의 행동 위로 태양이 순수하게 떠올랐다.

이제 몬테레이로 가는 길로 다시 접어들었다. 눈이 쌓인 거대한 산맥이 우리 앞에 떠올랐다. 그곳을 향해 미끄러지듯 나아갔다. 산 사이의 간격이 넓어지며 통로를 휘감아 올라가는데 우리는 그 길을 따라갔다. 몇 분 뒤에는 메스키트 사막에서 벗어나 시원한 공기 속에서 흰 도료로 '알레만!(ALEMAN!)'이라고 크게 쓰여 있는 절벽의 측면을 따라 돌담이 있는 도로를 올라갔다. 이 고지대의 도로에서는 아무도 만나지 못했다. 도로는 구름 속에서 굽이치며 꼭대기의 거대한 고원까지 우리를 데려다 주었다. 거대한 멕시코 만의 구름이 대낮의 둥근 하늘을 가로질러 양털처럼 새겨졌고, 고원 건너편의 공업 대도시 몬테레이의 파란 하늘에는 연기가 피어올랐다. 몬테레이로 들어가는 길은 꼭 디트로이트처럼 길고 커다란 공장 벽이 이어졌다. 다른 것은 벽 앞 풀밭에서 햇볕을 쬐는 당나귀와 어도비 벽돌집이 모여 있다는 것이었다. 수천 명의 수상쩍은 비트족들은 문 앞을 어슬렁거리고 매춘부들은 창밖을 내다보고 있었고 괴상한 가게들에서는 뭘 파는지 알 수가 없었다. 좁은 보도는 홍콩처럼 군중들로 가득했다. "야호!" 딘이 외쳤다. "저 태양이 모든 것을 감싸고 있어. 멕시코의 이 태양을 즐겨 보는 게 어때, 샐? 정말 기분 좋게 만드는군. 후! 어서 가자고. 이 길은 나를 미치게 해!" 몬테레이의 자극을 맛보기 위해 멈출까도 생각했지만 딘은 한시 빨리 멕시코시티로 가고 싶어 했다. 앞으로의 길이 점점 더 재밌어지리라는 것을 알고 있었던 것이다. 무조건 앞으로, 항상 앞으로 나아가려 했다. 그는 마귀처럼 운전하며 결코 쉬지 않았다. 스탠과 나는 완전히 녹초가 되어 포기하고 자 버렸다. 몬테레이를 나올 때쯤 밖을 보자 구(舊)몬테레이 건너편, 무법자들이 향하는 도시 건너편에 커다랗고 괴상한 산봉우리 두 개가 보였다.

몬테모렐로스 가까이로 오자 다시금 뜨거운 지역으로 내려가게 되었다. 지독하게 더워지면서 주위 분위기가 이상해졌다. 딘은 그걸 보여 주려 나를 깨웠다. "어이, 샐, 이건 놓치면 안 돼." 나는 보았다. 주위는 늪지였고, 누더기를 입은 괴상한 차림의 멕시코인들이 로프 벨트에 큰 칼을 달고 흩어져서 길을 걷고 있었고, 그중에는 나무를 깎고 있는 사람도 있었다. 다들 멈춰 서서 무표정하게 우리를 쳐다보았다. 가끔 나뭇가지들이 얽힌 숲 너머로 아프리카식으로 대나무 담장을 쌓은 초가집과 나무로 만든 오두막이 보였다. 달처럼 흐릿하게 검은, 이상한 분위기의 젊은 여자들이 수상쩍은 초록색 현관에서 우리를 보고 있었다. "아아, 여기 멈춰서 저 귀여운 애들과 좀 놀아 보고 싶어." 딘이 소리쳤다. "하지만 분명 할아버지 할머니들이 저 가까운 곳에 있겠지. 대개는 집 뒤에, 어쩌면 멀리 떨어진 곳에서 나뭇가지를 주워 모으거나 동물을 돌보거나 하면서. 혼자 있을 때가 없어. 혼자 있는 사람은 이 나라에 없어. 네가 자는 동안 나는 이 길과 나라를 관찰했거든. 내가 대체 어떤 기분이었는지 알겠어?" 그는 땀투성이였다. 눈이 충혈되어 있었는데, 침착하고 부드럽기도 했다. 딘은 자신을 닮은 인간들을 발견한 것이다. 끝없이 이어지는 늪지를 꾸준히 70킬로미터로 달렸다. "샐, 여긴 오랫동안 변하지 않을 거야. 운전 좀 해, 난 자야겠어."

이번엔 내가 운전대를 잡고 몽상에 잠겨 운전하면서, 덥고 평탄한 늪지로 이루어진 시골 리나레스를 통과하고 이달고 근처의 김이 올라오는 리오 소토 라 마리나를 가로질러 계속 나아갔다. 푸른 작물이 길게 늘어선 들판이 있는, 거대하고 푸릇푸릇한 정글 계곡이 앞에 열렸다. 사람들 무리가 좁은 구식 다리에서 우리를 쳐다보며 지나쳐 갔다. 뜨거운 강이 흘렀다. 고도가 올라가자 일종의 사막 지역이 다시 나타났다. 그레고리아라는 도시가 보였다. 친구들은 잠들었고, 나 혼자 운전대를 잡고 영원 속에 있고, 도로는 화살처럼 곧바로 뻗어 있었다. 캐롤라이나나 텍사스, 애리조나, 일리노이에서 운전하는 것과는 달랐지만, 세상을 가로질러 운전하며 기본적으로 원시인의 본질적 혈통인 펠라힌 인디언들 속에 나 자신이 있다는 사실을 마침내 알게 되는 장소로 들어가는 듯했다. 중국의 긴 손톱 말레이시아에서부터 거대한 인도 아대륙까지, 아라비아까지, 모로코까지, 멕시코의 똑같은 사막과 정글까지, 바다 물결 너머 폴리네시아까지, '노란 예복'의 시암까지, 적도라는 세계의 복부(腹部)를 도는, 계속 돌고 도는 허리띠에 펼쳐진, 비탄에 빠진 인류의 소리, 똑같이 애도하는 비탄의 소리가 스페인 카디스의 쇠락한 벽 옆에서 들리고, '세계의 수도' 버나레스처럼 깊은 곳에 있어도 주변 이만 킬로미터에까지 들린다. 이 사람들은 틀림없이 인디언이며, 문명화된 미국의 시시한 전설에 나오는 페드로나 판초와는 전혀 다르다. 높은 광대뼈, 실눈, 부드러운 태도를 가지고 있다. 바보도 광대도 아닌, 대단하고 신중한 인디언들이고 인류의 원천이고 아버지였다. 파도처럼 떠가는 것은 중국인이지만 대지는 인디언의 것이다. 사막의 암석처럼 막중하게 그들은 '역사'의 사막 속에 있다. 우리, 거만하고 거대한 돈주머니를 안은 미국인들은 반쯤 재미 삼아 지나가지만 그들은 모든 것을 알고 있다. 누가 아버지이고, 누가 지상의 고대 생명을 이어받은 아들인지. 다만 언급하지 않을 뿐이다. '역사'의 세계에 파괴가 찾아오고 전에 몇 번이나 그랬듯 펠라힌의 묵시록이 다시 나와도 그들은 그것을 지금과 변함없는 눈빛으로 멕시코의 동굴에서, 발리의 동굴에서 바라보았을 것이다. 이런 생각이 점점 퍼져 나가는 와중에 나는 뜨거운 태양으로 불타는 그레고리아를 향해 차를 몰았다.

샌안토니오에 있을 때 나는 농담으로 딘에게 여자를 구해주겠다고 약속한 바 있었는데, 지금 시험 삼아 도전해 보기로 했다. 화창한 그레고리아의 주유소에 차를 대는데, 너덜거리는 신발을 신은 남자가 다가와 엄청나게 큰 자동차 앞 유리 가리개를 내밀며 사지 않겠느냐고 말했다. "어때? 60페소. 아블라에스파뇰?* 세센타** 페소. 내 이름 빅토르."

"아니." 농담하듯 말했다. "세뇨리타***를 사겠어."

"물론, 물론!" 그가 흥분해서 소리쳤다. "여자, 구해, 언제든. 하지만 지금 너무 더워." 짜증난다는 표정으로 덧붙였다. "좋은 여자, 더운 낮에는 없어. 밤까지 기다려. 가리개 어때?"

가리개는 됐다, 여자가 필요하다. 나는 딘을 깨웠다. "이봐, 내가 텍사스에서 여자를 구해 주겠다고 했었지? 야, 일어나서 정신 차려. 여자들이 기다려."

"뭐? 뭐?" 딘이 초췌한 얼굴로 펄쩍 뛰며 소리쳤다. "어디야? 어디?"

"이 애가 안내해 줄 거야."

"그래, 가자, 가!" 딘이 차 밖으로 튀어나와 빅토르의 손을 꽉 붙잡았다. 주유소에는 그 말고도 서성이며 싱글거리는 남자들이 있었는데, 반은 맨발이었고 모두 헐렁한 밀짚모자를 쓰고 있었다. "좋아." 딘이 말했다. "오후를 보내는 최고의 방법이야. 덴버의 당구장 같은 것보다 훨씬 멋져. 빅토르, 여자 있지? 어디? 아 돈데?****" 그가 스페인어로 외쳤다. "이럴 수가, 샐, 내가 스페인어를 하고 있어."

"마리화나가 있는지 물어볼까. 이봐, 마, 리, 화, 나 있어?"

남자는 진지하게 고개를 끄덕였다. "물론, 언제든. 나도 가."

"히! 헤! 후!" 딘이 외쳐 댔다. 완전히 정신을 차리고는 잠들

---

* 스페인어 할 줄 알아?(스페인어)

** 숫자 60.(스페인어)

*** 아가씨.(스페인어)

**** 어디야?(스페인어)

어 있는 듯한 멕시코 거리를 뛰어다녔다. "자, 가자!" 나는 럭키 스트라이크 담배를 다른 남자들에게 돌렸다. 모두 우리를, 특히 딘을 무척 재미있어 했다. 서로 뒤돌아보며 눈앞의 미친 미국인에 대해 손을 모으고 의견을 말했다. "봐, 샐, 우리 얘기를 하고 있어. 큰일이군. 여긴 최고야!" 빅토르가 차에 타자 급히 출발했다. 곤히 잠들어 있던 스탠 셰퍼드가 이런 광기 속에서 눈을 떴다.

마을 반대편으로 나가자 사막이었다. 길이 울퉁불퉁해서 차가 전에 없이 심하게 흔들렸다. 그 앞에 빅토르의 집이 있었다. 키 큰 나무가 몇 그루 서 있고 나머지는 선인장뿐인 평원 가장자리에 어도비 벽돌로 지은 판잣집이었다. 남자 몇 명이 정원에서 서성대고 있었다. "누구지?" 딘이 말했다. 아주 신이 났다.

"저건 형제. 엄마도 있어. 누나도. 내 가족. 난 결혼했어. 동네에 살아."

"어머니 괜찮을까?" 딘이 움찔했다. "마리화나 보면 뭐라고 안 해?"

"응, 엄마가 갖다 줘." 빅토르는 우리더러 차에서 기다리라고 하고 성큼성큼 집으로 가서 늙은 부인에게 몇 마디 건넸다. 그녀는 재빨리 뒤돌아서서 뒤에 있는 정원으로 가서, 이전에 거둬들여 사막의 태양 아래에서 말린 마리화나의 마른 잎을 모으기 시작했다. 그동안 빅토르의 형제들은 나무 밑에서 싱글거리고 있었다. 우리 쪽으로 오려고 했지만 일어나서 오기까지 꽤 시간이 걸리는 듯했다. 빅토르가 웃으며 돌아왔다.

"야, 빅토르 꽤 괜찮은 녀석 같아. 최고야. 저렇게 멋지게 미친 망아지는 처음 봤어. 봐, 저 쿨하고 느릿한 걸음걸이. 여기서는 아무것도 서두를 필요가 없나 봐." 부드러운 사막의 바람에 끊임없이 차 안으로 불어 들어왔다. 무척 더웠다.

"많이 덥지?" 딘과 함께 앞좌석에 앉은 빅토르가 뜨겁게 달아오른 차 지붕을 가리키며 말했다. "마리화나가 있으면 전혀 덥지 않아. 조금만 더 기다려."

"좋아." 딘이 말하고 선글라스를 고쳐 썼다. "기다릴게. 물론이지, 내 친구 빅토르."

이윽고 빅토르의 키 큰 형인지 동생인지가 마리화나 더미를 신문지에 얹어서 갖고 왔다. 그리고 그것을 빅토르의 무릎에 놓고는 차 문에 기대 우리에게 고개를 끄덕이며 미소 짓고 "안녕." 하고 말했다. 딘은 끄덕이며 기쁜 듯이 그에게 미소 지었다. 누구도 아무 말도 하지 않았지만 문제는 없었다. 빅토르는 지금까지 본 적 없는 커다란 담배를 말았다. 갈색 봉투의 종이를 이용해서 엄청나게 두꺼운 코로나 시가 정도 되는 크기로 말아 냈다. 딘은 눈알을 굴리며 그것을 지켜보았다. 빅토르가 느긋하게 불을 붙여 건넸다. 마치 굴뚝 위에 몸을 내밀어 크게 숨을 들이마시는 것과 같았다. 뜨거운 바람이 목을 통과했다. 숨을 멈추고 다 함께 거의 동시에 뱉어 냈다. 곧 완전히 취해 버렸다. 이마에 땀이 맺히고, 갑자기 아카풀코의 해변에 온 기분이 들었다. 차 뒷 유리창으로 밖을 내다보자 빅토르의 또 다른 형제, 키가 크고 페루 인디언처럼 어깨에 장식을 늘어뜨린 가장 기이한 남자가 전봇대에 기대 싱글거리고 있었다. 수줍은 탓에 다가와 악수도 하지 못했다. 형제들이 차를 둘러싼 듯했다. 또 한 명이 딘 옆으로 나타났다. 그리고 무척 이상한 일이 벌어졌다. 모두 완전히 취해서 예의 같은 것은 사라지고 지금 신경 쓰이는 것에만 집중했다. 그것은 미국인과 멕시코인이 사막에서 함께 마리화나를 피운다는 이상한 사실, 아니, 그 이상으로, 다른 세계 인간들의 얼굴과 모공과 손가락의 굳은살과 겸연쩍은 광대뼈를 무척 가까운 거리에서 바라본다는 사실의 기묘함이었다. 인디언 형제들은 우리에게 낮은 목소리로 뭐라고 이야기를 했다. 가만히 바라보며 재 보고 서로의 인상을 비교하고는 "그래, 그래." 하면서 조정했다. 그 동안 딘과 스탠과 나도 그들에 대해 영어로 의견을 나눴다.

"저기 좀 봐. 좀 이상한 형제가 뒤쪽 전봇대에 꼼짝 않고 있어. 아까부터 계속 행복하고 기쁘고 수줍은 듯이 싱글싱글 웃고 있어. 그리고 내 왼쪽에 있는 건 형 같은데, 꽤 의젓하지만 슬퍼 보이고 우유부단하고 꼭 거리의 부랑자 같아. 그러고 보니 빅토르는 결혼까지 하고 대단해. 이집트 왕족이랑 다를 게 뭐야. 이들은 진짜 남자야. 이런 건 처음 봐. 이 녀석들, 우리가 대체 누군지 궁금해하는 거 같지? 우리도 같은 얘기를 하고 있지만, 다른 게 있다면, 저들은 아마 우리 모습을 이상하게 여기는 거 같단 말이야. 실제로는 별 차이 없지만. 차를 타고 있는 게 이상한 건지, 우리 웃음소리가 이상하고 저들과 다른 건지, 아니면 냄새가 그런지. 우리한테 뭐라고 하는 건지 궁금한데." 그리고 딘은 알려고 했다. "어이, 빅토르, 네 형제들이 뭐라고 하는 거야?"

빅토르는 애처로운 갈색 눈으로 딘을 보았다. "응, 응."

"아니, 내 말 이해 못했구나. 저 사람들 무슨 얘기하는 거야?"

"어." 빅토르가 무척 혼란스러워하며 말했다. "이 마리화나 싫어?"

"좋아. 좋아, 좋아. 최고야! 너희들 무슨 얘기해?"

"얘기? 그래, 얘기해. 멕시코는 어때?" 공통어 없이 대화하기는 어려웠다. 다시 다들 조용해졌고 취한 채로 사막에서 불어오는 부드러운 바람을 맞으며 각자의 나라와 인종, 개인별로 영원의 명상에 빠져들었다.

이제 여자들을 만날 시간이었다. 형제들은 나무 아래로 돌아가고, 어머니는 화창한 현관에서 지켜보고, 우리는 흔들리는 차를 타고 천천히 마을로 돌아갔다.

하지만 이제는 흔들리는 차도 전혀 불쾌하지 않았다. 세상에서 가장 안락하고 우아한 여행이었다. 마치 푸른 바다를 건너는 듯, 딘의 얼굴도 이상할 정도로 빛나는 황금색으로 가득했고, 처음으로 차의 스프링 상태에 대해 이야기를 꺼냈고, 흔들리는 것도 그냥 즐기라고 말했다. 차가 아래위로 통통 튀자 빅토르도 말뜻을 이해하고 웃었다. 이윽고 그가 왼쪽을 가리키며 여자들이 있는 쪽을 알려 주자, 딘은 표현할 수 없을 정도의 기쁨을 드러내며 왼쪽을 보고 몸을 기울이고 운전대를 천천히 돌려, 미끄러지듯이 확실하게 그 길로 들어서서, 열심히 뭐라고 말하는 빅토르의 이야기에 귀를 기울이고 과장되게 대답했다. "좋아, 물론이지! 조금도 의심하지 않아! 믿고 있어! 아니, 정말로! 헤헤, 후후, 네 얘기는 최고야! 정말! 좋아! 가자!" 그러자 빅토르는 무척 진지하게 유창한 스페인어로 응했다. 머리가 갑자기 이상해지고, 딘이 지닌 야성의 감각이 빛나는 행복감에 의해 믿기 어려울 정도의 통찰력으로 꽃피어 상대가 말하는 것을 모두 이해하는 게 아닐까란 생각이 들었다. 그 순간 그가 프랭클린 루스벨트 대통령처럼 보여서 의자에서 몸을 일으켜 경악하며 입을 벌리고 쳐다봤다. 불타는 눈과 붕 뜬 뇌가 망상을 본 것이다. 나는 의자 깊숙이 기댔지만 너무 놀란 나머지 숨이 멎을 것 같았다. 천상의 빛이 셀 수 없이 많이 반짝거리고, 딘의 모습을 확인하기가 어려웠다. 꼭 신 같았다. 너무 취해서 좌석에 머리를 기대야 했다. 차가 흔들리자 엑스터시의 떨림이 몸 안을 들쑤셨다. 이미 내 머릿속에서는 다른 것으로 보이는 창밖의 멕시코를 바라보려 해도, 화려하고 신비롭게 빛나는 보물상자처럼 보는 게 두려워서 눈이 안으로 굽어들었고, 보물도 너무 많아서 도저히 한 번에 다 볼 수 없었다. 숨이 찼다. 하늘에 금색 강이 흐르는 것이 보였다. 그것은 초라한 차의 너덜너덜한 지붕을 뚫고 내 눈동자로 똑바로 쏟아져 들어와, 안에서 쿨렁쿨렁 넘쳤다. 창밖의 뜨거운 햇볕이 내리쬐는 거리를 보니 집 입구에 여자가 한 명 서 있었다. 내 이야기를 알아듣고 끄덕이는 것 같았다. 마리화나를 피우면 흔히 나타나는 과대망상적인 환각이었다. 그러나 금색 강은 끊이지 않았다. 내가 뭘 하고 있는지 전혀 이해할 수 없는 상태가 이어졌고, 한참 지나 원래로 돌아왔다. 불길과 침묵에서 눈을 들었을 때, 잠에서 깨어나 이 세계로 돌아온 듯한, 무(無)에서 눈을 떠 꿈속으로 들어온 듯한 느낌이 들었다. 빅토르가 집에 다 왔다고 말하고는 차 문 앞에 서서 팔에 안은 귀여운 자기 아들을 우리에게 보여 주었다.

"내 아기, 보여? 이름 페레즈, 육 개월."

"오오." 딘이 말했다. 얼굴에는 여전히 광희와 행복이 흘러넘쳤다. "이렇게 예쁜 아기는 처음 봐. 이 눈 좀 봐. 어이, 샐, 스탠." 그가 우리를 향해 고개를 돌려 진지하고 온화하게 말했다. "무엇보다 이 눈을 좀 봐 줘. 이 귀여운 멕시코 꼬마는 우리의 멋진 친구 빅토르의 아들이라고. 분명히 멋진 남자가 될 거야. 이 특별한 영혼이 눈이라는 창문을 통해 밖을 보고 있어. 이 예쁜 눈에 최고로 멋진 영혼이 깃들어 있는 거야." 아름다운 연설이었다. 그리고 아름다운 아기였다. 빅토르는 그 천사를 애처롭게 내려다보았다. 우리는 모두 그런 아기를 갖고 싶다고 생각했다. 우리가 그 영혼에 몰두했다는 걸 느꼈는지 아이는 얼굴을 찡그리고 괴로운 듯 울기 시작했지만, 그것은 우리가 알 수 없는 슬픔이었다. 무수한 수수께끼와 시간을 거슬러 올라가야 알 수 있는 것이었다. 우리는 도저히 그럴 수 없었다. 그래도 여러 가지 시도를 해 보았다. 빅토르가 목을 누르며 몸을 흔들었다. 딘은 목에서 구구 소리를 냈다. 나는 손을 뻗어 작은 팔을 쓰다듬었다. 울음소리는 점점 커지기만 했다. "아아." 딘이 말했다. "미안해, 빅토르. 우리가 울려 버렸어."

"슬픈 게 아냐. 아기는 원래 울어." 빅토르 뒤쪽 현관에 맨발의 키 작은 부인이 수줍은 듯이 숨어 있었다. 그녀는 아기를 자신의 부드러운 갈색 팔로 돌려주기를 걱정스럽게 기다리고 있었다. 빅토르를 아기를 우리에게 보여 주고는 다시 차에 올라타 자랑스럽게 오른쪽을 가리켰다.

"그래." 딘이 말하고는, 차를 크게 선회해 알제리처럼 좁은 길을 달렸다. 이상한 듯이 우리를 쳐다보는 온화한 얼굴들이 보였다. 매춘 업소에 도착했다. 금색 태양을 받으며 당당하게 서 있는 벽돌 건물이었다. 거리에서는 경찰 두 명이 흐늘흐늘한 바지를 입고 안으로 열리는 창가에 지루한 듯이 기대 있다가 우리가 들어가는 것을 흥미롭게 쳐다보았다. 그들은 세 시간 내내 거기에 있었고 우리는 그들 코앞에서 날뛰며 소란을 피웠다. 어스름 무렵 밖으로 나와 빅토르가 말하는 대로 규칙을 지키기 위해 둘에게 각각 24센트에 상당하는 돈을 건넸다.

안에 들어가자 여자들이 있었다. 댄스 플로어 건너편 소파에 누워 있는 사람도 있고, 카운터 오른쪽의 긴 바에서 술을 마시는 사람도 있었다. 한가운데에 아치가 있고 그 앞에 공공 해수욕장 수영복 탈의실처럼 생긴 천막이 몇 개 있었다. 안뜰 쪽이라서 햇볕이 비쳤다. 바 카운터 안에 주인이 있었는데, 그 젊은 남자는 우리가 맘보를 듣고 싶다고 하자 바로 달려 나가 레코드를 잔뜩 갖고 돌아왔다. 거의 다가 페레즈 프라도*였다. 곧 그레고리아 동네 어디에서나 살라 데 바일레**에서 재미를 본다는 말이 들려왔다. 홀 안에도 음악을 크게 틀어 놓았다. 주크박스는 이렇게 써야 한다. 원래 주크박스는 그런 것이다. 딘과 스탠과 나는 그 엄청난 소리에 한동안 압도당했다. 그러고 보니 마음껏 큰 소리로 음악을 틀어 본 적이 없었고, 이것이 우리가 원하던 크기라는 것을 갑자기 깨달았다. 음악은 마구 터져 나오며 진동했다. 몇 분 지나자 마을 사람 절반이 창가에 매달려 미국인들이 여자들과 춤추는 것을 지켜보았다. 먼지투성이 보도 위에 경찰들과 나란히 서서 무심하게 몸을 내밀고 있었다. 「모 맘보 점보」, 「채터누가 데 맘보」, 「맘보 넘버 에이트」. 이런 대단한 곡들이 금색으로 빛나는 신비로운 오후에 터질 듯이 울렸는데, 마치 세계가 종말하는 날 그리스도가

---

* 1916~1989. 1950년대 맘보를 전 세계에 널리 알린 아티스트.

** 댄스 홀.(스페인어)

강림할 때 울려 퍼질 음악 같았다. 트럼펫 소리가 너무 커서 아득히 먼 사막에서도 들릴 것 같았다. 원래 트럼펫은 거기에서 태어난 것이다. 드럼이 발광했다. 맘보 비트는 콩가 비트, 출생지는 콩고, 즉 아프리카, 즉 세계의 강에서 왔다. 말 그대로 세계의 비트다. 우움, 타, 타, 푸, 푸움, 우우움, 타, 타, 푸우, 푸움. 피아노 소리가 스피커에서 우리 위로 비처럼 내려왔다. 리더의 외침은 대기에 울리는 장대한 헐떡임이었다. 위대하게 미친 '채터누가' 레코드에서 트럼펫의 마지막 코러스가 봉고 드럼의 클라이맥스와 함께 시작되자, 딘은 그 자리에서 순간 정지하고는 땀투성이가 되어 쓰러졌다. 그리고 트럼펫이 동굴처럼 진동하는 메아리를 울리며 졸린 듯한 대기를 물어뜯자, 그의 눈이 꼭 악마라도 본 것처럼 크고 동그래졌다가 꼭 감겼다. 나는 꼭두각시 인형처럼 덜덜 떨었다. 눈에 보이던 빛이 트럼펫에 부서졌고, 나는 발이 부들부들 떨렸다.

빠른 곡조의 '맘보 점보'에 맞춰 여자들과 광란적으로 춤을 췄다. 몽롱한 가운데 여자들 각각의 개성이 보였다. 모두 멋진 여자들이었다. 가장 야성적인 것은 이상하게도 베네수엘라 출신의 인디언 백인 혼혈로 겨우 열여덟 살이었다. 좋은 집안 출신 같았다. 그 나이에 귀여운 뺨을 지닌 고운 자태로 멕시코에서 매춘부 일을 하면서 어쩌려는 건지는 신만이 아실 것이었다. 어떤 끔찍한 슬픔이 그녀를 내몰았으리라. 끝도 없이 술을 마셨다. 토할 것 같을 때야 잔을 내던졌다. 그녀는 계속 술잔을 엎었는데 될 수 있는 한 우리가 돈을 많이 쓰게 하려는 속셈도 있는 것 같았다. 대낮부터 헐렁한 실내복 차림으로 미친 듯이 딘과 춤을 추고 목에 매달리고 뭐라고 애원했다. 딘은 너무 취해서 여자와 맘보 중 무엇부터 시작해야 할지 몰랐다. 우리는 탈의실 쪽으로 달려갔다. 강아지를 안은 뚱뚱한 여자가 내게 다가왔다. 나를 물려는 개에게 얼굴을 찡그리자 화를 냈다. 겨우 타협해서 개를 뒤에 놓고 왔지만, 그녀가 돌아왔을 때 내 목에는 얼굴이 그럭저럭 생긴 다른 여자가 거머리처럼 매달려 있었다. 그녀를 겨우 떼 내고 홀 건너편에서 짧은 셔츠 같은 드레스 틈새로 자기 배꼽을 우울하게 관찰하고 있는 열여덟 살짜리 유색인 여자 쪽으로 가려고 했지만 그러지 못했다. 스탠은 드레스 버튼을 잘못 잠근 아몬드 색 피부의 열다섯 살짜리 여자에게 붙잡혀 있었다. 엉망이었다. 스무 명 정도 되는 남자들이 창문에서 몸을 내밀어 우리를 보고 있었다.

그러다 검은 피부를 지닌 귀여운 여자 — 흑인이 아니라 그냥 피부가 검은 것이었다. — 의 어머니가 들어와 딸과 잠시 쓸쓸한 듯이 협의를 시작했다. 그것을 보자니 부끄러워져서 내가 정말로 원했던 그 여자에게 접근할 수 없었다. 거머리에게 붙잡힌 채 안쪽으로 가서 마치 꿈꾸는 것처럼, 스피커가 왕왕 울리는 와중에 삼십 분 정도 침대를 삐걱거렸다. 얇은 판자를 몇 개 늘어놓은 사각형 방에는 천장이 없었다. 구석에는 성상(聖像)이, 다른 쪽에는 세면대가 있었다. 어두운 홀에서 여자들이 "아구아, 아구아 칼리안테!"라고 외쳤다. 더운 물을 달라는 것이었다. 스탠과 딘은 보이지 않았다. 내 여자는 30페소, 대략 13달러 50센트를 달라고 했고, 10페소를 더 얹어 달라며 긴 이야기를 늘어놓았다. 나는 멕시코 돈의 가치를 몰랐지만 내게 백만 페소가 있다는 건 알고 있었다. 여자에게 돈을 던져 주었다. 그리고 다시 춤을 추러 서둘러 돌아왔다. 더 많은 사람들이 몰려 있었다. 경찰들은 변함없이 지루해 보였다. 딘의 베네수엘라 여자가 나를 문으로 끌고 가 또 다른 이상한 바로 들어갔다. 거기도 매춘 업소인 게 분명했다. 젊은 바텐더가 이야기를 하며 잔을 닦고 있고, 카이저수염을 기른 노인이 앉아서 진지하게 무언가를 논의했다. 여기서도 맘보가 스피커에서 시끄럽게 흘러나왔다. 꼭 전 세계가 도취된 것 같았다. 베네수엘라는 내 목에 매달려 마실 것을 사 달라고 졸랐다. 바텐더는 그녀에게 술을 주려 하지 않았다. 조르고 조르다 겨우 잔을 받자 쏟아 버렸다. 이번에는 의도적이 아니었다. 가련하고 탁한 눈에 후회의 빛이 떠올랐다. "괜찮아, 자기야." 나는 말했다. 의자에 앉아 있는 그녀를 계속 부축해야 했는데, 자꾸 미끄러져 떨어지려고 했기 때문이다. 이렇게 심하게 취한 여자는 처음이었다. 하지만 겨우 열여덟 살이다. 나는 한 잔 더 사 주었다. 부탁한다며 내 바지를 잡고 늘어졌기 때문이다. 그녀는 한 모금에 술을 털어 넣었다. 그녀에게 접근할 마음은 없었다. 아까의 그 여자는 서른 살 정도로 자기 자신을 추스를 줄 알았다. 지금 내 팔 안에서 몸을 비비 꼬며 괴로워하는 베네수엘라는 그냥 안으로 데려가 옷을 벗고 이야기하고 싶은 상대였다. 하지만 그것은 내 변명이다. 그녀와 또 한 사람, 검은 피부의 귀여운 여자를 갖고 싶어 견딜 수 없었다.

빅토르는 딱하게도 계속 바 난간에 기대어 서서 세 명의 미국인 친구들이 날뛰는 모습을 즐거운 듯 방방 뛰며 지켜보았다. 우리는 그에게 술을 사 줬다. 그의 눈은 여자들을 쫓아 반짝였지만 자기 아내에 충실한 나머지 손은 대지 않았다. 딘은 그에게도 돈을 내밀었다. 나는 이 광기스러운 소동 속에서 딘의 모습을 한 번 확인할 수 있었는데, 완전히 정신이 나가서 내가 얼굴을 들여다보아도 누구인지 알아보지 못했다. "좋아, 좋아!"라고 외치는 게 다였다. 계속 그 상태일 것 같았다. 마치 유령 같은 아라비아의 긴 꿈처럼, 다른 세계의 오후 안으로 들어가 길을 잃은 듯했다. 알리바바와 골목길, 논다니가 있는 그곳. 다시 아까의 여자를 데리고 방으로 들어갔다. 딘과 스탠은 여자를 교환했다. 우리가 잠깐 모습을 감추자 관객들은 잠시 쇼를 기다려야 했다. 오후는 길고, 점점 시원해졌다.

얼마 안 있어 오래되고 근사한 그레고리아의 신비로운 밤이 올 것이었다. 맘보는 한순간도 잠잠해지지 않았고, 정글을 나아가는 끝없는 여행처럼 울려 퍼졌다. 나는 귀여운 검은 피부의 여자에게서 눈을 뗄 수 없었다. 걸어 다니는 모습도, 무뚝뚝한 바텐더가 시키는 대로 술을 갖다 주고 안을 청소하는 등 잡일을 하는 모습도 마치 여왕 같아 보였다. 저쪽 여자들 중에서 가장 돈이 필요한 것은 그녀였다. 아마 어머니는 어린 동생들을 위해 돈을 얻으려고 왔을 것이다. 멕시코인은 가난하다. 하지만 다가가서 돈을 건네줄 생각은 들지 않았다. 분명 경멸하는 얼굴로 받아들 것이고, 그녀 같은 사람에게서 경멸당하는 건 참기 힘든 일이었다. 나는 몇 시간 동안 오직 그녀를 미친 듯이 사랑하고 있었다. 언제나처럼 참을 수 없는 아픔이 가슴을 찌르고, 언제나처럼 한숨과 고통, 무엇보다도 언제나처럼 망설임과 공포에 사로잡혔다. 이상하게도 딘과 스탠도 그녀에게 다가가지를 못했다. 그 위풍당당하고 완벽한 분위기가 이 시끄럽고 오래된 매춘 업소에서는 불리했던 것이다. 분명 그럴 것이다. 한번은 딘이 당장에라도 덮칠 듯이 그녀 앞에 조각상처럼 서 있는 것을 봤는데, 그녀가 차갑게 쳐다보자 곤혹스러운 얼굴로 배를 문지르던 손을 멈추고 입을 딱 벌리더니 이윽고 고개를 숙였다. 그녀는 여왕이었다.

갑자기 빅토르가 화난 듯이 우리 팔을 움켜쥐고 필사적으로 뭐라고 몸짓을 해 댔다.

"무슨 일이야?" 그는 손짓발짓으로 우리를 이해시키려 했다. 그리고 바에 달려가 바텐더가 얼굴을 찌푸리는 것도 개의치 않고 전표를 잡아채 우리에게 보였다. 계산은 300페소, 즉 36달러가 넘었는데, 어떤 매춘 업소에서도 무척 큰 액수였다. 그래도 우리는 취기에서 깨어나지 않았고 자리를 접고 싶지도 않았다. 무일푼이 된다 한들 이 근사한 여자들과 조금 더 오래, 괴롭고 괴롭던 길의 끝에서 마침내 발견한 기이한 아라비아의 낙원을 떠나고 싶지 않았다. 그러나 밤이 다가왔고 갈 길이 남아 있었다. 딘도 그걸 생각해 내고는 미간을 찌푸리며 고민에 잠겼다. 나는 짐짓 단호하게 그만 가자고 말했다. "아직 갈 길이 멀어. 얼마든지 더 남았어."

"그래, 맞아!" 딘이 외치고는 흐리멍덩한 눈으로 베네수엘라를 쳐다보았다. 그녀는 완전히 취해서 인사불성으로 나무 벤치에 누워 실크 아래로 흰 다리를 내보이고 있었다. 창밖의 관객들은 계속 구경하고 있었다. 그들 뒤로 붉은 그림자가 드리웠고, 갑자기 고요 속 어딘가에서 어린아이의 울음소리가 들려와, 나는 여기가 멕시코이지 천국의 외설적인 해시시*의 백일몽은 아니라는 것을 깨달았다.

---

* 인도 대마 잎으로 만든 마약.

우리는 비틀거리며 밖으로 나왔다. 스탠을 데리고 나오는 걸 깜빡해 다시 들어갔더니 그는 밤 근무를 위해 온 새로운 매춘부들에게 매력적으로 인사하고 있었다. 처음부터 다시 시작하고 싶어 했다. 그는 술에 취하면 3미터가 넘는 거목이 되어 좀처럼 여자들에게서 떨어지려 하지 않았다. 게다가 지금은 여자들이 담쟁이덩굴처럼 붙어 있는 상태였다. 그는 더 있고 싶다, 새로 온 베테랑 세뇨리타들과 하고 싶다고 우겨 댔다. 딘과 나는 그의 등을 때리며 밖으로 끌고 나왔다. 그는 거기 있는 모두 — 여자들, 경찰들, 사람 무리, 지나가는 아이들 — 에게 잘 있으라며 손을 흔들었다. 온 그레고리아가 보내는 박수에 응답하며 시방팔방 손 키스를 보냈고, 무리 속을 비틀거리며 지나면서 거만하게 말을 걸었고, 이 멋진 인생의 오후에 맛본 광희와 사랑을 나누려고 했다. 다들 깔깔 웃었고 몇몇은 그의 등을 두드렸다. 딘은 재빨리 달려가 경찰에게 4페소를 내고 악수를 하고 씩 웃으며 고개를 숙였다. 그리고 차에 올라타자, 오늘 알게 된 여자들, 작별 인사를 위해 깨운 베네수엘라까지 모두 차 주위에 모여 얇은 옷을 입은 몸을 움츠리며 잘 가라고 하고 키스를 퍼부었다. 베네수엘라는 울기까지 했다. 우리 때문에 운 게 아니라는 건 알았지만 기분은 나쁘지 않았다. 내가 사랑한 검은 피부의 연인은 어두운 안쪽으로 사라져 버렸다. 모든 것이 끝났다. 수백 페소에 달하는 광희와 축제를 뒤로하고 차를 출발시켰다. 나쁘지 않은 하루였다. 맘보는 끈질기게도 몇 블록 앞까지 우리를 따라왔다. 모두 끝났다. "잘 있어, 그레고리아!" 딘이 키스를 보내며 큰 소리로 외쳤다.

빅토르는 우리를 자랑스럽게 생각했고 자신도 자랑스러워했다. "목욕, 할래?" 그가 물었다. 좋다. 우리 모두 기분 좋게 목욕하고 싶었다.

그가 안내한 곳은, 세상에나, 정말 이상한 곳이었다. 마을에서 고속도로를 타고 1.5킬로미터 정도 나간 곳에 있는 평범한 미국식 목욕탕이었다. 석조 건물 안의 탕과 샤워장 가득 꼬마들이 마구 물을 튀기며 놀고 있었다. 멕시코 돈으로 몇 센트 되는 요금을 내자 종업원이 비누와 수건을 건네주었다. 그 외에도 그네와 망가진 회전목마가 있는 쓸쓸한 어린이 공원이 있었다. 저물어 가는 붉은 햇빛 속에서 그것들은 무척 기이하고 아름답게 보였다. 스탠과 나는 수건을 받고 얼음처럼 차가운 샤워장으로 뛰어들었고, 개운하고 상쾌한 기분으로 밖으로 나왔다. 샤워하기 귀찮아하던 딘은 쓸쓸한 공원 앞에서 착한 빅토르와 팔짱을 끼고 어슬렁거리며 유창하고 즐겁게 이야기하고 있었다. 흥분한 듯이 몸을 내밀고 무언가를 강조하며 주먹으로 손바닥을 쳐 댔다. 그리고 또 팔짱을 끼고는 어슬렁거리기 시작했다. 빅토르와 헤어질 때가 다가와서, 딘은 빅토르와 단둘이 공원을 둘러보며 빅토르의 견해에 귀를 기울이고 자기만이 할 수 있는 방법으로 그를 이해하려 한 것이다.

드디어 출발할 때가 되자 빅토르는 무척 슬퍼했다. "그레고리아에 또 와, 나 만나러 와?"

"물론이지!" 딘은 말했다. 원한다면 미국에 데려갈 수도 있다는 약속까지 했다. 빅토르는 생각해 보겠다고 말했다.

"아내와 아이도 있고, 돈은 없고, 그래." 다정하고 공손한 미소가 새빨간 배경에서 빛났고, 우리는 차에서 손을 흔들었다. 그의 뒤에는 쓸쓸한 공원과 아이들이 있었다.

6

그레고리아를 나오자 갑자기 경사 급한 내리막길이 이어졌다. 양쪽에 큰 나무들이 솟아 있었고 점점 어두워짐에 따라 나무들 사이에서는 몇 십억 마리는 될 듯한 벌레들의 울음소리가 뭔가 긁어 대는 높은 비명처럼 끊이지 않고 울려 퍼졌다. "오, 이런!" 딘이 소리치며 헤드라이트를 켜려고 했지만 작동되지 않았다. "뭐야! 뭐야! 대체 이게 뭐야!" 그는 계기판을 때리며 씨근거렸다. "이것 봐, 불빛 하나 없이 정글을 가로지르란 말이야? 무섭고 말고가 문제가 아냐. 다른 차가 지나가야 겨우 보일 텐데 지나가는 차도 하나 없잖아! 정말 라이트 없이 가야 하나? 어이, 어떻게 하지?"

"그냥 가자. 아니면 돌아갈까?"

"말도 안 돼. 안 돼! 가자. 길은 겨우 보이니까. 어떻게든 되겠지." 캄캄한 밤중에 벌레들의 비명을 통과하자 무언가가 썩는 듯한 엄청난 악취가 덮쳐왔다. 그제야 우리는 지도상에서 그레고리아 바로 앞이 북회귀선이었단 것을 기억해 냈다. "열대에 들어왔어! 그러니까 냄새가 나지! 맡아 봐!" 나는 창밖으로 고개를 내밀었다. 벌레가 얼굴에 부딪혔다. 바람을 향해 귀를 기울이니 끽끽대는 높은 소리가 들렸다. 갑자기 헤드라이트가 켜지며 앞쪽의 어둠을 가로질러 고독한 길을 비추었다. 양쪽에는 나뭇가지가 뱀처럼 늘어진 30미터의 견고한 벽이 만들어져 있었다.

"이게 뭐야!" 뒷좌석에서 스탠이 외쳤다. "더럽게 덥군!" 그는 계속 취한 상태였다. 아직 취한 상태이기에 이 정글과 말썽도 그의 행복한 마음에 아무런 지장을 주지 않는다는 것을 우리는 알았다. 다 함께 웃기 시작했다.

"될 대로 되라지! 오늘 밤은 꼼짝 없이 정글에서 자야겠어. 가자!" 딘이 외쳤다. "스탠이 옳아. 아무것도 신경 안 쓰잖아! 여자와 마리화나, 그리고 도저히 이 세상 것으로 들리지 않는 그 끝내주는 맘보에만 취해 있어. 얼마나 시끄럽게 틀어 놨는지 아직도 귀가 욱신거리네. 좋아! 이 녀석은 취해서 무서운 것도 몰라!" 우리는 티셔츠를 벗고 정글을 폭주했다. 마을이고 아무것도 없고 황폐한 정글이 한참 동안 이어졌다. 내리막길이 나오고, 더워지고, 벌레 소리가 커지고, 초목의 키가 커지고, 뜨거운 악취가 강해지고, 우리는 그것에 점점 익숙해지고 점점 좋아지게 되었다. "발가벗고 정글을 굴러다니고 싶어." 딘이 말했다. "나는 할 거야. 좋은 자리를 발견하면 바로 그렇게 하겠어." 갑자기 리몽, 정글 마을이 나타났다. 갈색 등불이 몇 개, 검은 그림자가 몇 개 보이고, 머리 위로 거대한 하늘이 펼쳐졌다. 나무 오두막 여기저기에 사람들이 모여 있는 열대의 네거리였다.

차를 세우자 주위는 상상할 수 없을 만큼 부드러웠다. 6월 밤의 뉴올리언스 빵집 오븐 안에 있는 것처럼 더웠다. 길 여기저기에 몇몇 가족들이 둘러앉아 잡담을 하고 있었다. 이따금 여자들이 나타났지만 무척 어리고 우리가 어떻게 생겼는지 호기심을 가질 뿐이었다. 모두 맨발이고 지저분했다. 쇠락한 상점의 목조 포치를 들여다보니 밀가루 포대가 보였고 카운터에는 다 썩어 가는 파인애플에 파리가 꼬이고 있었다. 가게 안에 기름 램프가 하나 있고 바깥에 갈색 불빛이 두세 개, 그리고 나머지는 모두 어둠, 어둠, 어둠이었다. 우리는 너무 피곤해서 곧바로 자고 싶었기 때문에 흙길을 따라 차를 조금 움직여 마을 뒤편으로 갔다. 하지만 심하게 더워서 도저히 잘 수가 없었다. 딘은 담요를 꺼내 부드럽고 뜨거운 모래 위에 깔고는 대자로 널브러졌다. 스탠은 차 앞좌석에 누워 바람이 들어오도록 양쪽 문을 활짝 열었지만, 바람은 한 점도 불지 않았다. 나는 뒷좌석에서 땀범벅이 되어 뒤척였다. 차에서 나와 새카만 어둠 속에서 몸을 흔들며 섰다. 온 동네가 순식간에 잠들어 버렸다. 개 짖는 소리밖에 들리지 않았다. 대체 어떻게 해야 잘 수 있을까? 모기 수천 마리가 우리의 가슴과 팔과 발목을 물어뜯었다. 나는 좋은 생각이 떠올라 차의 철제 지붕에 올라가 드러누웠다. 물론 바람은 불지 않았다. 그러나 철에는 시원한 성분이 있어서 등허리의 땀을 식혀 주었다. 몇 천 마리 모기의 시체가 떡이 되어 내 피부에 들러붙었다. 정글은 이렇게 손을 뻗어 모든 것을 정글로 만든다는 것을 깨달았다. 차 위에 누워 검은 하늘을 올려다보니 여름밤에 닫힌 트렁크 속에 누워 있는 기분이 들었다. 태어나서 처음으로 날씨라는 것이 나를 건드리지도, 애무하지도, 떨거나 땀을 흘리게 만들지도 않고 그저 나 자체가 되었다. 대기와 나는 한 몸이 되었다. 잠을 청하는 내 얼굴 위로 작은 벌레들이 셀 수 없이 비처럼 내려왔다. 무척 기분 좋고 편안했다. 하늘은 별 하나 보이지 않고 무거웠다. 하늘로 얼굴을 드러내고 밤새 그곳에 누워 있을 수 있었다. 두꺼운 벨벳 천을 얼굴에 뒤집어쓴 것과 마찬가지로 해는 없을 것이다. 죽은 벌레가 내 피와 섞여 살아 있는 모기가 더 많은 양분을 빨아먹고, 그 주변이 가려워지고, 초목이 뿜어내는 뜨겁고 썩은 정글의 냄새가 머리카락과 얼굴, 발, 손끝에서 풍겼다. 물론 나는 맨발이었다. 땀을 조금이라도 덜 흘리려고 벌레들이 들러붙은 티셔츠를 입고 다시 누웠다. 어두운 길에 한층 새카만 덩어리가 있었는데, 그게 딘이란 걸 곧 알았다. 코 고는 소리가 들려왔다. 스탠도 코를 골았다.

이따금씩 희미한 불빛이 마을에서 깜빡였다. 흐릿한 손전등을 갖고 중얼중얼 혼잣말을 하며 정글의 밤에 순찰을 도는 보안관이었다. 이윽고 불빛이 흔들거리며 다가오는 것이 보였고, 모래와 풀 위를 지나는 발소리가 들렸다. 그가 멈춰 서서 차를 비췄다. 나는 일어나 그를 보았다. 그는 떨리면서도 어딘지 모르게 불만스러운 듯한, 그러나 무척 부드러운 목소리로 "도르미엔도?" 하며 길 위의 딘을 가리켰다. '잔다.'라는 뜻이란 걸 알아챘다.

"시,* 도르미엔도."

---

* 스페인어로 긍정의 대답.

"부에노*, 부에노." 그는 혼잣말을 하더니 귀찮은 듯이 쓸쓸하게 몸을 돌려 다시 고독한 순찰을 하러 떠났다. 신은 이렇게 멋진 보안관을 미국에는 만들어 주지 않았다. 의심도 하지 않고, 소란도 피우지 않고, 방해도 하지 않는다. 잠들어 있는 마을을 지킬 뿐이었다.

철로 만든 잠자리로 돌아가 몸을 뻗고 팔을 펼쳤다. 나뭇가지와 거대한 하늘이 위에 있는지조차 알아볼 수 없었지만, 그런 건 별 상관 없었다. 입을 벌리고 정글의 공기를 가득 들이마셨다. 아니, 그건 공기가 아니었다. 결코 공기가 아니라 손에 잡힐 듯 살아 있는, 나무와 늪지의 소산이었다. 나는 계속 깨어 있었다. 숲 건너편 이딘가에서 닭이 홰를 치며 새벽을 알렸다. 공기는 여전히 꼼짝도 않고 바람도 이슬도 없고, 변함없는 북회귀선의 무게만이 우리를 대지에 붙박아, 우리는 대지의 일부가 되어 몸을 꿈틀댔다. 하늘 어디에도 새벽의 기색이 보이지 않았다. 갑자기 어둠 속에서 사납게 개가 짖는 소리가 들리고, 이어서 또각또각 희미한 말발굽 소리가 들렸다. 점점 가까이 다가왔다. 이런 밤에 어떤 미친놈이 말을 타는 걸까? 곧 나타났다. 유령처럼 허연 야생마가 딘 쪽으로 똑바로 달려갔다. 개들이 시끄럽게 짖어 대며 뒤를 쫓았다. 모습은 보이지 않았지만, 아마 늙고 지저분한 정글의 개들일 것이다. 말은 눈처럼 하얗고 거대했다. 마치 스스로 빛을 내는 것처럼 보였다. 딘을 보고 겁을 먹지도 않았다. 말은 그를 보고는 머리 바로 옆을 지나가고, 차 옆을 배처럼 스쳐 지나고, 부드럽게 낑낑대면서

* 좋다.(스페인어)

순식간에 마을을 빠져나갔다. 개들한테 잡힐 뻔했지만 반대편 정글로 또각또각 들어가더니 그 후로는 희미한 발소리가 숲으로 사라지는 것만 들렸다. 개들도 조용해져서 주저앉아 자기들 몸을 핥기 시작했다. 그 말은 무엇이었을까? 어떤 신화나 유령, 정령 같은 것일까? 딘이 깼기에 그 이야기를 해 줬다. 그는 꿈을 꾼 모양이라고 말했다. 스탠 셰퍼드가 천천히 눈을 떴다. 조금 움직였을 뿐인데 헤프게 땀을 흘렸다. 아직 새카맣게 어두웠다. "운전하면서 바람 좀 쐬자!" 내가 외쳤다. "더워 죽을 것 같아."

"그래!" 마을을 빠져나와 머리를 흩날리며 미친 고속도로를 달려갔다. 새벽이 갑자기 닥쳐와 회색 안개가 주위를 감쌌다. 양쪽에는 울창한 습지에 키 큰 넝쿨투성이 나무들이 비스듬하게 서 있거나 뿌리 쪽으로 늘어져 있었다. 한동안 철로를 따라 달렸다. 시우다드 만테의 이상한 라디오 방송국 안테나가 앞에 보여서 꼭 네브래스카에 온 것 같았다. 주유소를 발견해서 기름을 넣고 있는데 정글의 마지막 밤벌레 무리가 검은 덩어리가 되어 전구에 충돌했고, 날개를 파득거리며 꿈틀대는 거대한 무리 몇 개로 나뉘어 내 발밑으로 떨어졌다. 날개가 10센티미터는 되어 보이는 것도 있고, 새를 삼킬 정도로 무시무시하게 큰 잠자리 같은 것도, 윙윙대는 수천 마리의 모기떼도, 이름 모를 거미 같은 벌레도 있었다. 나는 겁이 나서 땅 위를 펄쩍펄쩍 뛰었다. 나중에는 차로 도망가 팔로 다리를 껴안고 벌레들이 모여드는 차 바퀴 아래의 땅을 두려워하며 바라보았다. "가자!" 나는 외쳤다. 딘과 스탠은 벌레에 전혀 신경을 쓰지 않고 침착하게 미션 오렌지를 두 병 마시고 냉각기 밖으로 차 버렸다. 나처럼 그들의 셔츠와 바지도 수천 마리의 죽은 벌레들 피와 얼룩으로 범벅이 되었다. 옷에서 심한 냄새가 났다.

"이 냄새가 좋아지기 시작했어." 스탠이 말했다. "원래의 내 냄새는 사라졌어."

"이상하게 좋은 냄새야." 딘이 말했다. "멕시코시티에 갈 때까지 갈아입지 말아야지. 전부 빨아들이고 기억하고 싶어." 그리고 다시 떠났다. 뜨겁고 떡이 된 얼굴에 바람을 쏘였다.

이윽고 앞쪽으로 온통 푸른 산맥이 희미하게 나타났다. 다시 장대한 중앙 고원으로 나왔으니 이제 똑바로 가면 멕시코시티다. 눈 깜짝할 사이에 고도 1500미터의 안개 낀 산등성이까지 올라가 그 아래 김이 나는 누런 강을 내려다보았다. 거대한 목테수마 강이었다. 강을 따라 사는 인디언들은 무척 괴상했다. 이 주위 산의 인디언들은 자기들끼리 하나의 나라를 형성했는데, 팬아메리칸 고속도로가 외부와의 유일한 통로였다. 다들 키가 작고 땅딸막하고 피부가 검고 이가 좋지 않았으며 커다란 짐을 지고 다녔다. 식물이 가득한 넓은 골짜기 건너편 급경사면에 논밭이 조각 누비처럼 펼쳐져 있었다. 그들은 그 경사면을 오르내리며 작물을 수확하고 있었다. 딘은 그걸 보려고 시속 8킬로미터로 운전했다. "우우, 이런 게 세상에 있을 줄이야!" 로키 산맥의 여느 산등성이 못지않은 제일 높은 꼭대기까지 올라가자 바나나가 자라는 게 보였다. 딘이 차에서 내려 그걸 가리키고는 배를 긁으며 주위를 둘러보았다. 우리가 서 있는 암벽에는 작은 오두막이 세계의 절벽을 내려다보며 서 있었다. 1킬로미터 아래로 햇빛이 만들어 낸 황금빛 안개 속으로 목테수마 강이 흐릿하게 보였다.

오두막 앞마당에 세 살짜리 꼬마 인디언 여자아이가 손가락을 물고 큰 갈색 눈으로 우리를 쳐다보고 있었다. "아마 저 애는 여기에 차가 서는 걸 태어나서 처음 봤겠지?" 딘이 속삭이듯이 말했다. "안녕, 꼬마 아가씨? 우리가 좋아?" 꼬마 아가씨는 수줍은 듯이 얼굴을 돌리며 입을 삐죽였다. 우리가 이야기하기 시작하자 다시 손가락을 물고 우리를 바라보았다. "제길, 이 애한테 뭐 줄 게 없을까? 생각해 봐, 이 애는 여기 암반에서 태어나 살아왔어. 이 암반이 인생의 전부인 거야. 아마 아버지가 밧줄을 타고 절벽을 내려가 동굴에서 파인애플을 꺼내오거나, 저 멀리 밑에까지 가서 팔십 도 경사에서 나무를 자르거나 하겠지. 이 애는 계속 여기서 나가지 않았어. 바깥세상에 대해 아무것도 몰라. 여기가 하나의 국가야. 분명 야성적인 추장도 있을걸! 길에서 벗어나서 저 절벽 위에 살고 있는 사람들은 아마 더 야성적이고 희한할 거야. 왜냐면 길 가까이 있는 이 국가는 팬아메리칸 고속도로 덕분에 조금은 문명화되었을 테니까. 이 애 이마의 땀방울을 좀 봐." 딘이 고통스러운 듯 얼굴을 찡그리며 가리켰다. "우리가 흘리는 땀과 달라. 기름기 있게 언제나 거기에 있어. 일 년 내내 더우니까, 땀을 흘리지 않는 상태를 모르는 거야. 땀과 함께 살고 함께 죽는 거지." 작은 이마 위의 땀방울은 묵직하고 끈적끈적해서 아래로 흐르지 않았다. 그 자리에 그대로, 상급 올리브기름처럼 반짝였다. "이러면 대체 영혼은 어떨까! 고민도 가치관도 하고 싶은 것도 우리와는 완전히 다를 거야!" 딘은 놀라움에 입을 딱 벌리고는 시속 15킬로미터로 운전하면서 눈을 빛내며 도로변의 사람들을 바라보았다. 우리는 더 위로 올라갔다.

위로 올라가면서 공기가 시원해졌다. 길가의 인디언 여자애들이 머리와 어깨에 숄을 두르고 있었다. 소리를 지르며 우리를 불러 대기에 멈춰 섰다. 그녀들은 우리에게 작은 수정 조각을 팔려고 다가왔다. 커다랗고 소박한 갈색 눈동자들이 영혼을 담은 채 우리를 바라보았기에 우리 중 누구도 성적인 생각을 갖지 않았다. 게다가 모두 아주 어렸다. 열한 살인데 서른 살 정도로 보이는 아이도 몇 명 있었다. "저 눈들 좀 봐!" 딘이 속삭이듯 말했다. 성모 마리아의 어릴 적 눈이 그러했을 것 같았다. 모든 것을 용서하는 예수의 부드러운 눈빛이 거기 있었다. 그것들이 우리의 눈을 똑바로 바라보고 있다. 우리는 긴장한 파란 눈을 비비고 나시 바라봤다. 눈은 여전히 슬프고 최면에 걸린 듯한 빛을 띠고 우리를 꿰뚫어보았다. 말을 꺼내자 여자들은 갑자기 바보 같아졌다. 입을 다물고 있을 때가 더 그녀들다웠다. "수정을 파는 걸 최근 들어 배웠나 봐. 고속도로가 십 년 전에 생겼으니까. 그 전까지 이 국가는 계속 침묵해 온 거지!"

여자들이 차를 둘러싸고 떠들어 댔다. 특히 명랑해 보이는 아이가 땀이 밴 딘의 팔을 붙잡았다. 인디언 말로 뭐라고 한참 말을 했다. "아, 그래, 그래, 알았어." 딘이 부드럽고 구슬프기까지 한 목소리로 말했다. 그는 차에서 나와 뒤에 놔둔 찌그러진 트렁크 — 낡고 혹사당한 미국 트렁크 — 를 이리저리 뒤져 손목시계 하나를 꺼내 그 아이에게 보여 주었다. 그 아이는 기뻐하며 울음을 터뜨렸다. 다른 여자들이 깜짝 놀라 모여들었다. 딘은 그 아이의 손을 찌르며 "산에서 특별히 나를 위해 캐 온 제일 예쁘고 순수하고 멋진 수정은 뭘까." 하고 말했다. 손에

쥐고 있던 건 딸기만 한 크기도 안 돼 보였다. 손목시계를 달랑거리며 건네자 다들 성가대 아이들처럼 입이 동그래졌다. 운 좋은 여자아이는 너덜너덜한 옷 가슴팍에 시계를 꼭 껴안았다. 사람들은 딘을 어루만지며 감사를 표했다. 그들에게 둘러싸인 딘은 지친 얼굴을 하늘로 향하고 다음으로 향할 가장 높은 곳을 찾고 있었는데, 그 모습은 마치 그녀들을 찾아온 예언자 같았다. 우리는 차로 돌아갔다. 모두 우리와 헤어지기 싫어했다. 우리가 똑바로 길을 올라가는 동안 계속 손을 흔들며 쫓아왔다. 방향을 틀어서 더 이상 보이지는 않았지만 아마 계속 쫓아왔을 것이다. "아아, 가슴이 벅차네!" 딘이 말하며 가슴을 때렸다. "어떻게 하면 저렇게 놀랄 수 있지? 저 사람들은 앞으로 어떻게 되는 거지? 만약 내가 천천히 운전하면 멕시코시티까지 계속 쫓아올까?"

"아마도." 내가 말했다. 그럴 게 분명했다.

어지러울 정도로 높은 시에라마드레 오리엔탈 산맥에 들어갔다. 바나나 나무가 아지랑이 속에서 황금빛으로 반짝였다. 절벽을 따라 늘어선 돌담 건너편에서 거대한 안개가 뿜어져 나왔다. 아래 있는 목테수마 강은 푸른 정글 바닥에서 한 가닥 가느다란 황금빛 실로 보였다. 세상 꼭대기에 있는 기묘한 네거리의 마을이 하나씩 나타나고, 숄을 두른 인디언들이 모자 아래와 레보소* 사이로 우리를 보고 있었다. 생활은 불투명하고 어둡고 낡아 보였다. 미친 듯이 운전대를 붙잡고 있는 딘을 다들 독수리 같은 눈으로 바라보았다. 그리고 모두 손을 쭉

* 스페인이나 멕시코 여성들이 두르는 긴 스카프.

내밀었다. 산속과 고지에서 온 그들은 손을 뻗어 문명이 가져다 줄 것이라 여기는 것을 붙잡으려 했고, 문명에 슬픔과 비참하게 배신당한 거짓이 있으리라고는 꿈에도 생각하지 않았다. 다리와 도로를 부수고 모든 것을 혼란에 빠뜨리고 지금의 그들과 마찬가지로 우리 역시 가난해지고 손을 뻗게 만들 폭탄이 만들어지고 있다는 것을 모르는 것이다. 망가진 포드 자동차, 낡아 빠진 삼십 년대 미국 포드는 털털거리며 그들 사이를 지나 흙먼지 속으로 사라졌다.

마지막 고원으로 이어지는 길에 다다랐다. 태양은 황금빛이고 공기는 선명한 파란색, 사막은 이따금 강이 보이는, 모래로 가득한 뜨거운 공간이있다. 성서에 나올 법한 나무 그늘이 갑자기 나타나기도 했다. 딘은 자고 스탠이 운전했다. 최초에 입었던 것처럼 길게 흘러내리는 로브를 입은 양치기들이 보였다. 여자들은 금색 아마 다발을, 남자들은 막대기를 들고 있었다. 아지랑이가 가물거리는 사막의 커다란 나무 아래 양치기들이 모여 앉았고, 양들은 햇볕 속을 돌아다니며 흙먼지를 피웠다. "이봐, 이봐." 나는 딘에게 외쳤다. "일어나, 양치기야. 예수 그리스도의 고향, 황금빛 세상이야. 눈 뜨고 좀 봐!"

그는 시트에서 고개를 들어 희미해지는 붉은 빛 속에 있는 모든 것들을 한 눈에 담더니 다시 곯아떨어졌다. 그러고 나서 좀 있다 눈을 떠서는 그 광경을 자세하게 묘사하며 말했다. "정말 고마워. 보라고 말해 줘서. 오, 주여, 나는 어떻게 되는 겁니까? 어디로 가는 겁니까?" 배를 문지르고 충혈된 눈으로 하늘을 보는 그는 거의 울 것 같았다.

여행의 끝이 다가왔다. 드넓은 평원이 양쪽에 펼쳐졌다. 이따금 거대한 숲과 저무는 태양 속에서 연어 살색으로 물든 오래된 선교 건물 위로 근사한 바람이 불었다. 커다란 장밋빛 구름이 가까이 있었다. "해 지기 전에 멕시코시티에 가겠군!" 덴버의 오후 정원에서 성경에 나올 듯한 이 광대한 땅까지, 총 3000킬로미터를 달려온 길의 끝이 다가왔다.

"이 벌레투성이 티셔츠를 갈아입을까?"

"아니. 입고 도시로 가자. 알 게 뭐야." 그리고 멕시코시티로 들어갔다.

잠시 산길을 올라가자 갑자기 근사한 전경이 펼쳐졌다. 화산 분화구 같은 곳에 펼쳐진 멕시코시티가 내려다보이고, 묵묵히 피어오르는 도시의 연기와 이른 저녁의 등불이 보였다. 인스루헨테스 대로를 내려가 곧장 도시의 중심부인 레포르마로 향했다. 무척 크고 쓸쓸한 운동장에서 아이들이 축구를 하며 흙먼지를 피웠다. 택시가 쫓아와서 봤더니 운전사가 여자는 필요 없냐고 물었다. 필요 없어, 지금은 필요 없어요. 낡은 어도비 벽돌 건물이 길게 늘어선 슬럼가가 보였다. 어슴푸레한 길 위로 고독한 그림자가 몇 개 보였다. 곧 밤이 올 것이었다. 이윽고 거리가 시끄러워졌고 우리는 혼잡한 카페와 극장과 많은 불빛 속을 통과했다. 신문팔이 소년이 뭐라고 외쳤다. 기계공들이 스패너와 넝마를 들고 맨발로 바쁘게 걸어갔다. 맨발의 미친 인디언 운전사들이 도로를 가로지르고 우리를 맴돌고 빵빵거리며 교통을 혼란시켰다. 엄청난 소음이었다. 멕시코 차는 소음기를 달지 않는다. 기쁜 듯이 계속해서 경적을 울린다. "이야!" 딘이 외쳤다. "조심하라고!" 그는 일부러 차를 지그재그로 달리며 사람들을 놀렸다. 인디언처럼 운전했다. 레포르마

대로의 원형 교차점에 들어서서 여덟 개의 길이 모여 있는 한가운데를 빙글빙글 돌며 여러 방향에서 다가오는 차들에다 대고 왼쪽이다, 오른쪽이다, 정지다, 하고 소리 지르며 기쁜 듯이 날뛰었다. "이게 바로 내가 꿈꾸던 교통 상태야! 모두 마음대로 달리잖아!" 구급차가 총알처럼 지나갔다. 미국의 구급차는 사이렌을 울리며 차들 사이를 헤집고 나아가지만, 세계적으로 위대한 펠라힌 인디언의 땅의 구급차는 130킬로미터로 거리를 달려 나간다. 그것은 중심가의 혼잡한 교통을 흐트러뜨리며 끼익 소리를 내면서 사라져 갔는데, 운전은 인디언들이 하고 있었다. 나이 든 여자들까지 멈추지 않는 버스를 쫓아 달려갔다. 젊은 사업가들이 내기를 건 양 일제히 버스를 향해 달려가다 운동선수처럼 올라탔다. 버스 운전사는 맨발에 미친 듯한 눈으로 빙글거리며 낮게 달린 커다란 운전대 앞에 티셔츠 바람으로 웅크리고 앉아 있었다. 머리 위로는 성상이 빛났다. 버스 안의 불빛은 갈색을 띤 녹색이었고, 검은 얼굴이 나무 의자에 줄지어 있었다.

멕시코시티 도심지에서는 흐늘거리는 밀짚모자를 쓰고 맨가슴에 옷깃이 긴 재킷만 걸친 수천 명의 비트족이 대로를 걸어 다니고 골목에서 십자가와 마리화나를 팔고 멕시코 스트립쇼를 하는 창고 바로 옆 오래된 교회에서 기도를 하고 있었다. 어떤 골목은 쓰레기가 가득하고 하수가 흐르고 옷장만 한 크기의 술집 문들이 어도비 벽돌담에 붙어 있었다. 술을 마시려면 도랑을 건너뛰어야 했는데, 그 아래에는 고대 아즈텍의 호수가 잠들어 있었다. 벽에 등을 대고 술집에서 나오면 비스듬히 거리로 되돌아오게 된다. 커피에는 럼주와 육두구가 섞여 있었다. 맘보가 여기저기에서 울려 퍼졌다. 어둡고 좁은 길에는 수백 명의 매춘부가 서 있었고, 슬픈 눈빛이 밤 속에서 우리를 향해 빛났다. 우리는 광란과 꿈 속에서 방황했다. 이상한 타일을 붙인 멕시코 카페테리아에서 48센트를 주고 멋진 스테이크를 먹었는데, 다양한 연령대의 연주자들이 커다란 마림바 하나를 연주하고 있었다. 노래하며 기타를 치는 사람도 있었고, 구석에서 트럼펫을 부는 노인도 있었다. 용설란주가 놓인 바의 지독히 시큼한 냄새를 지나면 2센트에 선인장 주스를 팔았다. 아무것도 멈추지 않았다. 거리에는 밤새도록 생동감이 넘쳤다. 거지들은 쇠울타리에서 뜯어낸 광고 포스터를 둘둘 말고 잤다. 가족들이 모두 길거리에 앉아 작은 플루트를 불며 낄낄댔다. 모두 맨발이었고, 촛불이 희미하게 불타고 있어 멕시코 전체가 거대한 보헤미안 캠프 같았다. 길모퉁이 여기저기에서 늙은 여자들이 삶은 쇠머리를 잘라 그 고기를 토르티야에 말아 매운 소스를 뿌려 신문지에 싸서 팔고 있었다. 이곳은 위대한 야생의 펠라힌 아이 같은 도시였다. 길의 끝에서 우리가 보게 될 거라 기대했던 그대로였다. 딘은 양손을 좀비처럼 늘어뜨리고 입을 벌리고 눈을 번득이며 걸어다녔다. 볼품없고 성스러운 유람을 새벽까지 계속했는데, 아침이 되자 밀짚모자를 쓴 소년이 우리에게 웃으며 같이 캐치볼을 하자고 말을 걸었다. 여기서는 정말로 그 무엇도 끝날 기미가 없었다.

그리고 나는 열이 났다. 몽롱하니 의식이 흐릿해졌다. 이질이었다. 어지럽게 소용돌이치는 마음속 어둠에서 하늘을 바라보며, 세상의 지붕 위 해발 2400미터의 침대 위에 누워 있다고 생각했다. 나는 내가 오롯한 삶을, 하찮은 것들로 이루어진 내

육신의 껍데기 속 다른 많은 것들을 이루며 살아왔고 모든 꿈을 품고 살아 왔다는 것을 알았다. 딘이 부엌 테이블에 웅크리고 있는 것이 보였다. 며칠이 지난 밤, 그는 멕시코시티를 떠나려 하고 있었다. "뭐 하는 거야?" 나는 신음했다.

"가엾은 샐, 불쌍하게 병에나 걸리고. 스탠이 돌봐줄 거야. 아픈 데 미안하지만, 내 말 들어 봐. 이제 겨우 커밀과 이혼할 수 있게 되었어. 차만 움직인다면 오늘 밤에라도 뉴욕의 아이네즈에게 돌아가려고 해."

"또다시 시작하게?" 나는 소리를 쳤다.

"또다시 시작하게. 내 삶으로 돌아가야 해. 같이 있어 주고 싶지만 말이야. 내가 돌아오길 기도해 줘." 나는 아픈 배를 움켜쥐고 신음했다. 다시 한 번 올려다보자, 힘 있고 당당한 딘이 찌그러진 트렁크들을 들고 서서 나를 내려다보고 있었다. 나는 그가 어떤 인간인지 더 이상 알 수 없었다. 그는 그것을 알아채고 내 어깨 위에 이불을 덮어 주었다. "그래, 그래, 그래, 그만 갈게. 열나는 내 친구 샐, 잘 있어." 그리고 가 버렸다. 슬프고 심한 열이 열두 시간 동안 이어진 끝에 그가 없어졌다는 걸 겨우 깨달았다. 그때쯤 그는 혼자서 바나나 산 속을 되짚어가고 있었다, 이 밤중에 말이다.

몸이 나아지자 딘이 참으로 쥐새끼 같은 놈이란 생각이 들었지만, 어처구니없을 만큼 복잡한 그의 인생을 떠올리고는, 열이 나는 나를 내버려 두고서라도 어떻게든 몇 명이나 되는 아내들과 다른 일들을 처리하러 가야 했으리란 것을 이해했다. "알았어, 딘, 난 아무 말 안 할게."

5부

딘은 멕시코시티를 떠나 그레고리아에서 다시 빅토르를 만났고, 바로 루이지애나의 레이크 찰스까지 낡은 차를 운전해 갔는데, 거기에서 계속 마음에 걸려 하던 차 뒷부분이 바닥으로 떨어지는 바람에 더 이상 운전할 수 없게 되었다. 그래서 아이네즈에게 돈을 보내 달라는 전보를 쳐서 비행기를 타고 갔다. 그는 이혼 서류를 들고 뉴욕에 도착해서는 바로 아이네즈와 뉴어크로 가서 결혼했다. 그리고 그날 밤, 이제 모든 일이 잘됐으니 걱정하지 말라고 그녀에게 말하고, 헤아릴 수 없는 슬픈 노력으로 논리를 내세우고는, 버스에 올라타 샌프란시스코까지 끔찍한 대륙을 가로질러 커밀과 어린 두 딸아이에 합류했다. 결과적으로 그는 세 번 결혼하고, 두 번 이혼한 다음 두 번째 아내와 살고 있는 것이었다.

나는 가을에 멕시코시티에서 집으로 가는 길에 올랐다. 텍사스 딜리의 러레이도 국경선을 넘은 어느 날 밤, 여름 나방들이 여전히 아크등에 부딪히고 있는 뜨거운 길 위에 있는데 건너편 어둠 속에서 발소리가 들렸다. 짐을 둘러맨 키 큰 노인이 백발을 나부끼며 성큼성큼 다가와 스쳐 지나가려다 나를 보고 "가서 인간을 위해 한탄하라."라고 말하고는 다시 어둠 속으로 성큼성큼 들어갔다. 미국의 어두운 길을 걷는 순례를 계속하라는 뜻일까? 겨우 서둘러 뉴욕으로 돌아왔다. 그리고 그날 밤, 맨해튼의 어두운 거리에서 친구들이 파티를 하고 있는 것으로 생각되는 다락방 창문에 대고 소리쳐 불렀다. 그런데 아름다운 여자가 창밖으로 얼굴을 내밀고 "네? 누구세요?" 하고 말했다.

"샐 파라다이스." 내가 대답하자, 쓸쓸하고 인기척 없는 거리에 내 이름이 울려 퍼졌다.

"올라와요." 그녀가 불렀다. "핫 초콜릿을 만들고 있어요." 올라가자 그녀가 있었다. 순수하고 맑고 아름다운 눈을 가진, 오랫동안 내가 찾아 헤매던 여자였다. 마음이 맞아 열정적으로 사랑을 나누었다. 겨울이 되면 샌프란시스코로 이사할 계획을 세웠다. 우리의 낡은 가구와 망가진 소지품들을 고물 짐차에 싣고 갈 생각이었다. 딘에게 편지를 써서 그것을 알렸다. 딘은 1800자가 넘는 두툼한 답장을 보냈다. 거의 덴버에서의 옛 시절에 관한 내용이었는데, 이쪽으로 와서 낡은 트럭을 운전해 집까지 데려다 주겠다고 쓰여 있었다. 여섯 주 안에 트럭을 살 돈을 모아야 했다. 일하면서 되도록 돈을 쓰지 않는 생활을 했다. 그러나 딘은 역시나 갑작스럽게 다섯 주 반이나 일찍 도착했다. 계획을 실행할 돈은 누구에게도 없었다.

한밤중에 산책을 하고, 산책 중에 생각한 것을 그녀에게 말하려고 돌아왔을 때였다. 그녀는 어둡고 좁은 아파트에 이상한 미소를 지으며 서 있었다. 나는 이것저것 이야기하다가 방이 이상하게 조용한 것을 눈치 채고 주위를 둘러보았다. 라디오 위에 낡은 책이 있었다. 딘의 '고상한 영원의 오후를 위한' 프루스트라는 걸 알았다. 꿈이라도 꾸는 양 그가 어슴푸레한 현관에서 양말 바람으로 발소리를 죽여 들어오는 것이 보였다. 그는 얘기할 수 있는 상태가 아니었다. 펄쩍펄쩍 뛰고 낄낄대며 웃고 떨면서 양손을 퍼덕였다. "아아, 내 말 들어 봐." 우리는 귀를 기울였다. 하지만 그는 뭘 말하려 했는지 잊어버렸다. "정말 좀 들어 봐. — 으흠. 봐, 샐. — 귀여운 로라, — 내가 여기 온 건 — 간 건 — 아니, 잠깐만, — 아아, 그래." 그는 불안한 듯 자기 양손을 슬프게 바라보았다. "말이 안 나와. — 이해하겠어, 이건, — 어쩌면 — 아니야, 들어 봐!" 우리는 귀를 기울였다. 그는 밤의 소리에 귀를 기울이고 있었다. "그래!" 경탄하듯이 속삭였다. "하지만, 보다시피 — 더 이상 이야기할 필요가 없어. — 이제."

"그런데 왜 이렇게 일찍 온 거야, 딘?"

"아아." 그는 처음 보는 것처럼 나를 보며 말했다. "빠르지, 그래. 너와 내가 — 알다시피 — 나도 모르겠어. 철도 패스를 사용해서 왔어. — 승무원 차 말이야. — 딱딱한 벤치의 객차 — 텍사스는 — 계속 플루트랑 오카리나를 불고 있었어." 그는 새 목제 플루트를 꺼냈다. 잠깐 시끄러운 소리를 내더니 양말 바람으로 펄쩍펄쩍 뛰었다. "어때?" 그는 말했다. "하지만, 물론, 샐, 나는 곧 말할 수 있게 될 거야. 네게 말하고 싶은 게 아주 많고, 경주마 같은 근성으로 대륙을 건너오는 내내 이 끝내주는 프루스트를 읽었고, 여러 가지 생각을 했으니까. 그걸 너한테 전부 말할 만한 시간이 없을지도 모르지. 멕시코만 해도 열이 났을 때 헤어진 이야기를 아직 끝내지 못했고. 하지만 말 안 해도 돼. 지금은 전혀, 안 그래?"

"알았어, 얘기하지 말자." 그러자 그는 오는 동안 LA에서 무슨 짓을 했는지 생각나는 대로 자세하게 이야기하기 시작했다. 어떤 가족을 찾아간 것, 거기서 식사를 한 것, 그곳의 아버지와 아들들, 자매들과 이야기를 한 것 — 어떻게 생겼는지, 어떤 걸 먹었는지, 방이 어땠고 사고방식이 어땠고 어떤 것에 흥미를 가지고 어떤 영혼을 가졌는지 자세하게 설명하느라 세 시간이 걸렸고, 마지막으로 끝맺으며 이렇게 말했다. "아아, 하지만, 알겠지, 정말로 말하려는 건 — 앞으로도 계속 — 아칸소를 건너고 — 플루트를 불고 — 내 그 야한 트럼프로 어떤 녀석들과 게임을 하고 — 거기서 돈을 땄고, 오카리나를 불곤 했는데 — 선원을 상대로 말이야. 꼬박 닷새가 걸리는 끔찍하게 긴 여행이었어. 하지만 난 너를 만나고 싶었어, 샐."

"커밀은 어때?"

"물론 허락해 줬어. — 나를 기다리겠다고. 커밀과 나는 영원해……."

"그럼 아이네즈는?"

"나는 말이지. — 나는 — 그녀도 같이 샌프란시스코에 와서 다른 곳에 살았으면 해. — 그렇지 않아? 모르겠네, 내가 왜 왔는지." 조금 있다가 갑자기 놀란 표정을 지었다. "글쎄, 물론, 네 착한 여자와 너를 보고 싶었어. — 나는 기뻐. — 항상 널 좋아하거든." 그는 뉴욕에 사흘간 있으면서 바쁘게 짐을 싸고 철도 패스로 열차를 타고 다시 대륙을 횡단하며 꼬박 닷새를 지저분한 객차와 딱딱한 벤치가 있는 승무원 차에서 보낼 준비를 시작했다. 물론 나는 트럭을 살 돈이 없었기에 같이 돌아갈 수 없었다. 그는 아이네즈와 하룻밤을 보내고 그녀를 설득하고 끙끙대며 그녀와 싸운 결과 쫓겨나고 말았다. 그의 앞으로 된 편지 한 통이 나에게 도착했다. 열어 보았다. 커밀이 보낸 것이었다. "당신이 가방을 들고 나가는 걸 봤을 때 가슴이 아팠어. 무사히 돌아오기를 기도해……. 샐과 친구들이 여기로 와서 가까이에 살았으면 해……. 당신은 분명 별 일 없겠지만 걱정이 안 될 수가 없어. — 모든 걸 결정했으니까 말이야……. 사랑하는 딘, 한 세기의 절반이 끝났어. 이제 나머지 절반은 우리와 보내길 바라. 사랑과 키스로 환영할게. 모두 기다리고 있어. (서명) 커밀, 에이미, 꼬마 조애니." 이렇게 딘의 인생은 그에게 가장 충실하고 그로 인해 가장 괴로워한, 그를 가장 잘 아는 아내 커밀에 정착하게 되었다. 나는 신에게 감사했다.

그를 마지막으로 본 상황은 쓸쓸하고 이상했다. 레미 봉쾨르가 배를 타고 세계를 서너 번 돌고서 뉴욕에 도착했다. 나는 레미와 딘을 만나게 하고 싶었다. 둘은 만나기는 했지만 딘은 더 이상 아무 말도 할 수 없어 입을 닫았고 레미도 바로 외면해 버렸다. 레미는 듀크 엘링턴이 메트로폴리탄 오페라에서 여는 콘서트 티켓을 갖고 있었는데, 자기도 애인과 갈 테니 로라와 나도 오지 않겠느냐고 권했다. 레미는 당시 뚱뚱하고 서글픈 분위기를 풍겼지만 여전히 열정적이고 격식 있는 신사였다. 그가 강조하는 바처럼 무엇이든 정식으로 하길 원했다. 콘서트에도 잘 아는 마권 업자가 운전하는 캐딜락으로 가기로 했다. 추운 겨울 밤이었다. 캐딜락이 도착해서 출발할 준비가 되었다. 가방을 든 딘이 차창 밖에 서 있었다. 펜실베이니아 역으로 가서 대륙을 횡단할 것이었다.

"잘 가, 딘." 나는 말했다. "콘서트에 가지 않을 수 있다면 정말 그러고 싶은데."

"40번가까지 태워다 줄 수 없을까?" 딘이 작게 말했다. "조금이라도 더 같이 있고 싶은데. 게다가 뉴욕은 더럽게 춥다고……." 내가 레미에게 귀띔했다. 안 돼, 그럴 순 없어, 너는 좋아하지만 네 미친 친구는 좋아하지 않아. 레미가 계획한 밤을 옛날처럼 또 망쳐 버릴 수는 없었다. 1947년 샌프란시스코의 알프레즈에서 롤랑 메이저를 끌어들여 그렇게 만든 것처럼.

"전혀 여지가 없어, 샐!" 레미는 딱하게도 이 밤을 위해 특별한 넥타이까지 하고 있었다. 거기에는 콘서트 티켓이 모사되어 있고, 샐, 로라, 레미, 애인 비키까지 네 명의 이름과 한심한 농담 몇 마디와 '나이든 대가에게 새로운 사상을 가르치지 말라.'라는, 자기가 좋아하는 구절이 인쇄되어 있었다.

그리하여 딘은 같이 타지 못했고, 나는 캐딜락 뒷좌석에서 손을 흔드는 수밖에 없었다. 운전대를 잡고 있는 마권 업자도 딘과 얽히고 싶어 하지 않았다. 딘은 동부의 얼어붙을 듯한 날씨에 대비해 특별히 가져온, 좀이 슨 외투를 누더기처럼 걸치고서 혼자 걸어갔다. 7번가 모퉁이를 돌아 한 번 앞을 보고 다시 땅을 보며 나아갔다. 그것이 내가 본 그의 마지막 모습이었다. 내 사랑스러운 로라는, 딘에 대한 이야기를 이미 다 해 주었는데도 거의 울음을 터뜨릴 듯한 모습이었다.

"딘을 저렇게 보낼 수는 없어. 이제 어떻게 할 거야?"

나의 딘은 돌아갔다, 나는 그렇게 생각하며 "그는 괜찮을 거야." 하고 큰 소리로 말했다. 그리고 구슬프고 내키지 않는 콘서트에 가서 계속 우울한 마음으로, 딘에 대해, 그가 어떤 마음으로 열차를 타고 5000킬로미터에 달하는 끔찍한 대륙을 건너갔을지 생각했다. 그가 왜 왔는지조차 나는 알 수 없었다. 나를 만나기 위해서라는 것 밖에는.

그리하여 나는 해가 져 버린 미국의 어느 밤 낡고 망가진 강둑에 앉아 뉴저지 위로 펼쳐진 넓디넓은 하늘을 보고 있자면, 육지가 갑자기 믿기지 않을 만큼 크게 부풀어 태평양 연안까지 이어지고, 모든 길이 펼쳐지고, 모든 사람들이 꿈을 꾸는 것을 느끼게 되었다. 아이오와에서 애들을 울리기만 했으니 아이들은 거기서도 분명히 울고 있을 것이다. 오늘밤은 별이 뜰 것이다, 당신은 신이 곰돌이 푸란 것을 몰랐나? 초원에서는 저녁 별빛이 점점 흐릿해지며 남은 빛을 뿌리고, 이윽고 완전한 밤이 다가와 대지를 축복하고, 모든 강을 검게 물들이고, 산꼭대기를 뒤덮고, 마지막 해변을 껴안을 것이다. 누구도, 누구도, 앞으로 어떻게 될지 알지 못한다. 버려진 누더기처럼 늙어가는 것밖에 알지 못한다. 그럴 때 나는 딘 모리아티를 생각한다. 끝내 찾아내지 못했던 아버지, 늙은 딘 모리아티도 생각하면서, 딘 모리아티를 생각한다.

해제

일러두기

1. 다음의 해제들은 『길 위에서』의 두루마리 원본 출간 기념 기고문으로, 이보다 앞서 출간된 판본의 번역본인 이 책의 본문과 일치하지 않는 내용이 있을 수 있다.
2. 해제 하단의 각주는 원문의 주석을 옮긴 것으로, 옮긴이가 주석을 단 경우에는 각주 끝에 (옮긴이 주)라고 표시했다.

▌해제 1

이번에는 빠르게
— 잭 케루악과 『길 위에서』 쓰기

1

“이제 길에서 벌어진 일을 다 이야기했어.” 잭 케루악은 1951년 5월 22일에 뉴욕에서 서쪽의 샌프란시스코에 있는 친구 닐 캐시디에게로 보낸 편지에 이렇게 적었다. “길은 빠르니까 빠르게 지나갔지.” 케루악은 캐시디에게 4월 2일과 4월 22일 사이에 “12만 5000단어의 장편 소설 (……) 너와 나와 길에 대한 이야기”를 썼다고 말했다. 그는 “그저 타자기에서 밀려 나와 사실상 단락도 없고 (……) 바닥 위로 펼쳐져 있는 게 꼭 길처럼 보이는 (……) 120피트(36미터) 길이의 종이 띠 위에 모조리 다” 썼다.

그에 관한 다른 모든 것처럼, 잭 케루악이 어떻게 『길 위에서』를 쓰게 되었나 하는 이야기는 전설이 되었다. 내가 열여섯 살에 이 책을 읽을 당시 내 친구 앨런은 그 전설에 관해 모두 확실하게 알고 있었다. 그는 우선 그것을 읽었고 이제는 하얀 티셔츠와 엉덩이에 걸치는 리바이스 청바지를 입고 조지 시어링을 듣고 있었다. 이십오 년 전 영국 남부 해안의 하얗고 파란 바닷가 마을에서 있었던 일이다. 앨런은 케루악이 『길 위에서』를 쓸 때 벤제드린에 취해 몽롱한 상태였는데, 길게 말려 있는 전신 타자기 종이 위에다 삼 주 동안 구두점도 없이 글을 써 내려갔다고 했다. 그가 가만히 앉아 라디오에서 나오는 비밥을 들으며 뿜어낸 것은 모두 실화로, 모든 단어는 그의 정신 나간 친구 딘과 함께 그리고 재즈, 술, 여자, 마약, 자유와 함께 미국을 가로질러 차를 달린 것에 관한 것이었다. 나는 비밥이나 벤제드린이 뭔지 몰랐지만 곧 알아냈다. 그리고 시어링과 슬림 갤러드의 레코드판 한 묶음을 샀다. 『길 위에서』는 그것만의 사운드트랙과 함께 읽은 혹은 들은 첫 번째 책이 되었다.

『길 위에서』를 읽고 나서 케루악이 쓴 다른 책들을 찾아다니며 내가 들은 것은 항상 똑같은 이야기였다. 내 오래된 『코디의 환영』 영어판의 때 묻은 표지에는 『길 위에서』가 "1952년 두루마리 인쇄지 위에서 겨우 며칠 안에 정신없이" 쓰였다는 내용이 있다. 얘기인즉 케루악이 그 두루마리를 움켜쥐고서 지난봄 『마을과 도시』를 출판할 때 같이 일했던 하코트 브레이스 출판사의 편집자 로버트 지루에게로 달려갔다는 것이다. 케루악이 지루 앞에 그것을 펼쳐 보이자 지루는 얼떨떨해하며 식자공이 이런 걸로 어떻게 일을 하겠느냐고 물었다. 사실이든 아니든 정연한 미국 사회와 지하에 있는 새로운 재즈광 세대의 충돌을 완벽하게 보여 주는 일화가 이에 대해 말해 주는 것이다. 정확히 딱 맞아떨어지는 것은 아니라도, 책이 이렇게 생기지 않았던 건 확실했다. 케루악은 그 소설을 도로 가져가서는 개정하지 않고 다시 캘리포니아와 멕시코로 향하는 길 위로 간다. 그리고 불교와 즉흥적인 산문을 발견하고는 누구도 뱃심 좋게 출판하려 들지 않는 더 많은 소설들을 작은 노트들에다 잇달아 빠르게 써 내려간다. 여러 해가 지나서야 바이킹 출판사가 『길 위에서』를 산다. 앨런 긴즈버그는 출판된 소설이 1951년에 케루악이 타자를 친 요란한 책과 전혀 같지 않다고 말한다. 긴즈버그는 어느 날 "모두 죽었을" 때 "본래의 미친" 책이 원형대로 출판될 것이라고 말한다.

케루악은 1951년 5월 22일에 닐 캐시디에게 보낸 편지에서 "물론 4월 22일부터 타자를 치고 교정을 보고 있어. 그러기를 삼십 일."이라고 설명했다. 그런데 케루악의 절친한 친구들은 그가 적어도 1948년부터 이 책을 작업해 왔다는 걸 알고 있었다. 결국 소설이 출판된 때부터 오십 년이 지났지만, 잭 케루악과 『길 위에서』의 결정적인 이미지들은 문화적 상상력 안에서 명백히 열광적인 교신의 실화로 남아 있다. 상상의 길처럼 타자기에서 끝없이 굽이쳐 나오는 종이 두루마리, 그리고 케루악이 속도를 내서 타자를 치느라 땀에 흠뻑 젖어 말리려고 아파트에 내건 승리의 깃발 같은 티셔츠 같은 것 말이다. 덜커덕거리는 케루악의 타자기는 외관상 도제살이, 기술, 대담한 실행보다는 땀, 즉시성, 본능에 의거한 새로운 전후 대항문화의 돌파구를 대변하는 삼인조로서 잭슨 폴록의 격렬한 붓놀림과 찰리 파커의 소용돌이치는 알토 색소폰 코러스와 뒤섞였다.

이 소설이 재즈광 되기 입문서보다는 훨씬 더 영적인 탐구라는 사실처럼, 그 이상의 것이 이 책에 있다는 것을 우리가 알게 된 지도 이제는 한참 되었다. 『길 위에서』는 맑고 파란 공기 속에서 나타난 것이 아니다. 케루악은 1948년 8월 23일자 일기에서 처음 제목을 언급한 이 로드(road) 소설을 위해 1947년부터 1950년까지 미국과 멕시코를 가로지르는 여행을 하며 자료를 수집했다. 케루악은 『길 위에서』가 "내가 계속해서 생각하고 있는 것인데, 실제로 찾을 수 없는 무언가를 찾아서 캘리포니아까지 히치하이킹을 하다가 길 위에서 방향을 잃고 다른 무언가를 희망하며 그 길을 쭉 되돌아오는 두 녀석에 관한 것."이라고 쓴다.

잭 케루악을 생각할 때, 4월의 삼 주간에 있었던 불가능한 소설적인 사건을 떼놓을 수 없다. 『길 위에서』의 원본 두루마리 판본은, 지난 오십 년 사이 출판돼 꾸준한 인기를 누리는 영향력 있는 소설들, 그리고 미국 현대문학사에서 가장 의미 있고 저명하며 도발적인 인공물들 중 하나의 역사에서 핵심이 되는 문서다. 여기서 나는 『길 위에서』의 창작과 출판의 역사를 추적하려 한다. 이 이야기는 작업, 야심, 그리고 거부에 관한 것이지만 또한 변형에 관한 것이기도 하다. 이는 케루악이 전도유망한 젊은 소설가에서 자기 세대의 가장 성공적인 실험 작가로 변신한 세월이다. 이 이야기의 핵심 원전은 『길 위에서』의 최초 두루마리 판본, 그리고 두루마리에 글을 쓰던 해 가을에 시작한 『코디의 환영』이다. 그 두루마리는 『코디의 환영』이라는 마법의 정원에서 자라난 야생화이기 때문에, 이는 잭 케루악의 이야기와 미국 문학에서의 그의 입지에 있어 중추적인 판본이라 할 수 있다. 물론 이 이야기는 또한 닐 캐시디에 관한 것이기도 하다.

2

케루악은 1948년 늦여름부터 가을에 걸쳐 『마을과 도시』를 거의 완성하면서 이미 두 번째 책에 관해 생각하고 있었다. 그는 1947년과 1949년 사이에 『마을과 도시』를 작업했으며, 이 소설은 1950년 5월 2일에 출간되었다. 독자는 이 첫 번째 소설의 후반부에서 다음 소설을 지배하게 될 수많은 주제들을 발견하는 한편, 『길 위에서』의 원본 판본에서는 그가 『마을과 도시』에서 이룬 진전에 유의하게 된다. 『길 위에서』의 스타일이 앞선 책의 스타일에 대한 반작용이며 진전이라고 한다면, 『마을과 도시』의 끝맺음인 아버지의 죽음에서 시작하는 『길 위에서』의 원본 판본은 어째서 케루악의 두 번째 소설을 첫 번째 소설의 속편으로 읽어야 하는지도 보여 준다.

케루악은 두 번째 소설을 작업할 때 1948년과 1951년 사이에 생산해 낸 글의 양에 맞게 장편소설을 택하기로 했다. 그는 종종 밤늦게까지 글을 쓰면서 책에 대한 생각들로 대화뿐만 아니라 노트, 일기, 수백 쪽의 원고와 편지를 채웠다. 1948년 10월 케루악은 일기에 『길 위에서』의 생각들이 "나를 너무 사로잡고 있어서 감출 수가 없다."라고 썼다. 10월 19일에는 할 체이스에게 그의 작업 계획들이 "생판 처음 보는 사람들만 있는 술집에서조차 입 밖으로 흘러넘친다."라고 쓴다.

자료를 소사하는 하나의 방법은 1948년 8월과 1951년 4월 사이에 케루악이 쓴 소설 세 편의 주요 원판들을 찾아보는 것이다. 54쪽 분량의 「1948년 가을의 레이 스미스 소설」, 마찬가지로 가장 긴 초고가 54쪽인 「레드 물트리/번(나중에는 딘) 포머리 주니어」 1949년 판본, 그리고 케루악이 1950년 8월에 리치몬드 힐에서 타자한, 쿡 스미스와 딘 포머레이가 등장하는 30쪽 분량에 7장으로 구성된 「길을 나섬」 판본 등이 그것이다. 이 이야기들은 케루악이 자신의 꿈과 노트 들을 가득 채운 생각들에 외형을 부여한 것이다.

그 안에서 케루악은 자기가 기억하는 것과 만들 수 있는 것을 융합하면서, 언제나처럼 같은 방식으로 한 편의 소설을 쓰려고 의식적으로 노력한다. 어떤 것이 다른 어떤 것을 상징해야 한다. 사람들이 왜 길에 나서는지를 설명해 줄 정교한 배경과 역사가 구축되어야 한다. 잃어버린 유산, 아버지, 가족, 집, 미국을 찾아다니는 그들은 반쯤 피를 나눈 형제일 것이다. 그들이 잃어버린 것을 더 잘 보여 주기 위해서 아마도 그들은 부분적으로 코만치로 설정되어야 할 것이다.* 케루악은 자기 노트 위에서 정형화된 장면들을 축적하고 시연한다. 비 오는 밤의 전설. 수의를 입은 낯선 사람의 꿈이라는 판본들. 자신이 누구이며 어디에 있는지는 알지 못한 채 점점 더 늙어 가고 죽

---

* 1950년 2월 15일 다시 착상한 『길 위에서』라는 제목의 원고에 등장하는 인물들 가운데 브루클린의 야구선수, 학자, 전과자이자 방랑자인 채드윅 '채드' 가빈은 딘 포머레이 주니어의 이복동생이다. 포머레이는 "재즈광, 폭주족, 고용 운전사, 전과자와 마약쟁이"다. 이들은 "혈통적으로 이복형제인데, 각자 1/16 코만치(아메리칸 인디언의 한 부족)"다.

음이 더욱 가까워지고 있음을 알게 되면서 아이오와의 싸구려 호텔 방에서 깨어나는 공포의 기억. 다시 그리고 또 다시, 그는 아버지의 죽음으로 되돌아간다.

케루악의 작업을 지지하고 반대하는 건 그의 창밖에 있는 달콤하고 매력적인 세상이다. 케루악이 1948년 12월에 닐 캐시디와 첫 번째 도로 여행을 하기 전에 시작된 소설 쓰기는 여행 일기에 충실하게 기록되고, 결과적으로 이 책의 이야기가 될, 뒤이은 캐시디와의 대륙 횡단 여행들을 통해 점검되고, 중단되고, 바뀐다. 그의 초점은 그가 뉴욕에서 서부로, 그런 다음 반대로 더 멀리 동쪽으로, 그러고는 다시 서쪽으로, 또 아래 멕시코로 이동함에 따라 확장된다. 상상한 책과 실제 경험이 교차하는 장소들은 이 책이 어떻게 될 것인지가 결정되는 곳이다. 허구와 진실의 관계를 협상하고 있는 그곳에서 진실은, 케루악에 따르면, '의식이 벌어지고 있는 모든 것을 실제로 파헤치는 방식'으로 이해된다.

페니 블라고풀로스가 후에 쓴 에세이에서 설명한 바와 같이, 케루악은 미국인들에게 자기 감시와 검열을 조장하는 독백적이고 공포에 찬 냉전 문화와 정치적으로 용납되는 수준의 사실 전달에 반대해서 의식적으로 글을 쓰고 있다. 케루악은 1949년에 소설을 작업하면서 종종 존 클레론 홈스를 방문해 진행 중인 작품을 보여 주었다. 홈스는 다음과 같이 쓴다.

> 그는 오후 늦게 들를 때면 대개 새로운 장면들을 가져와서 보여 줬는데, 등장인물들이 아주 멀리 (무엇) 너머까지 이르는 것 같지는 않았다. (……) 잘 만들어진 소설은 가고 싶은 대로 가는

온갖 뿌리 뽑힌 상태와는 대비되는 요구를 하는 것 같았다. 그는 길고 복잡한 멜빌식의 문장들을 썼다. (……) 그렇게 시시각각 변하는 산문을 쓸 수만 있다면, 나는 내가 갖고 있는 건 무엇이든 주었을 것이다. 하지만 그는 그걸 던져 버렸고, 그리고 다시 시작했고, 그리고 다시 실패했고, 그리고 우울해졌고 갈피를 잡지 못했다.

케루악은 자신에게 영향을 준 게 분명한 멜빌, 도스토옙스키와 조이스 같은 작가들을 제외하고는 소설, 특히 잘 만들어진 유럽 소설들조차 자기 검열의 미학적이고 정치적인 문화와 연계되어 있다고 생각했다. 소설의 오랜 형식은 의미를 감춰, 독자가 그 숨은 의미에 도달하는 것을 막았다. 『길 위에서』는 존 홈스의 말처럼, 케루악이 "자신의 의식 전체를 지면 위에 자유롭게 펼칠 수 있도록" 소설가로서 배운 것을 해체하여 철저하게 재적용하는 과정의 시작이다.

「1948년 가을의 레이 스미스 소설」에서, 『달마 부랑자』(1958)의 히치하이킹 유경험자인 화자로 재등장하게 될 레이 스미스는 거의 길에 나서지 않는다. 소년 스미스는 마흔 살짜리 여자친구 룰루벨이 그녀 또래의 남자와 교제하고 있었다는 사실을 알고는 뉴욕을 떠나 캘리포니아로 여행하기로 결심한다. 6번 도로를 타고 서부 해안까지 갈 수 있다고 생각한 바보 같은 꿈 때문에 레이는 뉴욕의 북쪽 베어 마운튼의 빗속에서 곤경에 빠진다. 그리고 그곳에서 금발에 사고뭉치인 특권층 프랑스계 미국인 소년 워렌 보챔프를 만난다. 그는 가족에게서 돈을 얻어 서부 여행을 계속하기 위해서 함께 뉴욕으로 돌아가자고 스미스를 설득한다. 뉴욕의 어느 술 취한 밤에 이야기는 막다른 골목에 다다른다. 알코올 중독자인 보챔프의 아버지는 곤드레가 되어 있고, 소년들은 레이 스미스의 친구들인 레온 레빈스키(앨런 긴즈버그), 준키(허버트 훈케) 등과 함께 머물 곳을 찾아 타임스 스퀘어로 간다. 스미스는 룰루벨의 이복 오빠 폴 제퍼슨을 만나고, 결국 보챔프와 함께 터벅터벅 할렘으로 돌아가 룰루벨의 새 애인이 원래 자기 자리였던 그녀 침대의 옆자리에서 자고 있는 동안 룰루벨의 마루에서 잔다.

일기에서 케루악은 "이 소설이 어디로 향하고 있는지 모른다."고 쓴다. 12월 1일에 「다과회」라는 제목의 장(章)을 추가로 쓰고, 12월 8일에 원고를 타자한다. 그 이야기에서 스미스와 보챔프, 그리고 준키와 레빈스키를 포함하여 다양한 동부 해안의 지하 재즈광들은 마리화나를 피우고 모르핀을 주사하기 위해 피터 마틴의 누이 리즈의 아파트에서 만난다.

여기서 케루악은 움직임의 꿈, 오도 가도 못하는 여정과 내면의 항해를 촉진하는 마약의 보상 등에 관해 서술한다. 리즈 마틴은 검고 붉게 페인트칠한 벽과 커튼, 촛불과 '싸구려 잡화점에서 파는 불교식 연기를 피우는 싸구려 향' 등으로 밀실을 꾸민 반면 자신의 아파트는 프롤레타리아 빈민굴처럼 위장함으로써 적어도 세상이 변형된 것처럼 보이게 된다.

『마을과 도시』에서 케루악은 윌리엄 버로스가 『정키(Junky)』에서 '모호하거나 변천하는 지역들'이라고 칭한 장소들로 어떻게 전후 세대가 흩어지기 시작했는지 추적한다. 인종과 성을 가로지르는 대항문화가 작가와 예술가, 거리의 매춘부와 마약 중독자, 동성애자, 그리고 재즈 음악가 들이 뒤섞여 있는 뉴욕의 작은 지하 공동체들 속에서 등장하기 시작했다. 그러나 피터 마틴과 레이 스미스는 이 변천하는 구역들이 둘러싸여 있고 갇혀 있는 불안한 피난처에 불과하다는 것을 발견했던 것이다. 그들은 움직일 필요가 있었다.

존 클레론 홈스는 "(케루악이) 로웰에서의 가정 파탄, 전쟁 시절의 혼란과 아버지의 죽음 등으로 혼돈에 빠져 믿고 의지할 데가 없어졌는데, 나쁜 상태로 내던져진 이들의 전형적인 특징대로, 뿌리 뽑히거나 빼앗기거나 무력해지거나 굴하지 않고 꾸준히 해 나가는 것에 대해 정서적으로 아주 민감해졌다."라는 사실을 예리하게 주목했다. 케루악에게 있어 『마을과 도시』에 기록된 이런 개인적 상실감과 불안은 움식임의 가능성에 대한 신념으로 이어지며, 자기 변모의 방법으로서 움직임에 대한 미국의 포부를 품은 역사적인 신념과 연계되었다. 휘트먼의 『열린 길의 노래』부터 황량한 빛을 발하는 코맥 매카시의 소설 『로드』(2006)까지, 길 서사는 미국의 문화적 재현에 있어 언제나 중심적이었다. 1949년의 노트에서 케루악은 두 번째 소설의 배경을 길로 정한 것에 대해 "확실한 지침을 주는 신의 메시지와 같았다."라고 말했다.

길은 작가 생활 내내 케루악의 마음을 사로잡았다. 1940년에 쓴 「길이 시작되는 곳」이라는 네 쪽짜리 단편 소설에서는 열린 길의 경쟁적인 매력들과 다시 집으로 돌아오는 기쁨을 탐구하고 있다. 『마을과 도시』는 부분적으로 길 서사다. 조 마틴은 봄꽃 향기와 "고속도로에서 날카롭게 코를 찌르는 배기가스의 냄새, 그리고 별들 아래 식어 가는 고속도로 자체의 열기"에 도취되어, "어딘가, 아무 곳으로나, 서부로 나가는 대단하고 멋진 여행"을 할 운명을 느끼며 미국의 새로운 세대가 가야 할 탐구적 필요성을 구체화한다. 케루악은 이전에 『길 위에서』에서 버려졌던 소재를 개작한 『픽(Pic)』(사후 1971년에 출판)이라는 소설을 대리인 스털링 로드에게 제출했다.

홈스의 말처럼, 케루악은 미국인들이 항상 그러하듯 "서부, 서부적인 건강과 영혼의 개방성, 자유와 기쁨이란 태곳적 꿈을 열망해 왔다." 『길 위에서』에서 계속 여행하는 이방인의 나라는 케루악의 강력한 믿음을 극화한다. 이 믿음은 기본적인 미국의 이상주의, 가정과 일터 둘 다 찾을 수 있는 길 끝에 대한 신념으로, 홈스의 말을 빌리자면 "케루악의 시대에 불법화되어 미국인의 삶의 변방들로 흩어져 버렸다는 것이다. 그 당시 케루악의 가장 집요한 욕망은 그런 변방에서 벌어지는 일을 연대순으로 기록하는 것이었다."

케루악은 그런 변방에서 글을 썼다. 『길 위에서』와 『코디의 환영』에서 두드러지는 미국에 대한 사랑은 미국인이면서 동시에 프랑스계 캐나다인이기도 한 케루악 자신의 이중적인 자의식에서 비롯되었다. 케루악이 탈식민주의 작가라는 이런 생각은 그의 마술적 사실주의 소설 『색스 박사』에서 잘 확인되는데, 여기서 케루악은 살만 루시디가 영국계 인도인으로서의 경험을 『한밤의 아이들』에 새겨 넣은 것과 비슷한 방식으로 미국의 국가적 서사 속에 프랑스계 캐나다인의 경험을 써 넣는다. 흥미롭게도, 케루악은 『길 위에서』와 『색스 박사』를 동시에 작업하면서 두 소설을 합칠 것을 고려하였다. 바로 1950년 여름까지만 해도 『길 위에서』에 프랑스계 캐나다인 화자를 사용하고 있었지만, 그 소설에는 『색스 박사』의 잔재만 남아 있을 뿐이다.

무엇보다도 『길 위에서』의 이야기는 몇 번이고 닐 캐시디에게로 돌아간다. 캐시디는 케루악이 잃어버렸던, 다시 돌아온 형제이며, 동경하던 모험 속 서부의 영웅이며, 케루악 자신의 이중적인 성격 중 디오니소스적 측면의 생생한 표현이다. 케루악이 『코디의 환영』에서 쓴 것처럼, 캐시디는 "내 옆에서 미소 지으며, 철로에서 해가 지는 걸 바라보는" 사람이다. 그러나 그는 또한 파괴적인 존재로, 케루악은 속도에 중독된 그의 사기꾼 같은 신비로운 분위기에서 이따금씩 탈출할 필요성을 느꼈다. 그들은 1947년에 만났지만 1948년 12월까지는 같이 차를 타고 다니지 않았다. 새로운 모험을 할 때마다 케루악은 소설을 좀 더 캐시디 쪽으로 몰고 갔다. 닐 캐시디는 번 포머리 주니어, 딘 포머리 주니어, 딘 포머레이 주니어, 닐 캐시디, 딘 모리아티, 그리고 『코디의 환영』에서는 코디 포머리 등 다양한 이름으로 불렸는데, 케루악은 두루마리 판본에서 그 연관성을 뚜렷하게 밝힌다.

> 닐에 대한 나의 관심은, 아주 솔직하게 밝히자면, 내가 다섯 살 때 죽은 동생에 대해 가졌을 법한 관심이다. 우리는 같이 즐겼고 우리의 삶은 엉망이 된 채 그렇게 거기 있었다. 우리가 얼마나 많은 상황을 함께 겪었는지 당신이 알 수 있을까?

케루악과 캐시디는 12월말 루안 헨더슨, 알 힌클과 함께 두 번의 여행을 하는데, 가구들을 싣고 (케루악이 가족과 함께 크리스마스를 보내던) 노스캐롤라이나 로키 마운트에서 뉴욕의 오존 파크에 있는 케루악의 집까지 왕복했다. 네 사람은 뉴욕에서 신년을 축하한 뒤 빌 버로스와 그의 가족을 방문하기 위해서 루이지애나의 알제로 차를 몰고 갔다. 허버트 훈케와 힌클의 새 아내 헬렌은 강어귀 옆 곧 쓰러질 듯한 버로스의 집에 머물고 있었다. 힌클을 헬렌과 함께 루이지애나에 남겨두고, 캐시디와 루안과 케루악은 계속해서 샌프란시스코로 갔다. 케루악은 2월에 혼자 뉴욕으로 돌아왔다.

1949년 3월 29일, 케루악은 하코트 브레이스 출판사가 『마을과 도시』 출판을 수락했다는 사실을 알게 된다. 기쁨에 찬 케루악은 구상들로 노트를 가득 채우며 『길 위에서』 작업을 계속하고, 4월 23일에 앨런 해링턴에게 편지를 쓴다. "이번 주에 본격적으로 두 번째 소설에 착수해요." 케루악은 빌 버로스가 뉴올리언스에서 마약과 무기 소지 혐의로 체포되었으며, 뉴욕에서는 경찰이 긴즈버그의 아파트를 급습해서 마약과 장물을 발견한 뒤에 앨런 긴즈버그, 허버트 훈케, 비키 러셀과 리틀 잭 멜로디를 체포했다고 보고한다. 친구들의 체포, 자신도 심문받을지 모른다는 두려움과 자신의 소설이 채택되었다는 사실은 케루악으로 하여금 삶의 전환점, "내 '젊음'의 끝"이 왔다고 생각하게 만들었다. 케루악은 "새로운 삶을 살겠다고 결심"했다. 소설의 새로운 판본에서는 더 이상 레이 스미스는 없을 것이었다. 그 대신 마약 혐의로 뉴욕에서 투옥된 상선 선원 레트 물트리가 신과 가족과 서부에 있는 집을 찾게 될 것이다.

5월에 케루악은 천 달러의 선금을 받고 곧 책이 나올 젊은 소설가로서 덴버를 여행했다. 돈을 절약하기 위해 히치하이킹을 하면서, 케루악은 여러 해 동안 꿈꾸어 왔던 가족의 집을 정착시키기 위해서 '안달'했다. 5월 말 일요일 오후에는 "오존에 돌아와 『길 위에서』를 시작했는데, 여기에서는 어렵다. 『마을과 도시』를 시작하기 전에는 꼬박 일 년을 썼다(1946). 그러나 이런 일이 다시 일어나서는 안 된다. 글 쓰는 게 내 직업이다. (……) 그러니 움직여야만 한다."라고 쓴다. 6월 2일에 케루악의 어머니 가브리엘, 그의 누나 캐럴린과 매형 폴 블레이크, 그리고 그들의 아들 폴 주니어가 케루악이 임대한 덴버의 웨스트 센터 애버뉴 6100번지의 집으로 합류했다. 6월 13일 케루악은 『길 위에서』를 "진짜 시작하고 있다."라고 쓴다.

7월 첫 주에 이르러, 케루악은 다시 혼사가 되었다. 가브리엘 그리고 캐럴린과 그녀의 가족은 서부에서의 생활이 만족스럽지 않아 집으로 돌아가 버렸다. 7월 16일, 하코트 브레이스의 편집자 로버트 지루가 케루악과 함께 『마을과 도시』 원고를 작업하기 위해 덴버로 날아왔다.

케루악은 「감옥의 그늘. 『길 위에서』 제1장—1949년 5월~7월」이라는 제목이 붙은 『길 위에서』의 새로운 판본의 도입부 초고 스물네 쪽을 타자치고 교정했다. 원고에는 뉴욕—콜로라도라고 표시되어 있는데, 이는 케루악이 오존 파크에서 자필 초고를 썼으며 이를 서부로 가지고 왔음을 의미한다. 「감옥의 그늘」은 그해 초 케루악이 캐시디와 했던 여행들과 캐시디가 들려준 자신의 소년 시절 관한 이야기들, 『마을과 도시』가 곧 출판될 것이라는 희망에 찬 케루악, 4월에 일어난 친구들의 체포와 투옥 등으로 이루어져 있다. 케루악은 또한 1944년 8월 루시엔 카의 데이브 케머러 살해 사건 후에 중요 참고인 및 방조

범으로 체포되어 단기간 구속되었던 것도 기억하고 있었을 것이다. 이런 낙관주의 박약의 시기에 『길 위에서』의 새 판본은 무엇보다도 신을 향한 케루악의 변함없는 사랑으로 기운을 얻었다.

레드 물트리는 석방되기 전날 밤 할렘 강이 굽어보이는 브롱스 감옥의 감방에서 낡은 창살에 기대 뉴욕에 내리는 붉은 황혼을 쳐다본다. “경찰들 눈에 레드는 이름 없는 신원 불명의 비트족, 그저 또 다른 거리의 젊은이였다.” 갈색 눈이 “햇빛 속에서 붉어진, 키가 크고, 의지가 굳고, 끈질기며, 맑은 정신을 가진” 레드는 스물일곱이며 “언제나 늙어 가고 삶은 어느덧 지나가 버리고 있었다.” 그는 뉴올리언스로 갈 계획이었고 거기에 가기 위해 올드 불에게서 십 달러를 받았다. 뉴올리언스에서 이복동생 번 포머리 주니어와 함께 샌프란시스코로 차를 타고 갈 것이며, 거기서 레드는 아내와 아이와 아버지를 찾아 덴버에 있는 집으로 갈 것이다. 포머리는 캐시디의 재현이며, 하나의 사상이자 텍스트의 먼 지평에 있는 유령 같은 존재로서 고안된 이 소설에서 처음으로 등장한다.

레드는 “수의를 입은 이방인의 꿈같이 꿈속에서 그의 앞에 나타나는 다른 세계의 거대한 현실들”에 사로잡히는데, 그 속에서 그는 ‘아라비아’를 지나며 추격당하고 ‘보호 도시’에서 피난처를 찾는다. 레드는 눈부신 황혼을 쳐다보면서 저녁 하늘에서 본 방향을 따라가기로 결심한다.

> 감옥에서의 이 마지막 밤에 붉은 황혼은 “신이 모두 잘 되게 해 준다.”라고 기도만 하면 모든 게 아주 잘 될 거라고 그에게 말

> 해 주는 광대한 자연의 암시였다. 그는 속삭이며 기도했다. 그는 몸서리쳤다. "나는 정말 혼자다. 나는 사랑받고 싶다. 내게는 갈 곳이 없다." 그가 계속 놓치고 있는 어두운 것이 무엇이든 간에 (……) 더 이상 문제가 되지 않았다. 그는 집으로 가야 했다.

8월, 케루악은 집을 정리하고 샌프란시스코에 있는 닐과 캐럴린 캐시디를 만나기 위해 덴버를 떠났다. 케루악은 『길 위에서』에서 다음과 같이 쓴다.

> 그가 무슨 생각을 하는지, 이제 무슨 일이 일어날 것인지 궁금해서 견딜 수 없었다. 물러설 길은 없었다. 다리는 전부 무너졌다. 뭐가 어떻게 되든 신경 쓰지 않았다.

닐과 캐럴린의 결혼이 붕괴될 참에 케루악은 캘리포니아에 도착했다. 임신한 캐럴린이 닐을 쫓아냈고, 케루악은 그에게 자신과 같이 뉴욕으로 돌아가자고 제안했다. 그들은 동쪽으로 여행하며 미시간 그로스 포인트에 있는 케루악의 첫 번째 아내 에디를 방문했다. 케루악은 이 "기억해 둘 만한 여행은 언젠가 어디선가('비와 강들') 묘사되었다."라고 쓴다. '비와 강들'은 캐시디가 1949년 1월에 그에게 준 노트인데, 케루악은 그곳에 소설의 이야기를 구성하는 여정과 특별한 모험들의 대부분을 기록해 두었다. 케루악이 그의 노트와 초기 소설에서 주제를 규정하고 명확히 표명하려고 분투한 까닭에 서사는, 아마도 처음에는 알지도 못하는 사이에, 이들 여행 일기들에 기록되었다.

8월 말, 잭 케루악과 닐 캐시디는 뉴욕에 도착했다. 두 친구는 롱아일랜드를 돌아다녔다. 케루악이 『길 위에서』에서 쓴 것처럼, 움직이는 데 너무 익숙해져 있었지만 "앞에는 육지가 없고 대서양뿐이어서 더 이상 나아갈 수 없었다. 우리는 서로 손을 잡고 영원히 친구로 지내자고 약속했다." 8월 25일 케루악은 로버트 지루와 다음해 봄 출판할 『마을과 도시』를 계속 준비하는 한편, 스스로 로드 소설의 "게을러 빠진 작업"이라고 명명한 것을 재개하였다. 케루악은 교정본 「감옥의 그늘」 54쪽을 한 행씩 띄어 타자한다. 황혼은 이제 "크고 검은 뭉게구름 사이에 있는 창공의 열린 곳"에서 황금빛으로 나타난다.

> 우주의 주요한 즐거움의 원천은 언제나 거기에 있으며, 언제나처럼 맑았다. 마침내 어떤 이상한 지상의 합류가 구름을 강제로 가르고 마치 약속에 의해 커튼이 젖혀진 것처럼 영원한 빛 자체를 드러냈는데, 그것은 높이 떠 있는 진주 같은 하늘의 불길이었다.

레드의 긴 밤은 케루악의 여정들과 내밀한 신화에서 나온 이름과 이미지들의 목록으로 끝난다. 케루악의 주문(呪文)은 49쪽에서 53쪽에 걸쳐 쓰여 있다. 나머지 타자본이 한 행씩 띄워져 있는 반면 이 쪽들은 행간을 띄우지 않았는데, 앞으로 나올 책, 아직도 쓰일 책, 자꾸 이야기되는 단편들 속에서 상상되는 책을 암시한다.

> 프레즈노, 셀마, 남태평양 철로. 목화밭, 포도, 포도 모양으로

진 땅거미. 트럭들, 황혼, 텐트, 샌 조아킨, 멕시코인들, 오키들, 고속도로, 붉은 노동의 깃발들. 베이커즈필드, 유개화차들, 야자수들, 달, 수박, 진(gin), 여자…….

타자한 원고는 레드가 석방되는 아침 장면으로 끝난다. 레드는 새들이 노래하는 것을 들었고 "일요일 7시를 알리는 교회 종소리가 울려 퍼지기 시작했다."

54쪽 뒷면에는 "1949년 8월 25일 『길 위에서』의 새 출발을 위한 대판 양지(洋紙). 이 쪽들의 뒷면은 새로운 2부의 시작을 위해서 남겨 둔다. 이야기는 이제 막 시작되었다."라는 케루악의 손 글씨가 쓰여 있다. 케루악은 자신이 방금 여름을 보낸 콜로라도를 배경으로 새로운 이야기를 시작한다. 때는 1928년이다. 올드 웨이드 물트리는 자신의 아들 스마일리 물트리와 그의 가장 친한 친구 번 포머리가 일하는 200에이커의 농장을 소유하고 있었다. 올드 웨이드는 '약간의 옛 서부인 기질'을 가지고 있었고, 자기 포드 자동차를 훔치려고 하는 '젊은 부랑배'들에게 권총을 꺼냈다가 총에 맞아 살해당했다. 케루악은 이런 일은 "우리의 주인공들인 레드 물트리와 번 포머리 주니어"와는 아무런 상관이 없다고 쓴다. 8월 29일 일기에 케루악은 다음과 같이 기록한다.

진짜 심각한 일을 재개하면서 내 마음이 게을러졌다는 것을 발견한다. (……) 그리고 왜, 말하자면, 요컨대, 간접적으로 말하자면, 내가 예를 들어 내 아버지가 왜 죽었는지 아직도 이해하지 못하는 것처럼 (……) 아무런 의미도 없고, 모두 꼴사납고, 그리고 불완전하다.

9월 6일에 이르러 이런 일기는 그가 『길 위에서』라고 부르게 된 '히피 세대의 공식 항해 일지'가 되었다. 그는 "1948년 5월 이래 실제로 일하지 않았다."라고 쓴다. "시작해야 할 때다. (……) 내가 소설을 쓸 수 있을지 보자." 그때 케루악이 쓰기 시작한 18쪽짜리 '히피 세대' 이야기는 8월 25일 「감옥의 그늘」 뒷면에서 시작했던 이야기를 감옥 소재를 잘라 내고 이어 쓴 것이다.

레드의 어머니 메리 물트리는 딘 포머리와 연애를 하고 레드의 이복동생인 딘 포머리 주니어를 낳다가 죽는다. 웨이드 물트리의 농장은 그가 죽은 뒤 여러 해가 지나면서 황폐해졌는데, 케루악은 그 죽음이 옛 서부 가치관의 상실, 아버지가 없는 여행객들이 잃어버린 게 확실한, 일종의 북극성 같은 도덕적 나침반의 상실을 의미하는 것으로 본다.

여전히 케루악은 길 근처의 이야기를 쓴다. 길은 레드가 감옥에서 나왔을 때 혹은 케루악이 감옥 에피소드를 대신해서 구축한 배경 이야기에서 레드와 번이 성장했을 때 여행할 수 있게 미래의 시간 속에 존재한다. 케루악은 길 자체가 아니라 왜 길인가에 대해 쓰고 있다. 그는 이야기의 포부에 찬 요소들에 전념한다. 비록 이러한 요소들을 고무했던 사건들, 즉 가족을 서부로 데려오는 일이나 미래가 있는 젊은 소설가라는 자신의 지위 등이 좌절되거나 갑자기 다시 덧없는 것처럼 보이게 되었지만 말이다. 만약 서부에서 성공적으로 가정을 꾸릴 수 없다면 아마 소설도 실패할지 몰랐다. 결과적으로 집을 잃고,

그가 꿈꾸던 서부의 꿈이 좌절되고, 에디와의 결혼이 완전히 파투 나고, 하코트 브레이스에서 받은 천 달러의 '유산'이 공중으로 사라져 버렸을 때, 레드가 삶의 감옥을 떠나 자신의 유산과 자신의 가족에게 집으로 돌아가는 이야기를 쓰는 건 어려웠다.

케루악은 9월의 나머지 시간 대부분을 하코트 브레이스 출판사의 뉴욕 사무실에서 『마을과 도시』의 원고 작업을 하며 보냈다. 이 작업이 끝났을 때, 케루악은 그가 "다시 한 번 『길 위에서』를 시작할 준비가 되어 있다."라고 썼다. 9월 29일 그는 다음과 같이 고백한다.

> 『길 위에서』는 꽉 막힌 상태임을 인정해야 한다. 여러 해 만에 처음으로 나는 무얼 해야 할지 모르는 상태다. 그저 무얼 해야 할지 실질적인 생각 하나도 갖고 있지 않다.

다음 날 그는 "재즈광도 (……) 레드 물트리도 (……) 스미티조차도, 나는 그들 중 누구도 아니다."라고 쓰면서, 쓸 수 없다는 문제를 해결했다고 주장했다.

> 세상은 정말로 문제가 되지 않도록 신이 그렇게 만들었다. 신만은 세상을 위한 목적을 갖고 있다. 우리는 복종을 이해하지 않고서는 알 수 없다. 기도를 드릴 수밖에 없다. 이게 내 '예술'의 윤리 체계이며 그 이유다.

1949년 10월 17일 케루악은 여전히 "『길 위에서』가 정말로 시작되었다고 말하기는 힘들다."라고 쓴다. "1948년 10월 『길 위에서』를 실제로 시작했다. 만 일 년 전이다. 한 해 동안 보여줄 게 많지 않았지만, 첫 해에는 언제나 느리다." 케루악은 여전히 소설이 "곧 움직일 것"이라고 생각했다. 그달 말 케루악은 "빌어먹을. 걱정 말자. 그냥 하자."라고 쓴다. 그는 일 자체에서 방법을 찾아낼 것이라고 믿었지만, "여전히 『길 위에서』가 시작되었다고 느끼지는 않는다."라고 쓴다.

11월 케루악은 「샌 조아킨 계곡의 텐트」와 「마린 시티와 직업 경찰 막사」를 포함한 소설의 에피소드들을 위한 메모를 써 놓았던, 그해 봄에 시작한 「『길 위에서』 읽기와 노트, 1949년」 뒷면에다 '새로운 일정과 계획'을 쓴다. 소설의 행동이 전개될 마을과 도시의 이름들이 표시된 미국 지도 위에다 그는 '길 위에서' 그리고 '더 단순한 스타일로 전환하며-추가적인 초고+시작— 1949년 11월'이라고 쓴다. 이 소설은 뉴욕 감옥에서 시작하여 뉴올리언스, 샌프란시스코, 몬태나, 덴버를 지나 뉴욕의 타임스 스퀘어까지 돌아갈 것이었다. 케루악이 기록한 등장인물의 목록에는 물트리와 딘 포머레이, 슬림 잭슨, 픽의 동생, 올드 불과 메릴루가 포함되어 있다.

새해에 쓴 메모와 원고에서 케루악은 상실, 불안정성과 밀려드는 죽음의 운명이란 주제로 되돌아갔다. 케루악이 프랑스어로 쓰고 번역한 1950년 1월 19일자 10쪽짜리 원고(「프랑스어로 쓴 『길 위에서』」)는 다음과 같이 시작한다.

아버지의 죽음 이후, 피터 마틴은 세상에서 혼자가 된 자신을 발견했다. 결국 자기 아버지가 땅에 깊이 묻혔을 때 할 일은 다름 아니라, 마음속으로 스스로를 죽이고 마침내 불쌍한 육체로 죽기 전에 이것이 마지막이 아니라는 것을 아는 것이다. 그리고 자신이 아이들의 아버지이며 한 집안의 가장이기에 지구라는 이 숙명적인 천체 속을 모험하는 먼지 조각이라는 원형적인 형태로 돌아가게 될 것이다.

죽은 아버지와 신으로서의 아버지를 찾는다는 현재의 주제는, 톰 클락이 썼던 것처럼 죽음이 "(케루악이) 삶을 이해하는 기조이며, 그의 작품에서 깊은 흐름들을 움직이며 케루악 자신이 '밝게 나타나는 피할 수 없는 슬픔의 깊이'라고 명명한 것을 부여하는 역류"였다는 점을 알려 준다. 동생 제라드, 아버지 리오, 가장 친한 친구 세바스티안 등의 죽음. 1943년 2월 3일 어뢰에 의해 침몰된 S. S. 도체스터 전함의 익사한 선원들에 포함된 그의 친구들. 전사자들과 히로시마 사망자들. 케루악의 말처럼, 그때의 폭탄은 "우리의 다리와 강둑 들을 모두 파괴해 눈사태 더미같이 잡동사니로 만들 수" 있는 것이었다. 그리고 그것은 꿈속에서 국토를 가로지르며 여행객을 쫓아오는, 수의 입은 이방인의 형태를 한 죽음이다.

불교에 대해 알기 오래 전 케루악은, 『코디의 환영』에서 쓴 것처럼 정확히 우리가 곧 '모두 죽을 것이기' 때문에, 살아가는 경험이 죽을 운명이라는 견고한 지식에 의해 고통스럽게 의미를 잃을 뿐만 아니라, 모든 사소한 일들에 그리고 모든 순간에 축하를 받아야 한다는 세계관을 직관적으로 감수하려고 시도했다. 케루악은 글 쓰는 행위 속에서 이런 상실감을 벗어 버린다. 무슨 일이 벌어졌는지 말하고, 상실하기 전에 적어 두고,

자신의 삶과 친구들의 삶을 신화로 만든다. 이런 긴박감이 케루악으로 하여금 자신의 글에서 '꾸며 낸' 이야기들을 벗겨 내도록 강요한다. 삶의 비연속성과 고통의 불가피성은 현상 세계에 대한 케루악의 고양된 감수성과 민감성을 깨우치고 유발한다. 앨런 긴즈버그가 "열린 마음"이라고 명명했고 케루악 자신이 "모든 것에 순종하며, 열려 있고, 듣는 것"이라 묘사했던 것이 소설 본문으로 귀결되는데, 매력적인 마법적 특성의 재현과 삶을 긍정하는 찰나적인 세부 묘사가 두드러진 특색이다.

케루악은 1950년대 초기 몇 개월 동안 "나는 부자가 될 것인가 아니면 가난해질 것인가? 유명해질까 아니면 잊힐까?"라고 질문하면서 자신의 첫 소설의 출판을 걱정스럽게 기대했다. 2월 20일에는 "내가 곧 부자가 되고 유명해질 것이라는 사실에 점점 웃음이 나온다."라고 고백한다. 『마을과 도시』는 1950년 3월 2일 발간되었고, 3월 8일 케루악은 출판의 "소용돌이 같은 혼란이 『길 위에서』의 작업을 방해했다."라는 점을 인정한다. 『마을과 도시』가 재정적으로 성공하지 않을 것이 명백해지면서 그는 돈 그리고 "영원히 일할 수는 없다."라고 썼던 어머니에 대해 다시 걱정하기 시작했다. 자신의 소설에 대한 '불공평한' 세간의 평판에 이러한 걱정들이 더해져 그는 글을 쓸 수 없게 되었다. 그는 4월 3일에 "책이 많이 팔리지 않음. 부자가 될 운명이 아니었음."이라고 쓴다.

케루악은 1950년 6월에 윌리엄 버로스의 초대를 받아 프랭크 제프리즈, 닐 캐시디와 함께 덴버에서 멕시코시티로 여행했다. 캐시디가 멕시코를 떠난 뒤 케루악과 제프리즈는 윌리엄과 조앤 버로스가 임대한 집 건너편 인수르헨테스 대로의 아파트로 이사했다. 케루악은 덴버에 사는 친구 에드 화이트에게 7월 5일에 쓴 편지에서 "특히 내가 써야 하는 두 번째 소설의 많은 문제점 및 고려 사항들과 관련해서" 멕시코 마리화나를 피우면서 촉진된 "1.5마일(2.4킬로미터) 높이" 의식의 "모든 차원들"을 조사할 작정이라고 설명했다. 그가 마약에 취해 있을 때 쓴 문장으로 보인다.

그는 마리화나를 피울 때 종종 프랑스계 미국인의 모국어인 프랑스어로 "깊은 무의식적 생각들"을 만나고, 윌프리드 봉쾨르라는 주인공을 창조하게 되었다고 썼다. 그는 프랑스계 캐나다인이지만, 그의 모호한 탈식민적 지위는 그의 '영국적 어리석음'에 의해 제시된다. 케루악은 자신이 의식적으로 작업하고 있는 서술 전통의 기본 텍스트를 언급하면서 봉쾨르가 '주인공 돈키호테에게 있어서의 판자'처럼 행동할 '쿠쟁'이란 이름의 동반자와 함께 여행하도록 만들 의도가 있었다고 썼다. 그해 여름 케루악은 멕시코에서 갖고 있었던 120쪽짜리 「『길 위에서』 초고」에 소설 프레디 '굿하트'를 위한 메모를 한다. 봉쾨르는 그의 아버지 스마일리가 죽었다는 이야기를 들어 왔지만 "나는 그걸 믿지 않았다." 프레디가 열다섯 살이 되었을 때 그는 자기 아버지가 "실제로는 살아 있지만 누구도 어디 있는지 모른다."라는 말을 듣고, 쿠쟁과 함께 아버지를 찾으러 길을 나선다.

결국 열다섯 살의 프레디가 소설을 제대로 이야기하기에는 너무 어릴지도 모른다는 걱정에 케루악은 다시 한 번 방침을 바꾼다. 소설의 화자는 여전히 프랑스계 캐나다인이었지만 그는 "프랑스계 캐나다인 화자는 나다."라고 쓴다. 그런 다음 케루악은 "톰 울프같이 직설적인 자서전을" 쓴다는 생각을 거부한다. '전형적'이지 않게 쓸 것이기 때문이었다. 대신 그의 화자는 떠돌아다니는 프랑스계 캐나다인 '요리사' 스미스가 된다.

멕시코 일기에서 케루악은 다음과 같이 쓴다.

> 그러나 계속해서 생각하고 영원히 더 많이 상상할 수 있으며 생각들을 넣을 보따리를 집어 들겠다는 결정 없이 멈출 수 있다. 생각하는 걸 포획하여 작품으로 바꾸고, 사상을 책으로 바꾸라.
>
> 1948년 10월 이래(즉, 일 년 반 넘게) 이 길 사업에 관한 기록은 충분하니 그걸 쓰기 시작하자.
>
> 나는 그러고 있다.
>
> 요리사가 그 녀석이다.

8월에 리치몬드 힐로 돌아온 케루악은 「개인적 원고. 길을 나섬에 관한 것. 첫 번째의 완벽한 표현 및 약간의 예술적 수정들」을 타자했다. "아직 길 위에 나설 준비가 전혀 되지 않은" 요리사 스미스는 자신이 누구이고 어디에 있는지 알지 못한 채, 나이가 더 들어 가고 죽음이 더 가까워지고 있다는 것에 대해 '텅 빈 마음'의 공허만을 느끼면서, 아이오와 디모인의 여관방에서 깨어난다. 스미스는 즉석요리 일터에서 아버지의 죽음에 관한 블루스를 불러 준 보답으로 늙은 흑인 부랑자에게 공짜 햄버거를 만들어 준다. 그는 여러 달 동안 아이오와에 머문 후 히치하이크를 해서 덴버에 있는 자기 아내 로라에게 가기로 결정한다. 신이 "그의 마음을 양털로 건드리면서" 그녀가 여전히 자신의 여자라는 걸 말해 준 다음이었다. 스미스는 16달러의 여행 경비를 위해 독일인 집주인 소유의 유럽 책들이 대부분인 상자를 처분하려 한다. 스미스는 아이오와의 "슬프고 붉고 유럽적인 빛" 속에서 그 책들을 팔거나 누군가에게 줘 버리는 것조차 실패한다.

스미스는 서쪽으로 가는 길에서 히치하이크를 하는 젊은 흑인 남자를 만난다. 슬림 잭슨일지도 모르는 남자가 걸어서 시야에서 사라져 버리는 걸 본 뒤에, 스미스는 텍사스인 트럭 운전사의 차에 타서 잠을 잔다. 그때 스미스는 수의를 입은 이방인에 의해 쫓기는 레드 물트리의 꿈을 꾼다. 그는 어떤 "아라비아의 땅에서 보호 도시"로 도망치려고 하고 있었다.

깨어난 뒤에 트럭 운전사는 스미스를 아이오와 스튜어트에 내려 준다. 거기서, 낮에는 히치하이킹을 하고 밤에는 차를 훔쳐서 노트르담 미식축구 시합을 위해 동쪽으로 여행하는, 말이 많고 자유롭고 태평스러운 '번호판 도둑'을 만난다. 딘 포머레이라는 이름의 그 젊은이는 그들이 덴버의 웰튼 가와 15번가의 모퉁이에서 만났었다는 것을 스미스에게 상기시킨다. 이 이야기는 스미스와 포머레이가 스튜아트 통신실의 대합실에 앉아 이야기하는 장면으로 끝난다.

「길을 나섬」은 감금하고 위협하는 유럽의 문학적 전통에서 자신의 목소리를 찾으며 자신의 창조적 자아를 자유롭게 하려는 케루악 내면의 투쟁을 더욱 극화한다. 스미스가 식당의 권태로운 웨이트리스를 쳐다보고 있는데, 그가 책을 운반하던 상자의 구멍에서 낡은 책들이 머리 위로 쏟아진다. 스미스는 유럽 문학의 폭포 밑에 서서 그가 쳐다보고 있던 젊은 미국 여성을 향해 자신이 '끔찍한 자세'를 취하고 있다는 걸 알게 된다. 이런 중량감 있는 상징주의는 과거의 동쪽과 미래의 서쪽의 교차점에서, 자기가 어디 있는지도 모르는 샐 파라다이스가 버스에 앉아, 소년 시절의 우정과 사랑과 상실감에 관한 알랭 푸르니에의 위대한 소설 『몬 대장』 대신 미국의 경치를 구경하는 걸 택하는 모습을 통해 매끄럽게 제시된다. 요리사 스미스가 딘 포머레이와 합류하면서, 케루악은 "슬프고 붉고 유럽적인 빛", 그리고 미국에 있는 "모든 사람을 향해 되돌아" 여행하려는 유럽 책들의 자세를 뒤에 남겨 두게 된다.

여전히 고집스럽게 지지부진한 소설 작업을 이 년 넘게 계속하며 케루악이 느끼고 있던 좌절감은 이 이야기 끝에서 신에 대한 직접적인 호소로 나타난다.

> 포머레이는 너무 흥분해서 정상적 — '신이여, 도와주소서. 나는 길을 잃었나이다.' 같은 — 으로는 그로 하여금 온갖 것을 흥분해서 설명하게끔 몰고 가는 이런 것들 중 어느 것도 감지하지 못했다.

케루악은 표지 뒷면에 자신에 대한 비판을 썼다. "멍청이처럼 마비된 삶."

케루악은 「길을 나섬」을 로버트 지루에게 보냈는데, 그는 바로 퇴짜를 놓지 않고 개작을 제안했다. 1950년 가을 케루악은 "하루에 대형 마리화나 담배를 세 개비씩 피워 대며 항상 불행에 대해 생각했다." 그는 한때 『길 위에서』가 "미국인들 자신의 목소리로 서술되는" 야심찬 미국 시사 연재소설들 중 하나라고 상상했다. 열 살짜리 아프리카계 미국인 소년 픽이 "길 위에서의 모험"을 서술하는 한편, 연재되는 다른 책들은 "멕시코인, 인디언, 프랑스계 캐나다인, 이탈리아인, 서부 사람, 예술 애호가, 전과자, 부랑자, 재즈광 등 더 많은 사람들"에 의해 서술될 것이었다. 그러나 그의 목소리는 어디에 있는가? 「길을 나섬」을 개정하는 대신, 그는 다시 시작했다.

1950년 10월 20일 수요일에 그는 「길 위의 영혼」이라고 제목을 붙인 새로운 판본의 로드 소설을 손으로 쓰기 시작했다. 다섯 쪽짜리 원고는 다음과 같이 시작한다.

> 해가 져 버린 미국의 어느 밤, 아름답게 광택이 나는 황금빛을 공기 중에 발산해 더럽고 오래된 건물들을 세계 사원의 벽들처럼 보이게 만드는 뉴욕의 겨울 오후 4시에 시작하여 (……) 그런 다음 대서양으로 경사져 내려가기 전에 미 태평양 연안을 향해 돌출된 미개척지 위로 3200마일(5100킬로미터)을 질주하듯 제 그림자보다 멀리 날아 밤의 후방에 있는 커다란 수의가 우리의 지구로 부지중에 다가와 강들을 어둡게 하고 산봉우리를 덮고 마지막 해변을 끌어안을 때, 더 거대한 뉴욕의 오존 파크 지역에 있는 약국 위 가브리엘 케루악 부인의 문을 노크하는 소리가 났다.

문 앞에는 닐 캐시디가 있다. 미국의 "돌출된 미개척지" 위로 지는 해, "강들을 어둡게 하고 산봉우리를 덮고 마지막 해변을 끌어안"으려는 밤의 이미지들은 「감옥의 그늘」에서 가져온 것이며, 물론 출판된 소설의 마지막 문단에 다시 등장할 것이다. 다시 배열된 순서에는 케루악이 덧붙여 쓴 에피소드, 즉 잭 케루악이 스페인계 할렘 빈민가의 아파트에서 닐 캐시디를 처음 만난 이야기를 하고 캐시디가 오존 파크에 와서 케루악에게 글 쓰는 걸 가르쳐 달라고 요구하는 등 출판본 도입부의 모든 요소들이 갖춰져 있다.

원고의 "그리고 벤자민 발룬이 문으로 갔다."라는 행에서 케루악은 '벤자민 발룬'이란 이름을 지우고 '잭 케루악'이란 이름을 넣는다. 또한 원래 문가에 있는 게 "딘 포머레이였다."라고 썼던 것 중 '딘 포머레이'를 '닐 캐시디'로 대체한다. 3쪽부터 벤과 딘은 잭과 닐이 된다.

3

이런 계기 외에 무엇이 그를 1951년 4월 삼 주간의 폭발적인 글쓰기로 유도했을까? (1952년에 발간되었고 케루악과 캐시디의 초상이 크게 실렸으며 케루악은 1951년 3월에 읽었을, 『가자(Go)』라는 소설을 쓴) 존 클레론 홈스, 대실 해미트의 이동성 산문, 그리고 원고 상태에 있던 버로스 특유의 (그때는 '정크(Junk)'라고 불렸던) 틀에 박힌 소설 등이 케루악과 대체적으로 우호적인 경쟁 상태에 있었다는 것도 주된 영향으로 봐야 한다. 하지만 핵심적인 중요성은 1950년 12월 27일 케루악이 리치몬드 힐에 있는 자기 어머니의 아파트 앞 계단에서 집어 들었던, 닐 캐시디에게서 온 '존 앤더슨과 체리 메리'라는 장문의 편지에 있다. 케루악은 같은 날 성적(性的) 불운에 관한 캐시디의 급박한 이야기에 대해 화려한 문체로 쓴 답신에서 캐시디의 이야기가 "지금까지 미국에서 쓰인 것 중 최상급에 속한다."고 생각한다고 말하는데, 이는 그 편지가 케루악에게 미친 영향력이 즉각적이고 복합적이었다는 점을 시사한다.(조앤 하버티가 캐시디에게 쓴 27일자 편지에서도 케루악이 "(그 편지를) 시내로 가는 전철에서 읽었고 (……) 카페에서 그걸 읽느라 두 시간을 더 보냈다."라고 말한다.)

「길 위의 영혼」은 케루악이 이미 자전적인 소설 쪽으로 옮겨 갔음을 보여 주지만, 아직 일인칭 화자로의 결정적인 전환은 하지 않았다. 캐시디가 "할리우드 회상 장면"이라고 명명한 것들에 의해 중단되고 차단되는, 길고 빠르고 성적으로 솔직하고 자세한 캐시디의 일인칭 이야기는 케루악이 이미 향하고 있던 방향으로 더 나아가도록 확신을 주고 격려했다. 그 편지 가운데 남아 있는 것은 캐시디의 책 『처음 세 번째』에서 「유령을 보았던 게 전부는 아니었다……」로 출판되었다. 그 단편은 케루악이 소설에서 멋지게 포착해 낸 목소리와 로런스 펄링게티가 캐시디의 "재촉하는 목소리"라고 명명한 것과 고백과 허풍이 흥미롭게 뒤섞여 있다. 펄링게티의 말처럼 캐시디의 산문은 "소박하고, 원시적이며, 얼마간 숫된 매력이 있고, 익살맞으면서 고풍스러우며, 종종 어렵고 제 말을 곱씹으며 급선회하고, 마치 사기꾼 같기도" 하다.

캐시디는 1951년 3월 17일 긴즈버그에게 이렇게 말했다. "내 대단한 편지를 갖고 당신네 두 사람이 저지른 온갖 미친 짓 때문에 그저 전율이 흘러넘치지만, 우리는 여전히 내가 어떤 조짐이며 꿈이라는 걸 알지. 그래도 역시 그 결점들로 인해 얼굴이 붉어지지만, 사흘간 계속된 벤제드린의 오후와 저녁의 더 많은 시간을 그 빌어먹을 게 차지했다는 걸 알아주길 바라네. 그러니까 그걸 위해 정말로 열심히 작업했고 약간이나마 내 정수를 간신히 뽑아냈으니, 얼마라도 금전적 가치가 있다면 그건 대단한 거야."

케루악이 캐시디의 편지에 아주 흥분했다는 건, 이런 방법을 그도 구사할 수 있을지 모른다는 점을 시사한다. 케루악은 때때로 자신이 곧 적용할 새로운 방법을 위한 규칙을 쓰고 있는 것처럼 마치 혼잣말을 하듯 소리를 냈다. "조이스, 셀린, 도스티(도스트옙스키)와 프루스트의 (……) 최고의 스타일을 모두 모은다. 그리고 자기 서술 스타일이 힘차게 도약하고 자극될 수 있도록 그것들을 이용한다. (……) 공들여 속도를 내서 쓰면 나중에 손볼 수 있다."

앨런 긴즈버그가 아래에 기록한 것과 같이, 케루악은 그 다음 이 주에 걸쳐 캐시디에게 보낸 열 통의 편지에서 캐시디의 방법을 채택하고 확장하여 하나의 스타일을 개발해 냈다.

두 친구가 서로에게 벌어졌던 모든 일을 길게 고백한다. 모든 세세한 것, 잔디밭에 떨어져 있는 여자의 음부 털 하나하나를 포함하여, 시카고 버스 정류장에서 번득이며 지나간 오렌지색 네온등에 눈을 조금 깜빡인 매순간 등 두뇌의 심상 뒤에 있는 모든 것들을 말이다. 이는 고전적인 형태의 정확한 구문론적 순서를 반드시 따르지 않아도 되는 문장들을 요구하고, 대시(—)로 중단되는 것을 허용하고, 문장이 중간에 끊기거나 (문단에 가까운 삽입구로) 방향을 바꾸는 것을 허용했다. 자기 회상, 중지, 사소한 덩어리들로 서너 쪽이 이어지지 않는 이상 마침표가 오지 않는 개별 문장들을 허용함으로 해서 특정한 주제(길 이야기)와 특정한 관점(두 친구가 늦은 밤에 만나 도스토옙스키의 등장인물들처럼 서로를 알아보고 서로에게 어린 시절 이야기를 하는 식) 주변에서 몽상하는, 일종의 의식의 흐름 같은 것에 도달하게 된다.

대개 캐시디에 대한 우발적인 반응이라 볼 수 있는 케루악의 편지들은 또한 「길 위의 영혼」이라는 제목으로 나온, 그가 1950년 12월 13일 처음 만든 메모들과 단편 에피소드들과 세부적인 전개들 속에서 많이 찾아볼 수 있다. 이런 메모들 중 서른다섯 개의 번호가 붙은 「회상록」이 있는데, 케루악의 어머니가 케루악의 "똥구멍에서 벌레들을" 찾아낸 이야기부터, 루핀 도로 근처 길에서 그가 "자전거로 전속력을 달려" 내려가던 것, 그리고 레이크뷰 에버뉴의 흉가 같은 "마이티 스네이크 힐 캐슬" 등의 이야기 중 많은 것을 케루악이 캐시디에게 보낸 편지들 속에 작업해 넣었다. 하지만 이것이 케루악에게 보내는 조앤 앤더슨 편지의 촉매적인 중요성을 축소하지는 않는다. 존 클레론 홈스는 케루악이 다음과 같이 말한 것을 기억한다. "두루마리 종이를 구해서 타자기에 끼워 넣고 될 수 있는 대로 빨리 써 내려갈 거야. 정확히 있었던 일인 것처럼 말이지, 한꺼번에 쇄도하듯이 말이지, 이런 빌어먹을 가짜 구조들, 그건 나중에 걱정하지 뭐." 케루악은 두루마리에다 "수년 내에 (캐시디가) 위대한 작가가 될 것이다."라고 쓰고, 이게 그가 캐시디의 이야기를 쓰는 이유임을 암시한다. 케루악은 조앤 앤더슨 편지를 읽고 답신으로 일련의 편지들을 쓴 후에 『길 위에서』가 틀에 박힌, 관습적인 스타일로 쓰여야 한다는 점과 그 자신은 "허구와 두려움을 버려야 한다. 진실을 쓰는 것 말고는 할 게 없다. 쓰는 데는 다른 이유가 없다."는 점을 확신했다. 이 소설은 캐시디를 처음 만난 1947년 이래 그와 함께한 다섯 번의 미국 횡단 여행을 열거할 것이며, 지난여름의 멕시코 여행 이야기로 끝날 것이었다.

1951년 4월의 그 삼 주 동안 케루악은 어떻게 작업했던가? 몇 년 뒤 필립 웨일런은 케루악이 그때 처음 습관을 붙였던 글쓰기 방식을 상상하게 해 주는 보고서를 다음과 같이 썼다.

> 그는 타자기 앞에 앉아서— 그는 주머니에 들어가는 노트를 세 권 가지고 있었는데, 타자하는 책상 위 왼쪽에 그 노트들이 펼쳐져 있곤 했다.— 타자를 쳤다. 그는 지금까지 봤던 어떤 사람보다도 더 빨리 타자할 수 있었다. 그가 타자를 치고 있을 때 들리는 소음이라고는 타자기의 (용지를 감아 넣는) 캐리지가 되풀이하여 제자리로 돌아오는 소리가 전부였다. 작은 종소리같이 땡땡, 땡땡, 땡땡하고 울렸던 것이다! 믿을 수 없이 빨랐고, 전신 타자기보다 더 빨랐다. (……) 그러다 그는 실수를 했는데, 새로운 문단으로 넘어가 버리거나 복사를 하는 과정에서 덧붙은 것 같은 우스운 반복 구절로 들어가곤 했다. 그러면 아마도 그는 노트 페이지를 넘겨 들여다보고는 그게 좋지 않다는 걸 깨닫고 그 페이지의 일부 혹은 페이지 전체에 가새표를 치고 지워 버렸을지 모른다. 그리고 다시 조금 더 타자하고 페이지를 넘기고, 또 전부 타자하고, 다음 페이지를 넘겨 또 타자했다. 그는

소리치고 웃으며 그런 일을 계속하면서 매우 즐거운 시간을 보냈다.

홈스가 기억하기로 케루악은 "첼시에 있는 크고 기분 좋은 방"에서 작업했다. 그의 노트와 편지 들, '자기 지침' 목록이 "각 장(章)의 안내서처럼 타자기 옆에 놓여 있었다." 케루악이 사용했던 것은 전신 타자기 용지가 아니라 친구 빌 카나스트라가 갖고 있던 얇고 긴 도화지였다. 카나스트라가 뉴욕 지하철에서 사고로 죽은 후 케루악이 웨스트 20번가에 있는 그의 집으로 이사하면서 그 종이를 물려받았던 것이다. 통째로 이어져 있는 종이를 보자 케루악의 마음에 어떤 이미지가 번득였다. 그가 기억하고 있는 길처럼 길게 말려 있는 종이는 그가 멈추지 않고 빨리 그 위에 쓸 수 있음을 의미했다. 그래서 그 종이는 끝없는 페이지가 되었다.

케루악이 의식적으로 두루마리를 만들었다는 건 명백하다. 종이를 다양한 길이로 여덟 조각내서 타자기에 맞도록 모양을 맞추었다. 종이에서 연필 표시와 가위질 흔적을 여전히 찾아볼 수 있다. 그런 다음 테이프로 조각들을 이어 붙였다. 그가 각 장이 끝날 때마다 테이프로 붙였는지, 아니면 전부 다 끝날 때까지 기다렸는지는 알려져 있지 않다.

알려진 바와 달리 두루마리에는 대부분의 경우 관습적으로 구두점이 찍혀 있으며, 각각의 새로운 문장을 시작하기 전에 스페이스 키를 누르기도 했다. 하나의 문단은 죽 이어진다. 출판된 소설처럼 다섯 개의 부분으로 구성되어 있다. 그의 작품이 벤제드린을 연료로 공급받았다는 전설에 관해서는 케루악이 캐시디에게 했던 말을 참고할 수 있다. "나는 커피에 의존해서 그 책을 썼어. 이 규칙을 기억해. 벤제드린, 홍차, 내가 아는 어떤 것도 커피만큼 진정한 정신력과 활기를 주지는 못해." 케루악 자신이 언급한 대로라면 그는 평균적으로 "하루 6000단어. 첫날 1만 2000단어. 마지막 날 1500만 단어"를 썼다. 케루악이 8만 6000단어를 썼다고 추산했을 때 에드 화이트에게 쓴 편지에서, "나는 날짜나 걱정거리를 모른다. 삶은 이미 버찌 맛을 아는 내 이로 하나씩 하나씩 깨물고 싶은, 즙 많은 버찌가 담긴 주발이다. 어째서?"라고 쓴다.

케루악은 작가와 화자 '나' 사이의 구별을 극적으로 붕괴시킨다. 그는 텍스트의 진전을 통제하기 위해 이중적 관점의 서술을 포함하는, 확립된 소설 작법의 기술을 활용한다. 점(.)이나 대시(—)같이 문장들을 끊기 위한 즉흥적인 기호들과 함께 저돌적이며, 막역하고, 두서없으며, 마구잡이며, 그리고 '사실적인' 것들이 파도처럼 저절로 쌓인다.

여기에 당신이 전에 읽었던 대부분의 것들과는 다른 흥미로운 차이가 있다. 즉, 진지하고 달콤하게 이어지는 케루악의 "가슴으로 느끼는 말"이라고 앨런 긴즈버그가 명명한 것의 비교할 수 없는 친밀감이 있다. 아마도 처음에는 주변의 모든 사람과 모든 것을 태워 버리는 닐 캐시디의 에너지에 눈이 부시겠지만, 소설의 핵심에는 또한 잭 케루악의 탐구가 있다는 점, 그리고 밤잠을 설치고 나날을 채우는 똑같은 질문을 그가 계속하고 있음을 이해하게 된다. 삶이란 무엇인가? 수의를 입은 이방인, 즉 죽음이 발뒤꿈치까지 왔을 때 살아 있다는 것은 무엇을 의미하는가? 도대체 신은 그의 얼굴을 보여 줄 것인가? 기뿜이 어둠을 걷어 버릴 수 있을까? 이런 탐구는 내면적이지만, 마법 같은 미국의 경치를 깨달아 시처럼 묘사하는 길의 교훈들은 영적인 여정을 밝게 비추고 더 자세히 설명해 주기 위해 적용된다. 케루악은 길이 삶의 행로이며 삶은 곧 길이라는 사실을 이해받기 위해서 글을 쓴다.

케루악은 길로 향할 예정인, 혹은 캐럴린 캐시디가 말하는 "경로 지도를 만드는" 다른 종류의 "책임"을 가진 사람들에게 길의 수고로움을 감추지 않는다. 이 소설에서 놀랄 만한 것은 학교나 일터에 갇혀 앉아 있는 그곳의 창문을 통과하면, 아마도 도시가 끝나는 곳이나 저 다음번 언덕을 넘어서면, 신과 자기실현 그리고 변화 가능한 자유가 바로 거기에 있다는 생각이다. 이것은 심장을 쿵 하고 때리며 귓속에서 피가 고동치게 한다. 종교적인 구도자이며 꿈과 이상의 작가인 케루악은 그런 의미에서 하나의 원천이다. 만약 대답들을 찾으려고 작정하고 있다면 말이다. 일단 그런 종류의 빛이 지속된다면 계속 머물며 언제나 찾게 될 것이다. 그가 캐시디에게 "온갖 스타일을 동원하는 게 목표야. 그럼에도 불구하고 비문학적이 되기를 열망하지."라고 이야기한 적이 있다. 『길 위에서』의 두루마리 판본을 읽으면, 우리가 읽고 있는 것에 대한 이해를 그렇게도 의식적으로 방해하면서 그 책이 "『마을과 도시』에서 그리고 사실상 이전의 미국 문학에서 완전히 떠났음을 뜻한다."라고 캐시디에게 말했던 케루악의 주장이 옳다는 것을 알 수 있다. 『길 위에서』는 십 년이나 일찍 나온 논픽션 소설이다.

4

『길 위에서』가 나오기 전 육 년 이상, 출판과 관련한 어느 누구도 두루마리 원고를 읽어 본 적이 없었다는 것은 주목할 만하다. 케루악은 이 소설을 즉시 개정하기 시작했다. 케루악의 전기 작가 폴 마허는 다음과 같이 기록한다. "『길 위에서』는 외관상 보다 관습적이고 출판사에 매력적이게 보이도록 분리된 각 쪽에 타자되어 있다. (……) 책은 몇 쪽에 주석을 휘갈겨 썼고, 식자용 지침을 첨가했고, 몇 쪽에 줄을 그어 지웠고, 텍스트에 삽입할 내용들을 제안했다. (……) 책이 1951년 4월에 원래 썼던 텍스트를 유지하겠다고 주장했다는 이전 전기 작가의 주장과 달리, 그는 말콤 카울리가 원고를 줄일 것을 제안하기 전에 이미 『길 위에서』를 줄였다." 1951년 5월 22일, 케루악은 4월 22일에 두루마리를 끝내고 "타자하고 교정하는" 중이라고 캐시디에게 말했다. "그러기를 서른 날, 너에게 편지를 쓰기 위해 책이 끝나기를 기다리고 있어." 케루악은 또 로버트 지루가 이 소설을 "보려고 기다리고" 있다고 썼다.

따라서 이 소설의 현존하는 초고라고 알려져 있는 것은 두 개다. 많은 행을 삭제하고 몇몇 쪽 이면에 손으로 삽입할 내용을 써 놓은, 심하게 교정한 297쪽짜리 초고, 그리고 케루악과 바이킹의 편집자인 헬렌 테일러가 같이 교정한 347쪽짜리 초고다. 두 원고 모두 날짜가 적혀 있지 않아 이 초고들 사이의 관계를 비교하고 해석하기 위해서는 더 많은 지식이 필요하다. 케루악이 원래의 두루마리 원고를 끝낸 뒤에 그 위에 작업을 하던 것이 297쪽짜리 초고일 가능성이 높아 보이지만, 347쪽짜리 초고가 언제 쓰였는지는 불분명하다. 케루악과 바이킹이 1955년 가을까지 이 초고를 가지고 일하고 있었다는 증거가 있다. 1955년 9월, 10월에 케루악과 말콤 카울리가 주고받은 편지들에는 '딘 모리아티', '카를로 막스', '덴버 D. 돌'이 언급되어 있다. 이 이름들은 347쪽 초고에서만 사용되었다. 너새니얼 태니 화이트혼(원고를 검토하기 위해서 바이킹이 고용했던, 헤이즈, 스크랙, 앱스타인 앤 허츠버그 사무실에서 온 변호사)이 종합하여 1955년 11월 1일 바이킹에 제출한 명예 훼손 보고서에 있는 쪽 표시도 347쪽 초고와 일치한다.*

---

* 『길 위에서』의 297쪽짜리 초고의 겉표지 한쪽 면에는 '비트 세대(The Beat Generation)'라는 제목이 자필로 조심스럽게 쓰여 있는데, '길 위에서(On the Road)'는 그 위에 덜 조심스럽게 쓰여 있다. '길 위에서'라는 제목의 반대쪽에 대문자로 타자된 다섯 단어의 부제목은 짙게 지워져 있고, 그 첫 번째 세 단어가 '길 위에서'라고 읽힌다. 케루악은 제목 바로 밑에 '존 케루악 씀(by John Kerouac)'이라고 타자한 뒤 '존'을 지우고 그 위에 대문자로 '잭(JACK)'이라고 수기했다. 이 쪽 오른편 아래 구석에는 케루악이 자기 이름을 '존'이라고 타자했다가 지운 흔적이 있다. 이 바로 아래에 그의 주소가 타자되어 있는데, 부분적으로 읽을 수 있는 노스캐롤라이나의 주소와 함께 케루악의 매형 '폴 블레이크' 전교(轉交)라고 타자되어 있다. 이 주소는 진하게 지워져 있고 케루악은 다시 '뉴욕 주, 뉴욕 시, 이스트 7번가 206번지 앨런 긴즈버그 전교'라고 손으로 썼다. 다른 쪽에 소설 다섯 편의 제목이 있다. '마약에 취하고 계속 취해 있고'(위에 타자되었다가 지워져 읽을 수 없는 교체용 제목이 있다.) '나는 밤새도록 운전할 수 있다.' '한 시간에 150마일' '길바닥' 그리고 '더 이상 말할 수 없다.'

한 행씩 띄어 타자된 텍스트는 여덟 쪽의 도입 문단으로 시작하는데 "아버지가 죽고 모든 것이 죽었다고 생각한 지 오래지 않아(수기함.) 딘을 처음 만났다.(타자됨.)"이라고 시작된다.

347쪽짜리 초고는 타자되어 있는데, 동일한 종이가 아닌 곳에 한 행씩 띄어 타자되어 있다. 이 텍스트는 케루악이 첨삭했고 바이킹의 편집자 헬렌 테일러에 의해 더 심하게 편집되어 있다. 347쪽 오른편 구석에 "뉴욕 주, 뉴욕 시, 이스트 케루악은 1951년 가을에 『길 위에서』를 개정하다가 『코디의 환영』을 쓰기 시작했다. 이 텍스트들의 관계는 무척 복잡하다. 분명히 독자들은 『길 위에서』의 원본 두루마리 판본과 출판본 소설의 차이에 관심이 많겠지만, 소설이 출간되면서 원본 두루마리에서 삭제된 장면들에 대해서만 이야기하면 케루악의 초고 수정 과정을 무시하게 되며, 그가 소설을 쓰는 문제에서 케루악 자신을 소외하게 된다. 출판된 소설에 존재하지 않는 장면들과 에피소드들이 두루마리에 있는 것은 확실하지만, 그 텍스트는 케루악에 의해 시작되고 로버트 지루, 레이 에버렛, 앨런 긴즈버그, 말콤 카울리, 너새니얼 화이트혼과 헬렌 테일러 등 수많은 독자, 편집자, 법률가들에 의해 영향을 받은, 초고를 고쳐 쓰고 개정하는 의식적인 과정의 결과인 것이다.

여기에는 있지만 출판된 소설에는 없는 중요한 장면들로는 1947년 가을 닐과 앨런의 빌 버로스 방문에 관한 아주 익살맞은 설명, 샌프란시스코 가는 길에 텍사스 페이커스를 지나면서 잭과 닐과 루안이 벌인 '만약 우리가 옛 서부인이었다면 어땠을까.'에 관한 신랄한 토론, 캐시디의 통제 불가능한 성욕이 피치를 올리는 여정 동안 애리조나 주에 있는 앨런 해링턴의 벽돌집에서 열린 화끈하고 파멸적인 파티, 샌프란시스코에서 "신음하는 대륙을 가로질러" 뉴욕으로 가는 잭의 두 번째 귀환 여행, 그리고 3부의 끝부분에서 잭과 닐이 디트로이트에 있는 잭의 첫 번째 아내 에디를 방문하는 장면 등이 있다.

36번가 109번지 로드 앤 콜버트 전교, 진 루이스"라고 타자되어 있다. 이 원고는 "아내와 헤어진 뒤 얼마 되지 않아 딘을 처음 만났다."라고 시작한다.

아래에서 자세히 설명하겠지만, 시간이 가면서 홈스의 『가자』와 앨런 긴즈버그의 『외침(Howl)』의 성공에 이어 출판된 자기 소설을 보며 커 가는 케루악의 좌절감 등을 포함해 많은 이유들로 인해 앞서 말한 장면들과 다른 많은 장면들이 삭제된다. 1955년 9월 케루악은 말콤 카울리에게 어떤 것이든 "고쳐도 나는 괜찮아요."라고 말한다. 샌프란시스코로의 두 번째 귀환 여행은 이야기의 일관성을 위해서 케루악이 삭제했지만, 뚱뚱한 에디가 작업복을 입고 맥주를 마시며 사탕을 우적우적 씹어 먹는 모습을 묘사한 디트로이트 부분은 명예 훼손 소송을 걱정한 카울리와 너새니얼 화이트혼의 권고에 따라 삭제한 장면이다. 케루악이 초고를 고치는 과정에서 성적인 소재와 언어, 특히 동성애적인 내용을 많이 지워 버렸음에도 LA의 창녀촌에서 남색 행위를 하는 이야기를 포함해 몇몇 장면들은 347쪽짜리 초고에 살아남았었는데, 외설적이라는 이유로 나중에 삭제되었다.

흥미롭게도, 케루악이 297쪽짜리 초고에서 삭제한 원래 판본의 많은 장면들은 재작업되어 347쪽짜리 초고와 출판된 소설에 들어간다. 예를 들어 두루마리의 2부 앞부분에서, 가브리엘을 데리러 노스캐롤라이나로 돌아가는 1948년의 크리스마스 여행을 위해 닐과 잭이 오존 파크를 떠날 준비를 할 때 앨런 긴즈버그가 방문하는 부분이다. 긴즈버그는 "이번 뉴욕 여행의 의미가 뭐야? 이번에는 또 무슨 더러운 사업을 하는 거지? 내 말은, 그러니까, 그대, 어디로 가고 있는가?"라고 질문한다. 닐은 대답이 없다. "유일하게 할 일은 가는 것뿐이었다." 케루악이 이 스물여섯 행의 장면을 두루마리에서 선을 그어 지워 버렸기 때문에 297쪽짜리 초고의 해당 부분(121쪽)에는 나와 있지 않다. 그런데 347쪽짜리 초고 130쪽에는 이 장면이 복원되어 앨런 긴즈버그가 카를로 막스로, 힌클은 에드 던컬로, 닐은 딘 모리아티로, 그리고 잭은 샐 파라다이스로 등장한다. 그들은 뉴저지 페터슨에서 샐의 이모를 데리러 버지니아로 여행할 준비를 하고 있는데, 막스가 "내 말은, 그러니까, 그대, 어디로 가고 있는가?"라는 중요한 질문을 한다. 케루악은 손으로 쓴 문장을 덧붙여 이 질문을 단순히 개인적인 수준을 넘어 정치적인 표현으로 만든다. "그대, 미국이여, 이 밤에 그대의 빛나는 차를 타고 어디로 가는 것인가?" 케루악은 이 문장을 그의 '비와 강들' 일기에 기록했다. 출판된 소설에서는 이 장면에 이 문장이 첨가되어 등장한다.

케루악이 초고를 고쳐 쓰는 과정에서 다듬은 소박하고 서정적인 구문들도 주목할 만하다. '로마 꽃불'로 상징되는 닐 캐시디와 앨런 긴즈버그의 유명한 이미지는 이어지는 초고에서 그가 다듬고 재작업한 것이다. 두루마리에서 케루악은 다음과 같이 쓴다.

> (닐과 앨런은) 함께 거리를 달려가며 별별 일에 다 끼어들었다. 이제 나중에는 아주 애처롭고 슬프고 허무한 관계가 됐지만……, 그러나 처음에는 서로 매달리다시피 하면서 춤추듯 거리를 돌아다녔다. 나는 내 관심을 끄는 사람들을 만나면 항상 그랬던 것처럼 언제나처럼 휘청거리며 그들을 좇았다. 왜냐하면 내게는 오로지 미친 사람, 즉 미친 듯이 살고 미친 듯이 말하고 미친 듯이 구원받으려 하고 뭐든지 욕망하고 절대 하품이나 진

부한 말을 하지 않으며……다만 멋진 로마 꽃불이 솟아올라 하늘의 별을 가로지르는 것처럼 활활 타오르는 그런 사람만 존재했기 때문이다.

케루악은 '로마 꽃불'이라는 단어 앞에 '황금빛'이라는 수식어를 넣는 것을 포함해, 이 텍스트의 마지막 네 단어에 자필로 몇 가지 수정을 가했다. 그는 두루마리에서 이 이미지를 닐과 앨런의 성적 관계와 연결시킨다. 앨런은 "그 당시 동성애자였으며, 철저하게 자신을 실험하고 있었다. 닐은 그걸 알아보았다. 소년 시절에 덴버의 남창이었고, 앨런처럼 시 쓰는 법을 무척 배우고 싶어 했던 닐이 무엇보다 사기꾼이나 가질 수 있을 법한, 심하게 호색적인 영혼으로 앨런을 공격하고 있었다는 걸 우리는 알게 된다." 잭은 같은 방 안에 있었다. "어둠을 가로질러 그들이 하는 말이 들렸다. 가만히 지켜보면서 혼잣말을 했다. '흠, 지금 무언가 시작된 것 같은데, 난 전혀 관여하고 싶지 않아.'" 케루악은 두루마리에서 "난 전혀 관여하고 싶지 않아."라는 행에 선을 그어 지웠다. 297쪽짜리 초고의 4~5쪽에서는 닐과 앨런의 성적 관계에 관한 구절을 타자했지만 그런 다음 다시 지워 버렸다. 딘이 그저 자신에게 시 쓰는 법을 가르쳐 달라고 저스틴 모리아티(긴즈버그)에게 부탁하는 것으로 나온다. 케루악이 이 부분을 삭제하면서 꽃불 이미지는 다음과 같이 고쳐졌다.

그들은 함께 거리를 달려가며 별별 일에 다 끼어들었다. 이제 나중에는 아주 애처롭고 슬프고 허무한 관계가 됐지만, 처음에

> 는 서로 매달리다시피 하면서 춤추듯 거리를 돌아다녔다. 나는 내 관심을 끄는 사람들을 만나면 항상 그랬던 것처럼 휘청거리며 그들을 쫓았다. 왜냐하면 내게는 오로지 미친 사람, 즉 미친 듯이 살고, 미친 듯이 말하고, 미친 듯이 구원받으려 하고, 뭐든지 욕망하고, 절대 하품이나 진부한 말을 하지 않으며……다만 황금빛의 멋진 로마 꽃불이 솟아올라 하늘의 별을 가로지르며 거미 발 같이 가늘고 긴 모양으로 작렬하는 가운데 파란 불꽃이 펑 터지듯이 모두 "우와!" 하고 감탄할 만큼 활활 타오르는 그런 사람만 존재했기 때문이다.

케루악은 수기로 "괴테의 나라 독일에서는 그런 젊은이를 무엇이라고 불렀던가?"라고 덧붙였다. 347쪽짜리 초고의 6쪽에서 이 구절의 초고는 다시 고쳐졌고, 케루악이 타자한 후에 손으로 다시 교정되었는데, 이것은 아마도 헬렌 테일러가 했을 것이다. 교정된 부분은 아래에서 괄호로 표시한 것들이며, 출판된 소설에서 볼 수 있는 최종 교정이다.

> 그들은 함께 거리를 달려가며 별별 일에 다 끼어들었다. (~~어제~~) 나중에는 아주 애처롭고 슬프고 허무한 관계가 됐지만, 처음에는 서로 매달리다시피 하면서 춤추듯 거리를 돌아다녔다. 나는 내 관심을 끄는 사람들을 만나면 항상 그랬던 것처럼 (~~언제나처럼~~) 휘청거리며 그들을 쫓았다. 왜냐하면 내게는 오로지 미친 사람, 즉 미친 듯이 살고, 미친 듯이 말하고, 미친 듯이 구원받으려 하고, 뭐든지 욕망하고, 절대 하품이나 진부한 말을 하지 않으며, 다만 황금빛의 멋진 로마 꽃불이 솟아올라 하늘의 별을 가로지

르며 거미(들) 모양으로 작렬하는 가운데 파란 불꽃이 펑 터지는 것처럼, 모두 "우와!" 하고 감탄할 만큼 활활 타오르는 그런 사람만 존재했기 때문이다. 괴테의 나라 독일에서는 그런 젊은이를 무엇이라고 불렀던가?

『길 위에서』의 잘 알려진 구문 중 하나인 이 사례에서, 개정하고 초고를 고쳐 쓰는 복잡한 과정 중에 이 소설의 성적인 내용을 완화시킨 것이 케루악 자신이라는 사실을 알 수 있다. 여기서 닐과 앨런의 성적인 관계를 삭제한 것은 이와 동시에 케루악이 순화하려고 한 이미지의 성적인 측면을 모호하게 만드는 데 일조한다. 후일에 케루악의 긴 문장을 둘로 자른 편집상의 변화 또한 중요하다. 소설이 출판된 뒤에 케루악이 아주 강하게 반대했을지도 모르는 것은 장면의 삭제라기보다는 문장에 대한 이러한 변경들이다. 이런 일을 했을 가능성이 높은 사람은 헬렌 테일러이지만, 그는 "끝없이 교정"하고 "필요 없는 쉼표들을 수천 개" 삽입했다고 말콤 카울리를 비난하기도 했다. 소설이 인쇄되기 전에 최종 교정쇄를 보지 못하게 되자, "좋든 나쁘든 내 스타일을 지킬 힘이 없다."라고 케루악은 말한다.

두루마리 원고가 진짜 『길 위에서』인가? 이것은 특히 이 소설이 진위 문제를 매우 강력하게 제기하고 있다는 점에서 자연스러운 질문인 것 같지만 아마도 틀린 질문일 것이다. 두루마리가 출판된 소설의 진위에 의문을 품지 않고 소설의 앞선 판본들, 즉 『코디의 환영』을 포함한 이 텍스트의 다른 모든 판본들과 대화하고 있기 때문에 케루악의 로드 소설은 20세기식

「나 자신의 노래」가 된다. 하지만 『길 위에서』의 두루마리 판본은 출판된 책보다 현저하게 어둡고, 신랄하고, 구속되지 않은 텍스트이다. 물론 『길 위에서』의 원본 판본은 또한 더 젊은 사람의 책이다. 1951년 봄 케루악은 아직 스물아홉이었다. 소설이 출판될 때 그는 서른다섯이었다.

1948년 가을부터 1951년 봄까지의 역사가 두루마리 원고에서 강력하게 표현된 글쓰기 스타일에 도달하기 위한 케루악의 투쟁 이야기라면, 뒤를 잇는 것은, 편집자 말콤 카울리의 말을 빌리자면, 소설이 "(바이킹 출판사의) 표준에 의해 출판될 만하게" 변하는 과정의 이야기이다.

5

1951년 6월 10일, 케루악과 조앤 하버티의 짧은 결혼 생활이 파국을 맞았다. 조앤은 임신 중이었는데 케루악이 스스로 아이의 아버지라는 사실을 부인하자 자기 어머니에게로 돌아갔다. 케루악은 조앤과 살던 웨스트 20번가 아파트에서 근처 웨스트 21번가에 있는 루시엔 카의 집으로 옮겨 갔을 때 캐시디에게 쓴 편지에서 "그 책을 끝내서 보냈고 지루의 전갈을 기다리고 있는 중이다."라고 말했다.

로버트 지루는 1997년의 인터뷰에서 케루악의 두루마리 원고에 관해 이야기했다. 지루는 원고를 잘라서 편집해야 한다고 주장했다. 케루악은 "신성한 유령이" 이 소설을 받아쓰게 했다고 말하면서 지루의 생각을 거절한 것으로 추정된다. 케루악도 회고하면서 이 에피소드의 이설을 상술했다. 그런 대립이 있은 뒤에 케루악이 두루마리를 다시 타자하고 교정했을 수 있지만, 이 이야기는 『길 위에서』를 둘러싸고 있는 신화 만들기의 일부분일 수도 있다.* 만약 그런 일이 있었다면, 케루악이 두루마리를 끝내고 며칠 내에 곧바로 그런 만남이 이뤄졌을 수도 있고 — 물론 나는 케루악이 이미 혼자서 이런 결정을 내렸다고 믿기는 하지만 — 이 만남이 케루악으로 하여금 처음으로 두루마리를 좀 더 관습적인 형태로 다시 타자하도록 야기했거나 고무했을 수 있다. 지루는 관습적인 형태로 타자되고 공식적으로 제출된 이 책을 좋아한다고 말했었지만, 하코트 브레이스 출판사는 "너무 새롭고 이례적이며 논쟁의 여지(재즈광, 마약, 게이 등)와 검열을 받을 가능성이 있어서 받아들

---

* 「『길 위에서』부터 『절망』까지」라는 기록 영화(데이비드 스튜어드 감독, BBC/NVC 아트 프로덕션, 1997.)의 인터뷰에서 지루는 다음과 같이 말했다. "1951년 전반기였어요. 하코트 브레이스 출판사의 책상에 앉아 있는데, 전화가 울렸어요. 잭이었죠. 그가 말했어요. '밥, 끝냈어!' 그래서 내가 말했죠. '오, 대단하군, 잭, 멋진 소식이야.' 그가 말했어요. '그리 가고 싶어.' '뭐, 지금?' '응, 당신을 봐야 해. 당신에게 보여 줘야 해…….' '좋아. 사무실로 와.' 46번가와 메디슨 가 모퉁이였죠. 그가 사무실에 들어왔는데, 취한 것처럼 보였어요, 말하자면…… 술에 취한 것처럼 말이에요. 그는 왼쪽 팔 밑에 부엌에서 쓰는 종이 수건 같은 큰 종이 두루마리를 끼고 있었어요. 알다시피…… 이건 그에게 대단한 순간이었어요. 나는 그걸 이해했어요. 그는 두루마리의 한쪽 끝을 잡고, 결혼식에서 뿌리는 큰 색종이 조각처럼, 사무실을 가로질러서 그걸 펼쳤어요. 내 책상 위를 바로 가로질렀죠. 나는 생각했어요. '이상한 원고군. 이런 원고는 처음 봐.' 그리고 그가 나를 쳐다보며, 내가 무슨 말을 하기를 기다렸어요. 내가 말했어요. '잭, 알다시피 이건 잘라야 해. 편집해야 해.' 그러니까 그의 얼굴이 붉어졌어요. 그리고 말했어요. '이 원고는 편집하지 않을 거야.' 내가 말했어요. '왜?' 그가 대답하더군요. '이 원고는 신성한 유령이 썼어.'"

일 수 없다."라며 거절했다고 케루악은 6월 24일 보고한다.

7월 6일 당시 케루악의 대리인이었던 MCA의 레이 에버렛은 노스캐롤라이나에 있는 케루악 누이의 주소로 보낸 편지에서, 그녀 자신이 이 소설 안에 있는 "순수하게 마법적인 시"의 순간들이라고 명명했던 것들을 찬양한다.

> 이 편지를 쓰기 훨씬 전에 그걸 읽었어요. 그러나 심사숙고할 게 많았어요. (……) 당신이 내게서 그걸 갑자기 되가져가 버리지 않게 하면서 그 나머지 부분에 대한 내 반응을 솔직하게 말할 수 있을 것인지 하는 문제 때문에 심사숙고했던 것이죠.

에버렛은 1, 2부보다 3, 4, 5부를 더 좋아했는데, "딘과 샐의 여행에 구체적인 형태가 있으며 강렬하기" 때문이었다. 에버렛은 케루악에게 이 소설이 너무 자의식적으로 시작하고, 마치 케루악이 독자로 하여금 "이렇게 극단적으로 특수한 스타일의 글쓰기"에 익숙해지도록 애쓰는 것 같다고 했다. 그 결과, 이 소설은 지나치게 길어졌다.

> 지금대로라면 원고의 면수는 일반적인 면수의 한쪽 반, 총 면수는 대강 450쪽이 돼요. 이걸 계속 그대로 놔두기를 원해요?

에버렛의 면수 계산을 보면 원고가 대략 300쪽 정도임을 알 수 있다.

7월 16일 케루악은 앨런 긴즈버그에게 편지를 보냈는데, 수신인은 앨런 모리아티로 되어 있었다. 앨런 모리아티라고 적힌

것은 수기로 저스틴 모리아티로 고쳐져 있는데, 이것은 297쪽짜리 초고에서 케루악이 긴즈버그에게 준 이름이다. 이 편지에서 케루악은 계속해서 소설을 다듬고 덧붙일 문장들을 쓰고 있는 중이라고 말하는데, 에버렛의 편지가 이러한 교정을 하게 된 원인이 되었던 것 같다.

케루악은 노스캐롤라이나에서 정맥염에 걸려 8월 11일부터 9월 첫째 주까지 브롱스의 킹스브리지 로드에 있는 재향군인 병원에 있었다. 여기서 그는 에드 화이트에게 9월 1일에 뉴욕을 방문할 준비를 하라고 편지를 썼다. 케루악은 프랑스어와 영어로 아무렇게나 쓴 문장들 뒤에 '길 위에서'라는 제목으로 "그래요. 닐의 서사를 완전히 다시 쓰고 있어요."라고 썼다. 케루악의 다시 쓰기가 297쪽짜리 『길 위에서』 초고에서 발견된, 손으로 쓴 추가 문장들 중 일부를 포함했는지는 모르지만 이 때는 또한 『코디의 환영』을 쓰기 시작한 때였다.

10월, 그가 "스케치"라고 명명한 새로운 기법을 사용하며 쓰기를 끝냈을 때는 955쪽에 이르는 아홉 권의 노트 중 첫 번째 권이 채워진 참이었다. 첫 번째 노트의 첫 번째 쪽에는 1951년 10월이라고 날짜가 적혀 있으며 '길 위에서. 현대 소설.'이라는 제목이 붙어 있다. 첫 번째 노트의 겉면에는 '코디의 환영'이라고 쓰여 있다. 케루악은 1951년 10월 9일 캐시디에게 "내가 다시 쓴 『길 위에서』의 교정 타자본 세 쪽을" 보내며, "그걸 쓴 이래로 훨씬 더 심하게 복잡한 문장들과 『코디의 환영』이 생각났다."라고 말한다.

1951년 가을, 케루악은 당시 A. A. 윈의 편집자였던 칼 솔로몬에게 세 권의 계약 중 첫 번째 책으로 『길 위에서』를 자기네

에이스 출판사에서 출판하자는 제안을 받았다. 그러고 나서 케루악은 닐과 캐럴린을 만나러 다시 서쪽으로 여행했다. 그는 봄까지 샌프란시스코에 머물러 남부 태평양 철도 회사에서 일하면서 『코디의 환영』에 대한 작업을 계속할 작정이었다. 1951년 12월 27일, 더 철저하게 실험적이 되어 가는 원고를 전달하지 못한 그는 칼 솔로몬에게 "A. A. 윈에서 나가지 않는다. 그저 혼자 힘으로 돈을 벌기 위해 떠난 것인데 내가 정말로 내 책을 팔면 아무런 차이가 없을 것이다. 그리고 어쨌든 아직 끝내지 못했다."라고 쓴다. 1952년 3월 12일 케루악은 에드 화이트에게 자기가 닐의 집에서 이 소설을 끝냈다고 말했다. 이 소설이 『코디의 환영』이었다.

3월 26일, A. A. 윈이 샌프란시스코 러셀 스트리트 29번지에 있는 캐시디의 거주지를 통해 케루악에게 편지를 보냈다.

> 『길 위에서』의 서명된 계약서 사본을 동봉합니다. 첫 선금 250달러는 귀하의 어머니에게 보냅니다. (……) 원고의 현재 초고를 보기 원합니다.

4월 7일 케루악은 솔로몬에게 답신을 보내면서, 자신이 원고에서 발췌할 계획을 세운, 캐시디에 관한 160쪽의 '성적인 내용의 서술적 스케치'를 포함하는 『길 위에서』의 축약된 페이퍼백 판본을 윈에서 출판할 것을 제안한다. "나는 1947년 닐 포머레이를 처음 만났다."라는 서술은 출판된 『코디의 환영』의 마지막 문장과 일치한다. 케루악은 자신이 충격적이라고 생각한 『코디의 환영』에 대해 솔로몬을 안심시킬 생각이었는지, "내

유일한 두려움은 양장본으로 『길 위에서』(『코디의 환영』) 전부를 출판하려 하지 않을지도 모른다는 것이오. (……) 나를 믿어요, 칼, 『길 위에서』는 윈이 얻기 어려운 평판을 얻게 해 줄 거요." 이익을 위해 평판을 희생해야 할지도 모른다는 걱정은 하지 말라고 솔로몬에게 말하면서, 케루악은 "두 가지 편집본으로 하지요."라고 쓴다.

5월 17일에 케루악은 칼 솔로몬에게 원고를 보냈으며 5월 23일까지 도착할 것이라고 긴즈버그에게 말했다. 5월 18일에는 『길 위에서』의 "관습적인 서술적 개관"을 『코디의 환영』의 '회오리바람 속에 있는 닐의 크고 다중 의식적이며 무의식적인 인물 주문(呪文)"으로 바꾸기 위해서 사용했던 '스케치' 기법에 관해 긴즈버그에게 기운차게 설명했다.

> 스케치가 무엇인가. 우선 칼이 처음 닐 책을 주문하고 그것을 원했던 지난 9월을 기억해 봐. (……) 스케치는 10월 25일 전면적으로 내게 나타났어. (……) 칼의 제안이 문제되지 않을 만큼 매우 강렬했지. 그리고 나는 보이는 걸 전부 다 스케치하기 시작했어. 그렇게 해서 『길 위에서』는 도로 여행 등 관습적인 서술적 개관에서 회오리바람 속에 있는 닐의 크고 다중 의식적이며 무의식적인 인물 주문으로 방향이 전환되었어.(콜롬비아 근처에 있는 124번지 중국 음식점에서 에드 화이트가 "거리의 화가처럼 단어들을 스케치하는 게 어때?"라고 무심코 언급했지.) 내가 했던 스케치는 (……) 무수한 혼란 가운데 모든 것이 네 앞에서 활성화할 때 너는 그저 마음을 깨끗이 하고 (네가 현실과 마주했을 때 노력 없는 환영의 천사가 날려 주는) 단어들을 쏟아 내도록 해야 하며,

영적인 면과 사회적인 면 양쪽에서 100퍼센트 정직성을 갖고 써야 하고, 때때로 내가 쓰는 중이라는 사실을 의식하지 못할 정도로 영감을 받을 때까지 수치심 없이 무계획하게 신속히 모든 걸 내던져야 해. 원 출처는 물론 예이츠의 '영매(靈媒)적 글쓰기'지. 그게 글을 쓰는 유일한 방법이야.

케루악은 긴즈버그에게 이 소설은 "전부 좋았다."라고 말한다.

필요하다면 『길 위에서』를 스크리브너스나 심슨이나 파라 스트라우스(스탠리 영) 쪽에 보여 줄 수도 있고, '닐의 환영'이나 뭐 그런 걸로 제목을 바꿀 수도 있어. 그리고 윈을 위해 새로운 『길 위에서』를 쓰고 있어.

긴즈버그가 그때 읽었던 것과 케루악이 윈의 칼 솔로몬에게 보냈던 것은 사실 『코디의 환영』의 원고이지 『길 위에서』가 아니었다. 산문 혁명의 기반을 준비하려는 케루악의 시도는 주목을 받지 못했다. 『코디의 환영』에서 케루악이 채택한 언어 구사 능력은 가히 마술적이다. 홈스가 나중에 "단어들은 더 이상 단어가 아니라 사물이 되어 버렸다. 개방된 감정의 회로가 그의 인식과 그 순간의 대상 사이에서 성립되었으며, 그 결과는 놀라워서 다른 사람의 눈을 사로잡는다."라고 한것은 바로 이 소설을 두고 한 말이다.

홈스는 때로 성난 불신(不信) 같은 감정으로 이 소설을 읽었다. 때때로 그가 케루악에게 바랐던 글쓰기는 응당하게 인정을 받을 수 있도록 그의 글의 "날카로움을 무디게 하는 것이었다."라고 홈스는 뒤에 회상했다.

이스트 리버로 산책을 나가면서, 내가 결코 출판되지 않을 것이라고 확신하던 책의 완성도에 속으로 케루악을 저주했는데 (……) 출판업자와 비평가들 혹은 그를 배제하고 있던 문화 자체보다는 그 자신을 저주했던 것으로 기억한다. 몇 년 뒤, 수치심만큼이나 큰 혼란을 느끼며 경탄하는 마음으로 『코디의 환영』을 다시 읽었다.

앨런 긴즈버그도 상업적 가능성을 생각하며 이 소설을 읽었다. 그는 6월 11일 케루악에세 "이건 절대 출판되지 않을 것 같다."라고 말했다. 몇 부분은 "미국에서 나온 것 중 최고"지만 케루악의 책은 또한 "나쁜 쪽으로 별났다." 그건 "연대기적으로 뒤죽박죽이었다." 초현실적인 단락들은 "이치에 닿기"를 거부했으며, "부분적으로 골칫거리였고" 축약돼야 했다.

솔로몬은 긴즈버그보다 훨씬 더 질려 버렸다. 그는 7월 30일에 케루악의 어머니가 사는 리치몬드 힐 주소로 케루악에게 신랄한 편지를 보냈다.

『길 위에서』를 다 읽었는데, 이게 그저 '현재의 초고'일 따름이라고 이해하더라도, 처음 23쪽짜리 견본과 취지서 이래 당신이 했던 일 모두에 완전히 당황해하고 있습니다. 이어지는 500쪽은 당신이 시작했던 소설 그리고 (그걸 계약한 다음에) 우리가 기대하고 있었던 것과 철저하게 다르고 서로 연관이 없는 것처럼 보입니다. (……) 현재, 23쪽 뒤에 이어지는 약 95퍼센트는 철저하게 조리가 없는 뒤죽박죽으로 보입니다.*

케루악은 캐럴린 캐시디에게 손으로 쓴 노트를 보냈다. "이게 『길 위에서(코디)』가 받고 있는 대접입니다. 긴즈버그 홈스가 훨씬 더 짜증이 나 있어요. 이건 의심할 여지없이 위대한 책입니다." 8월 5일 솔로몬에게 보낸 답신에서, 케루악은 (그가 여전히 『길 위에서』라고 부르고 있었던) 『코디의 환영』의 "새로운 판본"이 "앞으로 당분간은 인쇄될 수 없을 만한 것"이라는 점을 인정한다. 하지만 이는 출판사들의 근시안적인 안목 때문이었다. 이 책에 '조리 없음'이라는 딱지를 붙이는 것은 "의미론적인 실수일 뿐만 아니라 비겁한 행위이며 지적 죽음"인 것이다.

> 이렇게 될 것입니다. 『길 위에서(코디)』는 출판될 것입니다. (……) 그리고 머지않아 미국 최초의 현대 산문 서적 중 하나로 인정받게 될 것입니다. 요컨대 유럽의 형식을 따른 단순한 '소설'이 아닙니다. (……) 그리고 내가 남겨 놓은 간극을 메우기 위해서 당신의 목록에 또 다른 요리책을 갖다 놓는 게 당신이 성공적으로 할 수 있는 일의 전부일 것입니다. 어떤 요리책도 닐 포머레이와 『길 위에서』의 난잡한 환영들보다 더 낫다는 걸 증명하기 위해 당신은 천여 개의 그럴듯한 경구들을 짜낼 수는 있을 것

* 베르그 컬렉션에 있는 『코디의 환영』 교정 타자본에는 자필로 쓴 '코디의 환영, 잭 케루악 51년-52년'이라는 제목이 있다. 두 번째 면의 자필 제목은 잉크로 썼다 지워 버린 『길 위에서』로 읽히는데, 연필로 '닐(코디)의 환영'이라고 다시 제목이 쓰여 있다. 타자본의 첫 번째 면에는 '이닐의 환영'이라고 되어 있다. 타자본은 558쪽으로, 347쪽이 넘는 『길 위에서』의 초고는 현존하지 않는다.

입니다. 그러나 벌레들이 소화하기 시작할 때는 아닙니다,* 형제 자매들이여.

나는 『길 위에서(코디)』를 심술궂은 마음으로 쓰지 않았습니다. 기쁨, 그리고 살다 보면 어딘가의 누군가는 지금처럼 색안경을 쓰지 않고 볼 것이며 여전히 앞서 있는 표현의 자유를 깨닫게 되리라는 신념을 마음속에 품고 썼습니다.

솔로몬은 케루악의 '오만한 항변'에 대한 8월 5일의 답신에서 이렇게 인정한다. "비전이 결여되어 있고 텔레비전에 기준한 감식안을 갖고 있다며 당신이 우리를 비난하는 것은 전적으로 정확할지도 모릅니다. 하시반 우리는 결코 선각자가 되겠다고 주장한 적이 없습니다. (……) 당신이 느끼는 대로 1952년에 (우리가) 코디를 거부한 것은 이십오 년 뒤 우리에게 조롱으로 돌아올지도 모릅니다." 솔로몬은 원고를 그 시대의 표준으로 판단해야만 하는 의무가 있다고 하면서, 다음과 같이 썼다. "당신이 '스케치' 기법을 발견한 시점 이후"부터 이 소설은 "간단히 말해 우리가 이해할 수 없는 실험이 되었습니다." 『코디의 환영』은 케루악이 죽은 지 삼 년 뒤인 1972년까지 출판되지 않았다.**

---

* 요리책의 음식들은 소화되어 버리지만, 케루악의 소설 속 환영들은 그 뒤에도 남아 있을 것이라는 뜻으로 짐작된다.(옮긴이 주)

** 긴즈버그는 「위대한 기억자」라는 제목의 서문을 기고했는데, 거기에 "나는 우선 케루악의 부드럽고 심사숙고하는 연민을 이해하지 않고는 미국에서 더 이상의 진전이 불가능하다고 생각한다. (……) 케루악을 건너뛰는 것은 산문들로 노래한 인간의 마음을 건너뛰는 것이다. 이 책은 미국인의 인식과 경탄에 대한 거대한 진언(眞言)이며, 투쟁하는 하나의 영웅적 영혼이다."라고 썼다.

케루악이 『길 위에서』나 『코디의 환영』을 출판하는 데 실패한 직후의 시절은 잘 알려져 있지 않은데, 그는 노스캐롤라이나, 샌프란시스코, 멕시코와 뉴욕 사이를 방랑했다. 1952년 여름, 그는 멕시코를 떠나 로키 마운트로 돌아와 그곳에 있는 직물 공장에서 잠깐 일했다. 가을에는 서부 해안으로 돌아와 대부분의 시간을 샌프란시스코 홍등가 호텔방에서 머무르며 멕시코로 돌아가기 위해 저축을 하면서 철도에서 일했다. 주목할 만한 사실은 그가 혼자서 집도 없이 가난하게 지냈지만 『길 위에서』와 『코디의 환영』으로 시작된 뛰어난 작품의 분출은 계속되었다는 것이다. 그는 왕성하게 글을 썼다. 여름에 멕시코에서 『색스 박사』를 완성했고, 서부에서 『철도 지구(地球)에서의 10월』을 썼다. 뉴욕 리치몬드 힐에 돌아와서는 『매기 캐시디』를 썼다. 서른 살 생일인 1952년 3월 12일에 케루악은 멕시코에서 샌프란시스코로 가는 길에 존 홈스에게 편지를 썼다.

> 나는 이제 성숙기의 절정에 완전히 도달했으며, 이 이상은 할 수 없다는 놀라움과 원통함으로 후에 뒤돌아보게 될 만큼 미친 시와 문학을 뿜어내고 있어요. 그러나 십오 년 내지 이십 년 동안은 누구도 이 사실을 모를 거예요. 오직 나만 알지요. 그리고 아마 앨런도.

1953년 7월, 말콤 카울리는 앨런 긴즈버그의 편지를 받은 뒤 케루악의 작품에 적극적인 관심을 보이기 시작했다. 스티브 터너가 기록하듯이 긴즈버그는 여러 해 동안 광고와 언론에 종사해 왔으므로 그가 카울리에게 접근한 것은 우연이 아니었다.

말콤 카울리는 20세기 미국 문학에서 무척 중요하고 영향력 있는 인물로 1920년대에 헤밍웨이를 옹호했으며 1946년 바이킹 출판사를 위해서 『휴대용 포크너』를 편집함으로써 윌리엄 포크너의 기울어 가는 명성을 회복하는 데 큰 역할을 했다. 그는 1898년에 태어나 1차 세계대전 기간 동안 헤밍웨이처럼 야전병원에서 근무했고, 1929년부터 1944년까지 에드먼드 윌슨을 이은 뉴 리퍼블릭의 문학 담당 편집자였으며, 1956년에 국립예술문학원의 원장이 되었다. 바이킹 출판사의 문학 고문으로서 카울리는 1920년대 '잃어버린 세대(Lost Generation)' 작가들을 연구한 선두적인 문학 역사가들 중 하나였으며, 기억되는 작가들은 "단독으로 드러나는 것이 아니다. (……) 비교적 텅 빈 세월에 둘러싸여 성좌처럼 무리지어 나타난다."라고 쓴 적이 있는데, 이렇게 볼 때는 케루악 입장에서 도움이 될 만한 좋은 사람이었다. 그러나 카울리는 케루악의 작품을 결코 이해하지 못했으며 종종 역성을 드는 것 같으면서도 적대적이었다. 그리고 그는 "그칠 줄 모르는" 둘루오즈 전설이라고 명명한 것에 관한 케루악의 계획들을 지원하지 않았다.

긴즈버그는 7월 6일자 편지에서 케루악이 긴즈버그가 "사태를 처리하도록" 해 달라고 요청했다고 카울리에게 보고한다. 긴즈버그는 케루악이 "건강하며 『길 위에서』의 또 다른 판본을 작업하고 있습니다.(당신은 그가 이 책을 계속 작업하려 한다는 점을 모르고 있겠죠.)"라고 쓴다.

카울리는 케루악을 "오늘날 출판되지 않은 가장 흥미로운 작가"라고 칭하면서 7월 14일에 이렇게 답한다. "내가 읽은 그의 원고 중 즉시 출판될 가능성이 있는 유일한 것은 『길 위에서』의 첫 판본이오. 두 번째 판본 중 내가 본 부분에는 인상적으로 좋은 문장이 들어 있었지만 도대체 이야기가 없어요." 카울리의 답신은 그가 본 것이 『길 위에서』의 두 번째 초고와 『코디의 환영』의 일부라는 것을 시사하는데, 케루악이 『길 위에서』의 또 다른 판본을 작업하고 있는 중이라는 긴즈버그의 언급은 케루악이 세 번째 초고 작업을 시작했다는 가능성을 시사한다. 가을까지 바이킹 출판사는 두 번째 초고에 대해 논의 중이었다. 편집자 말콤 카울리는 10월 20일 사내 비망록에 다음과 같이 썼다.

> 『길 위에서』는 1947~1949년의 세월 동안 대륙을 가로지른 여행들에 관한 이야기다. 저자는 30미터 길이의 두루마리 종이에 밤낮없이 숨을 헐떡이며 글을 썼다. 내 생각에 그는 이걸 삼 주일 내에 끝냈으며 (당시) 하코트의 편집자 밥 지루에게 보냈다가 거절당했다. 나중에 타자한 초고를 많이 고쳐 썼으며, 이번 여름, 초고 전반에 수많은 첨삭을 가했다. 우리가 원하는 대로 고치라는 저자의 허락을 받은 상태로 지금 원고를 갖고 있는데 그 자신이 추가적으로, 특히 샌프란시스코에서의 두 번째 귀환을 삭제하고 덴버에 관한 장을 서부 해안으로 옮기는 등 몇 부분을 고치고 있는 중이라고 생각한다. 이는 이야기를 더욱 견고하게 만들 것이기 때문에 좋은 변화로 보인다.
>
> 나는 이게 비트 혹은 히피 세대의 삶에 관한 위대한 원천 자료라고 생각한다. 주의 : 저자는 자신과 딘에 관해 진지하다. 그의 최상급 에피소드들 중 몇 개는 외설성 때문에 삭제될 것이다. 하지만 나는 이 책이 꼭 출판되어야 한다고 생각한다. 문제는 우

리가 그걸 출판할 수 있는지 여부이며, 우리의 표준에 의해 출판할 수 있게 하려면 무엇을 할 수 있는지 그리고 무엇을 해야 하는지이다. 내게 생각이 있는데, 모두 다 잘라 내는 것이다.

바이킹 출판사는 1953년 11월 『길 위에서』의 297쪽짜리 초고를 채택하지 않았다.

《뉴 월드 라이팅》의 편집자 아라벨 포터가 카울리의 추천을 받아 1954년 여름에 케루악의 『비트 시대의 재즈』 출판을 받아들였는데, 그것은 『길 위에서』와 『코디의 환영』에서 가져온 재료들의 혼합이며 1951년에 완결된 소설인 『비트 세대』에서 선별된 것으로 간주되었다. 케루악은 카울리에게 보낸 1954년 8월 6일자 감사 편지에서 『길 위에서』의 제목을 『비트 세대』라고 다시 지었다고 말했다. 이는 1955년 가을까지 케루악이 선호할 제목이었다. 그는 이 책이 오랫동안 리틀 브라운 출판사에 있었다고 말했는데, 그곳에서도 받아들여지지 않았다. 지금은 더튼에서 논의하는 중이었다. 케루악의 대리인이 된 스털링 로드가 9월에 "『길 위에서』, 혹은 지금 그가 『비트 세대』라고 부르는 것이 아직도 팔리지 않은 상태이다."라고 카울리에게 말했다. 8월 23일 케루악은 "팔겠다는 희망에서 '비트 세대'라고 명명했는데 (……) 빌어먹을 리틀 브라운의 시모어 로런스"가 이 소설을 거절하였다고 긴즈버그에게 말했다.

1955년 4월, 오 년 만에 첫 번째 출판물 『비트 시대의 재즈』가 출판되었을 때 케루악은 장 루이라는 이름을 사용했다. "전처가 부양 의무 불이행을 이유로 계속해서 나를 노역장에 집어넣으려고 하기 때문이다."라고 카울리에게 말했다. 케루악은 또한 자신의 풀네임이 '존 (잭) (장 루이) 케루악'이므로, 필명을 사용한 것은 아니라고 지적했다. 카울리는 『길 위에서』 발췌본의 출판이 소설 전편의 계약을 얻어내는 데 도움이 될지도 모른다고 생각했으며, "존 케루악은 문학적인 목적에서 볼 때 좋은 이름이기 때문에 당신이 이름을 바꾼 게 잘못이라고 생각하며, 당신의 작품에 장 루이라고 서명함으로써 당신은 이미 구축하고 있었던 명성을 놓치게 되었다."라고 대답했다.

『비트 시대의 재즈』가 출판된 이후 케루악은 자신의 작품에 대한 관심을 일으키기 위해서 정력적으로 노력했고, 자신의 많은 원고들의 운명에 관해 어떤 좋은 소식도 듣지 못하자 좌절했다. 케루악은 뉴욕에서 카울리를 만난 뒤 7월 4일에 그에게 편지를 썼는데, 거기에서 자신이 "다리에서 뛰어내릴 준비가 되었다."라고 말한다.

7월 12일 카울리는 케루악에게 『길 위에서』의 '멕시코 여자' 에피소드를 《파리 리뷰》에서 발표하도록 피터 마티슨이 수락했다는 소식을 전한다. 「멕시코 여자」는 나중에 마서 폴리에 의해 『미국 최고 단편선』 1956년 사화집에 선정되었다. 카울리는 "『길 위에서』는 도드 미드에서 여전히 고려하는 중이다. 그들이 돌려보내면 (바이킹 출판사의 편집자인 제니슨) 키스와 내가 이것을 바이킹 출판사에서 받아들이도록 수단을 강구할 것이다."라고 케루악에게 말했다. 카울리는 바이킹 출판사가 좀 더 호의적으로 고려할 수 있도록 『길 위에서』의 서문을 쓰기도 했다. 그는 작가·예술가 순환 기금을 통해 케루악에게 돈을 좀 보내줄 수 있는지 문의하는 편지를 국립예술문학원에 보냈다고 케루악에게 말했다. "낙심하지 말라. 좋은 시절이 오고 있다."라고도 말했다.

케루악은 카울리의 "따뜻하고 아름다운" 편지가 "내 기분을 정말로 좋게 해 주었다."라고 7월 19일 스털링 로드에게 말했다. "그의 고결한 서문 때문에 언젠가 (『길 위에서』를) 바이킹에서 내고 싶다." 같은 날 카울리에게 "당신의 편지로 기분이 좋아졌고 따뜻해졌으며, 몇 년 동안 이보다 더 좋은 일은 없었다."라고 말하며 감사를 표했다. "도드 미드가 서둘러 원고를 당신에게 돌려보냈으면 좋겠다." 카울리의 서문이 이 책에 "문학적인 품격과 활력을 주고 있으며 (……) 따라서 나는 바이킹 출판사에서 출판되기를 원한다." 그는 다시 자신의 이름을 사용할 것이라고 쓰고 있다. 그러나 "스털링과 나는 존보다는 잭 케루악이 더 낫다고 의견을 모았다." 8월, 멕시코에서 케루악은 국립 예술문학원으로부터 상금을 받았다는 "좋은 소식을 방금 들었다."라고 카울리에게 전했다.

당신은 아주 친절했고, 신성할 정도로 고무된 상냥함을 보여줬으며 (……) 조용했고, 마음속에 고요와 평정을 유지하면서 무력한 천사들을 도와줬어요.

케루악은 9월 11일 카울리에게 쓴 편지에서 "마침내 당신이 샐 파라다이스의 원고를 갖게 되어 기뻐요. 당신과 키스는 꼭 성공해야 해요."라고 말한다.

9월 16일 카울리는 좋은 소식으로 그에게 답했다. 『길 위에서』가 "이 책에 적절한 이름"이라고 생각한다면서, 이제 이 책이 바이킹 출판사에서 "아주 심각하게 고려되는 중이며 우리가 출판하게 될 가능성이 아주 높다."라고 케루악에게 말했다. 카울리의 말에 따르면, 출판은 "세 개의 만약"에 달려 있었다.

> 만약 적절한 변화(삭제와 재배치 등)가 무엇인지 우리가 알 수 있다면, 만약 부도덕성 때문에 이 책이 금지되지 않을 것이라고 확신할 수 있다면, 그리고 만약 명예 훼손 소송에 말려들지 않는다면.

카울리는 명예 훼손 측면들에 관해 쓴, 날짜 없는 사내 메모에서 외설성과 명예 훼손 등의 중요한 어려움에 관한 자신의 걱정들을 다시 말했지만, 서술에 포함된 많은 등장인물들이 "명예 훼손 소송을 일으킬 부류가 아니며, 사실 많은 사람들이 원고를 읽고 그 속에서 묘사된 것에 오히려 자부심을 느낄 거라고 추측한다."라고 주장했다. 카울리가 더 걱정했던 것은 '상당한 지위에 있는' 인물들이 이야기 속으로 들어오는 지점들이었다. 덴버 D. 돌은 "인식할 수 없게 바뀌어야" 할 것이었다. 카울리는 '올드 불 발룬'(버로스)이 소송을 걸 것이라고는 생각하지 않았다. "원래 인물은 아주 저명한 가문 출신인데, 그는 법정을 가까이하기를 좋아하지 않는 사람이다." 카울리는 이 책이 출판하기에 안전하다는 것을 확신하기 전에 다른 사람의 소견을 원했고, 바이킹 출판사는 너새니얼 화이트혼 변호사를 불러들였다.

케루악이 347쪽짜리 초고를 정확하게 언제 썼는지는 분명하지 않지만, 1955년 9월 11일자 케루악의 편지는 그가 이때쯤 새로운 초고를 카울리에게 보냈거나, 도드 미드에서 카울리에게로 원고가 되돌아온 사실을 알게 되었다는 것을 지적하고 있는 것 같다. 분명한 것은 그때쯤 이 소설의 347쪽짜리 초고를 카울리가 읽고 있었다는 점이다. 전망이 있는 동네 젊은이들이 콜롬비아 대학교에 입학할 수 있도록 해 주는 덴버의 지도자이자, 케루악이 원본 판본에서 길게 풍자한 인물인 저스틴 W. 브라이얼리는 297쪽짜리 초고에서 베티 G. 데이비스로 등장한다. 케루악이 그를 덴버 D. 돌이라고 부르는 것은 347쪽짜리 초고에서만이다.

이 소설이 『비트 세대』가 아니라 『길 위에서』로 불려야 한다는 것을 카울리와 합의하면서, 케루악은 9월 20일에 명예훼손을 피하기 위해 자신이 백한 조치들을 명쾌하게 요약했다. 여기에는 덴버 D. 돌을 덴버 고등학교가 아닌 '덴버 대학교의 강사'로 바꾸는 것도 포함되어 있다. 그는 멕시코 창녀촌 도시의 이름을 빅토리아에서 '그레고리아'로 변경했다. "책에 등장하는 것에 자부심을 느끼는" 갤러티어 버클과는 친한 사이였다. 케루악은 또한 카울리에게 다음과 같이 말했다.

> 당신이 바꾸려는 것들에 다 동의해요. 1953년에 당신이 2장을 3장 안에 긴밀히 맞춰 넣어 하나로 만들자고 했던 것 기억하세요? 저는 어떻게 재배치를 하든 당연히 당신을 도울 준비가 되어 있어요.

카울리는 케루악이 명예 훼손 문제를 심각하게 받아들이지 않고 있다고 생각했다. 케루악이 머물던 버클리의 앨런 긴즈버그 주소로 보낸 10월 12일자 편지에서, 카울리는 이 원고가 바이킹 출판사에서 이 주 간 고용한 변호사에게 가 있다고 말했다. 카울리가 설명하기를 이 소설은 주로 경험의 기록이기 때문에,

> 그저 등장인물들의 이름을 바꾸는 것과 그들의 신체적 특징 몇 가지를 바꾸는 것만으로는 명예 훼손 소송을 피하기에 충분하지 않아요. 만약 우리가 거론하는 세부 사항들로 인해 그 등장인물을 여전히 알아볼 수 있다면 말이지요. (……) 나는 이 명예 훼손 문제가 심각하다는 점을 당신에게 다시 경고하는 게 좋겠다고 생각해요. (……) 편지에서 당신이 언급했던 변경들로는 충분하지 않아요. (돌이) 소송을 걸지 못하게 하려면 더 많은 변경을 생각하는 편이 좋겠어요.

카울리는 모리아티 같은 등장인물들의 경우에 "가장 안전한 과정은 등장인물의 원래 모델들이 소송을 포기하도록 서명하게 하는 것"이라고 썼다. 그리고 이것이 '심각한 문제'들이라고 다시 한 번 반복했다.

이틀 뒤에 케루악이 또 하나의 낙관적인 편지를 보냈다. 그는 앨런 긴즈버그가 10월 7일 '여섯 개 미술관 여섯 명의 시인' 행사에서 「외침」을 낭송하며 "대사건을 만들어 냈다."라고 보고하면서, 이 명예 훼손 문제가 쉽게 해결될 것이라고 말했다. 그는 명예 훼손 소송에 대한 포기 증서를 곧 손에 넣을 것이며, 이게 가능하지 않다면 "필수적인 변경들을 적절하게 할 것입니다. (……) 내가 전적으로 협조하리란 것에는 의문의 여지가 없어요."라고 답했다. 저스틴 W. 브라이얼리가 명예 훼손 소

송을 걸 가능성을 두고 바이킹 출판사 쪽에서 가지는 관심에 대한 케루악의 반응은 원고에서 덴버 D. 돌이 등장하는 장면 태반을 잘라 버리는 것이었다.

여섯 개 미술관 행사에서 나온 평판을 본 뒤, 바이킹 출판사는 케루악의 소설을 출판하기 위해 열심이었다. 너새니얼 화이트혼은 10월 31일 바이킹의 헬렌 테일러에게 명예 훼손 소송에 대한 포기 증서를 보냈다. '『길 위에서』와 관련이 있을지도 모르는 존 케루악의 친구들 중 그가 구할 수 있는 한 많은 친구들'의 서명이 되어 있었다.

화이트혼의 아홉 쪽짜리 보고서에는 케루악이 이미 등장인물들에 수정을 가했지만, 원래 인물들이 여전히 자신들을 알아볼 수 있을지도 모르며, 그들이 묘사된 방식에 이의를 제기할지도 모르는 사례들의 쪽수를 언급한 목록이 있었다. 케루악은 보고서 사본에 있는 다양한 이름들과 쪽수 옆에 자신이 취한 행동의 절차를 쓴 메모를 첨부했다. 덴버 D. 돌의 이름 옆에 케루악은 '대부분의 우발적인 언급들을 제외하고는 삭제됨'이라고 썼다. 화이트혼의 많은 기록 옆에는 '뺄 것'이라고 쓰여 있다. 화이트혼은 "제인이 벤제드린 환각 속에서 주변을 걸어 다녔다."라는 언급을 빼 달라고 했다. 제인의 실제 모델은 조앤 볼머 버로스였는데, 그녀는 1951년 9월에 윌리엄 버로스의 우발적인 총격으로 사망했다. 케루악은 화이트혼의 기록 옆에 '제인은 죽었음.'이라고 썼다.

11월 2일, 테일러는 포기 증서들과 이 소설에 관한 고된 작업에 대해 화이트혼에게 감사했다. "이제 지루한 발굴 작업과 편집 작업을 할 차례네요. 그리고 우리는 다음 단계에 도착하겠죠. 당신이 그걸 다시 봐야만 할지도 모르겠다고 생각해요." 라고 그녀는 썼다.

케루악은 '명예 훼손 소송 면제 진술 양식'을 받은 후에 딘 모리아티와 카를로 막스 등 두 명의 주인공들로부터 포기 증서를 확보했다. 11월 14일, 케루악은 "나는 누구에게서나 서명을 받을 수 있어요."라고 썼다. 긴즈버그는 '미국문학의 이익을 위해. X. 즉, 카를로 막스로부터.'라고 포기 증서에 서명했다.

양식들에 즉각 서명하고 우편으로 보냈음에도 카울리로부터 아무런 소식도 듣지 못하자 케루악은 좌절했다. 그는 12월 23일에 "이 두 개의 서명을 받았나요?"라며 편지를 썼다. "바로 보냈는데, 받았다는 답이 없네요! 여러 주 전인데." 계약서나 추천된 변경 사항들의 희망 목록이 오지 않았을 때에도 케루악은 좌절했다.

1956년 봄에도 케루악은 여전히 기다리고 있었다. "악의 있는 운명"이라고 표현한 일련의 연락 두절 뒤에, 카울리는 케루악이 워싱턴의 스카짓 벨리에서 작업할 수 있도록 추천 수정 사항들의 목록을 늦지 않게 보내 주기로 약속했는데, 거기서 케루악은 여름 동안 데설레이션 피크의 산불 감시원으로 일하고 있었다. 이미 오랫동안 소설이 출판되기를 기다린 데다 이런 지연으로 인해 케루악의 결의가 시험받았다는 것은 놀랄 일이 아니다. 4월 10일, 그는 스털링 로드에게 이를 두고 "내가 할 수 없는 불합리하고 순교자적인 몫을 떠맡고 있다."라고 불평했다. 바이킹 출판사로부터 『길 위에서』를 도로 가져가겠다고 협박하기도 했다. 1956년 내내 기획이 총체적으로 지연되고 있었음에도 그는 항상 감정을 누그러뜨리고 바이킹 출판사가

자기에게 가장 좋은 기회라고 스스로 수긍하려 했다. 그리고 스털링 로드에게 보낸 편지들과 카울리에게 보내지 않은 편지들에서 자신의 분노를 표출했다.

케루악은 1956년 가을에도 여전히 안달하고 있었는데, 9월에 샌프란시스코에서 스털링 로드에게 쓴 편지에서 "지금 무슨 일이 벌어지고 있는지" 물어본다. "바이킹 출판사의 상황에 관해 생각하는 바를 말해 줘요." 케루악은 로드에게 물었다. "아마도 우리가 제목을 '와우'라고 바꾸고 바로 출판해 버리는 것을 제안할 수도 있겠지요."* 10월 7일에 멕시코시티에서 케루악은 로드에게 『비트 세대』를 카울리에게서 회수하라는 편지를 썼다. "그의 성실함에 대해서는 존경하지만, 바이킹 출판사에 있는 다른 사람들에 대해서는 그렇게 확신하지 않는다고 전해 주세요. 그리고 나는 신경 쓰지 않는다고 말해 주세요. (……) 난 그 책이 길거리 노점에서 판매되기를 원해요, 그건 길에 관한 책이니까. 할 수 있는 걸 하세요. (……) 생각할 수 있는 온갖 수모를 다 당했으니 출판사들의 거절이나 수락이 저 죽음, 죽음 같은 삶의 끔찍한 마지막 감정을 바꾸지는 못할 거예요."

바이킹 출판사와 카울리의 최종 수락 보고서는, 날짜가 기록되어 있지는 않지만 1956년 말에 쓰인 것으로 보인다. 카울리는 이 책의 역사를 더듬어 갔다. 카울리는 이 소설이 "다시 보기를 원한다는 조건을 달고" 1953년에 거절당했다고 회상하

* 1957년 4월 런던에서 테디 보이 문화에 깊은 인상을 받은 케루악은 스털링 로드에게 "아마도 제목을 '로큰롤 로드'라고 바꾸면 판매가 두 배 이상 늘지도 몰라요."라고 했다.

면서 바이킹 출판사가 이어 "명예 훼손과 외설성이란 두 개의 큰 문제들을 제거하려고" 작업해 왔으며 "더욱이 케루악은 대부분의 명예 훼손 위험을 피하려고 이야기를 고쳤고 (……) 헬렌 테일러는 남은 명예 훼손 부분과 얼마간의 외설성에 대해 철저히 논했으며 이야기를 견고히 하기 위해 세밀히 다듬었다."라고 썼다.

카울리는 『길 위에서』가 "위대하거나 하다못해 호감이 가는 책"은 아니라고 썼다. 이 소설의 "거친 보헤미안들"은 "어떤 새로운 경험에 대해서든 '그래.'라고 대답하는 결단력을 제외하고는 어떤 정서도 없는 (……) 고장 나 버린 기계들" 같았다.

> 내가 예언하건데 이 책은 잡다하지만 흥미로운 평을 얻을 것이며 판매가 좋을(아마도 아주 좋을) 것이고, 페이퍼백으로 다시 인쇄되리란 것에는 의심의 여지가 없다고 생각한다. 게다가 삶의 다른 방식에 관한 정직한 기록으로 오랫동안 남을 것이다.

1957년 새해 첫날, 케루악은 플로리다에서 스털링 로드에게 이렇게 전했다. "『길 위에서』의 원고가 인쇄를 위한 준비를 전부 마쳤어요. 명예 훼손 문제에 대해서는 내가 깔끔하게 해결해 놓았으니까 전적으로 자신감을 가지라고 키스와 말콤에게 말해 주세요. (……) 그들은 기뻐하겠죠." 플로리다에서 그레이하운드 버스를 타고 뉴욕을 여행한 케루악은 1월 8일에 카울리에게 원고를 제출했다. 바이킹 출판사와 '존' 케루악이 서명한 계약서는 '임시로 『길 위에서』라고 제목을 붙인' 소설에 관한 것으로, 1957년 1월 10일자로 되어 있다. 케루악은 모든 수

입에 대하여 1000달러를 받았는데, 서명하면서 250달러의 지급금을, 수락하면서 150달러의 지급금을, 육 개월 동안 100달러의 할부금으로 600달러의 차감 잔액을 받았다. 인세 협정은 1만 부까지 팔리는 모든 책에 대해서는 10퍼센트를 받을 것이며, 1만 2500부까지는 12.5퍼센트를, 그리고 그 이후에는 15퍼센트를 받을 것이었다. 1월 10일, 케루악은 존 클레론 홈스에게 자신이 "바이킹 출판사와 내일 확실히 계약서에" 서명할 것이라고 보고한다.

2월 24일 카울리는 케루악에게 그의 새 소설 『절망의 천사들』을 거절한다고 썼다. 그리고 그는 "『길 위에서』는 적절한 속도로 작업이 진행되고 있으며 곧 인쇄가 시작되어 판매원들이 『길 위에서』를 갖고 나갈 것입니다. 많은 책이 팔리기를 기원합니다."라고 썼다.

계약서에 서명을 하고 책이 생산에 들어가자, 케루악은 바이킹에 의해 고립된 자신을 발견했다. 그는 6월에 버클리에서 쓴 편지에서 곧 다가올 8월로 예정된 『외침』의 외설성 재판이 『길 위에서』에 영향을 줄지도 모른다고 걱정하면서, 스털링 로드에게 '섬뜩한 고요'에 대해 불평을 던졌다. "당신이 더 이상 편지를 쓰지 않으니 나는 무슨 일이 잘못되었나 싶어 걱정돼요. 그저 내 상상이겠지요? 키스 제니슨에게 긴 편지를 썼는데, 답신이 없어요. 『길 위에서』는 출판될 건가요? 그렇다면, 내가 봐야 하는 최종 교정쇄와 내 사진은 어떠한가요? 그리고 내가 알아야 하는 판촉이나 영업 같은 일은 진행이 되고 있지 않나요? 아무에게서도 소식을 듣지 못해서 무척 외롭고 겁이 납니다."

문학잡지 《뉴 에디션》이 『코디의 환영』을 발췌한 「닐과 세 명의 졸개들」을 출판한 뒤에, 케루악은 7월에 그 책 한 권을 카울리에게 보내면서 그가 "손을 대지 않은 내 산문이 인쇄된 것을 보면서 즐거워할" 것이라 생각한다고 썼다. 『길 위에서』의 최종 교정쇄를 언제 받을 것인지를 질문하려던 편지는 소설의 신간 견본들이 도착하면서 중단되었다. 『절망의 천사들』에서 묘사한 바와 같이, 닐 캐시디가 버클리 집의 문을 두드리던 그 때 케루악은 이 책들의 포장을 뜯고 있었다. 현행범으로 붙잡힌 심정으로 케루악은 "이 보잘 것 없는, 미치고 슬픈 책의 주인공"인 캐시디에게 첫 번째 책을 건넸다.

이런 교환과 협상 들에서 읽을 수 있는 문화적 긴장감, 케루악과 그의 책에 대해 바이킹 출판사의 고위 인사들이 보인 흥분과 혐오, 그의 파격적인 책을 관리하고 상품화하려는 시도들과 그 과정에 공모하려는 케루악의 열정적인 무방비함, 그리고 문학적이며 문화적인 역사가 이제 만들어지려 한다는 인식 등이 1957년 9월 5일 마침내 『길 위에서』가 출판된 이후 발표된 평론들에서 공공연하게 나타나게 되었다.

조이스 존슨은 『이류 등장인물들』에서 9월 4일 자정 직전에 자신과 케루악이 《뉴욕 타임스》가 배달되는 걸 기다리기 위해 66번가와 브로드웨이 사이에 있는 신문 가판대로 갔던 상황을 묘사하고 있다. 배달 트럭에서 신문들이 내려오자 신문 가판대의 노인이 신문을 묶어 놓은 끈을 끊었고 조이스와 잭은 신문 한 부를 사서 가로등 아래에서 길버트 밀스타인이 쓴 『길 위에서』의 평론을 읽은 다음 콜럼버스 가에 있는 도넬리의 술집에서 되풀이해 읽었다.

이 책을 "인증된 예술 작품"이라 칭하는 밀스타인의 평론은 『길 위에서』가 "중요한 소설"이며 이 책의 출판이 "역사적 사건"이라고 선언했다. 밀스타인은 케루악의 스타일과 기술적 기교를 찬양하면서 샐과 딘의 도가 지나친 행동들, 그들의 "극도로 흥분된, 모든 감각적 인상의 추적"이 주로 "영적인 목적에 공헌하기 위한" 의도로 케루악이 만들어 낸 것이라고 주장했다. 밀스타인은 케루악의 세대가 "자신이 무엇을 추구하는지 알지 못하면서도 추구하는 중"이라고 썼다. 밀스타인은 존 올드리지가 자신의 연구 「잃어버린 세대 뒤에」에서 규명한 대로 케루악이 전후 미국 작가에게 가능한 행로들 중 가장 도전적이고 어려운 것을 택한 것은 이런 영적인 의미에서라고 주장했다. 올드리지의 용어로 말하자면 케루악은 "신념이 불가능한 배경 속에서도 신념이 필요함"을 진술하고 있었다. 이러한 신념의 필요성은 또한 존 클레론 홈스가 「이것이 비트 세대이다」라는 기사에서 다룬 것이기도 하다. 이 기사는 밀스타인이 1951년 일요판 《뉴욕 타임스》에 실리도록 의뢰했고 그가 쓴 『길 위에서』의 평론에서도 인용되었다. 홈스는 '잃어버린' 세대와 '비트' 세대들 사이의 차이점이 "인습적으로는 그렇게 할 수 없는 무능력에 직면해서도 믿음을 버리지 않는 비트 세대의 의지"에 있다고 주장했다. 그런 다음 "어떻게 사는가." 하는 문제가 훨씬 더 "왜 사는가 하는 문제보다 중대해"진다고 썼다.

밀스타인이 『길 위에서』를 메마르고 두려움에 찬 미국 사회의 맥락에서 긍정의 모색과 아주 강력하게 연관된 소설이라고 규정한 것은 이 소설을 토론하는 기반을 확립하려는 시도였지만, 그의 견해는 반대 입장의 평론가들에 의해 도전을 받았다.

그들은 케루악의 스타일이 보이는 풍부한 아름다움과 신선함을 무시할 수는 없었지만 그의 영적인 목적과 의도의 심각성은 시인하지 않으려 하였다. 9월 8일 일요일 《뉴욕 타임스》에서 데이비드 뎀프시는 "잭 케루악은 엄청나게 읽을 만하고 재미있는 책을 썼지만 서커스 같은 쇼를 보는 기분으로나 읽을 만한 책이며, 변태적인 인물들은 매혹적이지만 우리 삶의 일부가 되지는 못한다."라고 주장했다.

다른 문화 비평가들은 이보다 더 공공연하게 적대적이었다. 《뉴욕 월드 텔레그램 앤 선》에서 이 소설을 평론한 로버트 C. 루아크는 『길 위에서』가 케루악이 "육 년 동안 부랑자였다."라는 고백 그 이상은 아니라고 주장했다. 그는 케루악의 "코를 훌쩍거리는" 등장인물들은 "엉덩이를 차 주어야 하는 불량배들"이라고 썼다. 10월 28일 《뉴 리더》에서 윌리엄 머레이는 이 소설이 시대적 "분위기와 의미"라는 맥락에서는 틀림없이 뜻 깊고 중요하지만 "그의 글이 규율과 목적의 통일성을 반영하고 있지 않은 것으로 보아" 케루악이 "예술가가 아닌 것은 분명하다."라고 주장했다. 머레이는 『길 위에서』가 중요한 작품이라고 하면서 "왜냐하면 비문학적인 방식으로 우리 시대의 감정적 경험을 직접 전달하기 때문이다."라고 말을 잇는다.

바이킹 출판사의 광고 담당 이사 퍼트리샤 맥마너스가 1958년 2월 6일자 사내 메모에서 이 소설의 "혼잡해도 울려 퍼지는 효과"라고 명명한 것이 금세 『길 위에서』의 3쇄를 찍게 만들었다. 출판 이전의 메모를 보면, 맥마너스는 이 소설이 "상당히 활기찬 찬반 토론을 불러일으킬" 것이라고 사전 독회를 통해 예측했다. 1958년 1월, 맥마너스는 "적어도 두 개의 대학이 현대 문학 과정에서 이 책을 채택했다.(학교들이 책을 어떻게 사용하는지 아직 규명되지 않았지만, 아마도 외출 금지 시각 이후의 읽을거리일 것이다.)"라고 보고했다.

영적 추구 중이라는 케루악의 주장, 그의 노동 계급과 프랑스계 캐나다인이라는 지위, 그리고 어디에서 나왔는지 알 수 없는 케루악에 대한 신화 창조 그리고 그가 냉전 정책과 이념의 반대에 있는 대항문화 세대의 우두머리로 받아들여진 점 등으로 그가 공공연한 표적이 된 거대한 문화 전쟁에서 잭 케루악과 『길 위에서』를 둘러싼 논란은 초점에 놓인 논쟁이 되었다. 1940년대 말, 열렬하고 생기에 가득 찬 청년 케루악이 쓴 소설은 1950년대 말의 청년 문화에 관한 직접적인 사회적 발언으로 여겨졌다. 소설과 비소설의 구분을 무너뜨리는 케루악의 기술적 성공은, 한편으로 『길 위에서』가 『모비 딕』, 『허클베리 핀의 모험』, 『위대한 개츠비』 등의 미국 소설들과 공유하는 주제와 관계성이 대체로 주의를 끌지 못했음을 의미한다. 반면, 많은 독자들은 그저 자신들의 뜻에 따라 케루악을 딘 모리아티와 혼동했다. 1958년 9월 15일자 《호라이즌》에 게재된 「생각하지 않는 것의 예식」에서, 로버트 브루스타인은 케루악을 말런 브란도와 제임스 딘의 "얼굴을 찡그린" 분명히 표현할 수 없는 "부족적 추종자들"과 연계시켰다. 브루스타인은 '비트 세대'가 무뚝뚝하고 불만에 차 있으며 생각이 없고 "아주 작은 촉발에도 폭력을 사용할 준비가 되어 있다."라고 주장했다. "스릴을 추구하는 시인과 희생자의 살 속 깊이 칼을 꽂으며 스릴을 추구하는 청소년의 사이는 그렇게 멀지 않다."

해군 신병 훈련소에서 총을 내려놓고 연병장을 떠난 후로 평생 평화주의자로 살아왔던 케루악은 9월 24일에 브루스타인에게 답했다. 10월 2일 『달마 부랑자』의 출판을 일주일 앞둔 시기였다.

> 내 등장인물들 중 누구도 '떼 지어' 여행하거나 '비행 청소년 집단'과 함께 있거나 칼을 들고 다니지 않는다. 나는 『길 위에서』가 1880년대 당신의 할아버지가 젊은이였을 때처럼 젊고 거친 말썽꾸러기들이 지닌 연약함에 관한 책이라고 생각했다. 나는 결코 어느 때에도 폭력적 성향을 가진 사람을 찬미한 적이 없다. (……) 딘 모리아티와 샐 파라다이스는 비평가들의 말과 달리 전혀 악의가 없는 등장인물들이다.

비평가들의 진지한 토론을 이끌려던 자신의 의도와 달리 대부분의 기자들이 원했던 것은 조이스 존슨이 쓴 것처럼 '비트 세대의 내막과 그 화신(化身)'이라는 것을 케루악은 쓴맛을 본 후에야 발견하였다. 특히 기자들은 필연적으로 어디에서나 들리기 시작한 '비트'의 의미를 케루악이 설명해 주기를 원했다. 존슨은 비트에 대해 이렇게 쓴다.

> 의기양양한 극도의 피로가 사라져 가는 순간에 재즈광 천사 허버트 훈케가 1947년의 타임스 스퀘어 거리 모퉁이에서 처음으로 했던 말이다. 나중에 잭의 마음속에서 울려 퍼져 새로운 의미를 낳으며, 가톨릭적인 라틴어 '축복받은'과 연결되었다. "비트는 축복받았다는 뜻이야. 그렇지?" 잭은 정확성이 진실과 똑같지 않다는 것을 알고 있지만, 정확성을 추구하는 언론의 입장을

존중하여 기자들이 바르게 이해할 수 있도록 아주 정직하게 자신의 주장을 밝힌다.

존슨은 되풀이하여 케루악이 "점증하는 지루함과 함께 다음과 같은 전개를 겪을 것인데 (……) 단어들이 점차 분명하지 않게 발음된다."라고 쓴다. 그리고 존슨이 케루악의 "끔찍한 성공"이라고 명명한 악몽이 시작되었다. 원래도 심했던 음주가 통제가 불가능할 정도로 심해졌고, 거의 십 년 전에 오존 파크에서 시작했던 이 소설은 신화적인 '비트의 제왕'이라는 운명을 그에게 선고한다.

이 글은 무엇보다 신화를 걷어 내고 케루악을 작가로 회복시키려는 의도를 갖고 있다. 윌리엄 버로스는 이렇게 썼다. "그것이 내가 작가들에 관해 이야기하거나 노트를 들고 조용한 구석에 앉아서 필기체로 글을 쓰던 작가로 케루악을 기억하는 방식이다. (……) 그는 언제나 쓰고 있었고, 쓰는 것만이 그가 생각했던 유일한 것이었다고 생각된다. 그는 다른 어떤 것도 결코 원하지 않았다."

하워드 커넬

(영국 서식스 대학교 연구원)

▌해제 2

미국 다시 쓰기
— 케루악의 '지하 괴물들'의 나라

뉴욕 시의 서점에 가면, 종종 책장 선반보다는 오히려 계산대 뒤에서 케루악의 책을 발견하게 된다. 전설에 따르면 『길 위에서』는 성경과 나란히 가장 자주 도둑맞는 책 중 하나이다. 책은 대개 범죄의 대상이 될 만한 가치가 없다고 여겨지지만, 케루악은 세대를 가로질러 무법 지대가 펴져 나가도록 계속해서 도전의 수위를 높인다. 그의 가장 유명한 소설은 그것이 쓰인 특정한 시대적 조건들에서 생겨났겠지만, 그 역사적인 순간의 격변과 후유증을 활기차고 영속적인 관심으로 바꾸는 일종의 청사진으로 작용한다. 이런 특성의 핵심에는 독자로 하여금 마치 그곳을 처음 발견한 것처럼 우리를 이방인으로 정의하는 장소들을 발굴함으로써 포착하기 어려운 우리 삶의 질문들을 추구하게 하는 지령이 있다. 케루악은 닐 캐시디와의 여행에 관한 실험적 이야기인 『코디의 환영』을 "그게 무엇이든 간에, 미국"에 바친다. 그는 『길 위에서』에서 말한 것처럼 "지하에서의 상승"의 창조적 과정에 고취된 모험으로서 아마도 그의 세대 다른 어떤 소설가보다 미국의 애매성에 가까이 접근한다. 길 위에서의 경험을 쓰기 위해 케루악이 보냈던 세월들은, 말하자면 아래에서부터 건설되는 나라에서의 탐사 여행이었다.

"해가 져 버린 미국의 어느 밤" 1950년의 『길 위에서』 최초 초고는 시작된다. 이 이미지는 최종적으로 출판된 판본에서 마지막 문단으로 옮겨 오지만 도입부로 읽게 되며 이 소설의 개관적인 범위에서는 맨 앞에 오는데, 이는 "초라한 비트 생활 그 자체의 진수"를 "미국의 밤 속에서 슬픈 드라마"로 맥락화한다. 1949년 7월 4일 케루악은 일기에 멕시코에서 뉴욕으로 갈 계획을 쓰는데, 그가 묘사한 바와 같이 "거의 즐거움 같은 심한 울적함"을 느낀다. "커다란 미국의 밤이 가까워지고 있다, 항상 더 붉고 더 어둡게. 집이 없다." 케루악은 자기 삶에서 집의 의미를 갖는 장소들(무엇보다 특히 그의 어머니, 그는 항상 그녀에게로 돌아갔다. 그리고 그의 탄생지인 매사추세츠 로웰도 그러하다.)과 사람들을 결코 포기할 수 없었던 반면에, 언제나 자기가 태어난 땅에서 집 없는 상태로 충만함과 절망의 독특한 결합을 느꼈다. 케루악의 많은 글에서 보이는 극한의 집중력은 독자로 하여금 종종 지적 판단과 정서적 해방 사이에서 꾸물거리도록 요구하는데, 케루악에게 있어 개인과 국가 사이의 관계를 적절하게 설명할 만한 단어를 구축하는 데 얼마나 많은 것이 걸려 있는지를 바로 명시한다.

보안 경호원으로 지내는 짧은 기간 동안 규칙을 악용하려는 샐 파라다이스의 좌절된 시도를 묘사할 때, 케루악은 "이것이 미국의 이야기이다."라고 『길 위에서』에서 설명한다. "모든 사람들은 그들이 하기로 되어 있다고 생각하는 것을 하고 있다." 냉전이 시작되는 2차 세계대전 이후의 시기는 국가적 통합의 신화를 승인했다. 케루악이 『길 위에서』 두루마리를 작성하기 일 년 전인 1950년 4월 14일, 미국 국가안전보장이사회를 위해 준비된 비밀보고서 NSC 68에서는 '미국의 근본적인 목적'이라는 제목 아래 세 개의 '현실'이 등장한다. 즉 "헌법과 권리장전에 제창된 바와 같이 개인적 자유의 본질적인 요소들을 유지하겠다는 결심. 자유롭고 민주적인 체제가 지속되고 번영할 수 있는 상황을 창조하겠다는 결심. 그리고 우리 삶의 방식을 지키기 위해 필요하다면 싸우겠다는 결심." 여기서 자유를 수호하기 위해 쓰인 수사법은 틀림없이 위협적이며 제국주의적인 어조이다. 거의 한 세기 전에 월트 휘트먼은 「민주적 전망」에서 "집단의 사상에 개성을 부여하고 가장 깊게 물들이는 완벽한 개인주의"에 관해 썼다. 1950년대에는 이런 사고의 틀이 반대 방향을 향하고 있는 것 같았다. (결과적으로 전쟁에 기울이는 총력에 일환이 되도록 하는 희생 등) 국가의 경계 안팎에서 개인의 요구사항을 구성하는 것은 국가였다.

케루악이 『길 위에서』 두루마리를 작성한 해에 미국은 남태평양에서 네바다 사막으로 핵폭탄 실험을 확장하였다. 문자 그대로 전쟁을 집으로 갖고 온 것이다. 의회 위원회는 미국적이지 않은 행위에 관해 두 번째 청문회를 시작했는데, 그곳에서 예술가와 지식인 들은 그들의 결백함과 미국에 대한 충성심을 증명하고 공산주의와의 관련성을 부인하도록 요구받았다. 어떤 사소한 경범죄도 비정상적이라는 꼬리표를 받을 수 있었으며, 시민들은 전체주의로부터 자유를 수호한다는 명분 하에 시민적 자유의 박탈을 경험했다. 이런 강제적인 고백의 시대는 조이스 넬슨이 주장하는 것처럼 "정보의 의도적인 단편화와 구획화"로 아주 효율적이었던 광대한 움직임의 극비 실행 상태였다. 정치와 문화의 내부와 사이 양쪽을 잇는 연결적인 조직에 관해 사람들이 잘 이해하지 못할수록, 정부는 세계적인 영향력과 권위를 추구하면서도 자기 국민을 조작하는 일에 더욱 효율적일 수 있다.

1947년에 출간된, 냉전 봉쇄 정책을 공식화한 논문 「소련 행위의 원천들」에서 조지 케넌은 조국 내 사회적 화합과 대외적 통제 간의 연결을 강조했다. 그가 주장하기를, 미국은 "내적인 삶의 문제들과 세계 강대국으로서의 책임을 성공적으로 수행하고 있으며 (……) 시대의 주요 이념적 경향들 속에서 자신의 것을 지켜 가고 있는" 국가로서 자신을 제시해야 했다. 케넌에 의하면, "이 국가 내에서의 우유부단, 불통일, 내부 분열의 표출은 공산주의 운동 전체에 기분을 북돋우는 효과를 갖게 할 것"이기 때문에, 약세의 기미는 세계 전체에 극단적인 결과를 초래할 수도 있었을 것이다. 다른 말로 하자면, 이의와 반박은 적을 도와서 국가의 주권 자체를 위협하는 심술이라고 여겨졌다. 해결책은 아무리 강제적이라고 해도 동질성과 합의임을 암시하는 것이다.

'비트 세대'에 관한 케루악의 많은 정의들 중에는 "모든 형식들, 세상의 모든 관습들에 대한 지겨움"이 포함되어 있다. 자기가 태어난 땅에서 소외되었다는 그의 의식은 무언가 "이 모든 것들과 '다르게' 되려고 분투하도록 내 속에서 끊임없이 괴롭히고 있다."라고 하는 그의 이해에 부분적으로 기인한다. 그는 스티븐 J. 화이트필드가 주장하듯 모든 면에서 "문화적 표현이 좌절되고 왜곡된" 사회의 신임장을 얻기에는 "너무 어둡고 너무 이상하고 너무 지하에 있는" 사람들에게 친밀감을 느꼈다. "순수한 존재의 들쑥날쑥하고 무아지경에 빠진 기쁨"을 위해 살아가는 삶을 격려하는 『길 위에서』는 윌리엄 H. 화이트 주니어가 1956년 그의 베스트셀러인 『조직 인간』에서 경고했던, 사회가 "육체적으로는 물론 영적으로도 집을 떠나 조직 생활에 입회한" 중산층 노동자들로 구성되어 있다는 염려를 낳는 국가의 문화적 의식에 아주 널리 퍼져 있는 어떤 수준의 순응에 대한 응답으로 보일 수 있다. 하지만 '조직 인간' 사회의 공포에서 기인한 이런 형식의 자기비판은 가장 은폐된 수준의 통제가 저지 없이 계속될 수 있는, 일종의 불찬성의 안전지대를 산출해 낼 뿐이었다.

케루악은 관료적이고 군사적인 질서가 침투하는 바로 그 체제 자체가 문제라고 생각했다. 그는 1951년 7월에 앨런 긴즈버그에게 보낸 편지에서 "이 세상에서 사무실에 근무하는 남자가 되는 게 어떤 것인지 정확하게 이해해서 기뻐. 기자 시절에 나는 책상과 전화를 가지고 있었는데, 세상에 있기에 무척 쉬운 방식이었어, 그래도 (……) 말하자면, 자동적이었지." 케루악은 1943년에 잠시 해군 예비역을 지냈지만, 그를 평가한 정신과 의사의 말마따나 "개인이 복종과 규율에 종속되며" 누구든 "이런 통제에 순응하지 않으면 조직에 쓸모가 없다."라는 사실을 깨달은 뒤에는 제대하는 대신 상선에 재입대하기 위해 미친 척했다. 그는 "히피의 꽃다운 아이"와 "미국 사회의 최고 계층" 모두에서 자신을 분리하기 위해 삶의 끝에서 쓴, 그의 가장 신랄한 에세이 「내 뒤에, 대홍수」에서 "나는 충분히 이해할 수 있게 소외되어 있는, 아니, 이런 장면에 넌더리가 난, 소외된 과격파로 돌아갈 것이다."라고 결심한다. 왜냐하면, 그의 의견에 따르면 자기들이 위선적이고 비생산적이더라도, "신경학상으로 수전노 농땡이"인 사람들이 더 나쁘기 때문이다.

『길 위에서』를 여전히 세대의 대변인이 낸 성명서로 읽는 것은 잘못된 것이다. 이 책의 갑작스러운 성공 뒤에 케루악은 자신이 비트 세대의 사상에서 벗어나야 하고 '비트의 왕'이라는 호칭을 없애야 한다는 것을 깨달았다. 삶의 끝에서, 싹트고 있는 대항문화와 그의 관계 그의 정견(政見)을 규정해 달라는 요청이 계속되자 그는 『길 위에서』가 "결코 선동하는 선전 기사"가 아니라고 설명했다. 그는 사실상 자신이 거의 이해하지 못하는 세대 전체를 지휘하는 책임을 원하지 않았다. 케루악은 일찍이 1959년에도 "TV에 나오는 비트적 수법"에 대해 유감을 표했는데, "유행과 양식의 단순한 변화일 뿐이며 역사적 외피에 불과하다."라고 넌지시 말했다. "드레스와 바지 몇 벌이 변할 것이며 거실 의자들이 쓸모없어질 것이고 곧 비트부 장관이 생겨날 것이며 새로운 허식을 제도화할 것인데, 이는 사실상 적의의 새로운 이유들이며 미덕의 새로운 이유들이며 용서의 새로운 이유들이며……." 케루악은 직접 체험한 아방가르드 문화 운동이 종종 그들을 낳은 본질적인 사상들에서 벗어나는 부조리한 경로를 목격했다. 그는 원래의 창조적인 조음(調音) 이면에 있던 비평들을 제거한 비공식 판본들에서 예술의 극단적인 가능성이 어떻게 검열되는지를 이해했다.

케루악은 분류학이 모든 부수적 자질들과 더불어 요구하는 절대성에 도전함으로써 이러한 와전의 좀 더 악의적인 측면을 수비했다. 「내 뒤에, 대홍수」의 끝에 등장하는 그의 유일한 해결책은 "세상 모든 사람들이 생계를 꾸릴 준비를 하려고 사방팔방에서 소리치고 비명을 지르는, 결국에는 모두 외톨이가 된 서글픈 고아들이라고 보는 것"이다. 케루악은 범주들의 경직성과 환원성을 거부했다. 『길 위에서』는 사람들이 실패한 여정들에서, 개인적 과잉의 발견에서, 찌르는 듯한 한계의 아픔을 느끼면서, 아름다움을 발견할 것을 요구한다. 단, 이것들은 인간성이 구축되는 부근의 경계선들이다. 한편, 꼬리표들은 때때로 그것들이 담으려고 애쓰는 존재를 소개(疏開)할 수 있다. 케루악은 1959년에 자신이 "비트 세대가 범죄, 태만, 부도덕, 비도덕을 의미한다고 생각하는 사람들"을 비판한다고 썼다. 이러한 것들은 "단순히 역사와 인간 영혼의 갈망들을 이해하지 못한 채 공격하는 사람들의" 오보된 술책이다. "미국은 내가 말하는 더 좋은 것을 향해 변화할 것이며, 지금 변화하고 있다는 것을 이해하지 못하는 사람들에게 재난이 있으라." 케루악은 주류 미국에 고의로 저항한다기보다 랭스턴 휴스의 말마따나 "아직 한 번도 있었던 적이 없는/그렇지만 있어야 하는 땅"의 인문 지리학 지도를 만든 것이다. 닐 캐시디를 모델로 한 등장인물 딘에게는 "모든 사람이 흥미로워, 친구!" 그러나 케루악의 대역인 샐에게 사람들은 "멋진 로마 꽃불" 같다. 사람들은 딘에게 봉사하고 그를 즐겁게 한다. 샐에게 그들은 빛의 조달자이다.

케루악은 삶이 그러하리라고 예상하는 것과 사람들이 실제로 삶을 살아 내는 방법의 간극을 너무 심하게 느꼈다. 1949년의 일기에서 그는 이렇게 한탄한다. "나는 내가 세상에서 유일하게 고요한 무관심의 감정을 모르는 사람, 그러므로 세상에서 유일하게 미친놈, 유일하게 망가진 인물이란 것을 느낀다. 다른 모든 사람들은 순수한 삶에 완벽하게 만족하고 있다. 나는 아니다. 나는 우선 순수한 이해를, 그런 다음 순수한 삶을 원한다." 케루악은 심오한 외로움을 느꼈는데, 일부는 그가 받은 가톨릭 방식의 가정교육에 깊이 묻어 있는, 인간적 고통에 대한 영적 이해에서 기인하며 일부는 그의 예술가적 열등의식에서 기인한다. 그런 열등의식은 그와 "미친 듯이 살고 미친 듯이 말하고 미친 듯이 구원받으려 하는" 사람들과의 유대감을 이끌어 내면서도 그의 차별적인 감각을 높였다. 샐은 창조적인 정신이 공동 연구를 해야 하는 강박적인 필요성을 이해했다. "그들은 (……) 서로 매달리다시피 하면서 춤추듯 거리를 돌아다녔다. 나는 내 관심을 끄는 사람들을 만나면 항상 그랬던 것처럼 휘청거리며 그들을 좇았다." 동시에 케루악은 자신이 유례없는 변두리에 있음을 깨닫고 자기 자아의 특정 매개변수를 정의하는 방법들을 탐색하였다. 첫 번째 여행에서 샐은 미국 한가운데에 있는 디모인에서 잠에서 깨어났는데, 자신이 누구인지 모른다. "나는 그저 다른 누군가, 어떤 낯선 사람이 되었고, 나의 삶 전체는 뭔가에 홀린 유령의 삶이 되었다." 여기서 길은 방랑자와 탐구자 들의 긴 혈통에 뿌리를 내리기 위해서 순간적으로 샐의 정체성을 절멸한다.

『길 위에서』는 근대 사회에 내재된 승화의 힘으로 중재하지 못한 공동체들이 작동할 수 있을지도 모른다는 희망을 발산하고 있다. 3부 시작 부분에서 샐이 덴버로 가기 위해 샌프란시스코를 떠날 때 그는 자신이 '중부 미국에서 가장'으로 자리를 잡는 모습을 마음속에 그려 본다. 그러나 실제로 그곳에 도착했을 때 그는 덴버의 유색인 구역에서 흑인이 되기를 소망하며 "백인 세상이 주는 것은 아무리 최상이라도 충분한 희열도 아니고, 충분한 삶도, 즐거움도, 활력도, 어둠도, 음악도, 충분한 밤도 되지 못한다고" 느끼는 자신을 발견한다. 그는 설명한다. "덴버의 멕시코인이거나 차라리 불쌍하게 일만 하는 일본인이어도 좋으니 어쨌거나 지금 이렇게 처량하고 꿈도 아무것도 없는 '백인'만 아니라면 좋겠다는 생각이 들었다." 평론가들은 이 구절에 표현된 인종적 원시주의를 제대로 지적했는데, 이 시대 유색인종이 실제로 살아가는 경험을 모호하게 만드는 효과가 있을 수 있다는 것이다. 하지만 케루악에게 있어서 이들 억압받는 소수 민족들은 '미국의 지하'가 실제로 의미하는 바에서 가장 정직한 초혼(招魂)이었다. "길의 끝"에 있는 "마법의 땅"이 멕시코라는 것은 우연이 아니다. 샐과 딘이 멕시코시티로 운전해 들어갈 때 "원시인의 본질적 혈통인 펠러힌 인디언들"이 자신들의 땅을 거만하고 거대한 돈주머니를 안은 미국인들이 "반쯤 재미 삼아 지나가"는 것을 응시하는 것, 그리고 그들이 "누가 아버지이고 지상의 고대 생명을 이어받은 누가 아들인지" 알고 있다는 것은 케루악에 의해 공유되는 관점이다. 『길 위에서』에서 스스로 인정하는 바에 대한 헌신을 재확인하는 한편 변두리 사람들과 공감하는 그의 심오한 욕망은 그 자신의 모순된 인종적, 계급적 지위에서 유래하는 '하얀 야심들'인데, 1949년에 그는 사회적이며 정치적인 양쪽의 정체성에 대해 동등한 주장을 표현하는 것이 거의 불가능하다는 것을 이해한다.

케루악은 일을 찾아 뉴잉글랜드로 이민한 프랑스계 캐나다인 부모에게서 장 루이 르브리 드 케루악이란 이름으로 태어났다. 그는 프랑스계 캐나다인 노동 계급의 사투리를 쓰면서 자랐다. 그래서 여섯 살이 될 때까지 말하지 않았던 영어보다는 프랑스계 캐나다인 노동 계급의 사투리를 소설가로서 활동하는 내내 더 편하게 여겼다. 『외로운 여행자』의 서문에서 그는 자신의 선조들이 브르타뉴인과 인디언 둘 다라고 언급한다. 그는 양쪽의 유산에 자부심을 표현하면서, 『지하인들』에서 쓴 것처럼 "포크너식의 기둥으로 떠받친 선조 대대의 집"과 "옛 인디인들과 미국 원주빈들의 뼈로 가득한 땅을 덮고 있는 미국의 강철" 사이에서 망설였다. 팀 헌트는 케루악의 이민 역사가 "유색인도 아니고 백인 중산층 미국인도 아닌 범주 사이를 떠돌며, 그 시대의 인종적이고 계급적인 수사학들 사이의 불협화음(그는 백인이었기 때문에 문화적, 사회적으로 주류에 속해 있었다.)이나 변두리성의 느낌, 즉 그가 결과적으로는 외국인이며 이방인이라는 느낌을 해결할 수 없었다."라고 주장한다. 무엇보다도 먼저 자신을 미국인이라고 밝히는 사람들은 자신들의 독특한 권리의 느낌을 갖고 있다. 이는 아마 이민자들과 첫 세대 미국인들만이 제대로 이해할 수 있는 것일 텐데, 그것은 그들이 결코 충분히 가질 수 없을 소유권의 느낌이기 때문이다. 작가들은 문제없이 그들의 국가에 책을 봉헌하지 않는데, 더군다나 ("그게 무엇이든 간에") 그것을 정의할 수 없음을 인정하는 구절을 포함하지는 않는다.

케루악의 정체성의 부조화한 요소들은 『길 위에서』의 인류학적 렌즈를 1950년대 미국의 일상적인 삶의 변두리로 돌린다. 앤 더글러스는 처음 이 책을 읽고 그녀 자신과 그녀의 친구들에게 "우리가 나라가 아니라 대륙의 일부에 속해 있었"고, 게다가 "카메라에 일상적으로 잡히는 사람들을 벗어나면 대륙이 이상하게 비어 보였는데, 알고 보니 다른 사람들, 움직이는 사람들, 다양한 종족과 인종의 사람들, 많은 언어를 말하는 사람들, 계절노동자로 한 장소에서 다른 장소로 옮겨 가는 사람들, 부랑자들과 히치하이킹을 하는 것처럼 주변을 돌아다니는 사람들, 짧지만 오래 남는 만남 속에서 서로 만나는 사람들로 가득 차 있었다."는 걸 가르쳐 주었다. 특권적이지 못한 다른 신분 증명의 범주들이 있었을지라도, 백인이라는 사실이 여전히 『길 위에서』에 더 큰 이점을 보장해 주고 있을지라도, 케루악은 또한 길 경험의 주체들로서 무대를 공유한다는 이유만으로 이 지역에서 바람직하지 못하다고 여겨지는 사람들(예를 들면 트럭 뒤에 올라타는, 집 없는 사람들이나 돈 한 푼 없는 색소폰 연주자들 등)에게 어떤 매개 형태를 제공한다. 하워드 진은 "진보의 이름하에 정복과 살해의 조용한 수락"을 남기는 영웅들과 그들의 희생자들이라는 관점에서 미국을 이야기하는 것이 "역사에 대한 접근법의 하나의 양상으로만" 기능하고 "그곳에서는 과거가 정부, 정복자, 외교관, 지도자 들의 관점에서 이야기된다."라고 말한다. 『길 위에서』가 미국의 정의(定義)에 관한 것이라고 한다면, 이것은 또한 역사와 국민성의 공식적인 정의에 개입하는 것에 관한 이야기이기도 하다.

케루악은 실제 미국인들이라고 보이는 것의 견본을 뽑아 정성스럽게 만드는 과정에서 다시 민족성과 계급을 찾지만, 젠더와 섹슈얼리티의 한계에 도전하기도 한다. 전후 시기에는 백인이 아닌 비정통적인 표준 범주의 사람들 사이에 외국의 적이 침투할 것이라는 두려움이 확산되었다. 『젊은 백인 그리고 불쌍한 사람들: 50년대에 여성으로 자라나기』에서 위니 브레인즈가 주장하는 바와 같이, "진보한 자본주의 사회의 형성에 수반되는 변화들은 미국 경계선 바깥에 있는 사람들로부터 오는, 그리고 여자, 흑인, 동성애자 등 경계선 내부에서 제외된 사람들로부터 오는 위협으로 인식되고 경험되었다." 인종에 관한 케루악의 관심은 『길 위에서』의 두루마리와 출판된 판본 양쪽에서 분명히 나타나지만, 성(性), 특히 동성애에 관한 뻔뻔스러운 언급들은 1956년본에서는 편집되었다. 성 행위에 대해서는 두루마리에서 더 숨김없고 평등하다. 긴즈버그에 의하면, 루안은 닐과 이혼하는 데 "전적으로 찬성했다." 그래서 그는 캐럴린과 결혼할 수 있었다. 하지만 "그녀는 그의 큰 물건을 사랑한다고 말했고, 캐럴린도 그러하고, 나도 그렇다." 이 판본은 여성의 성과 자유를 탐색하는데, 조이스 존슨이 비트 회고록인 『이류 등장인물들』에서 쓴 것처럼, 사람들은 부모의 집을 떠난 "좋은 가문" 출신의 소녀에게 눈살을 찌푸렸고 그녀가 "자신의 방에서 뭘 하려는지" 알고 있었다. 여자들은 남자들과 똑같은 정도의 기동성을 갖지 못했고 반항의 대가는 훨씬 더 컸다. 존슨이 쓰기를, "일단 우리의 남자 대상들을 발견했을 때는 예전의 남성/여성 규칙들에 도전하기에는 이미 너무 많은 맹목적인 신념들을 갖고 있었다." 하지만 "우리는 어딘가 용감하고, 실제로 역사적인 어떤 것을 했다는 걸 알았다. 우리는 감히 집을 떠났던 사람들이었다."

비록 케루악이 묘사했던 길이 큰 결론 없이 여행하는 사치를 누릴 수 있는 사람들에게만 완전히 열려 있었다고 해도 그 길이 가진 해방적 가능성들은 그것들을 해석하는 방법을 찾아낼 수 있는 사람들 모두에게로 확대되었다. 딘의 연인인 메릴루는 소설의 상당 부분에서 길 위에 있는데 두루마리에서는 존재감이 더욱 강하다. 다른 판본에서는 결코 많은 목소리를 얻지 못하지만, 그녀는 증인이고 남자들이 그녀를 이용하는 만큼 그들을 이용하며 그들의 에너지와 길의 지혜를 책임 없이 빨아들인다. 이는 또한 자유의 형태이다. 이 책이 잃어버린 아버지를 찾는 것에 관한 이야기라고 하더라도, 일면 여성들이 일반적으로 그들을 거부하는 경험에 대한 접근성을 획득하고 길 서사를 그들 나름대로의 형식화에 적합하게 다시 찾음으로써 결국 통제에서 벗어나려는 가능성에 관한 것이기도 하다. 여성들은 또한 보다 폭넓은 변화의 촉매제들이다. 두루마리에서 잭은 사람들의 죄를 보상할 남자들의 필요성에 대해 그의 어머니가 해 주었던 말을 회상하는데, 이는 출판된 판본에서 샐과 그의 이모가 나누는 대화에서 궁극적으로 남게 되는 일련의 생각을 유발한다. "전 세계에 걸쳐, 멕시코의 정글에서, 상하이의 뒷골목에서, 뉴욕의 칵테일 바에서, 여자들이 점점 어두워져 가는 미래의 아이들과 함께 집에 머무는 동안 남편들은 술에 취하고 있다. 이런 남자들이 기계를 멈추고 집으로 간다면, 그리고 무릎을 꿇고 용서를 구하며 그들에게 여자들이 축복을 한다면, 인류 종말의 날에 내재한 침묵 같은 거대한 침묵과 함께 평화가 지구 위에 갑자기 내려올 것이다." 케루악은 이 구절에서 젠더 역할의 비판을 통해 표현한 것처럼 미국과 나머지 세계의 관계를 잘못된 것들의 집단적 교정으로 고착시킨다. 그는 우리가 사랑과 공감의 프리즘을 통해 억압과 태만, 수치로 점철된 인류의 역사를 해결하기 시작한다면 국가 내부와 사이 양쪽에 있는 경계들이 무너질 수도 있다고 제안한다.

『길 위에서』는, 완전히 공유되지 않는다 하더라도, 우리에게 백인들의 관점을 넘어서는 관점들을 고려할 것을 요구한다. 그러나 이것은 또한 이방인다운 새로운 판본들의 창조를 지지하기도 한다. 케루악이 행한 미국의 재현은 실질적인 갈등 비용의 함축적인 부인에 있어서 명백한 등가물인 '열전(熱戰)'보다 더욱 불길한 '냉전'의 음흉함에 대한 반응이었다. 비슷한 맥락에서, 케루악은 『길 위에서』가 출판되고 이 년 뒤에 "유행을 좇는 사람의 생활 양식"에는 두 가지 스타일이 있다고 쓴다. 그것은 "낮게 말하고 불친절하며 그의 여자는 아무 말도 하지 않고 검은색 옷을 입는" 사람, "턱수염을 기른, 말수 적은 현자"로 대표되는 차가운 스타일과 "미친 듯이 이야기하며 눈을 반짝이는 (종종 순진하게 속을 터놓는) 바보로, 아무나 불러 대면서 술집과 하숙집을 전전하고 소리치며, 안절부절못하며, 술주정뱅이이며, 그를 무시하는 지하의 비트족과 함께 '해 보려고' 노력하는" 뜨거운 스타일이다. 그가 설명하기를, 대부분의 비트 세대 예술가들은 "뜨거운 파에 속해 있는데, 작고 보석 같은 불길이 자연스럽게 작은 심장을 필요로 하기 때문이다." 전쟁 수사학의 논리에서 '뜨거운' 쪽에 있다는 것은 비밀주의의 가면 뒤에서 자신을 위장할 수 없다는 것을 뜻한다. 취약함과 당황함의 집합소이며, 모든 형태의 비평에 노출되어 있는 것이다. 케루악에게는 '차가운' 것보다 진지한 것이 더 중요했다. 1949년, 그는 "진정으로 심각한 작업을 재개하면서 내 마음이 게을러졌음을 발견한다."라고 한탄한다. 그는 동료들에게서 관찰한 규율 결여에 좌절하고 "이게 세상이 끝나는 방식인가, 무관심 속에서?" 하고 의문을 품는다. 찾고 있는 바가 무엇이냐고 한 인터뷰어가 물었을 때, 케루악은 "신이 얼굴을 보여주기를 기다리고" 있는 중이라고 대답했다. 국가적인 수준에서 '진실'이 특정한 형태의 이념을 위해 정치화된 포괄적 용어라면, 케루악에게 있어서 그가 "진실한 이야기 소설들"이라고 명명하는 것의 글쓰기는 "왜 인간은 계속 살아가는가라는 청소년기의 질문"에 대답하려다 휘말린 행동이었다.

『길 위에서』는 독자들의 어떤 충동에 말을 건다. 그들에게 충분히 명확하게 표명되었다기보다는 유기적으로 느껴지는 방법들로 그들의 일상생활을 다시 상상해 보는 단어를 제공하는 것이다. 알아차릴 수 없을 만큼 너무 낮게 떠 있어서 남들이 보았는지 궁금해지는 커다란 만월의 광경에 갑자기 충격을 받은 감각과 같다. 특권적인 정보를 받은 행운의 참여자가 된 것이다. 더글러스가 주장하는 바와 같이, "케루악의 노력은 기밀 정보로 사상을 창조하는 시대에 인간의 육체와 영혼의 비밀들에 찍힌 봉인을 해제하려는 것이었다." 케루악은 무슨 대가를 치르더라도 항상 정직, 특히 자신에 대한 정직에 관심을 가졌으며, 이는 종종 직접적인 안내보다 오히려 가능성의 그림을 제공하는 것을 의미했다. 『길 위에서』의 가장 인상적인 부분들 중 하나에서, 샐은 "전에는 내가 딘이라는 성가신 존재에게 결코 약속 같은 걸 하지 않았"다는 것을 조용히 인식한다는 것을 이해하며, 그래서 두 남자는 비애와 발견의 서투른 순간 속에 있게 된다. "우리는 둘 다 당황했고 뭔가 불안했다.", "우리 둘(두루마리에서는 '우리 둘의 영혼들'이라고 쓴다.) 사이에서 뭔가가 딸칵 소리를 냈다."라고 하는 이 조용한 교환 뒤에 두 남자는 그들의 여행을 재개한다. 『길 위에서』를 몰고 가는 것은 말해지거나 행해진 것이 아니다. 그것은 포함되거나 범주화되거나 상품화될 수 없는 것이다. 친구에 대한 샐의 새삼스러운 헌신은 딘에 관한 질문 속에서 스스로 결정된다. "그는 '비트' 그 자체였다.—비트적인 것의 뿌리이자 영혼이었다. 그가 무엇을 알고 있었는가?" 우리가 서로에게서 사유재산으로 바꿀 만한 사상들을 채굴하는 방식들에 관한 보다 관습적인 접근법인 "그가 알려고 했던 건 무엇이었던가?"라는 물음 대신에, 케루악이 현재 진행형을 사용하는 것은 주관적 경험의 가장자리에서 시작되는 논쟁의 창조적 공간인 지식의 무한성을 나타낸다.

원래의 이름들과 성적으로 솔직한 언어, 결과적으로 삭제된 어떤 부분들을 보지 않고 두루마리 원고를 읽을 때 무엇보다 전체적으로 출판된 텍스트와 실질적으로 차이가 거의 없다는 것이 매우 인상적이다. 그러나 그것을 읽는 느낌은 전적으로 새롭다. 읽고 쓰는 과정들은 결정적인 예술적 실천으로 등장한다. 케루악은 우리로 하여금 선택권을 가지고 놀도록 허락했는데, 그가 일기에서 쓴 바와 같이, "중요한 것은 단어들이 아니라 말해지는 것의 세찬 흐름이다." 긴즈버그는 『달마 부랑자』에 대한 《빌리지 보이스》 평론에서 『길 위에서』를 언급하면서, "가장 재미있는 형태인 원래 발견된 모습대로 출판되지 않고, 주제넘은 출판사의 문학평론가들에 의해서 갈라지고 구두

점이 찍히고 리듬의 흐름이 깨어진 채로 출판된 것에 대한 슬픔"의 감정을 묘사한다. 『길 위에서』 두루마리는 점차 창조적으로 된 케루악의 문학적 기법의 초기 상태를 대변한다. 케루악은 친구 에드 화이트가 제시한 방법인 '스케치'를 하는 동안 미친 고백과 뛰어난 산문 사이에서 동요하는 글을 생산해 냈다고 그 다음 해에 긴즈버그에게 보낸 편지에 썼다. 그는, 자기에게 조리가 맞지 않는다고 반복적으로 비난하던 출판사들에게는 아주 실망스럽게도, 결과적으로 『코디의 환영』이 되는 『길 위에서』의 판본을 이런 스타일로 작성했다. 언어의 의식과 제정신의 가장자리에서 미끄러지듯 달리는 느낌은 두루마리 판본에서 훨씬 더 높은 강도로 느껴진다. 그것을 읽는 것이 당황스러울 정도이고 누군가의 약점을 적어 놓은 사적인 목록 속으로 갑자기 뛰어든 것 같다. 때때로 너무 생경하고 거칠지만 이런 반응들은 정확히 옳다. "그리고 당신이 말한 것과 똑같이" 케루악은 1952년에 긴즈버그에게 "우리가 쓴 가장 좋은 것은 언제나 가장 의심스러운 것이다."라고 썼다.

케루악과 언어의 독특한 관계는 부분적으로는 그가 성장한 결과다. 그가 어떤 평론가에게 말한 바와 같이, "내가 영어를 그렇게도 쉽게 다루는 이유는 그게 나 자신의 언어가 아니기 때문이다. 나는 그것을 프랑스어의 이미지에 맞게 다시 맞춘다." (영어로 말하는 시민이지만 언어에 수반되는 태도를 생성하는 내재적인 언어 재능은 갖고 있지 않은) 첫 세대 미국인에게 특히 나타나는 이런 이중성은 케루악의 글에서 직관적인 힘과 기대하지 않은 성질로 드러난다. 그는 마치 단어들이 전유하고 새롭게 만들어야 할 대상인 것처럼, 예상되는 의미의 밖에서 접근하는 듯 보인다. 케루악이 궁극적으로 '자연발생적 산문'으로 발전시키게 되는 『길 위에서』에서의 글쓰기 스타일은 그 시대 재즈에 크게 영향을 받았다. "말하자면, 테너 연주자가 숨을 들이쉬고 숨이 멈출 때까지 색소폰으로 악구(樂句)를 불어 대는 것인데, 그가 그렇게 할 때 그의 문장과 그의 진술이 만들어지듯이 (……) 그게 내가 마음의 호흡을 분리하듯 내 문장들을 분리하는 방식이다." 1950년, 그는 일기에 "미국의 밤의 묘사할 수 없는 슬픈 음악을 그 음악보다 결코 더 깊지 않은 이유로 불러일으키고 싶은 소망이 있다. 모던 재즈는 미국의 음악을 표현한다. 그것은 이 나라의 실질적인 내면의 소리이다."라고 쓴다. 『길 위에서』를 읽는 것이 저 멀리 유리창에서 새어 나오는 미국의 소리를 듣는 것이라면, 두루마리 원고를 읽는 것은 공연장의 뒷문으로 비틀거리며 들어가는 것과 같다.

두루마리 원고에서 케루악은 이렇게 쓴다. "내 어머니는 서부 여행에 대해 전적으로 동의했고, 이 여행이 내게 도움이 될 거라고 말했다. 내가 겨우내 지나치게 일만 하고 집 안에만 처박혀 있었다는 것이다. 히치하이킹을 해야 한다고 말했을 때도 불평을 하지 않았다. 평소 같았으면 무서워했을 테지만, 그녀는 이것이 내게 좋을 것이라고 생각했다." 출판된 판본에서는 이렇다. "이모는 서부 여행에 전적으로 동의했다. 내가 겨우내 지나치게 일만 하고 집 안에만 처박혀 있었으니 이 여행이 내게 도움이 될 거라고 말이다. 히치하이크를 해야 할지도 모른다고 말했는데도 이모는 타박 한마디 않고 그저 내가 몸성히 돌아오기만을 바랐다." "불평을 하지 않았다."보다는 "타박 한마디 않고"가 구어를 좀 더 면밀하게 환기시키는 반면에, "평소 같았으면 무서워했을 테지만"은 이야기를 하는 동안 끼어 넣은 일종의 추가 표현이다. 첫 번째 판본의 일상 구어에 있는 율동적인 즉시성은 재즈의 즉흥적인 당김음을 연상시킨다. 잭의 동요(動搖)는 그의 반복성에서 드러나는데, 이는 두루마리 전편에 널리 퍼져 있는 기법이다. 뿐만 아니라, 그는 딱 한 번 세미콜론(;)을 사용했고, 그래서 두 번째 판본에서는 구절에 명백한 구문론적 계급성과 인과성의 정도가 결여되어 있다. 각각의 정서는 다음 정서만큼이나 중요한데, 소설에서 발생하는 '활력들'을 찾는 것과 병치된다. 구두점의 미묘한 변화들은 구절의 박자를 변경시킬 뿐만 아니라 의미의 효과를 희석시킨다.

두루마리에서 1957년 편집본으로 가면서, 대시(—)와 생략(……)이 종종 콤마(,)로 바뀐다. 콤마(,)는 종종 세미콜론(;)과 콜론(:)으로 바뀐다. 흐름은 끊긴다. 예의 문장 논리의 건축을 세우기 위한 멈춤 없이 한 지점에서 다음 지점으로 대시를 따라가는 것은 분명한 종속절이 없는 묘사들을 통해 옆으로 미끄러지는 것처럼 실제로 닐과 함께 길 위에 있는 것 같은 느낌을 좀 더 긴밀하게 흉내 낸 것이다. "푹신한 양탄자 위에서 카키색 바지만 입고 이리저리 뛰어다녔다."라는 문장은 출판된 판본에서는 "나는 푹신한 양탄자 위에서 이리저리 뛰어다녔는데, 카키색 면바지만 입고 있었다."로 바뀐다. 지금 이 순간 모든 경험의 활기찬 동등성이 두 번째 판본에서 생략된다. 두루마리를 읽으면, 케루악이 그의 「현대 산문의 신념과 기법」에서 "모든 것에 순종하며, 터놓고, 듣는다."를 "필수 요소" 중 하나로 꼽는 의미를 알 수 있다. 동시에 두루마리는 일종의 재즈이고 내부자의 암호이며 일상적인 영어의 규칙들을 비판하고 개정하기 위해서 바꾸는 방법이며, 언어가 힘을 규정하는 방식들을 겨루는 방법이다. 보다 중요한 것은 그것이 결탁(co-option)에 대항하는 궁극적인 안전판이라는 점이다. 언젠가 텔로니어스 멍크가 자신의 재즈에 대해 말한 적이 있다. "우리는 그들이 연주할 수 없기 때문에 그들이 훔칠 수 없는 것을 창조할 것이다." 정보 통제의 시대에 주류의 범위를 넘어서는 대화의 기본적인 도구들을 재구성하는 것은 전복적인 행위다.

케루악은 숨은 편집 과정을 암호로 바꾸고 우리의 언어 구조 자체에 내재한 손실과 실패 들을 회복할 요량으로 미국을 알고자 달려드는 것처럼 보인다. 1950년 초, 그는 디지 길레스피와 마일스 데이비스 등 수많은 재스 거장들의 노래를 들으며 저녁을 보낸 뒤에 "삶(지상에서 죽어갈 삶이라는 개념)의 마음이 아니라 마음의 마음을 표현하는 예술은 죽은 예술이다."라는 것을 이해했다. 지난 십 년간 유럽의 아방가르드 예술가들이 그랬던 것처럼, 케루악은 삶과 예술 사이의 거리를 붕괴하려 했다. 평론가 그레일 마커스는 1970년대의 펑크 밴드 섹스 피스톨스의 중요성을 설명하면서 밴드의 음반은 "그것을 음미하는 그나 그녀가 통근하는 방식을 바꿀 수 있어야 한다."라고 쓴다. 나는 동네 커피숍에서 두루마리를 읽는 동안 지나가는 사람들을 유리창으로 응시하면서 반쯤은 몽상에 잠겨서 『길 위에서』가 그나 그녀의 커피 마시는 방식을 바꾸어야 한다는 것을 깨달았다. 이는 한 사람의 삶에 있어 가장 미세한 세부 사항들에 관한 것인 동시에 가장 기념비적인 것에 관한, 극단적으로 거대하고 무의미한 것을 향한 인간 욕망의 지도 제작법이다. 『잭 케루악 : 미숙한 에세이』라는 제목의, 케루악에 관한 자연발생적인 산문이 수록된 전기에서, 퀘벡 출신 작가 빅토르 레비 보리우는 "내가 누구였는가?"라는 질문이 케루악의 작가적인 기획의 핵심에 있다고 설명한다. 왜냐하면 그는 "혁명은 내면적인 것이 아니라면 아무것도 아니다."라는 것을 알고 있었기 때문이다.

자아에 대한 케루악의 질문들은 우리가 미국을 아는 방식을 바꾼다. 내가 어릴 때 이민자 부모로 인해 당황했던 부끄러운 기억들 중 하나는 어머니가 외국인 같은 모습을 보였다고 내가 그녀를 비난했던 일인데, 그때 어머니는 이렇게 말했다. "우리는 쉽게 섞이지 못하는구나." 『길 위에서』를 읽으면서 나는 조화되려는 욕망이, 생존이 개인적인 의미를 지닐 수 있는 장소를 만들고자 하는 요구로 빠르게 대체되는 곳으로 가기 위해서 그들이 견뎌 낸 것(야만적인 두 번의 전쟁과 가난과 셀 수 없는 죽음의 나날들을 겪으며 살아왔음)을 생각한다. 『길 위에서』는 이런 장소들을 위한 일종의 지도다. 아마도 책에서만 존재할 이상주의의 퇴색한 그림을 상기시키는데, 어딘가 제이 개츠비의 "해마다 우리 눈앞에서 뒤쪽으로 물러가고 있는 극도의 희열을 간직한 미래"와 유사하다. 동시에 그것은 편안한 이방인의 감정이고 완벽하게 바깥에 있는 감정이며 "어느 쪽의 대답도 알지 못할 저 마지막, 창백한 세대 쪽으로 그저 또 한 걸음" 비트처럼 비스듬히 나아가는 것의 감정이다. 케루악은 우리 자신을 멋대로 놓아 버리고 싶게 한다. 우리는 궁극적으로 언어 바깥에 있는 어떤 것에 조율이 되는데, 그것은 존재의 가장 깊은 핵심까지 단지 느끼게 되는 인식의 어떤 희미한 콧소리이다. 내 생각에 『길 위에서』를 경험하는 가장 좋은 방식은 창가에 홀로 앉아 시 한 편, 그림 한 편, 우연히 생겨나는 노래 한 곡이 분류(奔流)하는 것을 느끼면서, 케루악의 말마따나 예술가들이 계속해서 "삶의 열정적인 집념을 번역"하는 것을 보장하는, 보이지 않는 힘 쪽으로 머리를 약간 기울이는 것이다. 드러나 있는 사물 앞에 있는 비밀의 휴지(休止) 버튼에 접근하기를 희망하면서, 케루악처럼 "무의식의 옹알거림이 시작되는 언어의 모서리"까지 당신을 이끌고 가는 사람들과 장소들과 특별한 순간들이 자주 출몰하는 느낌에 둘러싸이면, 그게 무엇이든 간에 당신은 그것을 계속할 수 있다.

페니 블라고풀로스
(로체스터 대학교 문학사 초청 조교수)

▍해제 3

사물의 핵심 속으로
―닐 캐시디와 진품의 수색

잭 케루악은 『절망의 천사들』의 결말부에서 『길 위에서』가 곧 출간된다고 쓰면서, 잭 둘루오즈가 "코디와 나에 관한" 신간 소설의 견본 포장을 푸는 그 순간 예상치 않게 닐 캐시디를 등장시킴으로써 현저히 신화적인 인상을 심어 준다.

> 나는 현관문에 조용히 나타난 황금빛 불빛을 올려다보았다. 그런데 거기에 코디가 서 있었다. (……) 아무런 소리도 없었다. 나는 현행범 상태로 붙잡혔다. (……) 『길 위에서』 한 권을 손에 쥔 채로 (……) 나는 반사적으로 한 권을 코디에게 건넸다. 그는 이 보잘 것 없는, 미치고 슬픈 책의 주인공이다. 코디와의 만남은 내 삶에 있어 고요한 황금빛 불빛이 가득 찬 것 같은 몇몇 경우들 중 하나다. (……) 코디가 이 세상에 내려온 일종의 천사 혹은 대천사이며 내가 그 사실을 알아본다는 것을 의미하지 않는다면, 나는 그게 무슨 의미인지조차 모르겠지만.

그의 소설 『길 위에서』에서 캐시디와의 관계에 관한 케루악의 묘사는 우리가 독자로서 그의 발전을 확고히 인식하고자 하는 것과 의의를 변화시키는 것 사이에서 캐시디의 다양하고 독특한 구현들로 구성된 대조법의 하나이다. 『길 위에서』의 두루마리 원본 원고가 출판됨에 따라 캐시디에 관한 케루악의 변덕스러운 재현의 실제적인 과정이 좀 더 밝혀지게 되었다. 우리는 케루악의 글 속에서 캐시디라는 인물의 발전에 관한 좀 더 광범위하고 응집력 있는 그림을 볼 수 있다. 닐 캐시디(두루마리)에서 딘 포머레이(『길 위에서』의 두 번째 초고)로, 코디 포머레이(사후에 출판된 『코디의 환영』)로, 그리고 출판된 『길 위에서』의 닌 모리아티로, 그리고 그 뒤에 『달마 부랑자』, 『빅서(Big Sur)』, 앞서 언급한 『절망의 천사들』 등 이어지는 소설들에서 소원해진, 거의 신화적인 '옛 친구' 코디 포머레이로 캐시디는 다시 등장한다. 이러한 진전은 상징적인 것에서 신화적인 것으로, 인간에서 환영으로 움직여 가면서 케루악이 캐시디의 낭만적인 환영에서 실제적인 캐시디를 점차 분리했음을 보여준다. 『길 위에서』에서 끊임없이 변하는 캐시디에 대한 반응들을 통해, 케루악은 재현의 진정성에 관한 당대의 몰두뿐만 아니라 특별히 전후 시대의 '진정성'에 관한 존재론적 관심 자체를 문제시했고, 이 둘 모두 (그리고 각각) 목표로서는 궁극적으로 획득 불가능하다는 것을 보여 주었다. 케루악은 『길 위에서』 전반에 걸친 캐시디의 변모와 더불어 케루악과 캐시디의 서술적 등가성과 "그것"을 향한 그들의 탐색 사이에서 변화하는 관계를 통해 진정성 자체의 과정(목표가 아니라 여정)의 중요성을 강조하고, 그리하여 진정성이 있다는 것은 실제로 존재한다는 것이 아니라 변화하는 것임을 실증한다. 두루마리 원고의 출판은, 진품 『길 위에서』는 있을 수 없으며 서사를 '구현'하는 다양한 판본들 사이에서 우리가 영구히 움직이고 있을 뿐이라는 점을 독자인 우리에게 보여줌으로써 발전 과정의 이러한 중요성에 기여하게 된다.

케루악과 캐시디의 첫 만남의 맥락은 캐시디가 케루악의 글 속에서 떠맡게 될 개인적이며 상징적인 중요성과 관련해 볼 때 아주 현저하게 드러난다. 케루악은 1946년 12월에 캐시디를 만났는데, 케루악이 혈전 정맥염으로 입원하고 케루악의 아버지 레오가 죽고(1946년 5월 16일) 프랭키 에디스 파커와의 첫 번째 결혼이 9월 18일로 소멸된 일 년의 끝이었다. 케루악보다 네 살 어린 캐시디는 개인을 넘어서는 시간의 속박에 도전하고 그것을 깨뜨리는 길인, 삶의 재확인과 케루악이 초월하고자 했던 불가피한 덧없음을 초월하는 생기발랄한 젊음을 대변하기 위해 왔다. 이렇게 빈번하게 출몰하는, 죽을 수밖에 없는 운명과 불가피한 손실이라는 답답한 느낌은 케루악이 평생 지녔던 것인데, 아주 멀리 케루악이 네 살 때 아홉 살 난 형 제라드의 죽음을 겪었던 1926년까지 거슬러 올라가기도 한다. 케루악은, 그의 죽음이 독실한 가톨릭식 양육의 초점이 되는 요소였던 형을 캐시디에게서도 보았는데 캐시디도 가톨릭이었다는 사실로 인해 강화되는 연관성이었다. 케루악은 개인적인 서신에서뿐만 아니라 『길 위에서』 전체에서 캐시디를 그의 '형제'인 양 언급하는데, 두루마리 원고에서는 이런 연관성이 훨씬 더 뚜렷하다. "닐에 대한 나의 관심은 아주 솔직하게 밝히자면, 내가 다섯 살 때 죽은 동생에 대해 가졌을 법한 관심이다. 우리는 같이 즐겼고 우리의 삶은 엉망이 된 채 그렇게 거기에 있었다." 두루마리를 시작하는 행에서부터 케루악은 바로 포기와 상실의 이런 느낌을 전경화하는데, 이는 또한 그 아버지가 소원한 낙오자였던 캐시디와 공유하고 있었던 '아버지 없음'이었다. "아버지가 죽은 뒤 오래지 않아 나는 닐을 처음 만났다. (……) 실제로 내 아버지의 죽음과 관련이 있으며 모든 게 죽어 있다는 나의 끔찍한 느낌을 제외한다면 굳이 이야기하지 않을 심각한 질병에서 겨우 회복되어 있었다." 캐시디는 대리(代理) 형제와 아버지가 되었고, (형제, 아버지, 아내, 가정 등) 그가 상실한 것들을 다시 잇고자 하는 케루악의 탐색에 있어 교사이며 안내자였다. 이는 포기와 근본적인 회피의 감정을 초래하는 삶의 덧없음을 피하는 방법이며, 그들의 족적에 존재하는 죄의식과 부담을 초월하는 방법이었다. 1949년 8월, 케루악은 "삶이 충분하지 않다."라고 일기에 썼다. 케루악이 추구했던 것은 그가 (사회문화적 기구들과 세속적 경계들 안팎의) 원천에서 발견했던 주관적 진실 그리고 언제나 먼 거리에서 그러한 "진정성이 있는" 진실들을 유지해 왔고 언제나 부재했으며 그런 부재 속에서 낭만화되고 신화화되었던 객관적 현실에 대한 감각 사이의 긴장으로 특징지어졌다.

두루마리와 『길 위에서』의 출판된 판본이 둘 다에서 입증하듯, 캐시디의 부재는 신화를 통한 현존이 된다. 이는 존재보다 차라리 존재가 아닌 것에 의거하여 인식되는, 부재에서 확립된 진정성의 느낌으로 가득하다. 캐시디처럼 덴버 출신인 케루악의 절친한 친구 할 체이스는 캐시디가 보낸 편지들을 케루악과 공유했는데, 모호하고 말솜씨가 유창한, 자동차를 훔치며 도시 물정에 밝고 여색을 밝히는, 갓 결혼했고, 감화원에서 나온 건방진 녀석에 관하여 그가 아는 바를 전부 케루악에게 이야기했다. 그리하여 캐시디는 케루악의 마음속에서 완전한 '이방인', 타협하지 않는 개성의 구현, 사회문화적 전위(轉位)에 대한 케루악 자신의 감각을 매료하는 사람으로 자리했다. 1948년 8월 23일, 케루악은 "망할 놈의 러시아인들, 망할 놈의 미국인들, 모두 망할 놈들. 나는 내 자신의 '게으르고 좋을 게 없는' 방식으로 삶을 살아갈 것이다. 그게 내가 하려는 것이다."라고 일기에 썼다. 그리고 캐시디는 케루악이 그러한 생활에 이르도록 시도할 수 있게 하는 운반 수단이 될 것이었다. 같은 일기에서 그는 자신의 첫 번째 소설 『길 위에서』가 "두 녀석"에 관한 이야기가 될 것이고, 그들의 여행은 "그들이 실제로 발견하지 못하는 어떤 것을 탐색하는 것"으로서 소설의 전개를 가로지르며 계속될 중심적인 주제이며 구조적인 테마이고 또한 특별히 케루악의 산문으로 묘사된 케루악과 캐시디의 관계를 특징짓게 되는 것이라고 처음으로 설명했다.

1951년 4월에 있었던 케루악의 두루마리 원고 작성은 실존주의 문학의 수많은 작품들과 공통의 경계를 갖는다. 영구적인 반대는 대중의 순응 한가운데에서 삶의 재확인을 불러일으키는 것이라고 주장하는 『반항하는 인간』(1951)에서, 알베르 카뮈는 "반항의 모든 행위는 순수에 대한 향수와 존재의 본질에 대한 호소를 표현한다."라고 썼다. 카뮈는 소설 『이방인』(1942)으로 잘 알려져 있는데, 이 소설과 유사한 소설에서 종종 보이는 '반(反)영웅'에 대한 중심적인 초점은 존재의 본질, 즉 진정성에 대한 탐색이다. 케루악은 캐시디에게서 당시 지배적이었던 보수적 사회 체제들과 문화 규범들의 경계 바깥에 있는, 전적으로 주관적이고 충동적인 존재, 무엇보다도 객관적이고 결코 변하지 않는 시간의 압박과 경험과 표현의 획일화를 초월하는 존재의 진정성을 획득할 가능성을 보았다. 케루악은 『길 위에서』의 노트들 중 하나에 "나는 방해받지 않는 환희를 원한다."라고 쓴다. "왜 내가 다른 것, 뒤뜰의 '부르주아적인' 평온과 타협해야 하는가." 하지만 이런 열렬한 욕망은 그의 개인적 관계들, 그리고 그가 그렇게도 초월하기를 소망했던 저 덧없는 삶에 의해 산산조각이 나는 이상적인 그림인 가족의 가장으로서 좀 더 중심에 있는 가정적인 존재 속에서 추구하던 평온과 대조적인 요소를 제공한다.

따라서 케루악의 작업에서 진정성의 모색은 그의 삶과 글을 기록하는 이중성의 일부이다. 이런 이중성은 가정적인 것과 "활력"들, 전통과 진보적인 것, 향수와 가능성 등 두 개로 뚜렷하게 구분되면서도 서로 얽혀 있는 과제들 사이에 있는데, 개인적인 차원과 보다 폭넓은 사회문화적 차원의 중요성 모두에 의존하는 상반된 감정이다. 케루악의 향수는 그가 낭만화하며 신화화하는 미국의 과거, 즉 "기쁨", "정직", "악의 없음" 그리고 "요란하게 자신을 믿는 개인주의"를 고취하는 대공황, 서부 개척과 옛 서부 등 전쟁 전의 미국을 위한 것이다. "옛 미국적 축제의 소동"과 다시 연결하려는 그의 이러한 욕망은 목가적이었지만 동시에 불안했던 매사추세츠 로웰에서의 어린 시절과 긴밀하게 연결되어 있었다. 그 자신과 미국의 과거 양쪽에 개성과 순수에 대한 요구를 위치시킴으로써, 케루악이 모색했던 진정성은 그 자신의 역사적 시간으로부터의 전위를 가리킬 뿐만 아니라 사회적이고 문화적인 주류 바깥으로 그를 자극하는 것이기도 했다.

케루악 길 서사의 여러 판본들 속에서 우리는 이런 진정성의 느낌을 눈에 잘 띄는 부재 속에서만 현존하는 어떤 것, 미리 예상되었으며 그 가능성으로서만 존재하는 어떤 것으로 본다. 진정성의 이상이 손상되지 않고 남아 있는 한 그 실현의 가능성 또한 그러하다. 케루악에게 있어서 객관적 경계선 바깥에 존재했던 삶의 자질은 사회문화적으로 위배되기 쉬운 진정성의 추구, 여행의 끝에 약속된 "천국"이나 길 위의 여행자에게 전해지는, 신호하는 "진주"의 모색 속에 존재하고 있다. 잭 케루악/샐 파라다이스가 진술하듯 "그 안에는 진주가 들어 있다. 그 안에는 진주가 있다." 그러나 언제나 그저 손에 닿지 않는 곳에 있었다. 획득 가능성은 모두 잭/샐의 신념에 근거하고 있고, 그의 움직임은 임박한 실현의 어떤 지식보다도 "그것"에 의해 추진된다. 저울질할 수 없는 '그것'을 추적하기 위해 갈 수 있는 유일한 길은 분산된 모양인데, '모든 방향'으로 가고 결코 '걱정하지 않는 것'이다. 하지만 우리는 잭/샐이 정말로 걱정하는 것을 본다. 닐 캐시디/딘 모리아티의 "우린 시간이 무엇인지 아니까."라는 후렴구는 당장 이 순간에 전적이고 주관적으로 살아가라는 자발성에 대한 요구이다. 그렇게 함으로써 그는 개인에 대한 시간의 권위를 보류시킨다. "지금이 바로 그 순간"이다. 닐/딘은 찰리 파커의 고전을 그대로 흉내 낸다. 하지만 조직화된 시간의 이러한 단절은 또한 케루악이 서술적 등가물을 통해 그 자신의 개인적인 삶과 그의 상상력 속에 존재하는 미국의 신화적인 과거 등 역사의 덧없음을 단절시키려는 욕망을 표현하는 방식이다.

케루악은 닐 캐시디의 변화하는 재현들 속에서 진정성의 모색을 중재한다. 그는 캐시디를 통해 삶의 불안정성과 불안, 그가 투쟁하는 애매함과 이중성을 표현한다. 닐/딘은 한편으로는 구직 계획과 결혼과 가족 그리고 다른 한편으로는 미쳐 버리는 것과 '그것'을 추구하는 것 사이에서 언제나 갈팡질팡하면서 움직인다. 하지만 잭/샐은 이들 두 원동력 사이의 움직임 속에서 덜 불손하며 덜 완고한데, 이런 접경이 심리적이며 감정적인 교착 상태라는 사실이 종종 드러난다. 이런 진정성의 길을 따르는 그의 견해는 전후의 미국과 실제 캐시디에 관한 케루악의 견해처럼 언제나 야누스 같다.

우리는 케루악이 가진 캐시디의 이미지가 원을 그리며 나아가는 것을 본다. 신화, 전설, 이상(理想)으로 시작된 캐시디는 케루악의 개인적인 경험을 통해 현실이 된다. 하지만 그들의 관계가 깨지기 시작하면서, 케루악은 캐시디를 재현하는 데 있어서 신화와 전설로 후퇴한다. 이와 동시에 회고적인 응시, 손실과 불가능성 들의 재생에 의해 형성되는, 전진하는 움직임도 있다. 이런 이중성은 두루마리 원고의 다음 부분에서 예시된다. 잭이 이상화된 서부와 닐에 대한 실망에 눈을 뜨면서 "(그의) 돌을 찾아 동쪽으로 비틀거리며 돌아가"는 부분이다. 이 여행 부분은 출판된 소설에는 빠져 있지만 『바람이 부는 세계』(2005)로 출판된 케루악의 '비와 강들' 일기에 다시 나온다. 케루악은 두루마리에서 그렇게 모색하는 여행의 이유와 목적을 설명한다.

내가 원했던 전부와 닐이 원했던 전부 그리고 어떤 사람이든 원했던 전부는 버로스가 M의 커다란 마약 정맥 주사를 맞으며 경험했고 광고 중역들이 웨스트체스터로 가는 술꾼들의 기차를 만들기 전에 스투퍼스에서 열두 병의 스카치 앤 소다로 경험했던(그러나 숙취는 없는) 무아지경의 잠을 마치 자궁 안에서처럼 우리가 잘 수 있는, 사물들의 핵심으로의 일종의 관통이었다. 그리고 그 당시 나는 많은 낭만적 환상을 갖고 있었으며 내 별을 보고 한숨 쉬었다. 사태의 진실은 당신이 죽고, 당신이 하는 일 모두가 죽는 것이지만, 당신은 살고, 그래, 당신은 살고, 그리고 그건 하버드식 거짓말이 아니다.

여기서 케루악은 진정성의 획득 불가능성과 채택하거나 기획한 이상적인 형태의 상실을 인식하면서 그와 동시에 필요한 것이 아닐지라도 그러한 깨달음을 다루어야 할 불가피성을 강조한다.

케루악은 '비밀에 휩싸인 젊은 전과자'로서 자신의 범죄성을 통해 사회적, 문화적 변두리에 자신을 위치시킬 때, 맨 먼저 닐/딘을 진정성에 대한 가능성의 화신으로 자리하게 한다. 그의 추진력과 쉽게 발끈하는 성질, 숨김과 자의식의 부재가 닐/딘이 누구인가에 기인하는 것 못지않게 여전히 알아야 할 것, 잭/샐이 다다라야 할 서부 등 그가 상징으로 사용한 것으로 인한 경험의 새로운 가능성들을 가리킨다.

'활력'의 추적을 통해 '그것'을 발견하겠다는 희망을 갖고 뉴욕에서 샌프란시스코까지 가는 여행은 케루악과 캐시디의 서술적 등가물 사이의 관계에 있어서 의미심장한 사건이다. 탐색

사체의 움직임과 유동성의 중요성을 부각시키면서, 적절하게, 그들은 떠나기 전에 덱스터 고든의 「더 헌트」를 듣는다. "모두 들떠 있었다. 모든 혼란과 헛소리를 뒤로하고 우리에게 있어 유일하게 고귀한 행위가 드디어 시작되었다. 즉 움직이는 것. 우리는 움직였다!" 이 여행은 두루마리와 출판된 판본 둘 다에서 케루악이 보는 캐시디의 환영이 밝혀지기 시작하는 지점인데, 가능성 있는 진정성을 위한 구현이며 도구인 닐/딘이 의심을 하는 때이다. "그해에 나는 닐에 대한 믿음을 잃었다(강세 첨가)." 잭/샐은 샌프란시스코에서 즉시 버림받았다고 진술한다. 자신의 '비와 강들' 일기에 이 이야기를 쓰면서, 케루악은 "닐의 신비로운 분위기와 해시시의 강박 관념에서 탈출했기" 때문에 샌프란시스코에서의 환멸에 찬 출발을 거절이나 실패의 용어가 아니라 정화(淨化)로 묘사하고 있다. '진짜' 캐시디와 케루악이 닐에게 투여하는 의의는 두 개의 구별되는 실체들이라는 깨달음이다. 케루악은 바로 이런 중추적인 여행의 등장에 있어서 이 임박한 분리를 두루마리 원고에 뚜렷하게 드러나게 한다. "언제나 길 끝에서 일종의 마법을 기대한다. 참 이상하게도 닐과 나는 그것을 발견할 것이었는데, 혼자서, 우리가 그것을 끝내기 전에(강세 첨가)."

그가 의심을 받은 후에야 닐/딘은 '위대'해진다. 그를 바퀴 뒤에 서 있는, 당당하고 광상곡을 짓는 미친 신비주의자처럼 보이게 하는 육체적 적응 능력과 활기의 완전한 절정에서 그를 분리시키는 위대함이다. 잭/샐의 이상이 위치를 바꾸는 것은 닐/딘이 인간으로 보일 때인 것이다. 닐/딘이 시간, 시대 그리고 죽을 운명에 영향을 받지 않을 수 없다는 것을 기억하면

할수록 재현되는 이미지는 더 높이, 멀리 그리고 덜 인간적으로 접근이 가능해진다. 서술의 세 번째 부분에서 케루악은 닐/딘을 "가르강튀아"적인 삶보다 더 큰, 땅을 가로지르며 불타고 있는 라블레의 삶과 비교한다. 이런 접점에서 닐/딘은 궁핍하고 엄지에 붕대를 감고 있으며 결코 더는 물질세계의 일부가 아니지만 자신을 낮춘 성인다움으로 그것과 결코 거리를 더 두지는 않는, 낭만적 환영이 해결된 결과로 "성스러운 바보"가 된다. 소설의 끝에서 지쳐 버린 닐/딘은 "더 이상 아무 말도 할 수 없어 입을 닫았고" 길모퉁이를 돌아 사라져 버린다. 『길 위에서』에서 캐시디에 관한 케루악의 환영이 더 복잡하고 더 깊은 형태를 띠는 것은 바로 이 부분이다.

케루악이 『길 위에서』에서 사건들을 취급할 뿐만 아니라 딘 모리아티를 재현하는 것은 신비롭고 이상화된 다시 이야기하기, 즉 신화이지만 '사실'인 것들이 캐시디의 낭만적 환영과 구별된 이후에만 가능한 것이다. 두루마리 원고와 출판된 소설이 캐시디에 대해 케루악이 보이는 반응의 변화를 구성하는 동안 『코디의 환영』에서는 캐시디처럼 이야기된 사건들과 사건들 속에 있는 사람들이 신화적이고 환영 같은 구절들과 대부분 분리된다.

두루마리의 닐은 출판된 판본의 딘과 비교하면 덜 신화화되어 있고 좀 더 인간적이다. 덴버에서 보낸 닐의 소년 시절과 그의 (대부분 앨런 긴즈버그, 루안 헨더슨, 저스틴 W. 브라이얼리 등과 현저하게 이루었던) 개인적 관계들은 닐을 위한 보다 폭넓은 맥락과 배경을 제공하며, 더 분명하고 상세하게 설명되어 있다. 출판된 판본에서 빠진 요소는 이야기에서 다른 등장인물들의 개요를 높이고, 서술적 행동에서 닐의 구심성, 특히 책의 여행이 가지는 구심성을 약화시킨다. 하지만 케루악은 일찍이 두루마리 원고에서 "닐을 위한 만반의 태세를 갖추려" 한 충동과 함께, 부재중에도 여전히 이목을 끌고 있다. 출판된 판본과 대조해서 읽을 때, 캐시디 캐릭터의 결과적인 탈(脫)신비화는 서술에서 묘사되어 드러나는 개인적 관계에 사실적인 인상을 제공하면서, 이어 케루악의 형상과 이야기 속 진정한 반(反)영웅과의 관계의 본질 또한 좀 더 거리가 있고 좀 더 육체적 부재에 의존하는 것으로 변화시킨다.

출판된 판본에서는 덴버 D. 돌의 역할이 변두리에 있지만, 두루마리에서 저스틴 W. 브라이얼리는 주요 인물인데 특히 실생활에서 보이는 캐시디와의 관계에서 그렇다. 고등학교 영어 교사, 변호사, 공인 부동산 업자이며 사업가인 브라이얼리는 두루마리가 쓰이는 동안 저명하고 집안이 좋은 덴버의 명사(名士)였다. 또한 그는 한때 캐시디가 감호소에 있던 동안 그의 사부이자 후원자였다. 1953년 8월 6일, 케루악은 에드 화이트에게 『길 위에서』의 두루마리 판본에 대해 "저스틴이 큰, 정말로 큰 역할을 하는 소설"이라고 언급하며 "내 생각엔 캐시디가 소송을 제기할 것이다."라고 했다. 브라이얼리는 캐시디의 실제 과거 및 사생활과의 더 강력한 연관을 더욱 깊이 있게 제시하고 있다. 예를 들어 브라이얼리의 추종자인 닐의 실패는 출판된 판본에서는 결코 적절하게 설명된 적이 없는 것으로 그가 덴버 친구들로부터 멀어지는 '사회적인 함축과의 전쟁'에 대한 맥락을 제공한다. 이방인으로서 닐의 지위가 이런 전위에 의해 강화된 반면, 이 지위가 충분히 신비화되는 것은 출판된 판본이 나온 다음이었다.

지나고 보니 두루마리 원고는 다양한 지점들에서 닐에 관한 책의 환영이 실패했음을 알면서 수락하고 있음을 강조하고 있다. 그래서 그 자신의 기대들과 진정성을 향한 모색의 양가적인 성격과 책의 문제적 관계를 해명해 준다. 케루악이 말했듯, 그가 "모든 것을 설명"하기 위해서 『마을과 도시』를 쓴 것처럼 우리는 두루마리 판본에서 캐시디와 그의 중요성에 관한 케루악의 설명이 시작되는 것을 본다. 두루마리를 끝낸 뒤에, 케루악은 똑같은 이야기를 다시 쓰려고 하다가 대신 전혀 다른 책을 작성하였는데, 결국 적절하게도 『코디의 환영』이라는 제목을 달게 되었다.

케루악이 1951년 5월에 시작했던 『길 위에서』의 새로운 판본에서 닐 캐시디의 신화화는 더욱 강해진 반면, 동시에 캐시디 자신과는 결과적으로 구분되기 시작했다. 그해 10월, 케루악은 캐시디와 서신을 교환하면서 그를 안심시킨다. "『길 위에서』를 새롭게 타자하고 개정한 것 세 쪽을 너에게 보내. (……) '딘 포머레이'가 환영(강세 첨가)이라는 것을 너에게 보여 주기 위해서야." 1952년 4월, 캐시디가 샌프란시스코에서 가족과 같이 머물고 있는 동안 케루악은 『길 위에서』의 또 다른 판본을 완성했다. 케루악은 1952년 5월 18일자 편지에서 (당시 그의 문학적 대리인이기도 했던) 긴즈버그에게 이렇게 알려 준다. "『길 위에서』는 도로 여행 등 관습적인 서술적 개관에서 회오리바람 속에 있는 닐의 크고 다중 의식적이며 무의식적인 인물 주문(呪文)으로 방향이 전환되었어." 그는 긴즈버그에게 "필요하다면 (……) '닐의 환영'이나 뭐 그런 걸로 제목을 바꿀 수도 있어."라고까지 말한다. 긴즈버그는 케루악에게 보낸 1952년 6월 11일자 편지에서 『길 위에서』의 이러한 새로운 판본에 대한 수많은 비평들 중 다음과 같은 것을 말한다. "1. 너는 여전히 닐의 역사를 망라하지 않았다. 2. 너는 네 자신의 반응들을 망라한다." 케루악의 새로운 소설은 확실히 전기가 아니라 캐시디에 대해 변화하는 그 자신의 환영과 케루악에 대해 갖고 있던 사적인 중요성의 내부적이며 동시에 외부적인 지도 제작이다. 그에게는 그것이 또한 그러한 중요성들과 그 자신의 개인적인 관계를 탐색해 보는 방법이었다. 『길 위에서』의 이 새로운 판본은 궁극적으로 『코디의 환영』으로 출판될 것이었다.

케루악은 『코디의 환영』에서 캐시디에 대한 복합적인 반응들을 조정하면서, 진정성의 느낌이 존재론적인 것에서 재현적인 것으로 이동하는 것을 보게 된다. 케루악은 탐색적이며 다면체처럼 펼쳐지는 산문 스타일을 가지고 캐시디를 하나의 현상으로 조사한다. 그는 『코디의 환영』에서 코디 포머레이에게 좀 더 폭넓은 차원들과 그로 인한 더 충만한 재현을 제공함으로써 진정성의 사상을 문제화한다. 이는 상징적인 의미보다 더 많은 것을, 더 블레이크적인 "미세한 사항들"을 독자에게 제공한다. 그러므로 그것은 비록 진실에서 가장 멀고 신화와 신격화에 가장 가까운 재현이기는 하지만, 더욱 감각적이고 감정을 불러일으키기 때문에 이런 경험에 훨씬 더 진정성이 있다고 느낀다. 코디는 실제 캐시디에 관한 케루악의 고려와 밖으로 드러난 그들의 개인적 관계를 벗어나는 다양하고 분명한 방식들, 그리하여 '비(非)진정성'이라고 생각될 수 있는 방식들로 말하도록 만들어져 있다. 여기에서 코디는 점점 케루악이 세상에 대한 자신의 독특한 인상을 예시하는 전달 수단이 되어 간다. 하지만 이제, 케루악은 차라리 이 세상에서 캐시디를 구별해 내기보다 그를 이러한 더 폭넓은 환영 속으로 융합하는데, 나중에 긴즈버그가 케루악의 "깊은 형식"이라고 말했던 것처럼, "의식이 벌어지는 모든 일을 실제로 파헤치는 방식"이다. 케루악은 이제 그의 다가(多價)와 파노라마 같은 감각기관이 세상을 인식하는 것과 같은 방식으로 캐시디를 제시한다. 케루악이 캐시디에 관한 그의 환영 그리고 그가 상징화하고 그가 일부로 속해 있기도 한 낭만화된 풍경들과 이상화된 기회들을 가능한 모든 항목에서 그리고 가능한 모든 양상에서 조사한 뒤에만 "코디는 내가 잃어버린 형제다."라는 케루악의 진술은 충분한 의미를 갖게 된다. 케루악은 그 자신과 미국의 과거 그리고 진정성에 관한 그의 낭만적 환영이 특정한 인물이나 장소, 시대에 집중할 때 궁극적으로 실현 불가능하다는 점을 이해하고 있다. 코디는 이제 케루악이 받아들이는 회피와 상실의 환영이며 이상이다. 그는 그것을 캐시디 자신과 분리하기 위해서, 그것을 포기하기 위해서 코디의 환영을 통과해 끝까지 밝혀내야 한다. "코디는 죽지 않았다."라고 케루악은 쓴다. "그는 (물론) 당신이나 나와 똑같이 살과 뼈로 만들어져 있다." 케루악에게 세상이 그런 것처럼, 캐시디의 형상은 이제 다시 태어나고 나타나고 그리고 그에 의해 나타나는 수많은 다른 사람들 속에서 그저 또 다른 인간일 뿐인데, 그들이 모두 특별하기 때문에 그도 특별하다. 『코디의 환영』의 끝 부분에서 케루악은 이렇게 쓴다. "그러나 코디는 평범하기 때문에 위대한 것이 아니다. (……) 내가 전에 그를 결코 본 적이 없었기 때문에 코디는 평균이 될 가능성이 없다. 나는 전에 당신들 중의 누구도 본 적이 없다. 나 자신이 이 세상에서 이방인이다." 케루악이 「현대 산문의 신념과 기법」에서 처방을 내린 것처럼 "상실을 영원히 받아들인다."라는 것은 이제 그걸 모두 내려놓는 것이며, 그리하여 시간과 죽을 운명의 불가피한 덧없음과 함께 지나가기 전에 세상과 그 안에 있는 사람들을 불멸하게 만드는 것이다. 『코디의 환영』의 캐시디에 대한 "일관되고 형이상학적인" 분석의 결론에서 케루악은 이렇게 쓴다. "나는 상실을 영원히 받아들였을 뿐만 아니라, 나는 상실로 만들어졌고 또한 나는 코디로 만들어졌다."

케루악의 산문에 나오는 캐시디가 실제로 존재했던 방식과 대응하는지의 여부는 그가 궁극적으로 캐시디와 분리한 환영에서 발견했던 주관적인 진실보다 강요된 객관적 현실의 감각에서 볼 때 덜 중요하다. 두루마리 원고가 제공하는 텍스트의 말맛과 대비 들의 관점에서 볼 때 가장 중요하게 남는 것은 낭만적 환영의 상실에 대한 인정과 그것의 개인적 중요성이다. 케루악이 『마을과 도시』에서 허구화했던 자기 아버지의 죽음에 관해 언급하면서 케루악은 이렇게 말한다. "조지 마틴은 죽고 가 버렸다. 나는 레오 실제로 완전히 그러했는지 기억하지조차 못한다. 그건 모두 내 머릿속에 있었다." 케루악의 『길 위에서』는 진정성의 환영을 구현할 때 오류를 범하기 쉽다는 것을 실감하게 한다.

두루마리를 쓰기 이전 시기에 케루악은 새로운 산문 스타일을 추구하며 작업하고 있었는데, 핵심은 객관적인 사실 절대주의의 거부와 그 결과로 나타나는, 직접적이고 무엇보다도 저자 자신에게 진실한, 주관적 충동의 수용이었다. 1949년 12월 일기에 케루악은 이렇게 쓴다. “사람들은 사실이 아니라 사정(射精)에만 관심이 있다.” 이런 의미에서 진정성이 있다고 여겨질 것은 케루악이 안팎으로 그 자신의 반응과 경험 들에 대해 얼마나 진실한가이다. 케루악이 진정성의 환영에 대해 상세히 쓰는 것은 그가 그 속에서 자신의 위치를 발견하는 방식이었는데, 환영은 이제 캐시디에게만 투사되는 것이 아니라 그 속에서 케루악과 연루된다. 이런 상세한 글쓰기는 실제 과정 자체에서 진정성의 느낌을 설명한다. 케루악이 캐시디에게서 보았던 것은 실제로 끊임없이 변하는데, 따라서 케루악이 세상에서 보았던 것, 그리고 그와 함께 좀 더 개방되고 직접적인 관계 속에서 그가 발견했던 것만큼이나 진정성이 있다.

케루악의 『길 위에서』는 광대하고 포괄적인 텍스트의 지대를 형성한다. 그리고 우리는 독자로서 케루악이 펼친 캐시디의 환영을 가로지르도록 인도된다. 이런 움직임 속에서 우리는 축소되고 배타적이며 자기 충족적이고 박식하고 그리고 불가해하기에, 모더니즘적인 의미로, 문학의 ‘진실’하거나 ‘고전’적인 작품이라고 여겨지는 것의 경계들을 위반한다. 이런 움직임은 문학평론가 롤랑 바르트가 문학적 “작품”이 담론적 “텍스트”로 “변질”되는 것이라고 명명하는 것을 예증한다. 그러므로 두루마리 원고, 『코디의 환영』, 『길 위에서』는 모두 상호 연결되어 있지만 전혀 별개의 ‘조각들’이며, 포착하기 어려운, 진정성 있는 ‘그것’을 찾는 탈관습적인 여행같이 그것들 사이를 지나는 우리의 움직임인 것이다. ‘진정성 있는’ 『길 위에서』는 거울들 사이를 지나가는 반사된 불빛이다. 두루마리 원고를 인공물로 여기든 담론적인 포스트모던 텍스트의 부분으로 여기든 이 세 개는 대화적으로 묶여 있고 서로를 반영하고 밝혀 준다. 조지 시어링을 좇아 계속해서 불어 젖히며 새로운 악구들을 찾는 시카고 재즈 음악가들처럼 새로운 탐구들이 서로를 반영하면서 동시에 서로에게서 벗어나려고 한다면, "거기서 무언가 여전히 나올 것이다. 언제나 더 있으며, 조금 더 멀리 있으며, 결코 끝나지 않는다."

조지 무라티디스

(멜버른 대학교 비트 문학 박사 과정)

▌해제 4

직선은 오직 당신을 죽음으로 데려간다

—두루마리 원고와 당대의 문학 이론

내가 처음 수업을 맡았던 작은 인문대학 역사학부의 동료가 이렇게 물어본 적이 있다. “왜 학생들은 여전히 케루악을 읽고 싶어 할까요?” 그때는 2004년 가을로, 미국은 파시즘이나 공산주의보다 더 모호한 적인 테러와 전쟁 중이었다. “당신이 역사가니까 당신이 내게 말해 줘야죠.”라고 대답하고 싶었지만 참았다. 그 대답이 내가 강의에서 떨쳐 버리려 애쓰고 있었던 케루악에 관한 모든 전제들을 확인시켜 줄 것이기 때문이었다. 그 전제들이란 우선 케루악이 중요한 저명인사라는 것과 그의 텍스트들을 읽을 만하게 만드는 것은 그 내용이 문화사와 만나는 방식에 있다는 것이다.

미국 문화사의 문맥에서 두루마리 원고와 『길 위에서』는 전후 미국의 사회적 담론에 관해 많은 것을 보여 주지만, 이 텍스트들은 역사적 문서이기 이전에 문학적 구조물로 고려되어야 한다. 이는 이야기 문학으로서 미국 산문 소설이라는 연속체의 필수 요소이며, 돌이켜 봤을 때 근대와 탈근대를 잇는 임계적 구조물(liminal structures)이다. 그런 연속체의 묘사가 우발적이며 주관적이라고 받아들여지더라도(어느 누구도 전통에 있어 어떤 텍스트는 중요하고 어떤 것은 중요하지 않다고 객관적으로 결정하지 못한다.) 특정한 역사적 문맥 속에 문학 텍스트를 위치시키는 행위는 그것의 구조와 형성 과정, 이념적 관습을 드러내 보일 수 있다. 케루악이 두루마리 원고를 쓰던 당시 미국 문학비평의 주요한 기능은 텍스트의 의미를 파악하는 것이었던 반면, 오늘날에는 텍스트가 무엇을 의미하느냐가 아니라 어떻게 의미하느냐를 이해하려는 시도로 옮겨가고 있다.

두루마리 원고와 『길 위에서』는 케루악이 미국의 서사학에서 새로운 발전을 기대하고 있었다는 것을 보여 준다. 케루악이 두루마리 원고를 작성하고 일 년 뒤, A. A. 윈 출판사의 편집자이자 앨런 긴즈버그의 『외침』을 헌정받은 칼 솔로몬은 이 소설의 초고를 "철저하게 조리가 없는 뒤죽박죽"이라며 거절했다.(솔로몬이 거절했던 이 원고는 후에 『코디의 환영』으로 출판된다.) 그에 대한 답으로 케루악은 이렇게 적었다. "당대에는 읽기 어려웠을 (제임스 조이스의) 『율리시스』가 지금은 고전으로 환영받으며 누구나 그것을 이해합니다. (……) (시어도어 드라이저의) 『캐리 누이』는 출판하기에 부적합하다는 판단으로 출판사에서 여러 해를 묵혔지요. 같은 이유로, 그리고 때가 되어서 나는 『길 위에서』가 확립된 사상들의 성격에 거슬리는 그 새로운 시각 때문에 한동안은 출판에 적합하지 않은 것으로 간주되리라 생각해요." 케루악이 옳았다. 『길 위에서』는 두루마리 원고를 관습적으로 다듬는 일련의 개정을 겪은 뒤 1957년이 되어서야 바이킹에서 출간되었고, 『코디의 환영』은 그가 죽은 뒤 1972년에 출간되었다. 이 소설의 가장 완벽한 초고인 두루마리 원고가 출간되기까지는 오십 년이 넘는 세월이 흘러야 했다.

많은 독자들은 케루악의 주장을 오만이라며 바로 기각하겠지만, 솔로몬과 케루악의 입씨름은 20세기 미국의 문학 비평을 전환시키는 분파의 증가를 예시하고 있다. 솔로몬은 거절의 말을 건네면서 케루악의 글이 비예술적이라고 주장하지는 않는다. 그보다 일관성과 지성이 결여돼 보이기 때문에 이 소설의 출판에 반대했던 것이다. 솔로몬의 의견은, 출판된 소설에는 그것의 의미를 명확하게 전달하기 위한 일관성이 있어야 하며 언어 구조 사이의 통일성이 실증돼야 한다는 것이었다. 케루악은 솔로몬의 생각을 거부하는데, 그런 의견은 자신이 내린 소설의 정의에 어긋나는 것이며, "대중들은 이해할 수 없는 것을 따라잡는다. 즉, 비일관성이 총명하게 타자된 페이지들로 가는 길을 찾아낼 것이다."라며 이해받지 못하는 건 텍스트가 아니라 독자의 제한된 인식 기능이라고 주장한다. 케루악은 또한 혁신적인 서술은 시간이 지나면서 그것의 익숙지 않은 구조물이 관습화된 뒤에 이해될 수 있다는 것을 인정한다.

칼 솔로몬의 입장은 20세기 중반 미국 비평 이론의 지배적인 학파였던 뉴 크리티시즘 담론과 일치한다. 뉴 크리티시즘은 클린스 브룩스와 로버트 펜 워런의 『시의 이해』(1938)에서 명확히 표명되어 있는 해석 전략들에 의거하여, 문학 작품의 내부적인 자질로 의미, 특히 다수의 언어 구조물의 통일성을 꼽는다. 뉴 크리티시즘은 통일성과 집중성에 가치를 두기 때문에, 저자의 의도와 역사적 맥락이 이해에 도움이 될 수는 있겠다는 것을 인정하면서도 해석의 기반으로는 회피했다. 솔로몬의 주장처럼, 뉴 크리티시즘의 기준은 탐광자처럼 통일화된 구조물로부터 가치 있는 것들을 추출해 내고 그렇지 않은 '의미 없는' 산문을 무시하는 독자에 의해 해석되는 작품의 내부에 의미를 둔다.

뉴 크리티시즘은 케루악이 『마을과 도시』를 만들어 낸 용광로이며 『길 위에서』를 쓰기 위해서 피해야 했던 도가니였다. 케루악은 『길 위에서』에서 자신의 사상을 명확히 하려고 분투하면서 자신이 하고 싶은 2차 세계대전 이후의 이야기가 기존 소설의 관습으로는 충분히 실현될 수 없다는 것을 알았다. 케루악은 이런 방해물에 대한 반응으로 『길 위에서』의 작업 일지에 "『마을과 도시』와 대조되는 다른 스타일뿐만 아니라 다른 구조가 (『길 위에서』에) 있는데 (……) 각 장(章)이, 일반적인 서사체 소설에 있는, 분명히 알 수 있게 진행되는 산문 진술이라기보다는 일반적인 서사체 시에 있는 운문의 행(行)에 가깝다."라고 쓴다. 케루악은 관습적인 서술을 적극적으로 피하면서 그의 기획이 '소설'이 아니라 두 개의 장르를 접합하는 새로운 산문 서술 형식으로 완성될 것이라고 말한다. 그는 산문 서술의 시학을 발전시키기 위해, 특히 두루마리 원고에서 그가 정의하려고 한 것처럼 관습적 서술의 한계점들을 능가하는 기법과 플롯을 갖고 실험했다.

예술의 개혁자들은 언제나 "예술이 사실상 포기해 버린" 미학적 표준으로 예술가의 작품들을 재단하는 독자들에게서 소외당할 위험이 있다고 볼프강 이저는 주장한다. 그리고 비평에서는 케루악의 실험이 대체로 나쁘게 말해지지만 관습에 대한 그의 의도적인 무시가 전례 없는 것은 아니었다. 예를 들면 케루악이 『길 위에서』의 초고를 쓰기 150년 전, 윌리엄 워즈워스는 『서정 담시집』의 1800년판 서문에서 이러한 비평적 시대착오를 인정했다. 워즈워스는, 지금은 가장 관습적인 문학 정전(正典)의 대변자로서 "저자는 그(또는 그녀)가 알려진 어떤 연상의 습관들을 만족시키도록 형식적인 약속을 해야 한다."는 점을 인정한다. 자신의 비관습적인 시학을 변호하기 위해 워즈워스는 다음과 같이 주장한다.

> 적어도 (독자는) 불편한 실망감을 겪지 않고, 저자에게 일어날 수 있는 가장 불명예스러운 고발, 바꿔 말해 의무라고 규명하려 하는 것을 막는, 그리고 그의 의무가 규명될 때 그걸 수행하는 것을 막는 나태함으로부터 스스로를 보호할 수 있다.

워즈워스는 이런 "의무"가 그것을 지지하지 않도록 환기시키고 자신을 그것에서 면제시킨다. 케루악이 두루마리 원고나 『길 위에서』에 사과하는 내용의 서문을 싣지 않았던 반면(하지만 『코디의 환영』에서는 한 편을 싣게 된다.), 그의 서신과 작업 일지에서는 그가 산문 서술에 도입한 변화들에 대한 설득력 있는 주장을 확인할 수 있다.

케루악은 『길 위에서』를 쓸 때 "조이스만큼 자유로워질" 수 있도록 『마을과 도시』에서 사용한 관습적인 기법들을 포기했다. 그가 "글쓰기는 좋다. 또한 구조들에 주의해야 한다. 그리고 구조." 하는 식으로 계속해서 형식을 강조하면서 형식에 관한 그의 개념은 극적으로 변해 갔다. 결국 두루마리 원고에서 나타나는, 형식에 관한 그의 개념은 뉴 크리티시즘을 중심에서 몰아낸 1960년대의 새로운 비평 학파인 구조주의의 신조를 어렴풋이 예견한 셈이다. 케루악은 자신이 "소설에 관심이 없"으며 "(제인) 오스틴과 (헨리) 필딩이 세운 '소설'의 법칙들에서 자유로워지고 싶다."라고 말한다. 또한 소설은 자기가 하고 싶은 이야기를 말하는 데 도움이 되지 않는 인식적인 관습과 법칙의 명확한 표현이라고 주장한다. 케루악은 오스틴과 필딩 그리고 그들의 모방자들을 거부함으로써 소설의 '유럽적 형식'을 부인하고 자신이 새로운 미국적인 산문 형식이라고 명명한 것에 대해 확언한다.

케루악은 휘트먼의 열광적인 독자였으며, 그가 "미국식 현대 산문"을 요구한 것은 "미국식 시적 표현의 신동"에 관한 휘트먼의 예언을 되풀이한 것이다. 휘트먼이 말하는 신동은 "동료 문인들, 예술적인 글을 쓰는 사람들, 술집의 공론가, 비평가들이나 대학 강사들에게 행복하게 인식되거나 상처를 입지 않은 채 저 멀리에 잠들어 있다." 휘트먼에 의하면, 이런 새로운 작가는 "그러한 초기작과 재고품에서만, 토착적인 이곳에 어쩌면 우연히 도착해 접목이 되어 때가 되면 토종 미국의 향기를 가진 꽃들과 진정으로 충분히 우리의 것인 과일들의 싹을 틔운"다는 것을 시인한다 할지라도, 휘트먼이 "거칠고 조악한 양육 침대"라고 묘사한 곳에서 발원하는 미국 고유의 방언들을 사용할 것이었다. 케루악은 이러한 방언들을 두루마리 원고에 채택하고, 『길 위에서』에서는 딘 모리아티의 성격 묘사에서 그것들을 충분히 활용한다. 그러나 그의 개혁은 방언의 채택보다 훨씬 많은 것을 요구했다. 관습적인 산문을 통해서는 접근할 수 없는 형이상학적 장소인 “보다 큰 영적 핵심”에 접근하려는 시도로, 케루악은 서사체의 시라는 “기술적인 도구를 사용해야 한다.”라고 주장했다.

케루악은 시와 산문의 요소들을 결합함으로써 자신의 글에 활기를 불어넣었으며 서술의 가장 극단적인 변형을 이루었다. 『길 위에서』의 작업 일지에서 케루악은 “지난 팔 개월 작업하는 동안 (……) 시에서 배웠던 것 같다. 내 산문은 다르며 그 감촉이 더욱 풍부하다.”라고 쓴다. 그는 『길 위에서』가 “시, 차라리 서술적인 시, 모자이크된 구전 서사시 같은 소설”이 되려면 이런 조직적인 풍부함이 필요하다고 주장한다. 케루악이 “구전 서사시”라는 말을 사용하는 것은 그 용어가 서사시라 정의할 수 없는, 쓰인 적이 없었던 서술적인 시를 묘사하기 때문이다. 케루악은 1949년 10월의 일기에서 자신의 서술적인 기획을 일종의 구전 서사시라고 묘사한다. “나는 유럽의 서술에서 미국의 시적인 ‘불규칙적인 전개’ 속으로 뛰어들고 싶다. 조심스러운 장(章)들과 조심스러운 산문을 불규칙적인 전개라고 명명할 수 있다면 말이다.” 그의 서술이 ‘불규칙적으로 전개’되는 동안, 케루악은 그가 사용하려고 계획한 구조적 통제를 강조한다. 솔로몬에게 보낸 편지에서 설명한 바와 같이, 새롭게 고안한 그의 서술적인 기법은 새로운 관습적 요소들, 일단 묘사되었다면 미래의 독자들에게 이해받을 수 있을 ‘문법’을 낳는다.

1940년대 말에서 1950년에 케루악이 했던 수많은 시행착오들은 그가 어려움을 한탄한 일기의 내용과도 연결되는데, 이를 통해 케루악이 『길 위에서』의 초기 원고를 쓸 때 이론을 실천에 옮기려고 분투했음을 알 수 있다. 인상파의 가능성을 충분히 재현하기 위해 튜브 물감과 프랑스식 이젤에 의존하는 야외 화가들처럼, 케루악은 『길 위에서』의 구조적이고 불규칙적인 전개를 작성하기 위해 새로운 작성 기법을 찾아야 했다. 두루마리는 케루악이 글이라는 매체의 기본적인 한계를 재정의하면서 관습적인 산문 서술의 한계들을 넘어서도록 제 텍스트를 밀고 나갈 수 있게 했다. 처음에 초안을 잡는 동안, 케루악은 매체를 문제로 삼는 예술가였다. 1949년, 케루악은 나선철로 된 『길 위에서』의 재정 원장 작업 일지를 시작하는 페이지에서 "이 금전 노트에서 뭔가를 느끼고 몹시 슬퍼하는 것을 거부하는 내 영혼은 어딘가 잘못되었다."라고 쓴다. 케루악은 타자기를 놓고 책상에 앉아 있으면서도 『길 위에서』의 목소리를 구현하기 위해 여전히 투쟁하고 있었다. 그가 자신의 환영을 수용하는 매체를 갖고 있어야만 그의 새로운 기법을 사용할 수 있을 것이고, 그의 이야기가 요구하는, 불규칙적으로 전개되는 시적 서술이 드러날 수 있을 것이었다.

케루악은 기법을 두고 작업하는 것에 더해 플롯의 개념들도 마찬가지로 실험했다. 그는 미국에서 변두리로 밀려난 문화와 실천을 전경화하면서 『길 위에서』가 비평가들에게 혹평을 받을 것이라는 것을 알고 알았다. 케루악의 대중적 시학, 즉 "모든 사람에게 일목요연하지 않은 예술은 죽은 예술"이라는 신념은 문학자들 사이에서 평이 좋지 않았고 지금도 그렇다. 그는 이런 정신으로 "그들을 받아들이기 전에 모든 사람이 그('책임을 지는' 중산층 지식인)와 같기를 원하는 하워드 멈퍼드

존스에게 (……) 불쌍한 히치하이커 소년이 어떤 의미가 있을 것인가."라고 쓴다. 작가이자 평론가이며 하버드 대학 교수인 존스는 케루악에게 있어서 그가 의도한 청중의 정반대일 뿐만 아니라 그가 극복하고 싶어 하는 비평적인 의견을 대변하는 사람이었다. 초고를 작성하는 작업 초기, 케루악은 그 당시에는 얼마 되지 않았던 자신의 길 경험을 반영하지는 않았지만, 미학적인 목적에서 히치하이커를 주인공으로 선택했다. 케루악은 일기에서 "도스토옙스키는 부랑자 무산 계급의 인물 라스콜리니코프를 오늘날의 (존스 같은) 사람들, 그런 문학적인 계급을 위해 만든 것이란 말인가?" 하고 의문을 던진다. 이런 맥락에서, 케루악이 『길 위에서』에서 선택한 주체는 그가 텍스트 속에서 환기하려 하는 '영적인 핵심'을 의미하는 인물이 되어 간다.

케루악은 주체를 선택하는 데 더해 플롯의 기능을 다시 상상하고 이런 새로운 기능에 그의 서술을 기반으로 삼는다. 관습적인 플롯들이 삽화적이고 통일되어 있으며 사건 사이의 인과 관계를 암시하는 반면, 두루마리 원고에서의 플롯 구조는 우발적이고 "절망의 원주"라는 그의 개념에 꼭 맞는 것이다. 케루악에 의하면, '절망의 원주'는 "삶의 경험은 목표로부터 정기적으로 빗나가는 일련의 것들이다."라는 신념을 재현한다. 그는 목표에서 빗나가게 되면 불가피하게 빗나갈 새로운 목표를 확립하게 된다고 설명한다. 케루악에게 있어서 이러한 일련의 빗나감이 언제나 앞으로 움직이는 배가 바람을 비스듬히 맞받아 갈지자로 도는 양식을 가정하지는 않는다. 대신에 케루악은 이런 빗나감을 "존재에 (……) 중심이 되는" 알 수 없는

"무언가"의 주위에 경계가 그인 완벽한 원주로 만들 때까지 오른쪽으로 도는 일련의 회전으로 설명한다. 그는 절망의 원주를 피하려는 시도가 결국 실패할 것이라고 주장한다. 왜냐하면 "직선은 오직 당신을 죽음으로 데려"가기 때문이다.

절망의 원주의 흔적들은 두루마리 원고와 『길 위에서』 전반에 걸쳐 나타난다. 주인공의 여행들은 두루마리 원고의 대부분을 차지하는데, 그들의 그칠 새 없는 움직임과 좌절되는 계획 속에서 목적을 발견하려는 시도는 플롯 안에 설계된 요소로서 절망의 원주를 예시한다. 케루악과 캐시디는 좌절하면서도 계속해서 그 경험들에 목적을 부여하는 잘못된 앎의 상태인 '그것'과 조우한다. '그것'을 경험하기 선, 케루악은 캐시디에게 정의를 요구한다. 캐시디는 "네가 요구하는 건 평가할 수 없는 것들이야."라고 대답한다. 정의할 수 없는 '그것'은 사상이나 언어로는 생각할 수 없으며, 경험을 통해서만 알 수 있는 것들이다.

절망의 원주는 또한 두루마리 원고에서 주변적인 장면으로 보이는 곳에서도 작동하는데, 그것은 널리 퍼져 있어 우발적인 플롯이 이해될 수 있을지도 모르는 양식이나 '문법'을 제시해 준다. 케루악은 첫 번째 서부 여행을 계획할 때 "코드 곶의 끝에서 네바다 주 엘리로 쭉 이어졌다가 아래로 꺾여 로스앤젤레스에 이르"는 빨간 선 6번 도로를 타고 미국을 가로질러 히치하이킹을 하기로 결정한다. 그는 험악한 베어 마운튼 아래에서 물에 흠뻑 젖어 오도 가도 못하게 된 상태에서 6번 도로를 지나가는 차는 거의 없다며 다른 길을 알려 주는 운전자를 만난다. 그리고 "나는 그의 말이 옳다는 것을 알았다. 내 꿈은 완전히 산산조각이 났다. 다양한 길과 수단을 시도하는 대신 미국을 가로지르는 거대한 빨간 선 하나만 따라가면 된다는 발상은 뜨뜻한 방구석에서나 가능한 바보 같은 생각이었다."라고 쓰면서 깊이 생각한다. 실존적 목표나 알려지지 않은 중심, 최종적인 '진주'는 그대로 남아 있지만, 자신의 경로가 일탈로 특징지어질 것이고 노력은 물거품이 되리라는 것을 그는 배운다.

케루악의 기법과 플롯에서의 서술학적 진전들은 당대의 이론이 제기하는 많은 문제들에서 초점적인 텍스트를 창조해 낸다. 저자 케루악이 일관성 없고 비직선적인 플롯을 과시하는 것에 더해, 베어 마운튼에서 소설의 화자 케루악이 좌절하는 순간들은 20세기말 미국의 문학적 이론이 변화함에 대한 은유로 읽을 수 있다. 의미를 굴착하는 뉴 크리티시즘의 명확한 정의가 독자와 독서에 대한 구조주의적이고 후기구조주의적인 조사들과 다른 질문 중에서 '상식적인' 지식에 대한 논쟁에 의해 대체되는 것처럼, 케루악의 딜레마에는 길에 대한 그의 기대가 변하는 것을 뜻한다. 케루악을 오도 가도 못하게 만든 '뜨뜻한 방구석에서나 가능한 바보 같은 생각'이 텍스트에 대한 그의 우회하지 않는 해석에서 기인했다는 점을 기억해야 한다. 케루악은 두루마리 원고에서 서부로 가는 노선을 선택하기 전에 "몇 달 동안 패터슨에서 전국 지도를 연구하고, 서부 개척자들에 관한 책을 읽거나 플랫 앤 시머론 같은 지명을 음미하기도 했다."라고 말한다. 지도를 보면 6번 도로가 보여 주는 직선성에 이끌렸으며, 목적지로 직접 향하는 노선의 멋진 전망에 매혹되었다. 그는 피상적으로 이런 지도들과 싸구려 소설들이 자신에게 의미를 제공해 줄 것이라고 기대하며 읽고서 그 노선에 의존한다.

케루악의 독서법은 관습적인 독자의 경우처럼 곧바로 그에게 실패를 안겨 준다. 케루악은 앞으로 움직이기 위해 새롭고 추론적인 해석의 양식을 발견하도록 강요받는다. 폭풍우에 뒤덮인 산봉우리가 “천둥소리를 울려 대며 (……) 신에 대한 두려움을 불러일으켰”을 때, 케루악은 직선성과 통합의 예상에 내재한 실패를 묘사한다. 6번 도로의 직선은 “그를 죽음으로 데려갈 뿐이라고” 위협한다. 열심히 나아가려 하지만 목표에서 빗나가 버린 케루악은, 여행의 방법이 우발적이어야만 하며 “다양한 길과 수단을 시도하는” 것만으로 진전을 얻을 수 있다는 점을 이해하기에 이른다. 케루악의 독자들이 내재한 의미의 제공을 기대하면서 깨지지 않은 텍스트의 산에 접근한다면, 그들의 기대와 해석이 직선성에 기반을 두고 소설가의 관습들에 의해 미리 결정된다면, 케루악과 똑같이 오도 가도 못하게 된 자신을 발견하게 될 것이다. 하지만 독자가 케루악의 불규칙적으로 전개되는 산문에 접근해 일련의 빗나감들 속에서 서술이 회전하고 반대로 가고 또 되돌아오는 것을 허락하고 의미를 전위(轉位)하는 지평선이 의미 경험의 일부라는 것을 인정한다면, 독자는 전진하여 “마침내 그곳의 정상에 설” 수 있다.

일련의 빗나감처럼, 케루악의 산문 서술은 텍스트가 아니라 독자를 의미의 부지(敷地)로 확립하는 독자 지향 이론들을 예기한다. 하지만 당대의 이론은 의미가 분명히 독자의 내부에서 발생한다는 것을 증명할 수 없었으며, 그래서 텍스트의 의미는 종종 텍스트와 독자 간 상호 작용의 결과로 여겨졌다. 케루악의 서술은 불가사의하게 밀봉된 구조의 내부에 잡혀 있는 의미를 가진 작품으로서 기능하는 대신 친숙하지 않은 구조와 조우함으로써 의미를 발견하는 과정에 독자를 관여시킨다.

호르헤 루이스 보르헤스는 소설이 "셀 수 없는 관계들의 축"이라고 썼는데, 두루마리 원고와 『길 위에서』에서 공통적으로 보이는 기법과 플롯의 서술적 발전들이 이런 주장을 뒷받침한다. 이런 새로운 미국식 산문 서술이 관습을 위태롭게 하기 때문에, 두루마리 원고와 『길 위에서』는 당대 미국 문학 분석에 대한 다양한 인식의 눈을 위한 주제가 된다. 가능성 있는 읽기에 대한 포괄적인 조사는 서가를 채우지는 않을지라도 책들을 가득 채울 것이다. 하지만 구조주의에서 발전되어 나와 다른 많은 후기구조주의 학파들과 방법을 공유하는 이론적 담론(몇 개만 이름을 언급하자면 페미니스트 이론과 소수인종 담론 등)인 해체론이 예시하는 방법의 간단한 실례는 이전의 담론들에 의해 변두리로 밀려났던, 가능성 있는 읽기들의 범위를 보여 준다.

단순하게 말하자면, 해체론은 문학적 텍스트 안에서 자연스럽게 보이는 것 혹은 타고난 위계나 대립으로 보이는 것을 불안정하게 만들려고 모색한다. 해체론적 독해는 주장을 불신하거나 논리적 무가치를 증명하려는 것이 아니라, 이전에는 '주어진' 지식으로 여겼던 것을 붕괴시킴으로써 대립의 의미를 재정의하기 위해, 글로 쓰인 담론 내부의 대립 관계를 규명한다. 두 개의 텍스트들이 분석을 위한 기회 대신에 일관적이지 못한 글쓰기로 여겼던, 명백히 모순되는 주장들을 포함하기 때문에 해체론은 두루마리 원고나 『길 위에서』를 분석할 때 특히 유용한 도구라고 할 수 있다.

예를 들어 『길 위에서』에서 샐이 처음 올드 불 리의 집에 도착했을 때, 제인 리가 보고 있는 화재를 그가 인식하지 못하는 것은 그의 천진난만함이나 못 미더움의 사례로 종종 읽혀진다. 소설에서는 거의 축어적으로 재생된 이 구절을 두루마리 원고에서 고찰함으로써, 독자는 서로를 훼손하는 동시에 지지하는, 일련의 이동성을 가진 대립과 조우한다. 케루악이 "난 아무것도 못 봤는데."라고 말하자 조앤은 "케루악은 여전하네."라고 대답한다. 조앤이 인식을 못하는 케루악을 비난하는 것은 케루악에게 경험적인 현실을 볼 수 있는 능력이 없다는 것, 케루악이 그의 앞에 있는 물질적인 세계를 이해할 수 없다는 것을 암시한다. 하지만 조앤은 "저쪽에서 사이렌 소리가 들렸거든."이라고 하면서, 말하자면 케루악의 시각적 인식에 대한 그녀의 판단을 약화시키면서 이 장면을 인식하기 위해 청각에 의존한다. 게다가 조앤 자신은 환각에 빠진다. "하지만 그녀는 아직도 불이 난 곳을 찾고 있었다. 이 당시 그녀는 벤제드린 종이를 하루에 세 통씩 먹고 있었다."라고 케루악이 말을 잇는다. 불이 난 곳은 조앤만 알아볼 수 있으며, 얼마간 그녀에게 "속해 있다."라고 암시한다. 케루악은 그 구절을 그녀의 벤제드린 복용을 확인하는 다음 구절과 순차적으로 놓음으로써, 그녀가 보는 '불'이 벤제드린으로 유발된 상상력의 산물임을 보여 주면서 불과 벤제드린 복용 사이의 연관성을 암시한다. 그러므로 이 장면에서는 최초의 인식적 판단이 역전되고 순전해지며, 합리적 인식이 일변되고 비합리적인 인식보다 특권적이 된다. 하지만 이러한 이분법적 대립 관계는 곧 역전되며, 텍스트는 인식이 합리적일뿐만 아니라 직관적이기도 하다고 주장한다.

케루악은 버로스와 함께 그레트나에 있는 경마장에 갔을 때 직관적으로 승자를 예상한다. 말 그대로 객관적 인식에 대해 말 그대로가 아닌 주관적 인식이 특권적이 되는 발전 과정이다. 케루악은 경마의 승자 예상에 관한 자료를 요약해 놓은 경마 편람을 보면서, 통계치가 아니라 그의 아버지를 상기시키는 빅 파파라는 이름에 매료된다. 버로스는 검은 해적선에 돈을 걸지만 빅 파파가 오십 배의 배당률로 승리한다. 경마 편람만 보고 돈을 건 버로스는 소리친다. "네가 환영을 봤잖아, 환영 말이야. 천치 같은 놈들이나 환영에 신경 쓰지 않는 거라고." 그럼으로써 케루악의 직관적 인식을 입증해 준다. 비이성적인 것에 대한 이성적인 것의 규범적이며 특권적인 대립 관계를 다시금 밝히는 것이다. 이성과 비이성은 전체적 인식의 부분들로 동격의 양식이 된다.

두루마리 원고에서 케루악은 시간의 압박감을 극복하려는 주인공의 시도를 전경화하며 추정에 바탕을 둔 대립 관계의 양쪽에 의존하는 또 다른 논쟁을 확립한다. 하지만 캐시디가 시간의 바깥에서 움직이기 위한 기법들은 시간에 대한 그의 엄격한 집착에서 기인한다. 케루악은 캐시디의 시간표와 일정을 재현하면서 미셸 푸코가 시간의 "남김 없는 사용"이라고 명명한 것을 예시한다. 시간에서의 해방을 약속하면서 행위자를 시간에 복속시키는 수법이다. 시간의 남김 없는 사용은 결과적으로 그것을 중단시키면서 '시간에서 훨씬 더 유용한 순간들을 추출해 냄'으로써 '이론적으로 항상 증가하는 시간의 사용'을 약속하고 시간의 세심한 세분화를 요구한다. 캐시디는 소설 전반에 걸쳐 시작하고 끝나는 시간을 정확히 따져 약속을 잡는다. 좀 더 많은 시간을 사용할 수 있도록, 자신에게 주어진 모든 시간을 효과적으로 사용할 수 있도록 자신의 시간을 세분화하면서, 자신의 친구들과 연인들도 그 스케줄에 복속될 것을 강요한다.

앨런 긴즈버그는 덴버에서 캐시디가 로앤과 캐럴린 양쪽 모두에게 바람 핀 사실을 숨길 방책으로 굉장한 스케줄을 짜는데, 캐시디의 엄격한 조직화는 "뭐든지 동시에" 하려고 그가 시도하는 기법이다. 케루악이 덴버에 도착하면서 스케줄에 또 다른 변수가 생기자 캐시디는 그를 만날 여유를 만들어 내기 위하여 시간을 더욱 세분화한다. 케루악을 만나고 몇 분 사이 캐시디는 캐럴린에게 말한다.

> "지금이…… (시계를 보면서) 정확히 1시 14분이거든. 그러니까 3시 14분 정각에 돌아올게. 그러면 우리 둘이 꿈같은 시간을 보내는 거야. (……) 그러니까 난 지금 당장 옷을 입어야 해. 바지를 입고, 생활로, 그러니까 바깥 생활로 돌아가야 해. 말한 대로 말이야. 1시 15분이네. 벌써……."

그의 스케줄이 보여 주듯, 캐시디가 시간으로부터 자유로워지는 것은 그것을 엄격하게 지키는 것에 달려 있다. 주인공들이 시간으로부터의 비행을 해체하고 그 기법을 조사하면서 시간의 불가피성과 침투성이 드러난다. 그리하여 닐이 길가의 멕시코 소녀에게 손목시계를 선물하는 장면은 그가 시간에 패배했음을 의미하는 행위로 추정되고, 시간의 식민화와 정복의 행위로 바뀐다.

당대의 문학 이론에 의해 제기된 문제와의 관련성에도, 두루마리 원고의 출판은 텍스트에 임박한 위험을 드러낸다. 그것이 표면적으로 이 소설을 '중대한' 텍스트로 그리고 케루악을 '중대한' 작가로 바로잡을 수 있도록 『길 위에서』를 둘러싼 담론을 바꾼다면, 케루악 자신의 생생한 경험들에 대한 두루마리 원고의 보다 긴밀한 충실성은 『길 위에서』를 문학적인 것이 아니라 유명한 소설로, 그리고 케루악을 중대한 저자가 아니라 악명 높은 저자로 만들었던 수많은 가정들을 강화할지도 모른다. 하지만 이런 상반되는 결과의 가능성은 두루마리 원고의 출판이 결정적인 판단 착오인 것처럼 만들지 않는다.

두루마리 원고의 출판은 텍스트에서 의미라는 개념 자체를 문제시하고, 사실과 허구 사이를 자신만만하게 구분하는 독자의 능력을 약화시키는 데 필요한 역설을 창조한다. 옳든 그르든 두루마리 원고가 『길 위에서』의 보다 진정한 판본으로 해석되면서, 소설의 허구성과 저자로서 케루악의 기능은 비교 읽기를 통해 좀 더 명백해진다. 게다가 두루마리 원고는 (오랫동안 일기의 표제 부분과 자서전과 동등하게 혼종 논픽션으로 읽혀 온 소설인) 『길 위에서』의 진실성을 불안정하게 만들고, 해석의 불안정성은 재귀 반사적으로 두루마리 원고 자체로 전이된다. 두루마리는 그 자체의 진실이 신빙성을 상실하면서, 허구적 산문 서술로서 자신을 확립한다.

케루악이 자기 시대의 어떤 대중 소설에서도 소외되었던 문화와 풍습을 부각시키면서 이 텍스트 안에 사회적 관습을 새로이 조직하는 동안, 그는 또한 당대의 서술에 아직 전적으로 갇히지 않은 방식으로 문학적 관습과 인유(引喩) 들을 재

구조화한다. 그리하여 『길 위에서』와 두루마리 원고는 창작된 지 반세기가 지났음에도 계속해서 아방가르드 텍스트로 읽히고 있다. 두루마리 원고의 출판은 양쪽 텍스트에 새로운 해석의 가능성을 열어 준다. 이 새로운 가능성은 『길 위에서』의 문학적 가치를 두드러지게 만들고 케루악의 서사학적 진전을 전경화하며, 마침내 『길 위에서』를, 비록 "경험의 전형적인 '소설'적 배치"와 포스트모더니즘의 "유기적 통일성의 암시가 있는 '섬유질의' 세계" 사이에 다리를 놓는 혼종적인 형식이기는 하지만, 소설로 그리고 두루마리 원고를 "미국 최초의 현대 산문 서적 중 첫 번째나 그들 중 하나"로 만든다.

『길 위에서』가 출판된 지 오십 년, 두루마리 원고의 독자들은 지배적인 위계질서의 붕괴를 경험하며 신화적인 케루악을 작가 케루악의 부차적인 존재로 볼는지도 모른다. 작가 케루악은 1951년 초 미국 산문 서술의 새로운 형식을 발전시켰고, "많은 사람들이 내가 뭘 하는지 모르겠다고 말한다. 그러나 물론, 나는 안다. 버로스와 앨런은 『마을과 도시』 시절에는 내가 뭘 하고 있는지 나도 몰랐다고 말했다. 이제 그들은 내가 알았다는 걸 안다."라고 썼다. 이제, 우리도 그것을 안다.

조슈아 쿠페츠
(시인·문학 평론가·콜로라도 대학교 교수)

작품 해설

이 책은 잭 케루악의 『길 위에서』의 완역본이다. 2001년 가을 학기 동안 국제 창작 프로그램에 참가해 미국에서 가장 저명한 아이오와 대학교에서 젊은 작가들과 교류할 기회가 있었다. 미래의 작가에게 가장 영향력이 있으며 미국의 전통이 될 만한 작가가 누구인지 궁금하여 똑같은 질문을 시인과 소설가에게 던져 봤는데, 대답은 대체로 잭 케루악이었다. 이번에 번역한 잭 케루악의 대표작 『길 위에서』는 새로운 시대 문화의 도래를 갈망하는 한국인에게도 시의적절한 작품이라 생각한다.

작품 속에서는 주인공 샐 파라다이스가 미국을 횡단하는 세 번의 과정이 전개되는데, 1부는 샐 파라다이스가 딘 모리아티의 영향을 받아 동부 뉴욕에서 서부 샌프란시스코까지 히치하이크하여 갔다 오는 과정을 담는다. 2부에서는 샐 파라다이스가 딘 모리아티와 함께 동부에서 서부까지 가는 여행의 과정, 그리고 3부에서는 서부에서 동부까지 가는 여행의 과정이

중심이 된다. 4부에서는 미국 내부의 동서 횡단 여행이 아니라 멕시코로 가는 남북 횡단 여행이 전개된다.

1957년에 발간된 이 책은 잭 케루악을 하루아침에 미국 대중문화의 핵심 인물로 만들었으며, 현재도 연간 십만 권 이상 판매되고 있다. 플로리다 주의 올랜도에 있던 케루악은 1957년 8월 말 뉴욕에 가기 위해 그레이하운드 고속버스 차비 30달러를 빌려야 했다. 그리고 9월 6일자 《뉴욕 타임스》의 길버트 밀스테인은 이 책의 출간을 "역사적 사건"이라고 평했다. 이 책의 성공으로 케루악의 삶은 완전히 바뀐다.

케루악은 『길 위에서』 한 권의 성공으로 콜롬비아 대학교에서 만난 평생의 친구인 좌익 유태인 동성애자 시인 앨런 긴즈버그와 우익 신교도 동성애자 소설가 윌리엄 S. 버로스에 의해 어느 정도 궤도에 오른 비트 운동의 제왕으로 추앙받는다. 비트 세대는 '잃어버린 세대'의 후계라고 할 수 있다. 헤밍웨이를 필두로 근대 세계의 영적 황량함에 대한 환멸 때문에 유럽으로 망명한 '잃어버린 세대'는 T. S. 엘리엇의 『황무지』로 대변된다. 2차 세계대전 이후 미국은 '잃어버린 세대'의 시대보다 더 물질적이 된다. 수백만 명이 재향군인 연금 혜택을 받았으며, 소비자 중심주의(consumerism)와 과학 기술의 발전에 대한 신념이 더욱 확고해진다. "나는 비트족(beatnik)이 아니라 가톨릭 신자다."라는 케루악의 주장처럼, 미국 중산층의 물질주의와 자유주의에 대한 케루악의 본능적 거부감은 가톨릭적 정서에 기반을 두고 있다. 케루악의 사상에는 문화도 일종의 유기체라고 생각한 독일의 철학자 슈펭글러의 『서구의 몰락』, 도스토옙스키와 불교의 영향이 드러난다. 그는 '비트(beat)'가 '몰락

(fellaheen)'을 의미한다는 점을 부정하지는 않지만, 미국이 스스로 재생할 수 있는 능력이 있다고 믿는 낙관적 입장을 견지했다. 케루악이 1948년 '비트 세대'라는 용어를 만들어 냈을 때의 '비트'는 리듬 앤드 블루스나 재즈같이 자신이 좋아하던 음악과는 무관했다. 말하자면 경멸적인 용어로 전락한 유행 사조인 '비트족'과는 무관했던 것이다. "인식의 초기 개척자들처럼 이성을 잃어버리면 가장 완벽한 인식을 획득하게 된다."라는 케루악의 말처럼 비트는 세상의 모든 관습을 거부하는 '새로운 인식'의 표현이었다. 작가 존 클레론 홈스와 대화하던 중 케루악은 세상에 대한 권태라는 자신의 세대의 특징적인 태도를 비트라는 단어로 묘사했는데, 이는 부정적이라기보다 긍정적이며 희망적인 태도임이 명확하다.

'축복을 내리다(beatific)'라는 단어의 약어인 '비트'는 전후 세대의 정서에 국한되지 않으며 지복(beatitude)의 영적 진실을 추구하는 것을 목표로 했다. 요컨대 몰락한 자가 성스럽다는 케루악의 사상에는 가톨릭적 어조가 배어 있는 것이다.

『길 위에서』는 미국인의 내면에 있는 선(善)을 발견하려는 여행의 기록이다. 케루악 자신의 설명에 의하면 『길 위에서』는 신(神)을 찾아 전국을 방랑하는 두 명의 가톨릭 친구에 관한 이야기다.

> 나는 하늘에서, 샌프란시스코의 마켓 가에서 두 가지 형태로 신을 발견했다. 딘(닐)의 이마에는 언제나 땀을 흘리는 신(神)이 있었다. 성스러운 인간에게는 빠져나갈 다른 길이 없다. 그는 신을 위해 땀을 흘려야만 한다.

『길 위에서』는 형제애에 대한 찬가이다. 딘이 신, 악마, 천사, 성자, 예언자를 대변한다면, 샐 자신은 예수와 같은 인물이며 길 위에서 만난 멕시코 소녀는 성모 마리아가 된다. 전기 작가인 니코시아는 이렇게 주장하면서 『길 위에서』가 성직자의 전유물이었던 종교를 대중의 손에 돌려준 작품이라고 설명한다.

케루악은 《플레이보이》나 《에스콰이어》 등 대중잡지에 글을 쓰고 워너브라더스에서 영화화 제의를 받는다. 그는 자신의 작품이 엘비스 프레슬리, 제임스 딘이나 말런 브란도 등 할리우드의 이미지와 함께 대중문화의 일부로 취급되면서 자신의 사상이 진지하게 받아들여지지 않는다는 사실을 깨닫는다. "명성을 얼마나 좋아하세요?"라는 질문에 케루악은 "그건 블리커 거리 아래로 바람에 쓸려 내려가는 지난 신문 같은 것이지요." 라고 대답한다. 그는 또한 비트 세대가 상품화되면서 이미 죽어 버린 사상이라는 점을 깨닫는다. 그러면서 자신의 불교적 관심이 대안의 추구라기보다 언어적 유희였다는 점을 인식한다.

그럼에도 케루악 자신뿐만 아니라 이 책의 원고 자체도 신화가 되어 버린다. 미식축구 선수였던 케루악은 운동할 때처럼 일 분에 100자 정도의 속도로 밤새 타자를 치는 버릇이 있었다. 마리화나와 벤제드린을 과다 복용하는 바람에 첫 소설 『마을과 도시』를 쓰는 동안 다리에 정맥염이 생겼다. 정맥염이 심장까지 올라가면 첫 번째 소설도 완성하지 못할 것이라고 의사가 경고할 정도였다. 『길 위에서』는 벤제드린과 커피에 의존해서 거의 잠을 자지 않고 삼 주 만에 썼는데, 타자기에 계속 종이를 끼워 넣어야 하는 데 짜증이 난 케루악은 약 6미터 길이의 화선지를 테이프로 이어 약 40미터 길이로 만들어 타자기에 계속 들어가도록 했다. 행간 여백 없이 타자하여 원고 전체가 쉼표도 없고 마침표도 거의 없는 단 하나의 문단으로 구성된다. 이 원고는 2001년 5월 22일 크리스티 경매에서 인디애나 콜츠 미식축구 구단주인 제임스 이스레이에게 243만 달러에 팔렸는데, 이는 역사상 최고 가격의 친필 원고 낙찰가였다.(두루마리 원고의 사진은 『길 위에서』 홈페이지에서 일부 확인할 수 있다. www.ontheroad.org) 『길 위에서』의 후속 작품을 요구받은 케루악은 『길 위에서』와 똑같은 작업 방식으로, 1957년 11월 26일부터 벤제드린과 커피와 가끔 마당에 나와 나무에서 직접 따 먹는 달콤하고 신선한 귤의 도움을 받아, 빌린 타자기로 두루마리 화선지 위에 게리 스나이더와의 서부 해안 배낭 여행기인 『달마 부랑자』를 열 이틀 만에 써 낸다. 1953년에는 『지하인들』을 사흘 만에 쓰기도 한다.

딘 모리아티는 닐 캐시디, 카를로 막스는 앨런 긴즈버그, 스탠 셰퍼드는 윌리엄 S. 버로스, 화자인 샐 파라다이스는 작가인 잭 케루악으로 볼 수 있는 이 소설은 자서전적인 성격을 갖는다. 소설 속의 딘 모리아티처럼 유타 주의 솔트레이크시티에서 태어난 닐 캐시디는, 정작 자신은 생전에 단 한 권의 책도 출간하지 않았음에도 비트 운동의 중심인물이었다. 캐시디가 없었다면 비트 세대는 없었을 것이다. 『길 위에서』를 비롯한 『코디의 환영』, 『달마 부랑자』, 『절망의 천사들』, 『빅 서』 등 케루악의 여러 작품들에서 모델이 되었을 뿐만 아니라, 영화화되어 국내에서도 인기를 얻은 『뻐꾸기 둥지 위로 날아간 새』의 작가인 켄 키지(Ken Kesey)와 함께 1960년대 히피 운동의 중심을 이루었다. 비트 운동의 대표작인 『외침』에서 긴즈버그는 “N. C.

(닐 캐시디), 이 시편들의 비밀스러운 주인공"이라고 고백한다. 사후에 출간된 자전적인 소설 『처음 세 번째』에서 캐시디는 다음과 같이 자신의 삶을 정의한다.

> 한동안 나는 독특한 위치를 점하고 있었다. 덴버 도심의 빈민 거리에 출몰하는 수백 명의 외로운 사람들 가운데 나만큼 어린 아이는 없었다. 각자 자기 나름대로의 이유가 있어서 돈 한 푼 없는 술주정뱅이로 하루를 마감하는 임무에 몰두하는 이런 끔찍한 사람들 속에서, 나 혼자만이 그들의 삶의 방식을 공유하면서, 매일 생각하게 되는, 자신이 소년 시절에 갖고 있던 비전의 복제품이 되면서, 그런 식으로 그들과 연계가 되면서 나는 수십 명의 몰락한 남자들의 양아들이 되었다.

소설 속의 딘 모리아티처럼, 캐시디는 덴버의 래리머 가의 우범지대에서 알코올 의존증 환자인 아버지와 살았다. 그는 어린 시절 아버지의 술값을 벌기 위해 구걸을 했고, 열네 살 때 첫 번째 차를 훔친 이후 스물한 살의 나이에 500대의 차량 절도와 열 번의 체포, 여섯 번의 전과를 기록하고 소년원에서 소년 시절 중 십오 개월을 보낸다. 소설 속의 딘 모리아티처럼, 소년원에서 철학자 시인이 되기로 결심한 캐시디는 막 결혼한 십 대 소녀 루안을 데리고 콜롬비아 대학교에 다니는 덴버 시절의 친구인 에드 화이트와 할 체이스를 만나러 1946년 12월 뉴욕에 온다. 기숙사 방에서 캐시디는 잭 케루악을 만날 뿐만 아니라, 자신을 '덴버의 아도니스'라고 부르며 좋아한 앨런 긴즈버그를 만나 동성애적 관계를 갖는다. 『길 위에서』는 그 이후 수년간 케루악과 캐시디가 미국과 멕시코를 여행한 기록이 라고 말해도 과언이 아니다. 사실상 『길 위에서』는 케루악과 캐시디가 모험을 하는 현장에서, 즉 길 위에서 쓰이기 시작했지만, 케루악은 그런 내용에 걸맞은 스타일을 발견하는 데 어려움을 겪는다. 1950년에 발간된 케루악의 첫 번째 소설 『마을과 도시』는 토머스 울프의 감상적인 문체를 벗어나지 못하고 있었다. 케루악은 "내가 환영을 갖고 있었던 것은 사실이다. (……) 내 생각엔 모두 다 갖고 있다. (……) 우리에게 부족한 것은 방법이다."라고 고백한 바 있다. 캐시디의 자유분방한 편지글 스타일에 힌트를 얻은 케루악은, 캐시디가 운전하면서 주도한 여행의 내용뿐만 아니라, 미칠 듯한 희열이 몰려와 자의식이나 심적인 망설임도 없이 퍼부어 대는 캐시디의 말투를 그대로 옮겨 쓴다는 생각으로 '즉흥적 산문'의 형식을 개발하는 데 성공한다. 케루악은 뛰어난 기억력을 갖고 있었다. 한 시간 분량의 대화도 기억해 두었다가 수년 뒤 소설을 쓸 때 글자 그대로 전사(轉寫)해 낼 수 있었는데, 이런 천부적 재능은 소년 시절에도 두드러져 '아기 암기왕'이라는 별명으로 불렸다. '즉흥적 산문'이라는 케루악의 기법은 캐시디의 삶의 방식과 유사하다. 『즉흥적 산문의 필수 조건』에서 케루악은 이미지를 주제로 해 불어 젖히는 재즈 음악가처럼 개인의 비밀스러운 생각의 언어가 마음속에서 방해받지 않고 흘러나오는 시간의 과정을 순수하게 따르는 것이 '즉흥적 산문'의 필수적인 과정이라고 설명한다. 다음에 인용된 것은 1947년 3월 7일 캐시디가 케루악에게 보낸 편지의 시작 부분이다. 딘 모리아티와 캐시디가 얼마나 닮았는지, 케루악이 캐시디의 편지글 스타일에서 『길 위에서』의 스타일을 어떻게 획득했는지 짐작할 수 있다.

잭에게. 마켓 가의 술집에 앉아 있어. 취했어, 글쎄, 아주 취한 건 아니지만, 곧 그렇게 되겠지. 두 가지 이유 때문에 여기에 있어. 다섯 시간 동안 덴버행 버스를 기다려야 해. 하지만 더 중요한 건 내가 여기서 (술 마시는) 이유가 당연히 한 여자 때문이라는 건데, 얼마나 대단한 여자였는지 몰라!

대강 말하자면, 버스에 타고 있었는데, 인디애나 주의 인디애나폴리스에서 손님이 더 탔는데, 그중 완벽한 몸매에 아름다운 여자가 있었어. 술 취해서 주절대거나 더듬거리는 건 절대 아니야!(결국 역설적 표현인데, 사람이 어떻게 더듬거릴 수가 있겠어, 안 그래!!?)

그녀가 앉았고, 나는 땀을 흘렸고, 그녀가 말하기 시작했어. 일반적인 얘기일 거라는 사실을 알았지만, 그녀를 홀리기 위해 잠자코 있었어. 그녀(이름이 퍼트리샤였는데)는 오후 8시(어두웠지!)에 버스에 탔는데, 나는 오후 10시까지 아무 말도 하지 않았어. 물론 그사이 두 시간 동안 나는 그녀를 손에 넣겠다고 결심했을 뿐만 아니라, 어떻게 할 것인지도 결심했어.

당연히 대화의 내용을 구체적으로 인용할 수는 없지만, 오후 2시부터 오전 2시까지의 핵심 내용을 전달해 볼게. (이름이 뭐죠? 어디로 가세요? 등등) 객관적인 언급 같은 준비 작업은 조금도 없이, 말하자면 '그녀의 핵심 속으로 뚫고 들어가는' 식으로 완전하게 알고 있고 완전하게 주관적이며 개인적인 대화 속으로 바로 들어갔지. (글을 쓰는 게 점점 불가능해지니까) 짧게 말하자면 오전 2시가 되면서 그녀로 하여금 영원한 사랑, 나에 대한 완전한 종속과 즉각적인 만족 등을 내게 맹세하게 만들었어. 훨씬 더한 기쁨을 기대하면서 버스 속에서 내게 구강성교를 해 주려는 걸 허락하지 않았고, 그 대신 말하자면 서로에게 수음을 해 줬지.

소설 속의 딘 모리아티처럼, 1947년 3월 덴버로 돌아간 캐시디는 루안 헨더슨과 결혼한 상태에서 덴버 대학교의 대학원생이던 캐럴린과 관계를 맺기 시작한다. 그해 여름 캐시디는 루안, 캐럴린과의 이성애적 관계뿐만 아니라 캐시디와 함께 덴버에 와 있던 앨런 긴즈버그와도 동성애적 관계에 얽힌다. 소설 속의 딘 모리아티처럼, 캐시디는 운전과 떠들어 대는 것과 연애 사건으로 평생을 보냈다. 그리고 뉴욕의 모델이었던 다이애나 한센을 만나 1950년에 세 번째 결혼을 한다. 다이애나는 커티스를 낳는데, 역시 소설 속의 딘 모리아티처럼 캐시디는 캐럴린에게 돌아가 버린다. 캐시디는 나탈리 잭슨과도 사랑에 빠지는데, 그녀는 1955년 말 샌프란시스코에서 캐시디가 잠자는 동안 자신의 목을 베어 자살한다. 하지만 소설 속의 딘 모리아티처럼 캐시디는 결국 캐럴린 캐시디와 세 명의 자녀를 낳고 산 호세에 정착해 서던퍼시픽의 제동수로 일했다. 또한 딘 모리아티처럼 캐시디를 둘러싸고도 상반된 평판이 있었다. 케루악과 긴즈버그처럼 캐시디가 심오하다고 생각하는 부류도 있었지만, 케루악의 콜롬비아 대학교 친구였던 앨런 템코처럼 캐시디가 가장 저질의 사기꾼이라고 생각하는 사람들도 많았다.

케루악은 이미 여러 해 전에 쓰여 너무 늦게 출간된 『길 위에서』가 드러내는 희망의 세계관을 상실한다. 느닷없는 명성과 술에 취해 텔레비전과 파티 등에서 어릿광대처럼 딘 모리아티의 흉내를 내며, 알코올 의존증이라는 몰락의 1960년대를 시작한다. 이 책의 성공은 닐 캐시디에게도 시련을 가져다 준다. 1958년 캐시디는 마약 판매 혐의로 교도소에서 이 년간 복역한다. 1960년대 히피 운동에 적극 동참한 캐시디와 달리 케루악은 정치적으로 보수주의자였다는 평가도 있다. 그러나 1998년 11월 3일자 《애틀랜틱》에 다음과 같이 인용된 1964년의 편지에서처럼, 비트의 시대적 효용성을 정확하게 읽은 케루악은 히피 운동에 적대적이었다.

> 이 녀석들(앨런 긴즈버그와 그레고리 카르소)과 그의 친구들이 지금까지 추구해 온 바는 그저 진정한 '비트' 신조의 원칙적인 적용의 마지막 행위이며 배반이다. 이제 우리 모두 중년의 나이에 접어드는데, 나는 그들이 그저 좌절해서 히스테리를 부리는 도발자들이며 '미국'과 평범한 사람들의 삶에 대한 깊은 원한 외에 마음속에 아무것도 없으면서 사람들의 주목을 끌려는 녀석들이라는 것을 알 수 있다.

케루악의 학문적 해석은 여러 측면에서 가능하다. 우선 케루악의 사상은 불교적인 측면에서 연구될 수 있다. 예를 들면 "아직 갈 길이 멀다. 하지만 문제되지 않았다. 길은 삶이니까." 와 "우리가 모든 혼란과 헛소리를 뒤로하고 우리에게 있어 유일하게 고귀한 행위가 드디어 시작되었다. 즉, 움직이는 것. 우리는 움직였다!”라는 샐 파라다이스의 설명은 삶은 ‘고해’라는 불교적인 인생관의 표현과 다르지 않다. 이런 관점에서 ‘비트’라는 새로운 세계관을 구현하는 딘 모리아티의 “신은 존재하고, 우리는 시간을 알지. 고대 그리스 시대 이래로 존재해 온 모든 예언은 잘못됐어. 예언이란 기하학과 기하학적 사고방식으론 할 수 없는 거야.”라는 주장은 지식인이며 소설가인 샐 파라다이스의 ‘화두’, 즉 몸에서 떨어지지 않는 “빈대”가 된다. 2부의 끝 부분에서 샐 파라다이스는 다음과 같이 불교적 ‘연기(緣起)’의 세계관을 자각한다.

> 내가 죽었다가 셀 수 없이 많이 다시 태어났다는 사실을 깨달았다. 하지만 삶에서 죽음으로 그리고 다시 삶으로의 이동이 유령에게는 그렇게 쉬운, 잠들었다가 수백만 번 다시 깨어나듯이 별 것 아닌 마법의 행위이며 너무 일상적이라서 정말로 무시하였기 때문에 특히 깨닫지 못했던 것이었다. 마음속의 안정 때문에 탄생과 죽음의 이러한 물결이 생기는데, 순수하고 잔잔하고 거울 같은 물결 위에 부는 바람의 움직임 같다는 것을 깨달았다. 대동맥 속에 헤로인을 크게 한 방 맞은 듯 달콤하게 흔들리는 희열을 느꼈다.

그리하여 3부 끝 부분에서 샐 파라다이스는 다음과 같이 “천국”으로 표현되는 서구적 인식 체계의 한계를 극복할 수 있게 된다. “그래서 어쨌다는 건가? 이 인간 세계에서 무명으로 사는 게 저세상에서 유명해지는 것보다 낫다. 하지만 대체 저

세상이란 뭔가? 이 지상은 뭔가? 모두 관념이 아닌가." 그리고 이러한 깨달음으로 케루악은 탈식민주의적 인식(4부 5장)과 생태적 인식(4부 6장)을 시대에 앞서 획득할 수 있게 된다. 이제 시대에 너무 앞섰던 잭 케루악이 미국에서도 그리고 한국에서도 정당하게 수용될 수 있는 시대가 온 것이라 본다.

2009년 10월
이만식

작가 연보

1922년　3월 12일 미국 매사추세츠 주 로웰 출생. 프랑스계 캐나다인 이민자의 후손인 레오와 가브리엘 사이에서 2남 1녀 중 막내로 태어남.

1926년　심장이 약한 장남 제라드가 류머티즘열로 아홉 살의 나이에 사망, 형을 사랑하고 우상화하던 어린 잭에게 큰 영향을 미침. 여섯 살 때까지 퀘벡 프랑스어의 미국식 방언인 주얼(Joual)만을 사용. 영어가 제2외국어인 가톨릭 교구 부속학교에 다니다 로웰 공립 중학교 시절부터 영어 수업을 받기 시작. 어머니가 집에서 프랑스어를 사용했기 때문에 열여덟 살 때까지도 영어를 유창하게 하지 못함.

1933년　자기 방에서 첫 소설을 씀.

1936년　지역 신문 《스포트라이트》를 발간하며 인쇄소를 경영하던 아버지의 사업이 홍수로 인해 실패. 도박과 음주에 빠진 아버지 때문에 어머니가 공장에서 일하게 됨.

1939년 처음으로 마리화나를 피우고 창녀에게 동정을 바침. 지역 시인인 세바스티안 샘파스의 영향으로 작가가 되기로 결심. 로웰 고등학교 시절 뛰어난 미식축구 선수로 지역의 스타가 되고 콜롬비아 대학에서 체육 특기생 장학금을 받음. 콜롬비아 대학교에 입학하기 위해 뉴욕 브롱크스의 호레이스 만 대학 예비학교에서 수학과 프랑스어 공부. 평균 92점의 성적을 받음. 부모와 함께 뉴욕으로 이주.

1940년 콜롬비아 대학교에 입학하나 첫 학기 중 다리가 부러지는 부상을 입음. 문과 대학에서 '셰익스피어'는 A학점을, '화학'은 F학점을 받음. 잭 런던의 전기를 읽고 모험가, 외로운 여행가가 되기로 결심. 잠시 학업을 중단하고 해군에 입대. 군대식 규율에 익숙하지 않아 상관을 주먹으로 가격하는 반항을 함. 발가벗고 부대 앞에서 뛰어다녀 정신병원으로 보내짐. 글 쓰는 시간을 벌기 위해 해군에서 의도적으로 미친 짓을 했다고 나중에 주장.

1941년 감독과의 불화로 선수 생활 포기. 학과 수업 대신 기숙사에서 나름대로 독서와 집필을 하면서 콜롬비아 문과 대학의 결강 기록을 세움. 고향으로 돌아가 몇 달 동안《로웰 선》의 스포츠 담당 기자로 일하지만 적성에 맞지 않다고 판단. 워싱턴과 보스턴 등지에서 건설 노동자, 음료수 가게 판매원 등 다양한 직업을 경험. 이후 상선의 주방 허드레꾼, 갑판 선원, 미국 국방부 건물의 판급 견습공, 철도 제동수, 20세기 폭스 사의 영화 스크립터, 철도 화물 조차장 사무직원, 철도 수화물 직원, 목화 농장 일꾼, 이삿짐센터 조수, 산림 감시원 등의 직업을 전전함.

1942년 2차 세계대전에 미국이 참전하자 해군 선원으로 그린란드와 노바스코샤로 가는 전함 S. S. 도체스터에 승선하나 몇 달 뒤 불명예 제대. 콜롬비아 대학교에 잠시 복학했다가 3학년으로 자퇴. 해군에 복귀해 영국에 갔다가 전함 S. S. 조지 윈스로 귀국.

1943년 여자 친구 에디 파커의 소개로 루시엔 카, 시인 앨런 긴즈버그, 소설가 윌리엄 S. 버로스와 닐 캐시디 등 재즈와 비밥 음악이라는 공통적 관심사를 지닌 친구들을 만남.

1944년 루시엔 카가 데이비드 캐머러를 살해하는 사건이 발생, 흉기 처리 과정에 협조했다는 혐의로 종범이 되나 그 후로도 계속 친분 관계를 유지. 에디 파커와 결혼하지만 몇 달 못 감. 이후 조앤 하버티와도 결혼하지만 몇 달 못 감.

1945년 아버지 레오가 위암으로 사망. 『마을과 도시』를 쓰기 시작.

1949년 닐 캐시디와 그의 아내 루안과 함께 동부에서 샌프란시스코까지 여행. 이후 십 년간 캐시디와 함께 수차례 미국과 멕시코를 여행.

1950년 『바다는 나의 형제(The Sea Is My Brother)』, 『그리고

하마들은 그들의 탱크 속에서 삶겼다(And Hippos Were Boiled in Their Tank)』, 『마을과 도시(The Town and the City)』, 『길 위에서(On the Road)』, 『픽(Pic)』 완성.

1951년 원판 『길 위에서』 완성.

1952년 『코디의 환영(Visions of Cody)』, 『색스 박사(Doctor Sax)』, 『철도 지구의 10월(October in the Railroad Earth)』 완성.

1953년 『매기 캐시디(Maggie Cassidy)』, 『지하인들(The Subterraneans)』, 『즉흥적 산문의 필수 조건(Essentials of Spontaneous Prose)』 완성.

1955년 『멕시코시티 블루스(Mexico City Blues)』, 『트리스테사(Tristessa)』 완성.

1956년 『제라드의 환영(Visions of Gerard)』, 『찬란한 내세의 경전(The Scripture of the Golden Eternity)』, 『늙은 천사의 자정(Old Angel Midnight)』, 『절망의 천사들(Desolation Angels)』 초판본 완성.

1957년 긴즈버그, 버로스와 함께 모로코 탕헤르를 여행. 『길 위에서』가 출간되어 유명 인사가 됨.

1958년 『달마 부랑자(The Dharma Bums)』 완성.

1960년 『외로운 여행자(Lonesome Traveler)』 완성.

1961년 캘리포니아 주 빅 서로 이주함. 뉴욕, 플로리다 등 여러 곳으로 옮겨 다니면서 어머니와 같이 살기 시작.

1962년 자서전격인 『빅 서(Big Sur)』 완성.

1966년 소년 시절의 친구인 스텔라 샘파스와 결혼. 어머니와 함께 세인트 페터스버그로 이주.

1969년 10월 21일 알코올성 간경변에 의한 내출혈로 사망. 장례식은 로웰의 세인트 존 침례교회에서 거행됨. 로웰 에드슨 공동묘지의 샘파스 가족 묘소에 안장됨.

세계문학전집 227

길 위에서 2

1판 1쇄 펴냄 2009년 10월 23일
1판 27쇄 펴냄 2023년 10월 17일

지은이 잭 케루악
옮긴이 이만식
발행인 박근섭, 박상준
펴낸곳 (주)민음사

출판등록 1966. 5. 19. (제 16-490호)
서울특별시 강남구 도산대로1길 62(신사동) 강남출판문화센터 5층 (우편번호 06027)
대표전화 02-515-2000 팩시밀리 02-515-2007
www.minumsa.com

ISBN 978-89-374-6227-6 04800
ISBN 978-89-374-6000-5 (세트)

세계문학전집 목록

51·52 **내 이름은 빨강** 파묵 · 이난아 옮김 노벨 문학상 수상 작가
53 **오셀로** 셰익스피어 · 최종철 옮김 서울대 권장도서 100선
54 **조서** 르 클레지오 · 김윤진 옮김 노벨 문학상 수상 작가
55 **모래의 여자** 아베 코보 · 김난주 옮김
56·57 **부덴브로크 가의 사람들** 토마스 만 · 홍성광 옮김 노벨 문학상 수상 작가
58 **싯다르타** 헤세 · 박병덕 옮김 노벨 문학상 수상 작가
59·60 **아들과 연인** 로렌스 · 정상준 옮김 《뉴스위크》 선정 100대 명저
61 **설국** 가와바타 야스나리 · 유숙자 옮김 노벨 문학상 수상 작가 | 서울대 권장도서 100선
62 **벨킨 이야기 · 스페이드 여왕** 푸슈킨 · 최선 옮김
63·64 **넙치** 그라스 · 김재혁 옮김 노벨 문학상 수상 작가
65 **소망 없는 불행** 한트케 · 윤용호 옮김 노벨 문학상 수상 작가
66 **나르치스와 골드문트** 헤세 · 임홍배 옮김 노벨 문학상 수상 작가
67 **황야의 이리** 헤세 · 김누리 옮김 노벨 문학상 수상 작가
68 **페테르부르크 이야기** 고골 · 조주관 옮김
69 **밤으로의 긴 여로** 오닐 · 민승남 옮김 노벨 문학상 수상 작가 | 미국대학위원회 선정 SAT 추천도서
70 **체호프 단편선** 체호프 · 박현섭 옮김
71 **버스 정류장** 가오싱젠 · 오수경 옮김 노벨 문학상 수상 작가
72 **구운몽** 김만중 · 송성욱 옮김 서울대 권장도서 100선 | 국립중앙도서관 선정 청소년 권장도서
73 **대머리 여가수** 이오네스코 · 오세곤 옮김
74 **이솝 우화집** 이솝 · 유종호 옮김 논술 및 수능에 출제된 책(1998~2005)
75 **위대한 개츠비** 피츠제럴드 · 김욱동 옮김 《타임》 선정 현대 100대 영문소설
76 **푸른 꽃** 노발리스 · 김재혁 옮김
77 **1984** 오웰 · 정회성 옮김 《타임》 선정 현대 100대 영문소설 | 《뉴스위크》 선정 100대 명저
78·79 **영혼의 집** 아옌데 · 권미선 옮김
80 **첫사랑** 투르게네프 · 이항재 옮김
81 **내가 죽어 누워 있을 때** 포크너 · 김명주 옮김 노벨 문학상 수상 작가
82 **런던 스케치** 레싱 · 서숙 옮김 노벨 문학상 수상 작가
83 **팡세** 파스칼 · 이환 옮김
84 **질투** 로브그리예 · 박이문, 박희원 옮김
85·86 **채털리 부인의 연인** 로렌스 · 이인규 옮김
87 **그 후** 나쓰메 소세키 · 윤상인 옮김
88 **오만과 편견** 오스틴 · 윤지관, 전승희 옮김 미국대학위원회 선정 SAT 추천도서
89·90 **부활** 톨스토이 · 연진희 옮김 논술 및 수능에 출제된 책(1998~2005)
91 **방드르디, 태평양의 끝** 투르니에 · 김화영 옮김
92 **미겔 스트리트** 나이폴 · 이상옥 옮김 노벨 문학상 수상 작가
93 **페드로 파라모** 룰포 · 정창 옮김
94 **차라투스트라는 이렇게 말했다** 니체 · 장희창 옮김 국립중앙도서관 선정 청소년 권장도서
95·96 **적과 흑** 스탕달 · 이동렬 옮김 국립중앙도서관 선정 청소년 권장도서
97·98 **콜레라 시대의 사랑** 마르케스 · 송병선 옮김 노벨 문학상 수상 작가 | BBC 선정 꼭 읽어야 할 책
99 **맥베스** 셰익스피어 · 최종철 옮김 서울대 권장도서 100선 | 미국대학위원회 선정 SAT 추천도서
100 **춘향전** 작자 미상 · 송성욱 풀어 옮김 서울대 권장도서 100선
101 **페르디두르케** 곰브로비치 · 윤진 옮김
102 **포르노그라피아** 곰브로비치 · 임미경 옮김
103 **인간 실격** 다자이 오사무 · 김춘미 옮김
104 **네루다의 우편배달부** 스카르메타 · 우석균 옮김

105·106 **이탈리아 기행** 괴테 · 박찬기 외 옮김
107 **나무 위의 남작** 칼비노 · 이현경 옮김
108 **달콤 쌉싸름한 초콜릿** 에스키벨 · 권미선 옮김
109·110 **제인 에어** C. 브론테 · 유종호 옮김 BBC 선정 꼭 읽어야 할 책
111 **크눌프** 헤세 · 이노은 옮김 노벨 문학상 수상 작가
112 **시계태엽 오렌지** 버지스 · 박시영 옮김 《타임》 선정 현대 100대 영문소설 | 《뉴스위크》 선정 100대 명저
113·114 **파리의 노트르담** 위고 · 정기수 옮김 미국대학위원회 선정 SAT 추천도서
115 **새로운 인생** 단테 · 박우수 옮김
116·117 **로드 짐** 콘래드 · 이상옥 옮김 《뉴스위크》 선정 100대 명저
118 **폭풍의 언덕** E. 브론테 · 김종길 옮김 미국대학위원회 선정 SAT 추천도서
119 **텔크테에서의 만남** 그라스 · 안삼환 옮김 노벨 문학상 수상 작가
120 **검찰관** 고골 · 조주관 옮김
121 **안개** 우나무노 · 조민현 옮김
122 **나사의 회전** 제임스 · 최경도 옮김 미국대학위원회 선정 SAT 추천도서
123 **피츠제럴드 단편선 1** 피츠제럴드 · 김욱동 옮김
124 **목화밭의 고독 속에서** 콜테스 · 임수현 옮김
125 **돼지꿈** 황석영
126 **라셀라스** 존슨 · 이인규 옮김
127 **리어 왕** 셰익스피어 · 최종철 옮김 서울대 권장도서 100선 | 《뉴스위크》 선정 100대 명저
128·129 **쿠오 바디스** 시엔키에비츠 · 최성은 옮김 노벨 문학상 수상 작가
130 **자기만의 방 · 3기니** 울프 · 이미애 옮김
131 **시르트의 바닷가** 그라크 · 송진석 옮김
132 **이성과 감성** 오스틴 · 윤지관 옮김
133 **바덴바덴에서의 여름** 치프킨 · 이장욱 옮김
134 **새로운 인생** 파묵 · 이난아 옮김 노벨 문학상 수상 작가
135·136 **무지개** 로렌스 · 김정매 옮김
137 **인생의 베일** 서머싯 몸 · 황소연 옮김
138 **보이지 않는 도시들** 칼비노 · 이현경 옮김
139·140·141 **연초 도매상** 바스 · 이운경 옮김 《타임》 선정 현대 100대 영문소설
142·143 **플로스 강의 물방앗간** 엘리엇 · 한애경, 이봉지 옮김 미국대학위원회 선정 SAT 추천도서
144 **연인** 뒤라스 · 김인환 옮김
145·146 **이름 없는 주드** 하디 · 정종화 옮김
147 **제49호 품목의 경매** 핀천 · 김성곤 옮김 《타임》 선정 현대 100대 영문소설
148 **성역** 포크너 · 이진준 옮김 노벨 문학상 수상 작가 | 퓰리처상 수상 작가
149 **무진기행** 김승옥
150·151·152 **신곡(지옥편 · 연옥편 · 천국편)** 단테 · 박상진 옮김 《뉴스위크》 선정 100대 명저
153 **구덩이** 플라토노프 · 정보라 옮김
154·155·156 **카라마조프가의 형제들** 도스토옙스키 · 김연경 옮김
157 **지상의 양식** 지드 · 김화영 옮김 노벨 문학상 수상 작가
158 **밤의 군대들** 메일러 · 권택영 옮김 퓰리처상 수상 작가
159 **주홍 글자** 호손 · 김욱동 옮김 서울대 권장도서 100선 | 미국대학위원회 선정 SAT 추천도서
160 **깊은 강** 엔도 슈사쿠 · 유숙자 옮김
161 **욕망이라는 이름의 전차** 윌리엄스 · 김소임 옮김
162 **마사 퀘스트** 레싱 · 나영균 옮김 노벨 문학상 수상 작가
163·164 **운명의 딸** 아옌데 · 권미선 옮김

165 **모렐의 발명** 비오이 카사레스 · 송병선 옮김
166 **삼국유사** 일연 · 김원중 옮김 서울대 권장도서 100선
167 **풀잎은 노래한다** 레싱 · 이태동 옮김 노벨 문학상 수상 작가
168 **파리의 우울** 보들레르 · 윤영애 옮김
169 **포스트맨은 벨을 두 번 울린다** 케인 · 이만식 옮김
170 **썩은 잎** 마르케스 · 송병선 옮김 노벨 문학상 수상 작가
171 **모든 것이 산산이 부서지다** 아체베 · 조규형 옮김 《타임》 선정 현대 100대 영문소설
172 **한여름 밤의 꿈** 셰익스피어 · 최종철 옮김 미국대학위원회 선정 SAT 추천도서
173 **로미오와 줄리엣** 셰익스피어 · 최종철 옮김 미국대학위원회 선정 SAT 추천도서
174·175 **분노의 포도** 스타인벡 · 김승욱 옮김 노벨 문학상 수상 작가 | 《타임》 선정 현대 100대 영문소설
176·177 **괴테와의 대화** 에커만 · 장희창 옮김
178 **그물을 헤치고** 머독 · 유종호 옮김 《타임》 선정 현대 100대 영문소설
179 **브람스를 좋아하세요...** 사강 · 김남주 옮김
180 **카타리나 블룸의 잃어버린 명예** 하인리히 뵐 · 김연수 옮김 노벨 문학상 수상 작가
181·182 **에덴의 동쪽** 스타인벡 · 정회성 옮김 노벨 문학상 수상 작가
183 **순수의 시대** 워튼 · 송은주 옮김 《뉴스위크》 선정 100대 명저 | 퓰리처상 수상작
184 **도둑 일기** 주네 · 박형섭 옮김
185 **나자** 브르통 · 오생근 옮김
186·187 **캐치-22** 헬러 · 안정효 옮김 《타임》 선정 현대 100대 영문소설
188 **숄로호프 단편선** 숄로호프 · 이항재 옮김 노벨 문학상 수상 작가
189 **말** 사르트르 · 정명환 옮김
190·191 **보이지 않는 인간** 엘리슨 · 조영환 옮김 《타임》 선정 현대 100대 영문소설
192 **왑샷 가문 연대기** 치버 · 김승욱 옮김 퓰리처상 수상 작가
193 **왑샷 가문 몰락기** 치버 · 김승욱 옮김 퓰리처상 수상 작가
194 **필립과 다른 사람들** 노터봄 · 지명숙 옮김
195·196 **하드리아누스 황제의 회상록** 유르스나르 · 곽광수 옮김
197·198 **소피의 선택** 스타이런 · 한정아 옮김 퓰리처상 수상 작가
199 **피츠제럴드 단편선 2** 피츠제럴드 · 한은경 옮김
200 **홍길동전** 허균 · 김탁환 옮김
201 **요술 부지깽이** 쿠버 · 양윤희 옮김
202 **북호텔** 다비 · 원윤수 옮김
203 **톰 소여의 모험** 트웨인 · 김욱동 옮김
204 **금오신화** 김시습 · 이지하 옮김
205·206 **테스** 하디 · 정종화 옮김 미국대학위원회 선정 SAT 추천도서 | BBC 선정 꼭 읽어야 할 책
207 **브루스터플레이스의 여자들** 네일러 · 이소영 옮김
208 **더 이상 평안은 없다** 아체베 · 이소영 옮김
209 **그레인지 코플랜드의 세 번째 인생** 워커 · 김시현 옮김 퓰리처상 수상 작가
210 **어느 시골 신부의 일기** 베르나노스 · 정영란 옮김
211 **타라스 불바** 고골 · 조주관 옮김
212·213 **위대한 유산** 디킨스 · 이인규 옮김 서울대 권장도서 100선 | BBC 선정 꼭 읽어야 할 책
214 **면도날** 서머싯 몸 · 안진환 옮김
215·216 **성채** 크로닌 · 이은정 옮김
217 **오이디푸스 왕** 소포클레스 · 강대진 옮김 서울대 권장도서 100선
218 **세일즈맨의 죽음** 밀러 · 강유나 옮김
219·220·221 **안나 카레니나** 톨스토이 · 연진희 옮김 서울대 권장도서 100선

275 픽션들 보르헤스·송병선 옮김 서울대 권장도서 100선
276 신의 화살 아체베·이소영 옮김
277 빌헬름 텔·간계와 사랑 실러·홍성광 옮김
278 노인과 바다 헤밍웨이·김욱동 옮김 노벨 문학상 수상 작가 | 퓰리처상 수상작
279 무기여 잘 있어라 헤밍웨이·김욱동 옮김 미국대학위원회 선정 SAT 추천도서
280 태양은 다시 떠오른다 헤밍웨이·김욱동 옮김 《타임》 선정 현대 100대 영문 소설
281 알레프 보르헤스·송병선 옮김
282 일곱 박공의 집 호손·정소영 옮김
283 에마 오스틴·윤지관, 김영희 옮김
284·285 죄와 벌 도스토옙스키·김연경 옮김 미국대학위원회 선정 SAT 추천도서
286 시련 밀러·최영 옮김
287 모두가 나의 아들 밀러·최영 옮김
288·289 누구를 위하여 종은 울리나 헤밍웨이·김욱동 옮김 노벨 문학상 수상 작가
290 구르브 연락 없다 멘도사·정창 옮김
291·292·293 데카메론 보카치오·박상진 옮김
294 나누어진 하늘 볼프·전영애 옮김
295·296 제브데트 씨와 아들들 파묵·이난아 옮김 노벨 문학상 수상 작가
297·298 여인의 초상 제임스·최경도 옮김 미국대학위원회 선정 SAT 추천도서
299 압살롬, 압살롬! 포크너·이태동 옮김 노벨 문학상 수상 작가
300 이상 소설 전집 이상·권영민 책임 편집
301·302·303·304·305 레 미제라블 위고·정기수 옮김
306 관객모독 한트케·윤용호 옮김 노벨 문학상 수상 작가
307 더블린 사람들 조이스·이종일 옮김
308 에드거 앨런 포 단편선 앨런 포·전승희 옮김 미국대학위원회 선정 SAT 추천도서
309 보이체크·당통의 죽음 뷔히너·홍성광 옮김
310 노르웨이의 숲 무라카미 하루키·양억관 옮김
311 운명론자 자크와 그의 주인 디드로·김희영 옮김
312·313 헤밍웨이 단편선 헤밍웨이·김욱동 옮김 노벨 문학상 수상 작가
314 피라미드 골딩·안지현 옮김 노벨 문학상 수상 작가
315 닫힌 방·악마와 선한 신 사르트르·지영래 옮김
316 등대로 울프·이미애 옮김 《타임》 선정 현대 100대 영문소설 | 《뉴스위크》 선정 100대 명저
317·318 한국 희곡선 송영 외·양승국 엮음
319 여자의 일생 모파상·이동렬 옮김
320 의식 노터봄·김영중 옮김
321 육체의 악마 라디게·원윤수 옮김
322·323 감정 교육 플로베르·지영화 옮김
324 불타는 평원 룰포·정창 옮김
325 위대한 몬느 알랭푸르니에·박영근 옮김
326 라쇼몬 아쿠타가와 류노스케·서은혜 옮김
327 반바지 당나귀 보스코·정영란 옮김
328 정복자들 말로·최윤주 옮김
329·330 우리 동네 아이들 마흐푸즈·배혜경 옮김 노벨 문학상 수상 작가
331·332 개선문 레마르크·장희창 옮김
333 사바나의 개미 언덕 아체베·이소영 옮김
334 게걸음으로 그라스·장희창 옮김 노벨 문학상 수상 작가

395 **월든** 소로 · 정회성 옮김
396 **모래 사나이** E. T. A. 호프만 · 신동화 옮김
397·398 **검은 책** 오르한 파묵 · 이난아 옮김 노벨 문학상 수상 작가
399 **방랑자들** 올가 토카르추크 · 최성은 옮김 노벨 문학상 수상 작가
400 **시여, 침을 뱉어라** 김수영 · 이영준 엮음
401·402 **환락의 집** 이디스 워튼 · 전승희 옮김
403 **달려라 메로스** 다자이 오사무 · 유숙자 옮김
404 **아버지와 자식** 투르게네프 · 연진희 옮김
405 **청부 살인자의 성모** 바예호 · 송병선 옮김
406 **세피아빛 초상** 아옌데 · 조영실 옮김
407·408·409·410 **사기 열전** 사마천 · 김원중 옮김 서울대 권장도서 100선
411 **이상 시 전집** 이상 · 권영민 책임 편집
412 **어둠 속의 사건** 발자크 · 이동렬 옮김
413 **태평천하** 채만식 · 권영민 책임 편집
414·415 **노스트로모** 콘래드 · 이미애 옮김
416·417 **제르미날** 졸라 · 강충권 옮김
418 **명인** 가와바타 야스나리 · 유숙자 옮김 노벨 문학상 수상 작가
419 **핀처 마틴** 골딩 · 백지민 옮김 노벨 문학상 수상 작가
420 **사라진 · 샤베르 대령** 발자크 · 선영아 옮김
421 **빅 서** 케루악 · 김재성 옮김
422 **코뿔소** 이오네스코 · 박형섭 옮김
423 **블랙박스** 오즈 · 윤성덕, 김영화 옮김
424·425 **고양이 눈** 애트우드 · 차은정 옮김
426·427 **도둑 신부** 애트우드 · 이은선 옮김
428 **슈니츨러 작품선** 슈니츨러 · 신동화 옮김
429·430 **세계의 끝과 하드보일드 원더랜드** 무라카미 하루키 · 김난주 옮김
431 **멜랑콜리아 I–II** 욘 포세 · 손화수 옮김 노벨 문학상 수상 작가

세계문학전집은 계속 간행됩니다.